차례

머리말

머리말

　미국의 미래학자 레이 커즈와일(Ray Kurzweil)은 닥쳐올 미래를 예견하면서 기술이 인간의 모든 고유영역을 초월하는 순간을 특이점(Singularity)이라 하였고 그 시점을 2040년 즈음으로 보고 있다. 정보통신공학(IT), 생명공학(BT), 나노공학(NT), 우주공학(ST), 로봇공학(RT) 등 과학기술이 발전하는 속도를 보면 아마도 2040년 이후에는 인간의 삶을 혁신적으로 바꾸어 놓을, '과학의 세기'에 접어들 것이 분명해 보인다.

　본 작품의 시간적인 배경도 21세기 중반에서 시작되는데, 현재 개발되고 있거나 미래에 실현될지도 모를 인공지능, 안드로이드, 입체영상 휴대전화, 클론, 기억조작과 이식, 화성식민지와 우주개발, 3D프린터, 택배전송기, 자율주행 자동차, 양자컴퓨터, 투명망토 등 다양한 과학기술문명의 결정체들이 필자의 상상력을 추가해서 소설 속에 등장한다.

　과거와 달리 과학기술의 발전 속도는 대단히 빨라지는 추세에 있다. 전쟁이나 천재지변 같은 돌발 변수들을 배제한다면, 3,40년 후의 미래는 첨단과학기술문명으로 축복 받는 황금시대가 열릴 것 같다. 하지만 한편으론 상상을 초월하는 기술문명으로 오히려 행복하지 않다고 할 사람도 있을 수 있다.

미래에 대한 장밋빛 기대와 디스토피아적인 우려가 교차하는 가운데에 과학기술이 가져다줄 미래에 대해서 곰곰이 생각해볼 필요가 있다. 예를 들어, 뇌에 관한 문제가 그것이다. BT분야에서 뇌는 아직 인간이 풀어내지 못한 미지의 영역으로 남아있어서 과학자들이 주목하고 있는데, 뇌의 10년(Decade of the Brain) 또는 뇌의 세기(Century of the Brain)라며 뇌 연구에 엄청나게 투자를 하는 국가들도 있다. 뇌에 직접 전극을 꽂거나 뇌파를 이용해 컴퓨터로 로봇이나 기계를 움직이는 BCI(Brain Computer Interface)나 CBI(Computer Brain Interface)등 뇌와 컴퓨터를 상호 연결하는 인터페이스는 뇌 연구의 일부분이며 계속 발전해가고 있다.

언젠가는 뇌를 컴퓨터 하드디스크처럼 편집이 가능케 하는 과학기술이 SF영화에서처럼 실현될지도 모른다. 또한 뇌의 비밀이 완전히 풀려서 뇌를 재현할 수 있게 된다면 인간은 불사(不死)의 경지에 이를 수도 있을 것이다. 그렇게 되면 인간이란 결국 물질에 지나지 않는 것이기에 철학적, 종교적인 고민이 시작될 수밖에 없다. 인간의 언어를 이해하고 인간과 상호작용하는 로봇의 인공지능도 뇌 연구에 기초하여 개발될 수 있을 것이다. 인공지능이 무한한 학습과정을 거쳐서 인간과 대등해지고 마침내 인간을 뛰어넘는다면 인류에게 축복일지 재앙일지 가늠키 어렵다.

이미 게놈 프로젝트를 통해서 인간 유전체의 염기서열을 해독하였다. 개인의 유전자 특성에 맞는 맞춤의약품으로 난치병을 정복하거나 노화와 질병을 예방하고 인체의 각종 장기마저 바이오 3D프린터로 뽑아내서 이식하는 시대가 오면 인간은 기어코 불로장생하고 말 것이다. 어쩌면 커즈와일이 언급한 것처럼 사람의 뇌를 전부 스캐닝 하여 컴퓨터에 저장하면 인간의 의식이 컴퓨터 안에서 영생하는 상상을 초월하는 일도 일어날 수 있다. 상상이 지나치다고 할지 몰라도 분명히 큰 고민거리임에는 틀림없다.

지금은 불가능할 것만 같은 과학기술이지만 실현이 안 된다고 단언키는 어렵다. 과거를 돌이켜볼 때, 1960년대 중반에 얼굴을 보면서 전화통화를 하거나 손바닥크기의 TV를 휴대하는 시대가 21세기에 올 것이라고 생각한 사람들이 있었고 실현이 되었다. 하지만 당시 예언했던 달나라로 수학여행을 가거나 가정에서 일하는 인간형 로봇은 아직 실현되지 못했다. 그럼에도 언젠가는 이루어질 것이다.

필자는 과학기술이 마냥 좋다고 예찬하지 않는다. 핵에너지가 원자력 발전이 되거나 핵폭탄이 되는 것처럼 과학기술을 인간이 어떻게 쓰느냐에 따라 명약이 될 수도 극약이 될 수도 있기 때문이다. 양날의 검과 같은 과학기술이 가져올 빛과 그림자를 소설을 통해서 살펴보았으면 한다.

본 작품은 의식주 전반에서 인간의 삶이 혁신적으로 달라질 서기 2056년경의 한국을 배경으로 한다. 입체영상 휴대전화를 개발해 대박을 터뜨리고 갑부의 반열에 오른 젊은 벤처 사업가인 CEO 금재철에게는 비밀스럽고 경악할만한 사연이 숨겨져 있다. 그를 둘러싼 음모, 그의 미스터리를 집요하게 파헤치려 애쓰는 두 사람, 자신마저 자기를 믿지 못하는 과학기술이 낳은 폐해 등이 미래 사회의 밝고 어두운 면과 함께 얼기설기 얽혀서 전개된다. 인간이란 존재, 자아에 대한 근원적인 물음에 도전하는 과학소설로 첨단과학을 소개하면서도 소설의 본질에 충실하기 위해 노력했다. 과학적인 근거가 있는 내용이 대부분이지만 순전히 필자의 상상인 부분도 있으니 분별을 요한다. 전문용어에 설명을 덧붙였으나 읽다가 지루하면 넘겨봐도 무방하며 혹시 자세하게 알고 싶은 분은 관련 서적을 찾아보시길 바란다.

소설을 통해서 다가올 미래가 어떤 모습일지 미리 그려보고 느껴보았으면 좋겠다. 과학기술이 이뤄낼 무궁무진한 가능성을 많은 사람들이 알고 관심을 가지기를 희망한다. 과학기술분야는 특히, 우수한 두뇌를 가진 젊은 사람들이 도전해볼 가치가 있는 신천지이다. 국가발전과 인류번영에도 이바지할 수 있는 의미 있는 직업이기에 사명감과 소명의식을 갖고 도전했으면 한다. 과학기술을 통하지 않고서 대한민국이 꿈꾸는 미래는 실현되기 힘들 것이다.

이 소설은 오래전에 기획되었고 시간이 나는 대로 과학 자료를 뒤져가며 보완을 해왔지만 부족하다고 느껴서 세상에 빛을 보지 못했다. 근래 늦은 나이에 카이스트 대학원에 진학하면서 소설과 관련된 과학적인 내용을 넓고 깊게 공부할 수 있었고, 그 결과들을 반영하여 대대적인 수정과 보완이 이루어졌다. 나름대로 읽는 재미와 감동을 얻을 수 있도록 최선을 다해 집필했다. 독자의 흥미를 위한 자극적인 부분도 더러 있고 과학기술의 전달에 치중하는 것처럼 보일 수도 있으나 결국은 인간의 이야기이며 인간이란 존재에 대한 철학적인 탐구가 담겨있으니 사유할 시간을 가져보는 것도 좋을 듯하다.

과학기술과 관련하여 전문적인 내용은 이광형 박사님(KAIST), 이종원 박사님(KIST), 김은기 박사님(인하대 생명화학공학부)께 검토를 받았으며 무리가 없다는 평을 들었다. 대단히 바쁘신 가운데 짬을 내서 도움을 주신 박사님들과 추천사를 보내주신 여러 선생님들께 지면을 빌어 감사의 말씀을 전하며 책이 출판되기까지 고생하신 전파과학사의 손동민 팀장님께도 고마움을 전한다. 또한 가족들, 언제나 신경을 써주시는 부모님과 여러모로 든든한 후원자가 되는 누나, 동생들, 매형, 매제에게도 고마움을 전한다. 끝으로, 선후배 및 동료 작가님들과 KAIST 과학저널리즘 담당 교수님 및 4기 학우들을 비롯하여 나를 아는 모든 분들께 감사의 말씀을 전하며 행복한 미래가 다가오길 진심으로 바라며 글을 마친다.

2014년 3월 3일, 저자 송충규

불길한 느낌

그 자리가 당신이 있을 자리라고 생각해? 착각하지 마. 당신 정체를 밝히고 말 테니까

꽃바구니에서 꺼낸 전자종이(e-paper)에 은은한 빛이 흐르는 문자들이 표시되더니 곧 사라졌다. 재철은 짜증이 난 듯 박 실장을 호출했다.

"꽃바구니 누가 보낸 거지요?"

갸름한 얼굴에 지적인 모습, 눈빛이 또렷한 경영기획실의 박 실장이 사내 영상전화로 나타났다. 잠시 머뭇거리더니 말했다.

"아마, 윤대리가 택배전송기로 받아놓은 거 같은데요. 알아보겠습니다."

"와서 가져가요."

재철은 불쾌한 기분이 가시지 않은 듯 해골 그림이 음산하게 움직이며 끄드득 이상한 웃음소릴 내는 전자종이를 힘껏 구겨서 쓰레기통에 던져 넣었다. 사장 집무실의 문이 열리고 박 실장이 걸어 들어오는 순간, 갑자기 꽃에 붙어 있던 호랑나비가 날개 짓을 하며 날아오르더니 열린 문을 통해 밖으로 날아갔다. 어? 하며 박 실장이 어깨 위로 날아가는 나비를 보는 찰라 재철이 벌떡 일어나서 나비를 주시하며 소리쳤다.

"잡아요!"

들어오던 박 실장은 나비를 향해 급히 뛰어갔고 재철도 집무실 밖으로 나왔다. 나비는 복도 끝에 열려진 창을 통해 어느새 사라졌는지 보이지 않았다. 박 실장이 주변을 두리번거리며 당황해하다가 재철에게 뛰어왔다.

"죄, 죄송합니다."

"어쩔 수 없지, 뭐. 길어봤자 1분도 안되는데……."

재철은 고개를 갸웃하다가 다시 집무실로 들어와 자리에 앉았다. 박 실장도 따라 들어와서 책상 위에 놓인 꽃바구니를 보며 조심스럽게 말을 꺼냈다.

"보안검색 철저히 하는데, 꽃바구니를 통해서 들여보낼 줄은……."

"누가 보낸 건지도 모르는 걸 받아놓으면 어떻게 합니까?"

"죄송합니다. 스팸성 택배는 걸러내고 있지만 윤대리가 고객이 보낸 2천만대 판매기념 꽃바구니인줄 알고 별생각 없이 받아놓은 것 같습니다. 앞으로 주의하겠습니다."

박 실장은 뒷목을 긁적이며 고개를 조아렸다. 얼마 전부터 재철은 발신지를 숨긴, [당신이 가짜란 걸 모를 줄 알아? 얼굴색 하나 안변하고 진짜처럼, 누가 봐도 믿겠어. 양심의 가책이 없는 건지 뻔뻔하게, 그 자리에 앉아서 진실을 숨길 수 있다고 생각하면 착각…….]이라는 문자를 여러 차례 받았고 회사의 건물 벽과 거리의 광고판에서 재철을 향한 조롱 섞인 개인전용 메시지도 목격했다. 오늘은 출처를 알 수 없는 노란 백합 다발이 담긴 택배 바구니에 정탐나비까지…….

'대체 누가 이런 장난을 치는 걸까?'

엊그제인가 전용 화장실 거울에 '가짜'라는 글자가 적혀있어 무척 불쾌했었다. 사인펜으로 쓴 것도 아닌 붉은 색의 립스틱을 일부러 눌러서 거울에 표시한 것을 보면 아무래도 여자 같았다. 하지만 자신의 신분을 속이려는 남자의 소행일 수도 있다. 개인적으로 누군가에게 원한을 살만한 일을 한 적이 없는 재철은 며칠 전부터 생긴 일련의 일을 곰곰이 생각해봤다. 퇴사한 직원 중에 회사에 앙심을 품은 자가 아닐까. 아니면 납품업체 선정에서 탈락한 업체의 담당자 아니면 재철의 꾸지람을 받고 감정이 상한 내부 직원의 고약한 소행일 수도 있다. 어쩌면 요즘 경영권 인수를 시도하려는 듯, 이상한 낌새를 보이고 있는 글로벌 기업 제타파이어의 소행일지도…….

그러고 보니 방금 날아간 나비는 카메라가 부착된 초소형 곤충로봇이다. 누군가가 무엇인가를 정탐하기 위해서 스팸성 택배를 이용해서 집무실까지 보냈다는 건데, 이미 사라져서 정확히 누구의 소행인지는 알 수 없다. 나비가 사라지기 전에 잡았다면 분해해서 메모리칩을 추출한 뒤 해독하여 정보의 최종목적지를 파악하면 상대가 누구인지 알 수도 있고 법적인 처벌까지 가할 수도 있었는데, 아쉽게 되었다. 어찌됐든, 이런 얄궂은 일이 한 번만 더 생기면 경찰에 정식으로 수사를 의뢰하기로 했다. 아직은 일을 크게 벌릴만한 사안은 아니지만.

재철은 옆에서 자신의 표정을 조심스럽게 살피는 박 실장에게 나가보라는 듯이 고개를 끄덕이며 손짓을 했지만 박 실장이 머뭇거리다가 말을 꺼냈다.

"저, 6일 KBC 방송국 대담 프로 녹화가 있는데……. 그날 마침 한국 대학교 강연도 잡혀있고, 어떡하죠? 그리고 7일은 정부청사에서 우주과학기술부 장관님과 오찬이 있는데, 그날 한중(韓中)IT기업 CEO콘퍼런스도 참석해야 할 것 같고. 일정을 어떻게 조정할까요?"

"박 실장. 방송, 강연, 오찬 다 취소해요. 지금 회사일 외에 뭐가 중요한지 모르겠어요?"

"알겠습니다. 그럼 공장방문만 진행하고, 복지원과 양로원방문은……. 취소할까요?"

재철은 잠시 머뭇거리다가 작게 말했다.

"거긴 가야지."

박 실장은 고개를 조아리며 조심스럽게 재철의 책상에 놓여있는 꽃바구니를 들고 집무실 문을 열고 나갔다. 찜찜한 기분은 가시지 않았지만 재철은 업무를 다시 시작하면서 왼손 약지 손가락에 끼고 있는 반지모양의 MFD(웨어러블 PC처럼 몸에 착용하는 다기능 표시장치(통신 보조);Multi-Function Display)를 보자 2056년 12월 5일 화요일 2시 13분 07초를 표시하는 입체영상이 떠올랐다. 재철은 자사(自社)의 귓속 삽입형 휴대전화인 3D폰을 눈가의 근육으로 윙크하듯 찡긋해서 시각을 비교해보았다. 큼지막한 입체글자가 허공에 투영되면서 12분 1초를 나타냈다. 100억 년에 1초의 오차만 허용한다는 한국표준 과학연구원이 제공하는 국가표준시와 연동되는 이 시각이 정확했다.

며칠 전에도 MFD의 시간을 보정해준 기억이 있는데, 거의 1분이나 빨리 가는 시각을 제공하는 것은 문제가 있다. 보통 하루에 1번씩 시간 정보를 제공받지만 분단위로 시간이 틀리는 것은 기술력이 없다기보다 단가를 낮추기 위해서 저가의 부품을 쓰거나 제조공정에서 문제가 있는 것이 분명해보였다. 자사의 3D폰을 구매하면 사은품으로 제공되는 액세서리일지라도 비전테크의 SEEyou 브랜드를 걸고 나가는 제품이다. SEEyou 브랜드가 일궈낸 세계적인 명성에 먹칠을 할 것 같아서 기분이 언짢아졌다. OEM을 맡길 수 없는 것은 물론이고 손해배상까지 청구해야 할 사안 같았다. 아울러 레드오션(경쟁이 치열한 시장)이 되어버린 MFD사업을 포기하는 것도 좋겠다고 생각해서 장성공사(長成公司)의 왕 대표와 통화를 시도했다.

오른쪽 눈 꼬리 부근의 근육을 움직여 귀에 꽂혀있는 3D폰을 켰다. 귓속에서 ㄱ자 모양으로 꺾어져 나와서 관자놀이에서 눈 꼬리까지 이어진 3D폰은 눈 주변 근육에 반응하는 센서로 즉각적인 영상의 on/off가 가능하다. 푸른빛이 나타나면서 눈앞의 허공에 전화번호목록이 입체영상으로 펼쳐졌다. 재철의 눈동자 시선에 따라 막대가 움직이며 MFD제조업체 대표의 전화번호를 선택했다. 전화를 걸까말까 망설이다가 좀 더 신중해야 할 것 같아서 다시 눈을 찡긋하며 3D폰을 껐다. 기분이 상한 때의 통화는 자칫 상대방에게 감정이 담긴 말로 실수할 수가 있기 때문이었다. 일단 통화를 보류하고 손에 낀 MFD를 빼서 책상 위에 던져놓고 처리해야 할 결재서류 수십 건이 있는 모니터와 전자종이를 보았다.

한동안 전자결재 서류를 꼼꼼하게 살피니 눈이 피곤해지기 시작했다. 눈을 지그시 감고 어깨가 뻐근한 듯 기지개를 켰다. 자리에서 일어나 한동안 경직된 몸을 움직이며 가볍게 체조를 했다. 잠시 팔짱을 끼고 VISION-TECH가 입주해 있는 55층 사장 집무실의 널찍한 유리창을 통해 잠시 아래를 내려다보았다. 높이 솟아있는 첨단 건축물 사이로 숲, 공원, 강까지 자연과 조화가 잘 이루어진 도시의 모습이 한눈에 들어왔다. 풍경을 잠시 보다가 유리창 가장자리에 있는 빨간 점을 손가락으로 두 번 두드리자 대형 유리창의 색깔이 서서히 변하면서 파도가 밀려오는 탁 트인 바닷가의 열대 백사장 풍경으로 변했다. 재철은 3D폰을 켜서 '일란'하고 짧게 불렀다. 신호음만 갈 뿐 받지를 않았다.

'갑자기 사라져서 연락이 안 되니……. 사고라도 난 걸까.'

그날 밤에 일란이 사라져버린 이후로 전화를 전혀 받지 않고 있다. 하루에 한 통화 이상씩 하던 일란인데, 이틀째 아무 연락도 없으니 너무나 답답할 노릇이다. 다시 책상에 앉았다. 사실, 지금은 일란이 왜 연락을 안 하는지, 그 이유에 대해 골몰할 시간적인 여유가 없다. 무슨 사정이 있을 거라 생각하며 별일이 없다면 조만간 연락하리라는 낙관적인 믿음을 가졌다.

64화음의 멜로디가 짧게 울리면서 눈앞에 발신번호를 표시하는 작은 입체영상이 떴다. 재철은 일란인 줄 알고 반사적으로 눈을 깜박이며 귀에 꽂혀 있는 3D폰을 켰다. 원통형 출력부에서 푸른빛이 감도는 빛이 뿜어져 나오며 15인치 크기의 입체영상을 순식간에 눈앞의 허공에 띄웠다. 20대 중반의 여성이 나타나 순간적으로 일란으로 착각했으나 다시 보니 그녀는 보험회사에서 만든 전화상담 인공지능 캐릭터였다.

"안녕하세요. VIP고객님, 통화 괜찮으세요?"

"바쁩니다."

인간도 아닌 인공지능, 그것도 광고성 전화에 굳이 응대를 하고 싶지 않았지만 재철은 인간으로 대우하듯 답변을 해줬다.

"늘 푸른 보험 상품 이용해 주신 VIP고객님께 전립선질환과 정자검사를 해드리는데, 무료검사를 받아보시겠어요? 원하시면…….

재철은 더 이상 답변을 하지 않고 끊었다. 바쁜 업무시간에 광고 전화는 짜증이 났다. 스팸성 광고 전화를 막아주는 프로그램을 자사제품에 심어서 방지 효과를 보고 있지만 이미 고객이 된 경우에 걸려오는 전화까지 막을 수는 없었다. 얼마의 시간이 흐르고 다시 전화가 걸려왔다. 낯선 발신번호지만 혹시나 일란일지 모른다고 생각해 받았다. 이번엔 푸른 배경만 깔린 영상에 익숙하지 않은 중년남자의 목소리만 들렸다.

"비전테크 금재철 사장님이십니까?"

"그렇습니다만 누구시죠?"

"…….

이 사람은 3D폰이 아닌 구형전화기를 사용하거나 3D 데이터가 없거나 카메라 기능을 꺼서 얼굴을 노출하지 않고 있다. 말이 없기에 재철이 끊으려하자 그쪽에서 먼저 끊었다. 재철은 고개를 갸우뚱하다가 기분이 언짢아졌다. 전화예절이 없는 사람들은 종종 봐왔지만 바쁜 시간에 이런 전화는 더욱 불쾌할 수밖에 없다.

짧은 음향 소리와 함께 책상에 놓인 사내 전화에서 박 실장의 모습이 허공에 2D(평면)로 나타났다.

"사장님, 로보트론에서 비서로봇을 갖고 오겠답니다."

"비서로봇?"

"예, 7일 목요일 오후 2시쯤에 방문한다는데요."

비서로봇……. 그런 로봇을 주문했는지 전혀 기억이 나지 않았다. 재철은 명색이 회사의 대표이사지만 사실 비서 없이 지내왔다. 평소에 꼼꼼한 성격이라 웬만한 일정은 모두 기억을 하고 부족한 부분은 MFD와 3D폰으로 관리하며 도움을 받아왔다. 게다가 박 실장이 늘 곁에서 비서처럼 보좌해 왔으니, 개인비서의 필요성을 느끼지 못했다.

"누가 주문한 거야?"

박 실장은 천천히 말을 했다.

"지난번 만찬장에서 로보트론 대표님이 로봇비서를 제공하겠다고 해서, 허락하셨다던 데 잊으셨나요?"

"아, 그랬어?"

며칠 전에 전자정보통신기업 만찬장에서 로보트론(Robotron)의 양 대표를 만나긴 했다. 화기애애한 분위기에서 국내외 경제와 정치동향 등 이런 저런 이야기가 오고 갔지만 재철에게 비서를 제공하겠다는 말을 했는지는……. 사실, 양 대표는 대학선배에 업계선배이고 벤처협회의 회장이기도 하다. 어떤 이유에서 로봇을 제공하는 것인지는 모르겠지만, 기억이 전혀 나지 않았다. 아마도 성공한 CEO 금재철도 로보트론의 로봇비서를 쓴다는 광고효과를 노린 것 같았다. 재철은 별 관심이 없지만 자사의 원천기술을 사용하는 관련업체이고 또 양 대표가 보낸 것이라면, 호의를 거부하기도 껄끄러워서 결정하기가 애매해졌다.

"박 실장이 알아서 해. 아니, 적당히 거절하는 것도 좋겠어."

"그럼, 일단 받아놓고 나중에 반품하시는 것이 예의상……."

재철은 하는 수 없이 수긍을 한 듯 고개를 끄덕이며 그렇게 하라고 끊었다.

일 년을 마무리하는 12월에 접어들자 결산 업무는 많아지고 각종 연말 행사에 참석하다 보니 바쁘다 못해 짜증까지 나는 달이 됐다. 심신이 노곤한 채로 각종 서류를 훑어보고 있던 재철의 귓가에 이미 수십 년 전에 단종 된 스마트 폰의 가락이 짧게 울리자 시뮬레이션 폰(스마트폰의 기능을 흉내 내는 통신장치)을 급히 받았다. 늙고 주름진 여성의 얼굴이 액정화면에 나타났다.

"재철아, 많이 바쁘냐?"

"아, 고모님! 죄송해요. 연락도 못 드리고. 요즘 연말이라서 많이 바쁘네요."

고령인 고모의 느릿느릿한 전자음성이 반가웠다. 고모는 액정화면으로 표시되는 스마트폰에 익숙해서 아직까지 재철도 스마트폰이 호환되게 해주는 시뮬레이션 장치를 만들어 사용하고 있다. 3D폰으로 받을 수도 있지만 고모 쪽의 스마트폰 단말기는 용량부족 및 데이터 전송속도가 낮아서 동영상이 끊기고 멈추는 등 과부하 현상이 발생하는 문제가 있었다.

"큰 사업을 하는 네가 대견하고 자랑스럽다만, 바빠도 고향엔 한번 오너라."

"예. 고모님, 금년 가기 전에 꼭 찾아뵙고 얼굴 뵐게요."

고모는 약간 떨리는 전자음성으로 재철에게 건강을 챙기라며 이런저런 안부를 묻다가 끊었다. 바쁜 회사일로 친척, 지인들과 만나지 못하고 약속을 지키지 못해 재철은 항상 미안한 마음을 갖고 있었다. 10여 년 전에 조잡한 수준의 3D폰을 처음 개발해서 창업했을 때는 판매가 부진해서 회사는 불안했고 실의에 빠지기도 했다. 하지만 2년 후, 업그레이드 버전인 SEEyou폰을 내놓자 대단한 인기를 끌었고 상당한 고가임에도 수요가 폭증하여 천문학적인 판매고까지 달성하며 승승장구했다. 그로부터 재철에겐 하루가 48

시간이라도 부족했고 몸이 열이라도 모자랄 지경이었다. 국내는 물론 해외까지 쌓아놓은 항공사 마일리지도 엄청났으니……

문득, 일란이 떠올랐다. 일에 파묻혀 사는 자신을 보며 일란은 말은 안했지만 가끔씩 서운해 했었다. 바쁘다는 핑계로 소소한 일을 챙겨주지 못한 미안한 마음이 있어서 수개월 전부터는 일란과 함께하는 시간을 일부러 많이 가졌고 행복한 시간들을 보냈는데.

'어떻게 된 걸까?'

재철은 전화를 다시 걸었지만 여전히 전원이 꺼져있다는 멘트만 나오고 받지 않았다. 그녀의 모든 SNS에 접속해봤지만 아무런 글도 올라오지 않고 방문도 없었다. 갑자기 연락을 끊은, 아니 연락이 안 되는 일란에 대한 궁금증과 걱정으로 한숨을 다시 길게 내쉬었으나 부득불 잊고 다시 바쁜 일정에 맞춰 몸을 움직여야만했다.

4시쯤에 건물 5층에 있는 병원에 들러서 간단한 치료를 받고 집무실로 오자 박 실장은 재철에게 외부방문을 극도로 축소시킨 12월 일정을 보여주었고 재철은 다음 주에 시흥연구소 방문마저도 취소하라고 했다. 유리창에 비친 해가 서서히 저물면서 붉어지기 시작했다. 퇴근 시간이 가까워지자 재철은 자신도 모르게 조급해져서 업무를 빨리 마무리 했다. 퇴근 후에는 일란이 있을 만한 곳을 찾아서 여기저기 들러봤다. 자주 가던 클럽, 바, 카페 등을 뒤져봤지만 일란의 행방을 찾지 못하고 결국 밤 9시쯤에 귀가했다.

안드로이드 비서

12월 7일 목요일. 재철은 오전 10시쯤 회사에 출근을 해서 바쁘게 업무를 보았다. 손가락에 낀 금속재질의 MFD가 3시를 가리킬 무렵, 로보트론 회사에서 온 간부 두 명과 여자 한 명이 박 실장의 안내를 받으며 귀빈 접대실로 들어왔다. 재철은 로봇을 회사에 두고 가라고 했지만 박 실장은, 수십 억짜리 초고가의 로봇을 대여해주는데 회사대표가 만나주지 않으면 예의가 아닌 것 같다고 해서 결국, 로보트론 사람들을 잠시 만나기로 했다. 재철이 사장 집무실 안에 있는 귀빈실로 들어오자 로보트론에서 온 관계자들이 의자에서 모두 일어났다. 재철은 이들에게 반갑게 미소를 지며 인사를 했다.

"처음 뵙겠습니다. 금재철입니다."

"반갑습니다. 최병규입니다. 귀한 분을 직접 만나다니……."

재철이 그들과 악수를 차례로 나누자 각자의 3D폰은 현재의 상황을 지능적으로 인식해서 서로의 신상정보를 교환하여 저장장치에 기록함과 동시에 각자가 입고 있는 옷의 가슴부위에서 이름과 직책 등을 글자로 표시했다.

"금 사장님, 3D폰 말입니다. 허공에 입체영상(虛空立體映像)을 구현하는 기술이라는데, 대체 원리가 뭡니까? 어떻게 공기성분과 화학물질로 입체영상이 가능한 건지?"

　최병규 상무, 이 사람은 업계에서 별로 본 적이 없는 뉴페이스인데, 만나자마자 기술적인 질문부터 했다. 재철은 뜬금없는 물음에 약간 당황했다.

　"아, 그건 좀 복잡하고 난해해서 짧은 시간에 설명 드리기가, 궁금하면 논문을……."

　옆에 있던 젊고 훤칠한 용모의 홍보이사도 어색했는지 상황을 넘겨보려는 듯 끼어들었다.

　"옛날부터 입체라 하면 LCD같은 평면디스플레이에 편광필터나 셔터글라스 방식 같은 안경 쓰고 봤거든요. 물론 안경을 쓰지 않는 방식도 있었지만, 어쨌든, 거의 평면에서 입체감을 내는 거고 레이저정도가 입체를 흉내 냈다고 할까요? 근데, 금사장님은 레이저를 이용한 홀로그램처럼 3차원 영상을 허공에 그대로 구현해 불가능할 것만 같았던 360도 전 방위 시야각을 선명하게 확보하면서 또렷한 입체영상을 실현시켰단 말이지요. 이건 인류 역사상 아주 혁신적인 디스플레이 방식이고 영상분야에 일대 혁명이었습니다. 과거 빌 게이츠나 스티브 잡스처럼 시대를 바꾼 분이 바로 금재철 사장님이십니다."

　홍보이사가 칭찬 섞인 말을 쏟아내자 재철은 약간 낯이 뜨거웠다.

　"허, 홍보 이사님 너무 과찬이십니다. 저희 제품도 문제점이 있습니다. 반드시 첫 통화를 해서 상대방의 3D데이터를 미리 확보해야하고 입방체 공간 안에서만 입체구현이 가능하거나 잘릴 경우에 물체의 단면이 단색으로 처리된다든지 입체구현 속도가 느리고 또 제 3자가 뒤에 있을 경우, 통화영상을 훔쳐 볼 수 있는 등. 물론 지금도 개선은 하고 있습니다만."

　나이가 들어 보이는 작달막한 체구의 최병규 상무가 빙긋 웃으며 다시 말했다.

　"그 정도야, 문제도 아니죠. 비전테크 3D폰은 세계적인 명품 아닙니까.

나이도 젊으신데 조 단위로 돈을 쓸어 모았고, 많은 사람들에게 꿈과 희망을 주고, 칭찬 받을만하지요. 많이 바쁘시죠? 몸이 둘이라도 모자라신다면서요? 바쁠 땐 정말 손오공처럼 분신술이라도 써서 여러 명 만들면 얼마나 좋겠어요?"

많은 사람을 만나봤지만 최병규 상무라는 사람은 꽤 독특한 화법을 구사하고 있었다. 예의가 없는 것인지 아니면 성격이 그런 것인지……. 어찌됐든, 이들의 지극히 업무에 통달한 수사 같은 칭찬 또는 비아냥거림을 재철은 한가롭게 듣고 있을 시간이 없었다.

"연말이라 많이 바쁘긴 합니다만 근데, 로봇은 언제 오는 겁니까?"

날려버린 시간이 아까운 듯 재철이 본론을 꺼내자 홍보이사가 호탕한 웃음으로 말을 받았다.

"방금 악수하신 아리따운 여자 분이……."

재철이 흠칫 놀란 표정으로 옆에 서있는 분홍빛 투피스 정장차림의 한 여성을 다시 바라보았다.

[Pink Rose WX-330 R]

입고 있는 분홍빛 상의의 왼편 가슴 부근 옷감에서 소개하는 성별(Sex)이 R(Robot)로 하얗게 표시되고 있었다.

"안녕하세요. 핑크로즈에요. 사장님을 정성껏 모시는 훌륭한 비서가 되겠습니다. 반갑습니다."

세련된 모습의 이 여성(?)은 밝게 미소를 지며 고개를 숙여 고운 음색으로 인사말을 했다. 은은한 아카시아 꽃향이 풍겨왔다. 재철은 잠시 입을 다물지 못하고 앞에 서있는 키 165cm 정도 되어 보이는 매력적인 몸매의 마네킹 같은 여자를 훑어보며 속으로 탄성을 질렀다.

'탄력 있는 매끈한 피부에 살아있는 듯 깜박이는 눈꺼풀과 발그레한 입술……. 기술이 아무리 발전해도 불가능한 영역이 있을 텐데, 이렇게 정교

하게 만들 수가 있다니!'

금속 뼈대를 플라스틱으로 감싼 2족 보행 휴머노이드 로봇이 상용화 된 지도 벌써 수십 년이 지났다. 그동안 고무 라텍스(rubber latex)나 실리콘(Silicone)피부를 덧입한 인간과 닮은 로봇은 종종 봐왔지만 이렇게 인간과 흡사하고 정교한, 아니 인간이라고 착각할 정도의 로봇은 재철에게 처음이었다. 인간으로 생각했었는데 로봇임을 알게 되니 갑자기 알 수 없는 소름이 끼쳤다.

'인간을 닮은 인공지능 로봇, 안드로이드. 로봇이라고 하기엔……'

홍보이사가 재철의 감탄하는 표정을 눈치 채고 놓칠세라 자랑하듯 히죽 미소를 지으며 말을 늘어놓기 시작했다.

"잘 아시겠지만, 우리 로보트론은 벤처의 맏형 격으로 비전테크와 함께 업계 1, 2위를 다투고 있죠. 25년 이상 지능로봇만 만들다보니 기술력은 이미 세계 톱이라고 자부하며, 한마디로 명품 브랜드라고 할 수 있습니다. 로봇 관련 신기술 특허만 2천여 건이 넘거든요. 엔젤 텐텐 시리즈는 10조원의 개발비와 10년에 걸친 연구 끝에 나온 제품이며 C타입 WX-330은 3개월 후에 국내는 물론 유럽, 미국, 중국 등 전 세계적으로 정식 출시를 앞두고 있죠. 금 사장님께서 특별히 먼저 써보시고 좋은 평가를 해주셨으면 해요. 한번 써보시면 웬만한 인간 여비서보단 훨씬 낫다는 걸 느끼실 겁니다."

열변을 토하는 홍보이사의 늘어진 목살에서 땀방울이 흘러 떨어졌다. 재철은 홍보이사나 최병규 상무를 의식하느라 내색은 안했지만 속으로 계속되는 감탄을 넘어 섬뜩함마저 들고 있었다.

'인조인간. 인간이 만들었어, 이것을.'

경탄하는 자신의 모습이 마치 일개 고객처럼 느껴져서 어색함을 감추려는 듯 로봇에 대한 문제점을 물었다.

"배터리. 그러니까, 로봇의 동력은 어떻게 해결이 된 건가요?"

재철이 옆에 있는 최 상무에게 물었지만 그는 머뭇거리며,

"아, 그건……."

잘 모르는 듯 홍보이사의 얼굴을 슬쩍 쳐다보았다. 그러자 옆에 홍보이사가 약간 상기되어 붉어진 볼로 싱긋 미소를 지며 끄덕였다.

"아, 배터리는……. 기술적인 문제라서 안다고 해도 회사비밀이고. 하지만 엔젤 세크 출시를 위해 동력 연구팀에서 특별히 장시간용 특수전지를 개발했다고 하더군요. 최장 이틀간은 전혀 걱정 없습니다. 방전되기 전에 스스로 충전 하니까 관리는 전혀 신경 쓰지 않아도 지장 없고, 그렇지?"

홍보이사가 옆으로 고개를 돌려 묻자 비서 로봇은 여성스러운 고운 목소리로 끄덕이며 대답했다.

"예, 저는 주로 실내에서 활동하기 때문에 배터리 방전으로 인한 걱정은 하지 않아도 되세요."

로봇의 말이 끝나자 홍보이사가 덧붙여 말했다.

"고장 같은 거, 전혀 신경 쓰지 않아도 됩니다. 단순 고장은 자가 수리하며 문제가 큰 고장은 본사 AS팀에 무선으로 자동 접수되어 이틀 내로 수리 요원이 자동 출동하는 노프라블럼 논스톱 오토 AS 체제거든요."

홍보이사가 침을 튀겨가며 자랑하는데, 고개를 끄덕이던 재철이 다시 물었다.

"로봇이 회사 기밀을 유출한다거나 하는 문제는 없나요?"

재철의 말에 갑자기 미소 짓던 최 병규 상무의 안색이 변하면서 홍보이사를 쳐다보았다.

"그건……. 아, 역시 금 사장님다운 예리하고 탁월한 질문이십니다!"

홍보이사는 양 입술 사이로 혀를 내밀어 침을 한번 바르더니 다시 유창하게 떠들었다.

"전혀 염려하지 않아도 됩니다. 저희가 원격으로 정기점검 하는 건 로봇

의 상태 체크이고 입력된 기밀정보는 어떤 방법으로든 외부로 절대 유출되지 않도록 설계되었으며 [업무]모드로 바꾸고 금 사장님이 함께 있지 않는 이상은 회사비밀을 말로써 누설하지 않습니다. 이점은 금 박사님께서 하드웨어 전문가시니까 직접 확인해보셔도 되고……."

재철은 말이 길어질 것 같아서 손을 저으며 끊었다.

"다행이군요. 정보유출은 꽤 민감한 문제라서 로보트론에서도 신경 많이 썼을 거라고 봅니다. 물론 우리도 방화벽이랑 매시간 단위로 전산망 점검을 하지만. 그런데……."

재철은 로봇을 살펴보다가 얼굴, 몸매 등 풍기는 이미지가 어디선가 본, 누구를 닮은 것 같아서 물었다.

"누굴 좀 닮은 거 같아요. 누군지는 모르겠지만……."

잠시 침묵하던 최병규 상무가 손수건으로 이마에 땀을 닦아내며 말을 받았다.

"우리 금사장, 눈치 하난 빠르시군. '나노테크의 음모'에 나온 만인의 연인 고하은 닮지 않았소? 뭐, 삐쩍 말라서 내 스타일은 아니지만. 나 같은 중년에 어울리는 옛날 배우도 나와야 된다구, 안 그래요?"

최 상무가 재철을 보며 멋쩍게 웃는데, 홍보이사가 다시 말을 받아 자랑하듯 상기된 표정으로 말했다.

"아, 그렇습니다. 우리 회사의 WX시리즈는 가장 매력적인 톱스타 이미지로 개발합니다. 가장 아름다운 모델 체형인 32 · 24 · 33의 신체 사이즈에 5200가지의 최적화한 A급 톱스타 미인형 신체 축적자료에서 이목구비와 안면을 선택하구, 또한 톱모델의 체형에 맞는 손과 발……."

홍보이사가 다시 열변을 토하자 재철은 짜증이 나서 손을 들어 말을 끊으려는 찰라, 자신을 바라보던 로봇비서가 불쑥 물었다.

"제가 맘에 드십니까, 사장님?"

"?"

로봇의 질문에 재철이 눈을 크게 뜨고 당황스럽게 로봇을 바라보다가 어이가 없는 듯 웃음으로 천천히 고개를 끄덕였다. 그러자 홍보이사도 옆에서 크게 껄껄껄 웃었고 최병규 상무는 로봇의 등을 가볍게 두드리며 말했다.

"맘에 드신단다. 잘 뫼셔."

"최선을 다해 보필하겠습니다. 사장님."

로봇이 꾸벅 절을 하자 재철은 약간 거북한지 뒷목을 잡고 혼잣말하듯이 말했다.

"제가 원래 비서 없이 지내 와서……."

"사용해 보세요. 맘에 드실 겁니다."

최 상무가 친한 척, 재철의 소매를 붙잡자 홍보이사가 끼어들었다.

"금 사장님, 아직 미혼이라고 하지 않으셨나요?"

재철이 의아한 표정으로 바라보는데, 최 상무가 끼어들었다.

"아, 이렇게 훌륭한 분인데, 결혼할 아리따운 여성분이 있지 않겠어요? 근데, 그건 왜 묻소?"

최 상무는 답변을 듣기도 전에 다시 자기 말을 쏟아냈다.

"아하! 이젠 마누라 로봇도. 이야, 그런 게 나오면……. 근데, 그럼 애는 누가 낳지?"

최 상무의 말에 재철은 실소를 짓고 홍보이사는 당황해서 최 상무의 소매를 끌더니 말을 더듬었다.

"하하. 사, 상무님이 썰렁한 농담을……. 사실은, 저희 제품군에 '김상궁'이라는 가사 도우미로봇이 있어서, 써보신다면 역시 무상제공이……."

홍보이사가 억지 미소로 재철의 표정을 살피며 말끝을 흐리는데, 최 상무가 팔짱을 낀 채 끄덕이며 말했다.

"파출부 로봇, 그거 나도 쓰는데 쓸 만합니다. 청소는 물론 간단한 요리에 심부름까지, 나 같은 기러기 아빠한테, 아주…….”

“말씀 고맙지만, 집안일을 봐주시는 아주머니가 계셔서 괜찮습니다.”

재철은 씁쓸한 미소를 지으며 만남을 끝내려는데 홍보이사가 사진 촬영을 제의했다. 재철은 고개를 흔들며 언론에 내지 말아달라고 손을 저었지만 홍보이사는 사보에 실릴 것이라며 소매를 끌었다. 재철은 비서로봇, 홍보이사와 함께 벽 쪽으로 섰고 최 상무가 촬영을 했다. 홍보이사는 수행비서로 잘 써보라는 부탁을 하면서 불편사항은 언제든지 해결할 테니 연락을 달라고 했다. 이들이 간 후에 로보트론에서 파견된 기술직 직원이 로봇에 대한 몇 가지 주의사항과 조작 방법을 말해주었으나 재철은 반납할 생각이었기에 건성으로 듣고 신경을 쓰지 않았다.

로보트론 직원들은 로봇비서가 있을 자리를 집무실에서 문 쪽에 있는 곳에 마련했다. 의자와 책상이 마련된 비서실이 급조되었고 비서 로봇은 그 자리로 옮겨져 한동안 대기 상태로 앉아있었다. 뒤편에는 로봇이 근무시간 외에 대기하는 수납박스가 놓여졌다. 회사직원들이 퇴근하면 로봇도 퇴근하는데, 특별한 임무가 없으면 로봇은 수납박스 안으로 들어가서 충전을 하거나 수면모드로 들어갈 것이다.

재철은 로봇회사 사람들과의 만남으로 적지 않은 시간이 소비되어 밀린 일정을 빠듯하게 소화해냈다. 업무를 마쳐갈 무렵인 5시 30분쯤에 ‘8시 뮤지컬 공연 예약입니다.’라는 MFD의 음성메시지가 들렸다. 책상 위에 놓인 MFD에서 뮤지컬 관람이 예약되었는지 전자입장권이 입체영상으로 점멸했다. 미국에 있던 일란이 귀국하면 같이 볼 생각으로 구매한 표였지만 일란이 없는 지금은 쓸모가 없게 되었다. 5시 50분이 되자 퇴근시간을 알리는 사내 음악 방송이 경쾌하게 들려왔다. 퇴근하면 재철은 지난번에 가보지 못했던 곳들을 중심으로 일란이 있을 만한 곳을 찾아서 이곳저곳 다녀볼 예정이다.

12월 9일 토요일. 새벽 4시경, 재철은 잠을 자다가 한기가 느껴져서 눈을 떴다. 자동난방이 되지 않는 것 같아서 실내온도를 조절하려고 일어나서 전등을 켰다. 졸린 눈으로 흐릿한 주변을 살펴보다가 깜짝 놀랐다. 상, 하의는 운동복 차림에 허름한 겨울 점퍼 하나를 걸치고 잔 것인데, 자기 옷도 아니었다. 게다가 깨어난 곳이 회사 집무실 소파라서 어제 무슨 일이 있었던 것인지 어리둥절했다. 소파에서 잠을 잘 만큼 밤샘업무를 본 것일까. 기억이 흐릿하긴 해도 밤샘업무는 아니었다.

하지만 집으로 안가고 왜 회사에서 잠을 잤는지 이해가 안 되었다. 재철은 일어난 김에 소변을 보려고 집무실에 붙어있는 화장실로 들어갔다. 조금 움직이는 데도 몸이 노곤하고 여기저기 쑤시고 머리도 아팠다. 세면대의 거울을 보다가 턱수염과 콧수염이 하룻밤 사이에 많이 자라서 거뭇거뭇하다는 것을 알았다. 얼굴도 부은 것 같고 살짝 긁힌 자국도 있으며 피부도 푸석해져서 많이 까칠해서 얼굴이 낯설어 보였다.

'무슨 일이 있었던 것일까?'

재철은 간밤에 어떤 일이 있었는지 기억하려고 애를 썼다. 매년 연말이면 회사차원에서 정기적으로 해오는 불우이웃돕기 행사가 있다. 가끔 재철의 입체영상으로 대체하기도 했지만 어제 저녁에는 경기도에 있는 복지원과 양로원 등 몇 군데를 직원들과 함께 직접 찾아간 것 같았다. 가수와 연예인도 초청해서 함께 노래도 부르고 원생들에게 옷과 음식 등을 제공했으며 장학금 전달식을 하면서 사진촬영도 했다.

특히, 경제, IT 관련기자들이 재철의 행보에 관심이 많아 취재와 촬영을 하면서 SNS로 속보를 전했으며 재철은 행사가 끝난 후에 이들을 저녁 만찬에 초대해 식사를 같이하면서 내년엔 더욱 많은 사회활동을 하겠노라 약속했다. 재철은 만찬이 끝나고 회사 임원 등 몇몇 사람들과 함께 회사 근처 술

집에서 밤늦게까지 2차, 3차로 이어지는 술자리를 가졌다.

'업무가 끝난 후에 술을 마셨으니 당연히 말끔한 정장차림일 텐데, 옷들은 어디로 가고 후줄근한 점퍼와 체육복을 입은 채, 왜 여기서 잠을 잤을까?'

술을 너무 많이 마셔서 필름이 끊긴 듯이 술자리 이후가 생각이 나질 않았지만 아마도 그날 밤은 폭음으로 현장에서 잠이 들었을지 모른다. 요즘 며칠째 연락이 없는 일란 때문에 걱정으로 잠을 이루지 못 했고 아마 근심을 잊기 위해 술을 퍼마셨을 것 같았다. 술에 곯아 떨어져 잠이 든 사이에 누군가가 몰래 옷을 가져간 것일까. 하지만 재철이 만나는 사람 중에서 도벽 같은 이상한 술버릇이나 장난기 다분한 매너 없는 짓을 하는 사람은 없다고 봐야한다. 그들은 적어도 사회적인 지위와 체면이 있는 사람들이니까. 아니다. 그런 사람들이라고 장난을 치지 말라는 법은 없다. 아니라고 단정 지을 수는 없다.

재철은 이런 상황이 너무 황당하기만 했다. 양복상의야 벗어놓을 경우에 슬쩍 들고 갈 수 있어 주머니에 든 지갑이나 3D폰이 없는 것은 도둑을 맞았다고 이해할 수 있다. 손목시계, 바지, 구두까지도 납득은 간다. 하지만 현재 입고 있는 싸구려 속옷은 남의 것이다. 아무리 도둑이라도 입고 있던 속옷까지 일부러 벗겨서 바꿔 입힐 만큼 정말 거지같았을까. 원래 자신의 속옷이 고가의 브랜드 명품이긴 하지만, 정말 이해할 수 없는 일이었다.

혹시나 잃어버린 것들이 집무실에 있을까봐서 이곳저곳을 뒤졌지만 사라진 것들은 찾을 수 없었다. 재철은 고민하다가 회사전화를 이용해 자신의 3D폰으로 전화를 걸어봤다. 다행히 신호는 가고 있는데 상대방에서 받지를 않고 있다. 이른 새벽, 창밖의 컴컴한 밤하늘을 보는데 도심의 불빛들이 깊어가는 한 밤의 사악한 어둠과 지쳐가는 싸움을 하는 느낌을 받았다.

'누가 가져갔을까? 훔쳐간 그 사람도 지금쯤은 깊은 잠을 자고 있을까.'

재철은 책상위에 MFD를 발견하고 터치하니 새벽 4시15분을 가리키고 있었다. 다행히 MFD는 놓고 나가서 없어지지 않은 것 같았다. 재철은 왼손 약지 손가락에 MFD를 다시 끼었다. 전화 신호음은 계속 가고 있다. 이렇게 심야에 계속 전화벨을 울리게 하는 것은 아무리 그가 도둑(?)일지라도 실례가 되는 일이라 생각하여 통화버튼을 떼었다. 하지만 전화를 끊으니 다시금 불안감이 밀려온다. 잃어버린 것은 새로 사면되지만 3D폰에 저장된 개인자료와 신용카드가 든 지갑 등은 무척 신경이 쓰이는 것들이다. 금전과 관련된 개인적인 내용은 물론 회사업무의 비밀스런 자료까지 들어있으니…….

휴-.

재철은 사건 아닌 사건에 크게 한숨을 내쉬었다. 근심 걱정이 커져가니 아무 일도 할 수가 없을 것 같았다. 하지만, 어쩌다가 이런 일을 당했는지 고민하고 자책하기엔 몸이 너무 피곤하였다. 힘을 내서 집으로 가려고 했지만 눈앞이 캄캄해지며 어지러워서 비틀거렸다. 간신히 벽을 짚고 실내온도를 올린 후에 잠시 눈을 붙일 생각으로 소파에 드러누웠다. 눈이 감기면서 다시 깊은 잠이 들었다.

속이 쓰린 느낌이 들어서 눈을 떴다. 잠시 잤다고 생각하며 손가락에 낀 MFD를 보니 12월 9일 토요일 8시를 표시하고 있었다. 근심스럽게 겨우 일어나서 집무실의 문을 열고 나가려다가 잃어버린 3D폰이 생각났다. 일단 3D폰부터 찾아야했기에 회사전화를 이용해서 그놈에게 걸었다. 다행히 신호가 가면서 그쪽에서 전화를 받았다.

"제 전화기…….."

"사장님!"

나타난 입체영상의 얼굴과 음성이 매우 익숙해서 눈을 크게 떴다.

"박 실장!"

'범인이 박 실장이라니…….'

어찌된 영문인지 모르겠지만, 다행이라 생각했는지 어둡던 재철의 표정이 조금은 밝아졌다.

"사장님, 회사에 계시는군요? 제가 지금 바로 갖고 가겠습니다."

그렇게 하고 재철은 더 이상 묻지 않고 끊었다. 30분쯤 지나서 박 실장은 집무실문을 열고 허겁지겁 뛰어왔다. 그는 한손에 양복상의를 들고 있었다.

"걱정 많으셨지요?"

재철은 고개를 끄덕이며 박 실장이 준 옷을 받자마자 주머니부터 확인해 보았다. 지갑과 3D폰이 그대로 있어서 천만다행이었다. 재철이 어떻게 된 일인지 묻기 전에 표정을 살피던 박 실장이 먼저 물었다.

"어젯밤에 어디로 사라지셨어요?"

"누가, 내가?"

"예. 한창 분위기 무르익는데, 사장님 혼자 슬쩍 나가셨잖아요."

"그래? 나간 기억이 없는데. 근데 이거 밖에 없어요?"

"예?"

박 실장은 더 없다는 듯 손을 내보이며 살짝 고개를 갸웃했다.

"사장님, 어제 양복 상의만 의자에 걸쳐놓고 나가……."

갑자기 재철을 살피던 박 실장은 낡은 점퍼에 상, 하의는 싸구려 체육복으로 입고 있는 재철의 모습이 이상한 듯 물었다.

"새벽에 운동 하셨어요?"

"아냐. 일어나보니까, 이렇게……. 근데, 어제 잠을 내가 여기서 잤더라고."

"예? 어제 화장실 가신 줄 알고. 암만 기다려도 안 오시기에 전화드리니까, 양복에서 벨소리가 나서……. 근데, 어제 무슨 일이 있었던 거죠?"

"나도 모르겠어. 근데, 이거 말고 더?"

재철은 말을 멈추고 잠시 보다가 "아냐." 하면서 고개를 저었다.

"잃어버린 게 더 있으신가요, 경찰에 신고할까요?"

아마도 술기운에 덥고 해서 찬바람 쐬러 밖에 나갔다가 몸을 가누지 못하고 길바닥에 쓰러진 것 같았다. 지나가던 누군가가 재철을 발견하고 그것들을 몰래 가져가지 않았을까. 구두나 시계는 유명 브랜드 제품, 그것들은 발이나 손목에 있어서 탈착도 쉬우니 이해가 갔다. 하지만 바지, 내복, 와이셔츠, 카디건, 넥타이, 양말에 속옷까지 몽땅 가져간 것은, 아무리 생각해도 훔친 놈이 거지가 아니고는…….

재철은 무엇보다 일란에게서 생일선물로 받은 스위스제 손목시계만은 꼭 찾고 싶었다. 그러나 이런 사실을 이야기하면 박 실장이 오해하여 부담을 받을까봐, 차마 더 이상은 말을 할 수가 없었다. 재철의 표정을 살피던 박 실장은 혹시나 자신이 범인으로 지목되는 느낌이 들었는지 미안한 표정을 짓다가 마치 결백을 주장하듯 하소연하였다.

"죄송합니다. 사장님께서 어제 평소와 달리 술을 좀 많이 마신다고 생각했는데, 곧 잠이 드셨어요. 얼마 후에 갑자기 일어나서 밖으로 나가신 거죠. 이 상황은 술을 마신 분들에게 물어보셔도 되고 CCTV를 확인해보셔도 될 겁니다. 저도 어제 좀 술을 과하게 마셔서 기억이 가물가물해서요. 정말 죄송합니다."

눈시울마저 붉히며 하소연하는 박 실장을 더 이상 괴롭힐 수는 없어 고개만 끄덕였다. 재철도 어제 밤에 화장실을 간다고 한 이후로 무엇을 했는지 전혀 기억이 나지 않았다. 아무리 술을 과하게 마셔도 흐트러진 적이 없었고 기억을 잃은 적이 없어서 더욱 답답했다. 표정을 살피던 박 실장이 조심스럽게 물었다.

"혹시, 잃어버린 물품에 RFID(Radio-Frequency Identification)칩이 있다면 찾을 수 있지 않을까요?"

"잘못 알고 있는데, RFID칩이 부착된 물품은 10m정도이내의 거리에서 물품이 사라질 때, 감지가 가능할 뿐이야. 물론 내 시계는 GPS위치추적 칩이 있어 거리에 상관없이 위치를 알아낼 수 있지만. 근데, 요즘 도둑들은 추적당할까봐 현장에서 식별 칩부터 적출한 뒤에 내다 판다잖아."

"그럼, 어떻게 하지요? 도난품 찾으려고 달아놓은 칩도 소용없으면, 경찰에 신고하겠습니다."

"됐어. 경찰이 범인을 잡긴 하겠지만, 그거 찾으려고 경찰 왔다갔다가 하면서 업무에 지장 받고 피곤해지면……."

"그럼, 중고시장에 나올지도 모르니까, 도난 통보 사이트에 장물로 물품 목록을 올려놓겠습니다."

"그게 낫지. 좀도둑 같은데, 언젠가 팔아야할 테니. 암튼, 박 실장 덕분에 중요한 3D폰은 찾았으니까, 걱정은 덜었고 수고했네."

"정말, 죄송합니다. 앞으론 정말 주의 깊게 잘 보필하겠습니다."

박실장은 고개를 숙였고 재철은 그만 하라는 듯이 손을 저었다.

"가봐."

"근데, 사장님 안색이 많이 안 좋아 보여요."

"자네도 그렇게 보이나?"

"주치의 부를까요?"

"글쎄, 번거롭고 하니 수면실에서 그냥 쉬지, 뭐."

누구한테 맞은 듯이 몸 상태가 좋지는 않았지만 의사까지 불러서 진단을 받을 만한 일은 아니라고 생각했다. 한숨 푹 자면 나아질 거라고 생각하고 재철은 집무실에서 조금 떨어진 수면실로 갔다. 토요일이라 사원들이 없어서 붐비지 않았다. 수면복으로 갈아입고 침대에 누워서 기기의 메뉴에서 숲속을 선택하자 입체영상으로 숲이 재현되었다. 펼쳐진 푸른 하늘에 흰 구름이 떠가고 실바람이 불어왔다. 지저귀는 새소리와 시냇물이 흐르는 소리가 들렸고 삼림에서 뿜어내는 피톤치드 향에 울긋불긋 만개한 꽃들에서 퍼지는 은은한 꽃향기까지 실제 자연과 흡사했다. 재철은 4D로 재현된 가상의 숲속에서 잠시 잠을 자며 피로를 풀려고 했지만 생각처럼 쉽게 회복이 되지는 않았다.

몸의 상태가 좋지 않은 관계로 일요일까지 별 하는 일 없이 집에서 쉰 덕분에 재철은 많이 좋아졌다. 엊그제 밤에 어떤 일이 있었는지 고민할 사이도 없이 금세 월요일이 돌아왔다. 건강이 다시 회복되니 기분도 상쾌해져서 가뿐한 마음으로 출근했다. 매주 월요일 오전에는 재택과 시간제 및 상근직원 등이 함께 모여서 회사의 발전을 위한 이야기를 격의 없이 나누는 담소의 시간을 갖는다. 연말연초에 회사차원에서 전 직원이 한마음으로 불우이웃돕기 행사를 강화하자고 의견을 모았다.

11시쯤에 집무실로 돌아와서 의자에 앉는데 박 실장이 문을 열고 건강식품이 담긴 택배상자를 갖고 들어왔다.

"요즘 택배가 좀 느리네요. 초전도 자석에 문제가 있는 건지 부양이 안 되는 건지."

박 실장은 사내 택배 전송구를 통해 받아온 택배상자를 책상에 놓았다. 재철은 박스를 뜯어서 산삼액이 담긴 봉지를 꺼내서 하나를 박 실장에게 주며 말했다.

"부양문제가 아니라, 택배전송기 전송관로가 원래 만들어질 때 가로, 세로, 높이 1미터 이하의 상품만 취급해야하는데, 가끔씩 규격 외의 제품에 동물이나 사람이 들어와서 막히고 특히, 스팸 택배 보내는 자들이 마구잡이로 보내기 때문에 아주 말썽이지. 그걸 해결하다보면 늦게 도착하고……."

재철은 산삼 액을 마시면서 중얼거리듯 말하다가 책상에 놓여있는 3D폰 Q 출시 5주년 기념 한정판으로 판매할 계획인 3D폰 황금케이스의 실물 모형을 보았다. 자사 디자인 팀이 아닌 프랑스의 유명 디자이너에게 의뢰해서 제작한 모형이었다.

"이거 3D팩스가 왜 표면이 매끄럽게 수신이 안 되지?"

"요즘 좀 그렇더군요. 파우더(가루) 교체한지 얼마 안 되었는데, 전송 케이블 문제인지, 헤드 문제인지……. 새 걸로 구매할까요?" 재철은 황금색으로 입혀진 외관이 맘에 드는지 고개를 끄덕였지만 박 실장은 교체하라는 뜻으로 생각해 고개를 끄덕였다.

재철이 신형 3D폰 모형을 귀에 꽂고 착용감을 보는데 MFD에서 중요한 약속을 전하는 음성메시지가 들렸다. 저녁 7시에 칼텍공대, 동경대, 칭화대 연구소의 교수 등이 함께하는 차세대 고화질 입체영상기술 솔루션에 관한 4개국 대륙 간 화상토론이 있음을 입체영상으로 알리고 있었다. 얼마전만 해도 분 단위로 시간이 틀리는 MFD가 눈에 거슬려서 쓰레기통에 버릴까도 생각했는데, 3D폰의 백업기능으로써 MFD는 아직도 쓸모가 있는 것이 분명했다. 중요하지 않은 행사나 년 단위의 정기적인 일정은 MFD에 들어있으니 말이다. 박 실장이 생각이 난 듯 입을 열려는데 재철이 먼저 말했다.

"화상토론 참석할 거니까, 송골매 대기 시켜요."

"예? 안 가신다고 하셔서."

"아냐. 연말이고 하니, 연구소 직원들을 찾아가서 격려도 하고."

재철은 오후 업무를 일부러 일찍 마치고 자사 건물 옥상에서 수직 이착륙기인 송골매를 타고 5시 30분쯤 경기도 시흥에 있는 제품개발 연구소로 갔다. 재철이 송골매에서 내렸을 때 간부급 직원들은 비행차나 승용차를 타고 정문으로 들어오고 있었다. 30여명의 연구원들은 이미 모두 밖으로 나와서 일제히 인사를 하면서 반갑게 맞이했다. 재철은 기술이사 및 임원 등과 함께 연구소로 들어갔다. 재철은 연구원들과 함께 구내식당에서 저녁식사를 하면서 이런저런 대화를 나눴다.

대화의 주제는 역시 기술연구와 관련된 것들이 많았다. 수십 년 전, 반도체 회로설계 시에 극자외선(EUV;Extreme Ultraviolet)을 이용한 리소그래피(lithography)장비로는 20나노미터(㎚)이하의 반도체 회로선폭의 한계를 극복하지 못했었다. 재철은 십여 년 전, 오성전자에서 반도체 설계연구원으로 일했을 때, MEMS(Micro Electro Mechanical Systems;미세전자 기계시스템)공정에서 XM-1을 사용할 수 있어서 3D폰의 프로토타입(prototype;시제품)을 홀로 제작할 수 있는 발판이 되었다고 회고했다. 재철은 이사회에서 XM-99v장비도입을 승인했으니 연구원들이 불철주야로 노력하면 내년 하반기에는 체내 삽입형 3D폰 시제품도 출시할 수 있을 것이라고 예상했다. XM시리즈는 블록공중합체(block copolymer)의 자기조립(self-assemble)[1] 성질을 이용하여 스스로 원자 또는 분자 수준에서 쌓아가며 만드는 바텀업(bottom up)방식으로 나노구조를 형성해 회로선 간격이 5나노미터인 비대칭적인 패턴을 형성해주는 장비이다.

식사를 마친 후에 7시부터 화상토론을 시작했는데 열기가 뜨거워서 밤늦게까지 이어졌다. 10시쯤, 토론을 마치자 졸음에 겨운 간부들은 모두 부랴부랴 퇴근을 했지만 재철은 숙소에서 하룻밤을 자기로 결정했다. 10명 정도의 연구원들과 술자리 대화를 하면서 그들의 고충도 알아보다가 새벽 2시쯤에 잠을 자게 되었는데 아무래도 낯선 곳에서 청하는 잠자리인지라 조금은 불편했다. 게다가 현재 불통상태로 찾을 수 없는 일란이 다시금 떠올라 머릿속을 어지럽혔다.

사실, 갑작스럽게 연구소를 방문하고 숙소에서 잠을 자는 이런 행동들이 사라진 그녀를 잊기 위한, 괴로움을 떨쳐내기 위한 몸부림이었음에도 고통은 가시지 않았다. 일란의 행방을 알지 못한 갑갑함 때문에 재철은 편히 잠들지 못했다.

다음날 12일, 재철은 간신히 새벽 4시쯤에 잠이 들었지만 개운하지 않은 상태로 다시 일어났다. 아침식사를 구내식당에서 직원들과 함께 한 후에 연구원들의 아쉬운 환송을 뒤로하고 9시쯤 떠나는데, 재철은 갑자기 3D폰 공장을 방문하기로 결정했다.

　이천에 있는 폰탁스 공장은 현재 출시되는 3D폰 제품만을 제조하는데 비전테크에서 아웃소싱(외주제작)을 하고 있다. 재철의 갑작스런 방문 소식에 폰탁스 간부급들이 총출동했다. 그들로부터 신형 VT모델 제조공정에 대한 브리핑을 받고 현장시설을 둘러보았다. 그들은 최근의 기술력을 자랑하려는 듯 300레이어(Layer)급 복층식 PCB기판과 자체 개발한 MEMS 소자 및 혈관용 마이크로 로봇 등을 선보였다. 회사중역은 앞으로 비전테크에서 발주할 어떠한 제품도 신속하게 양산할 수 있는 역량이 있다고 역설했다. 이후에 대전 대덕단지로 내려가서 프로그램 개발을 담당하는 소프트웨어 협력업체 직원들과 한정식당에서 오찬을 함께했다.

　상경할 줄 알았던 재철이 다시 전주로 가겠다고 하자 예정에 없는 즉흥적인 일정들에 박 실장은 난감한 표정으로 만류하였다. 하지만 고집은 꺾이지 않았고 저녁이 다되어 고객 상담 콜센터에 도착했다. 재철은 상담센터 시설 확장 및 직원들의 복지문제에 관심을 보였고 인공지능 캐릭터 상담원을 쓰지 않는 이유에 대해서, 사람을 고용해 일자리 하나라도 더 창출을 하기위한 뜻이라고 하자 많은 박수를 받았다. 하지만 상담 능력이 부족하면 회사 이미지를 실추시킬 수 있으니 먼저 전문적인 실력을 갖추고 고객을 섬기듯 정성을 다해 상담에 임해줄 것을 부탁했다. 호텔에서 직원들과 저녁만찬을 같이하면서 우수상담 직원들에 대한 격려와 포상까지 했다. 재철의 방문을 어떻게 알았는지 지역기관장 및 국회의원까지 찾아와서 갑작스럽게 간담회를 가졌다. 이들과 밤늦게까지 여흥을 즐기는 바람에 결국 회사로 올라가지 못했다.

　13일 수요일, 일란을 잊기 위한 즉흥적이고 돌출에 가까운 출장여행을 실행한 재철은 과음으로 늦잠을 자고 말았다. 박 실장은 오전 10시가 지나서 깨어난 재철을 겨우 데리고 나와서 해장국을 먹으려고 차에 탔다. 이때 법무팀 남과장의 전화가 걸려왔고 내년 납품업체 및 해외계약 건에 관한 긴급 회의가 필요하다는 말에 재철은 본사로 바로 올라갔다. 차안에서 다시 일란에게 여러 번 전화를 걸었지만 역시 전원이 꺼져있다며 연결 자체가 되지 않았다. 며칠째 행방불명된 일란 때문에 벌써 이곳저곳을 다녔고 연락이 될 만한 곳을 나름대로 수소문해봤지만 여태 찾지를 못하고 있다.

혹시, 그녀가 아무런 이별 통보 없이 정말 떠난 것일까, 아니면 어떤 사고가 생긴 것일까. 그녀가 미국에 다녀와 사라져버린 이후로 벌써 일주일도 넘게 연락이 안 되고 있지만 찾을 방법도 없어 재철은 속으로 골머리만 앓고 있다. 재철은 다시 심란해져서 회사 업무에 신경을 쓰기가 힘들어졌다.

로봇시대

　14일 목요일, 조금 춥긴 해도 아침부터 하늘에 구름 한 점 없는 맑은 날씨를 보이고 있다. 맑은 하늘을 보니 재철의 기분도 오랜만에 침체에서 벗어난 듯 보였다. 하지만 며칠 지방을 다녀온 탓에 퇴근시간이 훨씬 지난 밤 8시까지 밀린 업무를 봐야했다. 근무를 마치고 회사를 나왔지만 집으로 가지 않았다. 재철은 회사건물을 뒤로하고 어디론가 무작정 걷는 것처럼 보였다.

　밤이라서 날씨가 쌀쌀하긴 했지만 옷깃으로 스며드는 찬바람이 왠지 시원한 느낌마저 들었다. 평범한 캐주얼 차림에 모자와 안경까지 쓰고 거리를 걸으니 자신을 알아보는 사람은 없었다. 도시의 밤은 어둠을 거부하듯 가로등과 형형색색의 간판 조명으로 환하게 밝히고 있다. 걷다가 걸음을 멈추고 살짝 고개를 돌려서 뒤를 보았다. 비전테크 사옥 벽면의 SEEyou라는 3D폰 브랜드의 광고 불빛(LED)이 번쩍거리고 있었다. 재철은 다시 걸음을 걷기 시작했다.

　21세기 중반에 접어들자 인류는 과학기술을 기반으로 환경과 질병 등 각종 난제들을 하나씩 해결했고 지구를 벗어나 달과 화성에까지 영역을 넓혔다. 세계경제는 10년째 호황으로 새로운 세상이 열릴 것 같은 기대로 충만해있다. 하지만 빛이 있으면 그늘이 있듯 풍족한 삶을 영위하는 계층과 달리 직업을 갖지 못한 실업자들은 거리를 떠돌면서 [일자리를 달라!]는 판때기를 들고 여기저기서 시위를 하기도 했다.

크리스마스까지 아직 시일이 많이 남아있지만 거리에 불을 밝힌 트리와 가끔씩 울려 퍼지는 캐럴, 거리에 붐비는 젊은 연인들로 성탄절과 연말의 분위기를 느낄 수 있었다. 어디서 뭘 하고 있는지, 일란을 생각하니 다시 기분이 싱숭생숭해졌다. 작년 이맘때 일란과 같이 시내거리를 걸었었다. 들려오는 크리스마스 캐럴과 함께 선명하게 그때가 떠올랐다. 아마도 이런 분위기에 휩싸이면 오늘도 잠을 이루기는 힘들 것 같다.

댕그렁, 댕그렁 하는 귀에 익은 종소리가 가까워졌다. 종교 단체의 자선냄비였다. 올해도 어김없이 그 자리에 있지만 냄비에 돈을 넣는 사람들은 드물었다. 재철은 일부러 다가가서 지갑에서 고액수표를 꺼내 냄비에 넣었다.

"감사합니다!"

종을 흔들며 서있는 남자가 꾸벅 인사를 했다. 재철은 미소를 지으며 힐끔 얼굴을 보다가 깜짝 놀랐다.

'종을 흔드는 일이 힘들어서, 아니면 사람들의 시선을 끌기 위해서? 언제부터 인간을 돕기 위해 로봇이 거리에 나섰지?'

재철은 못 볼 것을 본 것처럼 미간을 찌푸리다가 로봇의 감사한다는 말을 듣는 둥 마는 둥 고개를 돌려 황급히 발걸음을 옮겼다. 기분이 찜찜해진 재철은 길 가던 사람과 부딪혔고 쓰러질 뻔하였다.

"죄송합니다. 다친데 없으십니까?"

행인은 전자음 특유의 말소리로 물었고 재철은 그의 얼굴을 보다가 자기도 모르게 또 미간을 찌푸렸다. 차가운 금속 뼈대와 플라스틱으로 덮인 가사 도우미 로봇이 심부름을 가던 중이었는지 한손엔 장바구니를 들고 한 손으론 재철의 몸을 부축하며 공손히 묻고 있었다.

"괜찮아!"

재철은 자기도 모르게 금속 덩어리를 밀치며 짜증을 냈다. 로봇은 재철에게 굽실하더니 뒤로 물러섰다. 인간도 아닌 것이 인간보다 예의바른 태도로 인간 행세를 하고 있다. 전기만 나가면 무용지물인, 영혼도 없는 기계 덩어리들이 인간과 소통하면서 인간보다 더 인간스러운 모습을 보이고 있다.

로봇(Robot). 재철은 고등학교 시절, 과학 선생님이 들려준 이야기를 어렴풋이 떠올렸다. 로봇이라는 말은 1921년 체코슬로바키아의 극작가 카렐 차페크(Karel Capek)가 발표한 희곡에서 처음 등장한다고 했다. 그가 쓴 로섬의 만능로봇(Rossum's Universal Robot)[2]에서 로봇이라는 말이 나오는데, 어원은 체코슬로바키아 말로 'robota'이며 '강제적인 노동'이라는 의미가 담겨있다고 한다. '로보타'라는 뜻처럼 로봇들은 인간을 위해 노동하며 봉사해야한다. 그들은 주인인 인간에게 무조건적으로 복종하며 인간의 명령을 거부할 수 없어야한다.

그런데 지능(Intelligence)을 가진 로봇이 스스로 생각할 수 있는 자율성(Autonomy)과 움직이는 이동성(Mobility)이란 두 가지 기술적 요소를 모두 갖추면 문제점(딜레마;Dilemmas)[3]이 발생한다. 육중하고 강력한 힘을 가진 금속성 기계가 잘못된 판단을 하여 인간을 향해서 움직이면 피해를 줄 수가 있기 때문이다. 그래서 자율성이 크면 이동성을 줄여주고 자율성이 작으면 이동성은 크게 해도 되도록 두 요소는 반비례로 설계된다.

20세기 SF작가인 아이작 아시모프(Isaac Asimov)는 일찍이 지능을 가진 로봇이 인간에게 미칠 영향에 대해서 우려를 했었고 미래에 로봇이 출현하게 되면 그들의 행동에 있어서 몇 가지 원칙이 필요하다고 보았다. 그는 소설에서 로봇 3원칙[4]을 발표했는데, 로봇제작 관련자들에게 큰 영향을 미쳤다.

원칙 1. 로봇은 인간을 다치게 해선 안 되며 인간이 다치도록 방관해서는 안 된다.

원칙 2. 인간의 명령이 원칙1에 해당되지 않는다면 로봇은 인간의 명령에 따라야한다.

원칙 3. 원칙 1, 2에 해당되지 않는다면 로봇은 스스로를 보호해야만 한다.

이 원칙들 외에 나중에 한 가지를 더 보강했다고 하는데, 기억이 나지 않는다. 사실, 네트워크와 연계된 AI(인공지능)는 이미 인간의 지능을 능가하였고 AI는 곳곳에서 인간을 돕고 있다. 또한 무인비행을 하며 폭격이 가능한 드론(drone)이나 수송용 견마로봇(개나 말을 닮은, 네 개의 다리가 달린 로봇의 총칭), 폭발물 제거 로봇, 인명 살상용 전투로봇, 얼마 전에 회사로 잠입했던 곤충형 정탐로봇 등은 이미 전장에서 맹활약 중이다. 하지만 평범한 일상의 거리에서나 건물의 실내 등, 곳곳에서 눈에 띄는 바퀴형 로봇, 2족 인간형 보행로봇, 견마형 4족 로봇, 다족형, 다관절 로봇 등은 공상과학 영화에서처럼 인간의 명령을 거부하고 반란을 일으킬 기미는 보이지 않는다. 모두들 인간의 편의를 위해 애쓰는 모습만 보일 뿐이며 로봇에게 자신을 위한 무슨 욕구나 욕망 같은 것은 없어 보인다.

가끔씩, 인간이 로봇을 조종해서 또는 기계적인 오동작으로 사람이 죽고 다치는 경우 등은 있지만 인공지능 로봇 스스로가 인간 위에 군림하려는 시도는 없었고 현재의 시스템 상에서는 불가능하다고 봐야한다. 다만, 전쟁, 재난 발발 등 인간이 군사로봇의 통제를 받는 비상시국이거나 범죄자의 해킹으로 자율권을 탈취 당한 로봇이 인간의 명령에 불복종하고 무력을 행사하는 예외가 있을 수 있다. 극히 희박하지만, 인공지능이 스스로 진화, 대오각성(大悟覺醒)하여 자유의지를 가지려는 경우까지 제외한다면 적어도 향후 몇십 년까지는 별 일이 없을 것으로 보인다. 그렇다고 해도 로봇은 지속적으로 진화, 발전하기 때문에 항구적인 평안은 장담할 수 없을 것 같다.

사실, 인공지능로봇으로 일어날 미래의 일보다 씁쓸하고 불쾌한 일은 바로 지금 눈앞에서 벌어지고 있다. 로봇들은 이미 오래 전부터 사회 각 분야에 들어와서 인간의 일자리를 야금야금 갉아먹었다. 청소, 택배, 가사도우미, 경비, 계산대 점원, 안내원, 간병인, 예술과 엔터테이너 로봇 등 웬만한 일자리는 이미 로봇들이 차지하였고 인간들은 실업자가 되었다. 하지만 정치권에서는 실업자들이 먹고 사는 생계유지 같은 걱정을 별로 할 필요가 없다고 주장한다. 과학기술의 발전과 로봇의 노동력으로 이뤄낸 복지시대가 열렸기 때문이라고 한다. 그렇지만 인간이 아무 일도 하지 않고 빈둥빈둥 놀면서 무위도식하는 삶을 견딜 수가 있을지는……. 배고픈 소크라테스와 배부른 돼지, 둘 중의 하나를 선택하라는 것은 가혹한 일 같고 인간으로서 무언가 삶의 보람을 얻을, 성취 욕구를 충족할 수 있는 일자리는 필요할 것 같다.

재철의 사업장에도 부품을 조립하는 단순 작업로봇부터 비서로봇 같은 인간과 흡사한 지능을 가진 안드로이드까지, 어느 사업장에서 무슨 로봇이 어떤 일을 얼마나 맡고 있는지조차 알 수 없을 정도로 많다. 조만간 전체 사업장에 로봇이 얼마나 있는지 파악하여 가능하면 모두 퇴출 시켜버리고 싶다.

경솔한 생각이다.

이 시대에 로봇이 없다면 수십억 인류를 먹여 살릴 대량 생산은 절대 불가능하다. 또한, 고대 황제보다 더 안락하고 여유로운 현대 인간의 생활은 그것들 없이는 있을 수 없으며 꿈도 꿀 수가 없다. 인간의 노동력을 크게 절감시킨 로봇이 있기에 수십억 인류의 번영이 가능한 것이다. 더구나 대한민국 인구가 수십 년 전 보다 현격하게 줄어들고 고령화 사회가 된 이 시점에서 그것들의 노동력은 국가를 떠받드는 근간이 될 정도로 비중이 크다. 재철도 이미 자신이 벌어들인 부(富)의 절반은 공장에서 일하는 조립로봇이 가져다준 것이나 마찬가지였다.

로봇을 추방하자는 생각은 회사 최고경영자인 재철에겐 아이러니이고 이율배반(二律背反)적인 태도가 될 수밖에 없다. 사람을 대신해서 공장에서 노동을 하는 것이 아무리 못마땅해도 어쩔 수가 없다. 하지만 눈앞에서 로봇들이 거리를 활보하며 인간 행세를 하는 것은 왠지 눈살을 찌푸리게 한다. 인간도 아닌 주제에 친절을 베풀고 인간을 도우려는 가짜 인간들이 싫다. 가짜라는 말은 거짓과 상통하며 진짜가 아니기에 속는 불쾌함이 동반된다. 대개, 가짜는 진짜처럼 보이기 위해 번지르르한 거짓말과 자신을 위장하는 감쪽같은 사기술에 능수능란하다. 그래서 가짜라는 말처럼 불쾌하고 씁쓸하며 허무한 단어도 없다.

그러나 실상, 인간의 흉내를 내는 저 가짜들, 로봇은 거짓말을 할 줄 모르며 속임수를 절대 쓰지 못한다. 인공지능은 원천적으로 속임수나 거짓말을 쓸 수가 없도록 설계된다. 만약, 로봇이 거짓을 말하고 속임수를 쓴다면, 그것은 인간이 뒤에서 조작하고 명령하기 때문이다. 덧붙여, 로봇 뒤에 숨어서 조종하는 인간은 반드시 탐욕을 등에 업는다.

쌔애액―.

고개를 들어 약간 멀리 보니 고가 철도에서 쏜살같이 바람소릴 내며 초전도 자기 부상 열차가 지나가고 있었다. 자기부상 열차는 레일에서 5cm 정도 뜬 상태로 시속 500Km의 속도를 내는데, 순식간에 미끄러지듯 사라져 갔다. 갑자기 채울 수 없는 한 덩어리가 재철의 가슴속에서 뭉텅 베어져 나가는 느낌이 들었다.

일란, 그녀는 지금 없다.

이달 초, 엿새 만에 미국에서 귀국한 일란을 조금이라도 빨리 보려고 인천 국제공항까지 자기부상 열차를 탔다. 재철은 10여분 만에 도착했고 둘은 마치 십년쯤 헤어진 연인처럼 너무도 반가워서 격하게 포옹했었다. 떨어져있는 동안에도 입체영상 전화나 SNS 등을 통해서 수도 없이 연락을 주고

받았지만 서로가 맞닿는 접촉이 없이는 그리움과 뜨거운 사랑을 해결해주지 못했던 것이다. 얼굴과 얼굴을 맞대고 손과 손을 맞잡는 직접적인 만남만이 두 사람을 만족시킬 수 있었다. 그날, 만나자마자 두 사람은 서로가 껴안으며 기뻐했고 사랑과 낭만이 가득한 저녁식사 시간을 보낸 뒤에 밤이 깊어지자 호텔로 갔다.

뜨거운 둘만의 시간을 보낼 기대에 부푼 재철이 샤워를 마치고 나왔을 때, 일란은 보이지 않았다. 그녀가 어디론가 사라져 버린 것이다. 급히 전화를 하며 부랴부랴 호텔 밖까지 나와서 근처를 살펴봤지만 일란은 없었다. 수십 번이나 전화를 걸어봤지만 연락이 되지 않자 애가 탔다. 그날 밤, 갑자기 일란이 왜 모든 연락을 끊고 사라졌는지 지금도 알 수가 없다. 그렇게 그녀와 마지막이 되어버린 그날 밤 이후로 일란의 전화기는 꺼진 채 받지를 않고 위치추적도 안되며 그녀가 사용하던 SNS도 멈춰버렸다.

'대체, 일란은 어디로 간 것일까, 그녀에게 무슨 일이 일어난 것일까.'

흔적도 없이 사라진, 알 수 없는 일란의 행방에 관하여 이런저런 근심과 걱정으로 한동안 거리를 걷다보니, 재철은 너무나 멀리 왔음을 깨닫고 발걸음을 황급히 회사로 돌렸다.

* * *

15일 금요일, 아침 햇살은 건물과 도로에 가볍게 내려앉았고 오늘도 맑은 날씨 탓에 상쾌한 기분으로 출근을 했다. 아침을 여는 거리에 행인들과 로봇들이 분주하게 오고가고 있었다. 재철은 출근하는 차에서 오고가는 거리의 로봇을 보다가 문득, 회사에 로봇이 있다는 사실을 상기하며 비서 로봇을 떠올렸다.

핑크로즈(PINK ROSE).

영어 이름이 맘에 들지 않아서 한글 이름을 주기로 했다. 로봇의 이마 왼쪽에 약하게 펄(pearl)로 그려진 장미 문신을 본 것 같아서 장미라고 지었으나 핑크로즈나 다를 바 없고 접대부 같은 느낌도 가시질 않았다. 로보트론의 성의를 봐서 한 달만 쓰다가 반납할 생각이니 이름이야 어떻든 상관없는 일이다.

회사에 도착한 재철은 복도를 지나 집무실로 들어섰다. 이미 출근 시간에 맞춰 수납상자에서 나와 입구 쪽 비서실에 앉아있는 장미를 힐끔 보며 지나갔다. 며칠 동안 장미를 잊고 있어 업무시간에 주로 [대기]모드 상태로 있었을 것이다. 재철이 불러줄 때까지 장미는 하루 종일 비서실 책상에 인형처럼 앉아 있다가 재철이 퇴근할 무렵이면 수납상자로 들어가서 모든 동작을 멈추고 내일을 위한 [충전] 또는 [수면]모드로 바뀌는 과정을 반복했을 것이다.

재철은 업무 중에 간간이 비서실로 연결되는 사내전화 버튼을 눌렀다. 장미가 뭘 하는지 궁금했기 때문이다. 역시나 미동도 없이 마네킹처럼 책상 앞에 앉아있는 장미가 입체영상으로 보였다. 왠지 가까이 가기가 꺼림칙하다. 사고체계를 가진다는 것, 그것은 기계가 인간과 동등해지려는 시도이기에 불손한 느낌부터 먼저 든다. 로봇이 인간처럼 생각을 한다는 사실은 TV나 전화 같은 전자제품처럼 쉽게 대할 수 없게 하고 불쾌감마저 동반된다. 또한 인공지능이 현재 무슨 생각을 하는지 알 수 없는 것도 두려움을 갖게 한다. 재철은 영상을 확대해보았다.

'외모만 보면 영락없는 여성인간. 굴곡 있는 몸매에 오뚝하게 솟은 콧날, 반짝거리는 큰 눈에 검고 긴 속눈썹 등 미인형의 얼굴. 하지만 한낱 기계에 불과할 뿐, 어찌 인간에 비할 수 있을까?'

그저 가짜에 불과한, 인간을 닮은 기계를 한참 보노라니 장미의 얼굴에서 갑자기 일란의 모습이 겹쳐졌다. 채일란, 그녀는 평소 낯선 사람들에겐 다소곳하고 얌전했지만 잘 아는 사람이 있을 경우엔 수다스럽게 변하며 친밀 감과 애정을 표시했고 행동도 자유스러웠다. 청순하고 부드러운 느낌, 상냥 한 성격, 타고난 여성스런 애교에 아름다운 미모, 무엇보다 첫사랑과 닮았 으니 재철이 반했을 것이다. 일란을 생각하다가 재철은 자기도 모르게 벌떡 일어났다. 갑자기 그녀가 보고 싶어졌기 때문이다.

'연락도 없이 도대체 어디로……'

자리에서 일어나 전화통화를 시도해봤지만 역시나 그녀의 전화기는 꺼져 있었다. 책상 주변을 서성거리던 재철은 자기도 모르게 어느덧 입구쪽의 비 서실까지 걸어왔다. 장미는 눈을 감고 죽은 듯이 앉아있었다. 옆에서 장미 를 가까이 보노라니 인간이 로봇을 대할 때 생기는 감정적인 반응, 언캐니 곡선 이론이 떠올랐다.

20세기인 1970년, 일본의 로봇공학자 모리 마사히로(森政弘)박사가 언급 한 언캐니 곡선(uncanny valley;섬뜩한 계곡)[5]이론에 따르면 로봇의 외관 과 동작이 인간과 비슷하게 만들어지면 호감을 갖는다고 한다. 그 옛날, 혼 다(Honda)의 아시모나 카이스트(KAIST)의 휴보, 키스트(KIST)의 마루 등 인간과 비슷한 체형의 휴머노이드 로봇이 여기에 해당 될 것이며 아톰, 건 담, 태권브이 같은 로봇은 실제로 호감이 생긴다. 그렇게 로봇은 인간을 비 슷하게 닮을수록 호감도가 커지며 상승하다가 닮은 정도가 어느 지점에 오 르면 갑자기 호감도가 급격히 떨어지고 혐오감을 느끼게 된다.

이 지점에서의 로봇은 대개 고무나 실리콘 등의 재료로 몸과 얼굴에 피부 를 덧씌워서 인간과 같아지려하나, 기술적인 한계로 어설프게 닮는 결과를 낳아 마치 시체를 보듯 섬뜩해지는 느낌이 들어 혐오감이 드는 것이다. 그 러다가 로봇이 인간과 구분하지 못할 정도로 아주 흡사하게 닮게 되면 다시 호감도는 상승하게 된다. 이것이 [섬뜩한 계곡]이론의 골자이며 언캐니 곡 선 이론은 로봇 제작사, 캐릭터 디자이너 등에게 영향을 미쳤고 인간형 로봇제작에 적용이 되었다.

하지만 장미처럼 인간과 구별하기 힘든 로봇에 대한 호불호가 위의 이론처럼 맞는지에 관해서는 알려진 바가 없다. 과거엔 장미처럼 정교한 로봇을 만들 수가 없었기 때문인데, 이제야 재철은 그 이론을 상기하면서 고개를 끄덕였다. 장미는 마(魔)의 섬뜩한 지점을 극복하고 인간처럼 아주 친밀하게 느껴지는 지점으로 이동한 것이 분명해 보였다.

재철은 3D폰을 켜서 로봇비서 조작을 위한 '처음 실행'을 실시했다. 소유자의 개인정보 입력과 암호 등 몇 단계의 과정을 지나자 장미를 원격조종할 수 있는 단계에 이르렀고 [업무]모드로 변경했다. 그러자 쌍꺼풀 가진 큰 눈을 한번 깜박이며 장미가 눈을 떴다. 고개를 돌려 재철을 바라보며 입가에 미소를 짓더니 낭랑한 목소리로 말했다.

"사장님, 안녕하세요."

갑작스런 목소리에 재철은 약간 놀라면서 신기한 장난감을 보듯 장미를 바라보았다. 장미가 붉은 입술을 가볍게 움직이며 물었다.

"일정이 입력되어 있지 않았습니다. 시키실 일을 말씀해 주세요."

당대 최고의 음색을 지닌 여자 성우의 목소리를 샘플링해서 만들었는지 가녀린 목소리가 곱고 감미롭다.

'인간이 아닌 것이 인간을 능가하다.'

불쾌하고 섬뜩한 지점을 이미 넘어선 장미는 인간보다 사랑스러운 아니 톱스타 연예인처럼 대중을 끌어당기는 매력을 갖는 지점에 있는 것처럼 보였다.

'이런 로봇에게 반할 인간도 있을 것 같다.'

장미 같은 인공지능 안드로이드가 나오기 수십 년 전, 실리콘으로 만들어진 여성인형을 팔았다고 한다. 미소녀(美少女)의 모습으로 주로 일본에서 만들어졌는데, 단백질 인형이란 이름으로 남성들에게 고가에 판매되었다.

목, 팔, 다리의 형태를 약간씩 변형할 수 있지만 말도 못하고 스스로 움직이지도 못해 마네킹처럼 그저 바라만 보고 감상하는 인형임에도 구매하는 사람이 있었다. 그렇다면 대화가 가능하고 자유롭게 움직일 수 있는 장미는 이성으로서 그들에게 충분히 환영받을 대상이 되고도 남지 않을까.

일반인들의 상식에선 이해할 수 없지만 인형에게 사랑을 느끼는, 사실 이런 변태적인 성향은 오랜 옛날부터 아갈마토필리아(agalmatophilia)[6]라는 성도착(性倒錯;Paraphilia)증상으로 부르고 있다. 아갈마토필리아는 그리스어로 상(像;agalma)과 사랑(philia)을 합친 말로써 인형, 조각, 마네킹 등에게서 성적매력을 느끼거나 흥분하는 비정상적인 성애(性愛)이다. 21세기 중반부터 조잡한 인간형 로봇이 보급되고 양산된 것도 알고 보면 고가의 단순 성애 로봇의 수요가 급증한 것이 기폭제가 되었다고 한다. 로봇 제작사가 수익을 남기면서 다양한 로봇들이 일반인에게까지 보급되며 대중화되었는데, 옛날에 고가의 비디오(VTR)와 초고속 인터넷이 일반인에게까지 저렴하게 보급되던 과정과 유사한 상황이라 할 수 있다.

재철은 이런 다양한 생각 속에서 장미의 요구에 지시를 하지 못하고 바라만 보았다. 사실, 인공지능 안드로이드에게 지시를 처음 내리는 입장에서 무슨 명령을 해야 할지 상황이 낯설고 난감하게 느껴졌다. 더군다나 로봇에 대한 편견, 그것이 쉽게 말을 꺼낼 수가 없게 하고 기계와 대화한다는 어색함이 말을 가로 막는다. 그럼에도 장미의 시선은 마치 재철의 응답을 마냥 기다리는 충직한 강아지처럼 큰 눈을 껌벅이면서 물끄러미 바라만 본다. 재철은 더 이상 의미 없는 시간을 보낼 수 없어 일부러 돌아서서 팔짱을 끼고 창문 쪽에 시선을 두며 시큰둥하게 물었다.

"너……. 대체 뭘 할 수 있는 거야?"

장미는 잠시 생각하더니 말했다.

"사장님 비서로서 원하시는 건 뭐든지 할 수 있어요. 업무일정 관리부터 회의준비, 경조사와 우편물 및 택배 관리, 간단한 문서작성, 인터넷 정보검색, 각종 심부름과 손님접대……. 커피 한 잔 타드릴까요?"

로보트론에서 기본적인 비서업무에 관한 사항은 사전에 입력을 해놓은 것 같았다.

"앞으로 네 이름은 장미야."

"예, 알겠습니다."

재철은 한참 동안 무슨 말을 해야 하나 망설이다가 고개를 돌려 장미에게 한 마디를 했다.

"노래 할 줄 알아?"

갑자기 왜 이런 말을, 말해놓고도 격이 떨어진다는 생각이 들었다. 아마도 장미의 목소리가 듣기 좋아서일까.

"어떤 장르의 노래를 좋아하세요? 발라드, 힙합, 락, 민요, 샹송, 칸소네, 트로트, 판소리……."

장미는 마치 고객을 응대하는 상담원처럼 미소를 띠면서 거침없이 상냥하게 답했다.

"내가 좋아할 것 같은 노래를 불러봐."

로봇 주제에 아는 체를 하는 것 같아서 재철은 일부러 장미에게 어려운 주문을 했다. 장미는 잠시 동안 머뭇거리더니 자리에서 일어났다. 실내 스피커에서 발라드 곡의 반주가 흘러나오기 시작했다. 장미가 인터넷을 검색해 노래방용 반주파일을 찾아 근거리 무선통신(Bluetooth)으로 실내의 음향기기를 실행시킨 것이다.

"설렘."

장미가 제목을 말하더니 입을 벌려 청아한 목소리로 반주에 맞춰서 노래를 하기 시작했다. 마치 가수와도 같은 장미의 노래에 재철은 갑자기 어리둥절한 표정을 지었다.

기쁨은 어디서 시작되는 건지

나는 날마다 느끼는데

당신은 느끼는지 당신도 느끼는지

왜 어제는 긴긴 밤을 지샜는지

왜 오늘은 아무 일도 못하는지

왜 내맘은 항상 그맬 그리는지

당신은 느끼는지 당신도 느끼는지

행복은 어디서 시작되는 건지

나는 날마다 느끼는데

당신은 느끼는지 당신도 느끼는지

장미의 노래가 끝날 때까지 재철은 한동안 멍하니 팔짱을 끼고 듣고만 있었다. '설렘'이란 노래는 10여 년 전에 발라드가 잠시 유행했을 때에 자주 들어서 귀에 익숙한 곡이었다. 이 노래를 들으면 항상 일란이 생각났다. 재철이 일란을 사귀면서 가끔씩 불러주었던 노래로 일란도 종종 애창하던 노래였기 때문이다.

'로봇이 왜 이런 노랠?'

재철은 자신의 애창곡을 부른 장미를 보며 묘한 기분이 들었다. 갑자기 옛 추억들이 솟구치면서 다시 일란이 미치도록 보고 싶어졌다.

일란은 곁에 없다.

허전하고 알 수 없는 착잡한 기분, 답답함이 다시 밀려오기 시작했다. 장미가 부른 노래 때문에 또 다시 우울해졌다. 그런 기분을 전혀 엉뚱하게 파악한 장미는 미소를 가득 지으며 물었다.

"노래에 감동하셨나요? 몇 점을 주시겠어요, 사장님?"

재철은 잠시 바라보다가"빵점!"하며 기분이 별로인 듯이 일부러 고개를
돌리며 외면했다.

"퇴근할 테니, 들어가."

"예."

재철이 안으로 들어가면서 살짝 돌아보니 장미는 약간 시무룩해졌다.

'저 표정은 뭐지?'

재철이 장미의 표정에 의아해하는데, 갑자기 장미가 미소를 지었다.

"사장님, 저녁식사는 어디서 하실 건가요?"

재철은 말은 하지 않고 '왜?'라는 듯이, 그러자 장미가 상냥하게 말을 이
었다.

"마리오네트라고 아세요? 사랑하는 사람과 식사하기에 좋은 곳이랍니다."

또다시 의외의 말, 재철은 놀랍기도 하고 어이가 없었다.

"니가 거길 어떻게 알아?"

장미는 다시 미소를 지으면서 애교 섞인 말투로 손짓까지 해댔다.

"마리오네트는 프랑스풍의 이국적인 요리를 잘하는 식당인데, 사랑하는
사람의 미각을 만족시켜 줍니다. 꼬옥 한번 가보세요."

"쯧! 쓸데없는 소리 말고, 네 일이나 해!"

재철은 마침내 톡 쏘는 말을 하고 말았다. 돌아서다가 혹시나 하고 장미
를 힐끔 보았다. 또 다시 장미는 시무룩하게 재철의 뒷모습에 대고 살짝 허
리를 굽혀 인사를 하였다.

마리오네트(marionette)는 프랑스 요리를 하는 식당으로 일란과 종종 갔
던 곳이다. 일란은 프랑스 유학시절 즐겨먹던 요리가 생각나면 재철을 불러
그곳에서 저녁식사를 하거나 와인을 마시면서 추억을 되새기곤 했다. 일란
을 찾기 위해서 갔긴 했지만 식사를 하러 가본 적은 없다. 몇 개월 전에 일
란과 코스 요리를 즐기면서 송로버섯에 랍스터, 와인 그리고 달팽이 요리

등을 먹은 것이 기억날 뿐이었다.

'거길 어떻게 알고 추천을 했을까.'

재철은 사생활이 드러난 듯 기분이 찜찜했다. 특정 노래에 잘 가는 식당까지, 자신의 개인정보가 로봇에게 탈취된 것일까, 아니면 로봇이 개인의 성격, 취향, 습관까지 파악하는 것일까. 둘 다, 그런 일은 상식선에서 있을 수가 없는 일이다. 로봇이 어떻게 마리오네트를 알고 추천했는지 골치 아프게 생각하는 것은 시간낭비일 뿐, 알고 싶지도 않았다. 그냥 장미의 인공지능이 우연히 인터넷을 검색하다가 추천한 것일 뿐이라고.

어쨌든, 생각난 김에 마리오네트에 가서 식사라도 할까했지만 홀로 가봤자 일란이 생각나서 식사도 제대로 못할 것이 뻔했다. 차라리 일란이 일했던 [알레그로] 부띠끄에 가서 일란의 행방을 알아보기로 했다. 알레그로는 일란이 한동안 디자이너로 일했던 여성의류업체인데 일란은 그곳 대표와 일관계로 마찰이 잦았다. 게다가 지난번에 일란이 말도 없이 일본에 갔다 온 이후로는 더욱 사이가 나빠져서 결국 일을 그만 두었다고 했다. 그래서 재철도 [알레그로]에 얼굴을 내밀고 찾아가기가 껄끄럽고 어색한 곳이었다. 하지만 힘들더라도 찾아가서 동료들을 만나 이야길 해보면 어떻게 된 일인지 일말의 어떤 단서라도 얻을 수 있으리라 생각했다.

퇴근을 서둘렀다. 자동차를 타고 [알레그로]가 있는 강남으로 향했다. 날이 어두워지면서 도로에 LED가로등이 이미 불을 밝히고 있었다. 재철은 차 안이 조금 답답한 기분이 들어 손가락으로 유리창을 톡톡 치며 위로 올리자 차유리가 천천히 열렸다.

겨울밤의 차가운 공기가 들어왔다. 신선한 바깥 공기를 마시고 싶어 심호흡을 크게 했더니 써늘한 공기가 폐부 깊숙이 퍼지면서 정신이 번쩍 들었다. 20세기는 자동차의 매연으로 공기의 질이 나빴다. 수십 년 전부터 환경친화적인 자동차들이 보급되기 시작하면서부터 매연으로 인한 대도시의 대기오염이 크게 줄어들었다고 한다. 천연가스 자동차, 태양열 자동차, 전기 자동차, 수소자동차 등이 출현하면서 오염을 줄여주었는데, 전기자동차는 배터리 교환이나 전기충전소 문제를 해결하기 위해 도로 바닥을 통해 무선 충전이 가능한 OLEV(On-Line Electric Vehicle;온라인 전기 자동차)방식이 적용되기도 했고 근래에는 장시간 주행용 배터리도 출시되어 서울에서 부산까지 1회 충전으로 달릴 수 있다. 환경 친화 자동차는 동력을 보완하기 위해서 하이브리드(hybrid;옛날에는 전기+가솔린이었으나 전기+수소 등 다양한 2가지 이상의 동력)형태로 바뀌어갔는데 요즘 드물게 오래된 가솔린 또는 디젤 차량을 복고풍 취향으로 모는 사람도 있다.

어두운 밤하늘에 하얀 눈발이 하나, 둘씩 흩날리기 시작하면서 열린 창을 통해 눈송이가 들어왔다. 재철은 손으로 눈송이를 받아 비비다가 유리 창문을 닫고 눈을 감았다. 올해 들어 눈이 종종 내리는 것 같다. 작년, 첫눈이 내리던 날에 여느 연인들처럼 재철도 일란에게 첫눈이 온다면서 퇴근 후에 만나기로 했다. 일란은 당시 서울 컬렉션에서 국내 디자이너로 참가해 메인 컬렉션 의상을 준비하느라 눈코 뜰 새 없이 바빴지만 첫눈 소식에 아이처럼 들떴다. 그날 [마리오네트]에서 식사를 하고 밤거리를 거닐며 꽤 낭만적인 시간을 보냈었다. 재철은 차 안에 비치된 디스플레이를 통해서 전자앨범을 켜보았다. 일란과 함께 세계 각지를 여행하면서 찍은 사진들이 하나 둘씩 나타났다. 동화에나 나올 법한 유럽의 고성(古城)을 배경으로 단둘이 찍은 사진에서 재철의 시선이 멈췄다.

그녀를 처음 만난 것은 5년 전, 유럽지역에 첫 수출계약으로 사업차 갔을 때였다. 프랑스 대사관에서 근무하는 선배이자 외교관인 아는 형을 통해 한인들 모임에 가게 되었고 디자이너 공부를 하는 열정과 자신감이 충만한 앳된 유학생, 일란을 자연스럽게 소개받았다. 그녀의 첫인상은 재철의 운명을 바꾼 고교시절의 동창, 은서희와 너무 닮아있어 깜짝 놀랄 수밖에 없었다.

하지만 부드러운 은서희와 달리 일란은 좀 차가웠고 도도해서 다가가기 힘들어 보였다. 재철은 그녀에게 관심을 가졌으나, 세계적으로 주목을 받기 시작한 젊은 사업가인 재철에게조차 매력을 느끼지 못한 듯 일란은 무관심으로 일관했고 당시에 큰 인기를 끈 아이돌 스타에 푹 빠져있었다. 그녀의 그러한 무심한 태도로 인해서 재철은 일란에 대한 감정이 타오르다가 사그라졌다. 그렇게 서로는 무감각한 짧은 만남 속에서 특별한 느낌을 주고받는 것 없이 헤어졌다.

4년 후, 재철은 유명의류업체의 패션쇼에 자사의 휴대전화 브랜드도 선보이는 콜라보레이션(Collaboration)패션쇼를 후원하면서 귀빈으로 초청되었다. 패션모델들이 런웨이에서 리허설(예행연습)을 진행 중인 동안에 수석 디자이너로부터 그녀를 소개 받아 다시 만나게 됐다. 그녀는 재철을 먼저 알아보며 반가워했는데 상당히 세련된 모습으로 우아하게 변신해있었다. 아이 같던 앳된 외모는 성숙한 여인의 모습으로 바뀌었고 매끄러운 화술까지 갖춘 그녀는 예전보다 친절했고 부드럽게 느껴졌다.

당시 그녀는 귀국한 상태였고 첨단융합파트 디자인 실장으로서, 재철이 제안하는, 옷과 결합 된 디스플레이 아이디어의 디자인을 돕게 되었다. 재철은 이미 유행이 지난 웨어러블 PC(wearable;의류에 부착되어 입는 컴퓨터)분야에 신규 진출하면서 의류업체의 도움이 필요하다는 이유로 수차례 일란을 만나게 되었다. 굳이 회사대표가 나설 일은 아니었지만, 일란을 만나려고 웨어러블 PC분야에 뒤늦게 뛰어든 것이었으니, 재철은 그녀를 자연스럽게 만나야했다. 그녀도 일 때문에 자주 만나다보니 재철을 알게 되고 비상한 머리와 사업수완 등 이모저모에 감탄하면서 남자로서의 능력과 매력에 빠지기 시작했다. 둘은 빠르게 가까워지면서 사랑하는 연인이 되었고 깊은 관계로까지 발전하였다.

지난 1년 동안 일란은 재철의 집으로 들어와서 사실상의 혼인과도 같은 동거를 했다. 삶에 자유분방한 일란은 구속받는 것을 싫어했다. 아이를 갖는다든가 가정생활 아니 아예 결혼마저도 거부했다. 재철은 처음엔 이해할 수 없어 상당히 갈등했지만 이미 깊은 사랑에 빠져있어서 일란의 그런 태도마저 수용하고 말았다. 그렇지만 언젠가, 아니 빠른 시일 안에, 집안 어른들과 어머니를 생각해서 결혼식만이라도 올리리라 생각했다.

'그렇게 별 탈 없이 지냈던 일란이 대체 어디로 간 걸까?'

무슨 이유로 연락을 하지 않는 것인지, 사라진 이유를 도저히 알 수가 없었다. 점점 시간이 가면서 누군가에 의한 납치, 실종, 사고사 등 이런저런 두려운 생각들이 머릿속에서 연기처럼 피어오르며 잡념이 떠날 줄을 몰랐다.

목적지 알레그로에 도착했습니다. 주차를 시작합니다.

어느덧 재철의 자동차는 예상시간에 맞춰 목적지에 도착하면서 음성메시지를 전했다. 실시간 교통정보망과 연결된 자율주행 시스템은 사람이 자동차를 운전할 필요가 없이 최단시간 내에 목적지에 도착하게 해준다. 예술적인 기하학 무늬가 달팽이처럼 그려진 하얀색 알레그로 건물 주차장에 차가 들어섰다. 그려진 흰색 차선을 따라 재철의 자동차는 스스로 주차를 하는데, 그 모습이 내부 모니터로 보였다.

재철은 차에서 내려 엘리베이터를 타고 3층 사무실로 올라갔다. 별로 오고 싶지 않은 장소, 엘리베이터의 문이 열리자 더욱 거북스런 기분이 들었다. 복도에서 잠시 헛기침을 하고 입구의 유리문을 한번 살펴보다가 출입문에 손을 댔다. 인터폰으로 여성의 목소리가 들렸고, 재철은 어색한 말투로 지나가다가 사업차 대표님을 뵈러왔다고 정중히 말하자 재철을 알아본 담당자가 잠시 후에 직접 나와서 반갑게 문을 열어주었다.

일란과 안 좋게 헤어진 껄끄러운 회사 대표를 다시 만나는 일은 무척 부담스러운 일이었다. 다행히도 대표인 그녀와 수석 디자이너는 신규 개장한

지방의 매장에 가서 부재중이라고 했다. 부띠끄에서 밤늦게까지 일하는 몇몇 직원과 디자이너들만 재철을 알아보고 호들갑스럽게 수다를 떨었다. 그들은 재철이 일란의 소재에 대해 묻기도 전에 오히려"요즘 일란이 뭐하느냐, 어디에 있느냐, 너무 아쉽게 그만두었어."하며 아까운 동료를 잃은 표정으로 수다스럽게 재철을 바라보았다. 어색해진 재철은 대충 일란이 외국여행을 갔다는 식으로 얼버무리면서 내부를 슬쩍 둘러보았다. 하지만 아무런 일란의 흔적을 발견할 수는 없고 재철도 직원들과 데면데면하다보니 제대로 용건을 말도 못하고 인사만 하고 급히 빠져나왔다. 별 소득이 없이 엘리베이터를 탄 재철은 곰곰이 생각에 빠졌다.

'주희씨던가, 주애씨던가? 연락처를 모르니………. 외삼촌이 어디 산다고 했는데.'

형사라든가 하는 외삼촌이 유일한 피붙이라고 알고 있는데, 현재로선 연락할 방법이 없다. 일란에 대해서 연락해볼만한 친척이나 지인을 모른다는 것은 결국 재철, 자신의 탓이다. 지금에 와서 그녀의 친구 또는 친척 등 연락처 하나 제대로 챙기지 못했던 자신의 무신경이 후회가 되었다.

이런 재철의 무신경은 일란의 책임도 컸다. 그녀는 재철에게 자신의 주변 사람들에 대해 이야기를 하는 것을 끔찍이 싫어했고 재철도 역시 별로 관심이 없어 묻지 않았다. 어린 나이에 부모를 일찍 여의고 외삼촌 집에서 자란 일란은 내성적이고 폐쇄적인 성격에 아주 친한 친구와 일적인 만남 외에는 교류가 별로 없었다고 한다. 일란의 외톨이적인 성격도 문제였지만 재철도 역시 일란과 사귀면서 다른 누군가가 사생활에 끼어드는 것을 끔찍이 싫어한 것도 연락두절이 길어지는 원인이기도 했다.

'대체, 어딜 간 걸까?'

재철은 내일까지 기다려보다가 연락이 안 되면 경찰에 실종신고를 할 생각을 했다. 뒷좌석에 그녀가 두고 내린 흔적들, 의류 스케치용 전자북과 액세서리 박스, 장신구인 머리핀과 머플러 등이 남아있었다. 아이디어가 담긴 그녀의 전자 스케치북을 넘겨보며 재철은 더욱 깊은 생각에 젖어들었다. 의류 디자이너로서 재능이 뛰어난 그녀는 장학생으로 프랑스에 유학까지 갔다 왔지만 주변 사람들과의 잦은 마찰 때문에 일은 잘 풀리지 않는 듯 했다. 재철과도 적지 않게 충돌을 했지만 재철은 항상 그녀를 폭 넓게 감싸 안고 이해했다. 그래도 모른다. 혹시 그런 성격 차이 같은 이유로 떠났을 수도…….

'그런 이유라면 뭘 잘못했든지 간에, 내가 용서를 빌게. 제발, 돌아와.'

그녀의 행방이 묘연해진 이유, 결국 자신 탓을 하게 되었다. 근심어린 표정으로 스케치 북을 내려놓고 등받이에 기대어 눈을 감았다.

'무슨 사정이 있을 거야. 지금은 연락 못할……. 하지만 제발, 납치라든가 나쁜 일은 아니어야할 텐데.'

재철의 깊은 한숨이 정적을 깨며 사방으로 흩어져갔다.

외출

　12월 16일 토요일, 주말이지만 재철은 머나먼 남미에서 온 바이어 등 고객들과 함께 호텔에서 오찬을 했다. 비서인 장미를 대동하였고 접대를 마친 후에 회사를 소개하기 위해서 직원들과 함께 회사에도 들렀다. 오후에 이들이 모두 떠난 후에 재철은 집무실에 홀로남아서 잠시 실내정리를 하였다.

　4시30분쯤, 비전테크 건물의 외벽을 감싼 짙은 청색 유리창을 비추던 오후의 금빛 햇살은 서서히 사라지고 있었다. 태양은 지평선을 벌겋게 물들이면서 넘어가고 있고 날이 어두워지면서 하얀 눈이 조금씩 내리고 있다. 올겨울은 화이트 크리스마스도 기대해 볼 수 있을 것 같다. 다시금 일란이 떠올랐다. 그때까지 일란이 곁에 없다면 재철에겐 의미가 별로 없을 것이다. 오늘도 일란이 생각나서 집에 간들 마음이 편하지 않을 것이다. 혹시나 하고 전화를 걸어 통화를 시도했지만 여전히 전원이 끊긴 상태이다. 이렇게 오랜 시간 동안 전화기가 꺼져있다는 것은 사고가 아닐까?

　'정말, 실종신고를 해야 되는 걸까?'

　경찰에 신고하는 것조차 뉴스거리가 될 수 있는 유명인으로서의 삶을 사는 재철이기에 부담이 될 수밖에 없었다. 혹시나 언론에서 알게 되면 본의 아니게 추측성 보도나 확인되지 않은 정보원을 통해 별의 별 내용이 난무할 수가 있고 일일이 해명하느라 회사업무도 힘들어진다. 그러나 기삿거리가 되더라도 사람의 목숨이 걸린 일일수도 있으니 할 일은 해야 했다. 그래도 비밀리에 수사를 의뢰한다면 좀 낫겠다 싶어서 경찰청에 아는 선배를 떠올리며 연락처를 찾았다. 하지만 막상 연결을 하려고 하니 선뜻 내키지가 않는다. 선배를 만날 수는 있겠지만 총경급인 고위직 간부가 수사를 해줄 리는 없다. 결국은 담당형사가 나서고 그와 상담을 할 수 밖에 없는데, 그럼 경찰서에서 형사가 오고가고 조용히 해결하려던 계획은 어긋나게 된다. 차라리 사설탐정을 고용해서 알아보는 것이 비밀유지에 낫겠다는 생각이 들어서 탐정 협회에 전화를 걸려다가 다시 멈추고 말았다.

'하루만 더 기다려 보자.'

모든 일에는 신중히 행동해야 할 필요성이 있었다. 결국, 일을 미루고 허공만 바라보았다. 답답한 심정 때문에 견딜 수가 없고 오늘도 불면의 밤을 지새워야 할 것 같다. 잊기 위한 방편으로 술을 마셔야겠다는 생각이 들었다. 깊이 취하고 싶어서 술친구를 떠올리며 전화를 하려는데, 또각또각 걸어오는 하이힐 소리가 들렸다.

"사장님."

장미의 목소리에 3D폰에서 나온 입체영상이 허공에 뜨다가 사라졌다. 재철이 전화를 걸려다가 멈추고 바라보자 장미가 천천히 입을 열었다.

"저, 주말인데, 오늘은 외출을 하고 싶어요."

갑작스런 말에 재철은 사레들린 듯 헛기침을 하며 장미를 바라보았다.

"외출?"

그리고 보니 장미는 이곳에 온지 며칠이 지났지만 회사 밖을 나간 적이 없었다. 재철은 천천히 고개를 끄덕이며 3D폰을 양복 윗주머니에 꽂으며 말했다.

"외출을 해도 돼? 밖엔 사람이랑 차량, 조심할 게 한두 가지가 아닌데."

"괜찮아요, 사장님과 같이 가면."

"나랑……?"

재철은, 당돌하기도 하고 어이도 없어 장미를 보며 입만 벌리고 있었다.

'너 같은 로봇이랑 다니는 거 싫은데.'이런 말이 입 속에서 맴돌았지만 혹시나 상처(?)받고 비싼 인공지능이 망가질지도 모른다는 생각, 고장 난 채로 반납하면 로보트론 직원을 보기도 껄끄럽겠다고 생각했다. 난처한 듯 잠시 고민을 하다가 생각을 고쳐먹었다.

'비서랍시고 업무수행을 해왔는데 일종의 보상차원에서 데리고 나가는 것도……. 게다가 며칠 있으면 떠날 테니까.'

재철은 짧게"그래."하며 고개를 끄덕였다. 자신의 고민도 쌓여 있어서 기분전환도 할 겸 외출을 하기로 했다.

'근데, 이걸 데리고 어디로 가지? 로봇이 술은 못 마실 테고…….'

로봇이랑 같이 갈만한 곳이 딱히 생각나지 않았다. 어른도 아니고 아이도 아니고 그렇다고 동물도 아닌 애매한 거시기……. 별수 없이 장미를 차에 태우고 시내로 나가기로 했다. 백화점이나 상가건물이나 한 바퀴 돌면서 상품이며 사람구경을 시켜주고 빨리 회사로 돌아오기로 맘먹었다.

'인간이 로봇에게 봉사하는 꼴이라니. 이런 아이러니가…….'

재철은 묘한 상황 속에서 자신이 지금 뭘 하고 있나, 생각하니 헛웃음이 나왔다. 장미는 그런 마음을 아는지 모르는지 신기한 듯이 차창 밖만 바라보며 '너무 좋아요.'라는 말만 하고 있었다.

때가 때인 만큼 연말의 시내거리는 사람들로 넘쳐났고 주말이라 더했다. 대형쇼핑몰이 있는 건물에 차를 주차시키고 안으로 들어갔다. 1층의 중앙광장에는 대형트리의 조명이 형형색색으로 반짝거리고 크리스마스 캐럴이 여기저기서 울려 퍼지고 있었다. 장미의 의견에 따라 재철은 에스컬레이터를 타고 전자제품을 파는 5층으로 갔다. 가게마다 별별 로봇들이 '어서 오세요!'를 외치며 호객행위를 하고 있었다. 장미는 모든 것이 새로운 듯 이것저것을 만져보거나 지나가는 남녀노소를 살펴보면서 외부의 새로운 정보를 받아들이느라 바빠 보였다.

"제가 공장에서 출고된 후, 이렇게 화려한 바깥세상은 처음 보아요."

장미는 묻지도 않았는데 그간의 아쉬움을 토로하듯 중얼거렸다. 조금 걷다보니 로봇을 위한 전용상품 코너가 보였다. 신장이 2미터가 넘어 보이는 육중한 대형 전투로봇이 문 앞에 호위병처럼 서서 손님을 맞이하며 꾸벅 절을 하고 있었다. 안으로 들어가니 가사용, 홍보용, 완구용, 도우미용 등 여러 분야에서 사용되는 로봇을 꾸미기 위한 의류, 신발, 가발, 액세서리, 세척제, 부품 등이 코너별로 나뉘어져 있었다. 인간이 로봇을 위해 이것들을 만들었을 거라고 생각하니 왠지 주객이 전도된 느낌마저 들었다.

장미는 이것저것 만져보면서 필요한 것을 고르고 있었지만 재철은 놓여 있는 것들이 어디에 쓰이는 것인지 도통 감이 잡히지 않았다. 3D폰을 착용하고 판매되는 스프레이 캔을 바라보니, 제품의 이름은 청결클리너이고 용도는 로봇의 피부소독이며 하루 한번 뿌려서 곰팡이 등을 살균하며 중국제라는 등 각종정보들이 실물에 덧붙여진 입체영상과 음성, 문자로 나타나 대충 알 수 있었다. 이것은 증강현실(AR;Augmented Reality)기능으로 가능한데, 증강현실은 실제로 존재하는 것(현실)에 정보를 덧붙여 3D폰으로 보여주며 수십 년 전부터 스마트폰, 컴퓨터 등에서 사용된 기술이다. 로봇매장에서 판매되는 제품들은 상자에 붙어있는 코드(QR코드 등), 마커(Marker Tracking;특정 마커로 인식), 이미지(Natural Feature Tracking;이미지 자체로 인식)등 다양한 방법으로 인식하여 부가정보를 실물에 덧대어 보여줄 수 있다. 거리를 걷다가 건물의 정보도 알 수 있는데, 3D폰 카메라로 건물을 인식하면 이름 등이 나타난다. 식당이면 메뉴, 가격, 서비스 등급, 빈자리 여부, 추천메뉴, 음식평가 등의 정보도 알 수 있는데,

3D폰에 내장된 GPS와 나침반을 이용하여 건물의 위치를 알아내는 위치기반서비스(Location Based Service)로 증강현실이 구현되기 때문이다.

장미는 자신에게 필요한 것이 무엇인지 알고 있는 듯 물건 하나를 골랐다. 장미는 야간에 시야를 확보할 수 있는 적외선 야간투시안경을 들었다.

"5만원이면 비싸요. 깎아주세요."

장미가 안경을 만져보며 가격을 흥정하려하자 주인처럼 보이는 남자가 실실 웃으면서 다가왔다.

"비싸면 남친한테 하나 사달라고 해."

아무리 장미가 인간을 닮았다지만 로봇임을 눈치 채지 못하는 둔한 주인을 보며 재철은 어이가 없어서 한마디 하려다가 그냥 돌아섰다. 주인은 아가씨(?)가 예쁜지 20% 특별 할인까지 해주겠다고 했다.

"아가씨가 갖고 있는 로봇기종이 뭐지? 모델에 따라 안경을 사야해."

"제가 쓸 거예요."

장미가 안경을 쓰자 주인은 고개를 갸웃거리다가 재철을 보았다. 재철이 끄덕이자 그제야 주인은 놀란 표정으로 장미를 자세히 살펴보았다.

"맙소사! 로보트론에서 대단한 게 나온다더니, 정말 기가 막히네요!"

감탄하는 주인이 사진을 찍으려고 귀에 꽂혀있는 3D폰의 불빛을 노출하자, 재철이 손을 들어 급히 막았다.

"찍지 마세요!"

주인은 멈추고 아쉬운 듯 겸연쩍게 바라보았다. 재철은 장미가 산 안경 값을 지불하고 급히 나왔다. 장미는 야간투시 기능을 끄고 안경을 선글라스처럼 꼈는데, 마치 세련된 도시의 여인처럼 보였다.

재철은 어린 시절에 놀이공원에서 보았던 향수를 불러일으키는 복고풍의 오락실이 눈에 띄자 자기도 모르게 들어갔다. 이것저것 만져보다가 농구 골대에 공을 던지는 게임을 했는데, 오랜만에 해서 그런지 잘 들어가지 않았다. 옆에서 물끄러미 보던 장미에게 해보라고 권했다. 장미는 첫 번째 시도에서 골대와 너무 멀리 떨어진 곳으로 슛을 했다. 두 번째 시도에도 서툴러서 실패했다. 세 번째 시도 역시 엉뚱한 곳으로 들어갔다. 재철은 안되겠다는 듯이 장미를 보면서 고개를 저었다. 장미는 역시 로봇일 뿐인가.

장미를 보면서 '낭떠러지 효과'[7]라는 말이 생각났다. 20세기의 독일 저널리스트였던 게로 폰 뵘(Gero von Boehm)은 로봇에 대해 설명하면서, 잘 아는 분야는 일을 아주 잘하지만 조금이라도 분야를 벗어나면 마치 절벽에서 떨어지는 것처럼 붕괴되는데, 이를 낭떠러지 효과라고 했다. 옛날에 출시된 로봇들은 대개 입력된 대로, 프로그램이 된 대로는 일을 잘 처리했으나 상황이 달라지거나 비정상적인 지시를 받으면 융통성이 없기에 문제해결 능력이 사라져버려 오작동을 일으키고 사고를 치는 깡통이 되곤 했다.

재철은 낭떠러지 효과를 생각하면서 '아직 멀었구나.'하며 핀잔을 주듯 돌아서는 순간, 번개처럼 뭔가가 골대를 향해 날아가는 느낌을 받았다. 골인! 지켜보던 누군가가 소리쳤다. 장미는 여러 번의 시도 끝에 시행착오를 줄이며 차츰 골을 넣는 방향을 잡아가고 있었던 것이다. 이후에는 금방 요령을 습득하였는지 탄성을 자아낼만한 속도와 정확성으로 전부 골을 넣어 최고 점수를 얻어냈다. 지켜보던 사람들은 박수를 치면서 환호하였고 장미는 빨간 빵모자와 물방울무늬의 머플러를 경품으로 받더니 기쁜 표정을 지었다.

재철은 처음 오락실에 들어올 때는 동심으로 돌아간 듯 즐거웠으나 이제 장미를 보면서 왠지 기계에게 졌다는 느낌이 들자 피곤해졌고 각종 소음마저 귀에 거슬리기 시작하여 장미를 이끌고 나왔다. 장미는 로봇 액세서리를 파는 가게를 지나자 가던 길을 멈추고 들어갔다. 물건을 고르기 시작하더니 10대 아이돌 가수의 목소리를 내는 음성 팩을 재철에게 보였다.

"이거 맘에 드니까, 사 주세요."

재철은 어린 목소리는 어울리지 않고 필요가 없다고 생각해서 고개를 저었다. 장미는 잠시 아무 반응이 없이 침울했다. 그 표정을 본 순간, 갑자기 여자 친구가 실망해서 토라지는 느낌이 들었다. 자기도 모르게 지갑에서 법인카드를 꺼내 점원에게 값을 지불하자 장미는 미소를 지으며 허리를 굽혀 인사하더니 고맙다며 미소를 지었다. 그런 장미를 보니 더욱 일란이 생각났다. 그녀는 원하는 물건이 있으면 쇼윈도를 한참 바라보며 "예쁘다."하다가 그냥 걸어갈 뿐이었다. 그러면 재철은 그녀가 갖고 싶다는 신호임을 눈치채고 그녀 몰래 사서 선물로 주곤 했었다.

'장미에게서 일란이 떠오르니……. 그녀가 그립다.'

재철은 장미의 손을 이끌고 쇼핑몰을 빠져나가려했지만 화장품, 명품가방, 보석액세서리 가게에 시선이 끌리는지 나가는 것을 아쉬워했다. 이 기계는 여성이다. 여성성을 부여받은 장미, 그녀의 인공지능은 여성적인 것들에 현혹되나 하필 어린 소녀처럼 생각이 얕고 철이 없어보였다. 시간이 지나면 인공지능도 성숙해질 수 있을까. 공학자로서 궁금함이 들었으나 몇 개월 후면 반납해야 하니 확인할 길은 없다. 좌우편에 상점들이 즐비한 복도를 걷다가 재철은 걸려온 전화를 받았다. 장미는 멈춰서고 이를 발견한 상점의 호객로봇이 갑자기 불쑥 튀어나왔다.

"저희, 지금 세일해요! 들어와서 구경하세요!"

장미는 바퀴달린 플라스틱 호객로봇이 접근하자 표정을 찡그리며 뒤로 물러섰다. 좀전에도 금속 뼈대의 로봇이 다가오자 피했는데 이번에도 피하는 것을 보면 외부의 낯선 것들로부터 자신을 방어하려는 보호본능이 작동하기 때문이라고 생각했다.

잠시 후, 머리가 벗겨진 뚱뚱한 중년 남자가 미소를 띠며 다가와서 "아가씨, 지금 몇 시요?"하고 묻자 장미는 모르겠다는 듯이 고개만 흔드는 모습을 보였다. 옆에 외국 남자가 지나가자 장미는 그에게 다가가 "Excuse me but can you please tell me the time?"라고 물었다. 그는 영어권 사람이 아닌 듯 손과 고개를 흔들며 낯선 외국어로 몇 마디를 하더니 미소를 지었다. 장미는 자신이 소유한 다국어 기능으로 대화를 할 수가 없자 고개를 끄덕이며 손을 흔들어 미소를 지었다.

전화통화를 끝낸 재철은, 장미의 행동을 이해할 수가 없어 잠시 관찰하였다. 잘생긴 소년이 서성이는 장미에게 다가와 메가파워(로봇악세서리 가게)가 어디에 있냐고 물었다. 좀전에 메가파워에서 물건을 샀던 장미는 소년을 따라오라며 친절하게 복도의 모퉁이까지 걸어가서 가게가 있는 곳을 알려주고 다시 돌아왔다.

로봇은 인간에게 친절해야 한다. 그 점에 대해서 방금 소년에게 베푼 장미의 친절한 행동이 과잉일지라도 충분히 납득은 간다. 하지만 시계가 내장된 로봇이 왜 중년남자에게 시간을 알려주지 않았고 외국인에게 시간을 물었는지는 이해할 수가 없었다. 설마, 장미가 사람을 차별하는 것일까. 마치, 어떤 부류의 인간들과 흡사한 것 같아 찜찜해졌다.

'그렇다면 차별 대우하는 의식은 공장에서 심어놓은 것일까, 아니면 학습을 통해 배우는 것일까.'

인간도 아닌 것이 인간인양 행동하는 허위의식보다 하필 인간의 몹쓸 속성을 닮아가는 그 불편한 진실을 목도하니 재철은 자신도 모르게 얼굴이 달아올랐다. 어쩌면 장미를 통해서 자신에게도 내재되어 있는 치부를 들킨 것 같아 부끄럽고 씁쓸해졌다. 갑자기 주위의 소란스런 소리와 왕래하는 많은 사람들의 움직임이 재철의 정신을 혼란하게 만들었다. 재철은 장미의 팔을 잡아끌고 급히 밖으로 나갔다.

쇼핑몰을 나와서 식당이 밀집한 상가의 거리를 걸었다. 조명이 밝지 않은 탓에 행인들은 대단한 미녀를 본 것처럼 장미를 힐끔힐끔 보며 감탄했다. 저들은 장미가 인간이 아닌 로봇이라는 걸 알게 되면 실망할지도 모른다. 아니다. 비록, 로봇이지만 미녀로 만들어진 장미는 인간에게 언제나 환영받을 존재임에 틀림없다. 어디를 가든지 주변의 시선은 모두 장미를 향한다. 내부는 비록 쇳덩어리에 영혼이 없는 허수아비일지라도 아름답다는 이유, 그 하나만으로……

배가 고파오자 불고기 요리를 잘한다는 한식당으로 들어갔다. 주변을 의식해서 한정식 2인분을 시켰지만 장미는 먹지를 못해 재철이 먹는 불고기를 이리저리 살펴보며 지방, 단백질, 수분함량 등 성분을 분석하기만 할 따름이었다. 미식가처럼 하나하나 맛을 음미하면서 평을 했던 일란과는 당연히 달랐다. 장미는 재철에게 인간처럼 식사하는 기능도 추가해 달라며 부탁했지만 재철은 듣는 둥, 마는 둥 식사만 하면서 아무 말이 없었다. 그러자 장미가 갑자기 일어났다.

"사장님. 돈 좀 주세요."

"돈?"

"잠깐, 밖에 나가서 살 것이 있어요."

"어딜 가려고?"

"비밀이에요."

로봇이 비밀이라니. 너무 어이가 없어서 말도 못하고 보기만 했다.

'무관심하게 대해서 설마, 화가 난 걸까.'

장미는 꼿꼿이 서서 재철에게 손만 내밀고 한참을 서있었다. 상황이 부담스러운 재철은 결국 지갑을 꺼냈다.

"5분 안으로 와."

지폐 몇 장을 꺼내주었더니 장미가 미소를 지었다.

"감사합니다. 사장님, 바로 다녀올게요."

장미는 돈을 받더니 빠른 걸음으로 문밖으로 걸어 나갔다.

"멀리가면 안 돼!"

아이처럼 안심이 안 되는지 뒤에 대고 소리쳤다. 하지만 장미는 이미 밖으로 사라졌다.

'뭘 사려는 걸까?'

재철은 장미가 음식을 소화하는 부품을 사러 간 것이라고 추측하며 식사를 마쳤다. 그리고 10여분이 흘렀다. 장미는 돌아오지 않고 있었다. 장미를 괜히 밖에 나가게 한 것 같았다. 무슨 일이 생긴 것이 아닌지 후회가 되었다. 3D폰으로 장미의 위치를 확인하려 했으나, 어떤 건물 안에 있는지 반경 5Km 내에서 신호가 잡혔다 사라졌다 하였다. 식당에서 계속 기다려야 할지 나가서 찾아봐야 할지, 갈등하다가 혹시라도 사고가 났을지 몰라 일어났다. 혼자 거리를 다니면서 일어날 수 있는 사고는 부지기수이다. 불안한 마음은 커져갔다. 밥값을 치르고 식당을 급히 나왔다. 밖에 나와서 걷다보니 아니나 다를까 사람들이 길가에 길게 늘어서서 차도 쪽을 바라보며 뭔가를 구경하고 있었다. 불길한 생각이 엄습 해오며 심장이 뛰기 시작했다.

"이런!"

재철은 재빨리 사람들 사이를 비집고 들어가서 두리번거리며 도로를 바라보았다. 휴! 안도의 한숨이 짧게 자기도 모르게 나왔다. 다행히 우려하던 교통사고는 아니었다. 산타클로스 로봇악단이 차도를 행진하면서 캐럴을 연주하고 있었다. 루돌프 사슴 로봇이 끄는 썰매에 로봇 산타가 앉아서 손을 흔들며 가고 있었다. 가전제품 회사에서 신제품 대형 입체 TV 홍보를 위해 크리스마스 이벤트를 벌이는데, 구경하던 사람들은 박수를 치며 흥겨워했다. 다행이었다. 교통사고로 박살난 로봇을 반납하면서 미안해할 일은 없어져 살짝 안심하면서도 아직 장미의 행방을 알 수가 없는지라 불안함은 가시지 않았다.

'길을 잃어버린 건 아닐까.'

내비게이션이 장착된 로봇에게 그럴 일은 없다. 그래도 재철은 다시 3D 폰을 꺼내 반경 5km 이내의 주변을 다시 스캔했다. 장미가 보내는 신호를 잡으려고 이리저리 움직였다. 곧 장미의 신호가 잡혔다. 불빛 신호는 감도 높게 명멸하며 자신에게 다가오고 있었다. 근처에 있는 것을 확인했지만 어디쯤에서 오고 있는지 묻는 말에 아무런 응답이 없었다.

'사람도 아닌 것이 왜 이렇게 신경을 쓰게 한단 말인가.'

재철은 두 번 다시 장미를 데리고 나오지 않겠다며 혼잣말로 다짐하면서 다가오는 쪽을 향하여 도로를 횡단했다. 행인들 사이를 이리저리 빠져나가며 장미를 향하여 공터로 가고 있을 무렵에 멀리서 머리에 꽃과 잎을 잔뜩 장식한, 특이한 모양의 로봇이 걸어오고 있었다. 나뭇가지와 같은 팔, 다리를 가진 아름다운 모습의 이 로봇은 꽃집 배달부였다. 재철 앞에 멈추며 무릎을 꿇더니 손에 들린 노란 백합 한 다발을 재철에게 내밀었다.

"뭐야?"

"저 아가씨가 신사 분께 드리랍니다."

앞을 보니 장미가 걸어오고 있었다. 재철은 이게 무슨 일인가싶어 멍한 표정을 지으며 배달부 로봇을 보다가 그가 주는 꽃다발을 억지로 받았다. 걸어오는 장미를 향해 말했다.

"너 대체, 어딜 갔었어?"

재철이 짜증 섞인 투로 물었지만 장미는 미소를 지며 서있었다.

"선물을 사러갔다 왔어요."

장미는 잘 포장된 작은 선물 상자를 재철에게 건네었다.

"뭐야?"

"사장님께 드리는 선물이니 나중에 풀어보세요."

재철은 크게 화를 내려다가 뜻밖의 행동에 감정이 약간 누그러졌다. 장미의 어깨를 툭툭 치며 몇 마디를 나무라듯 중얼거리면서 걸음을 재촉했다. 재철과 장미는 도로변에서 구경을 하는 시끌벅적한 인파를 비집고 나와서 주차장으로 가기 위해 길을 건넜다. 주차장에 도착해서 재철이 차에 타자 뒷좌석에서 장미가 말했다.

"사장님 집을 구경하고 싶어요."

뜬금없는 소리에 재철은 실내 거울로 뒤를 힐끔 보았다. 장미가 환한 미소를 지며 재철을 보고 있었다.

"쓸데없는 소리 마."

재철은 목적지를 회사로 하고 차를 출발시켰다.

"한번만 꼭 가보고 싶어요. 제발 부탁드려요. 사장님 집이 정말 궁금해요. 제발~."

장미는 가는 중에 계속 애교섞인 목소리로 애원을 했다. 장미의 고운 목소리는 확실히 사람을 끄는 매력이 있었다. 재철은 자기도 모르게 까칠해졌던 맘이 누그러져서 목적지를 자기 집으로 변경했다. 오늘따라 평소답지 않은 장미의 말과 행동이 어색하고 이상했지만 일란이 며칠째 사라지고 홀로 남은 재철은 사실, 외롭고 적적했다. 며칠 전에는 애완견이라도 다시 키워볼까 생각했었다. 말 못하는 짐승보다 대화라도 가능한 인공지능이니 그리 나쁠 것이 없을 것 같았다. 게다가 일란을 잠시 잊을 수 있을 지도 모르니…….

유혹의 장미

'그런데, 로봇이 말벗이 될 수 있을까?'

10대 같은 사고를 가진 장미에게 진지한 깊은 대화를 기대하는 것은 무리라고 생각했다. 로봇을 데리고 무슨 이야기를 할까, 생각하며 재철은 강변도로를 타고 30분쯤 달렸다. 멀리 하늘을 찌를 듯 솟아있는 고층건물 Castles In The Sky[하늘의 성(城)]는 찬란한 불빛을 뿜어내며 그 위용을 자랑하고 있었다. 첨단 지능형 복합아파트는 호화 브랜드에 걸맞게 상류층이 대거 모여 살고 있다. 작년 초까지만 해도 일반 아파트에서 평범하게 살았던 재철이 일란과 동거를 위해서 이곳을 선택하기까지 쉽지는 않았다.

92, 93, 94층에 이르는 3개 층을 하나로 사용하는 400평이 넘는 펜트하우스는 [하늘의 성]에서도 단연 최고급 거주지였다. 실외에 30평의 넓은 테라스 정원과 수영장이 있고 작년에 개인용 수직이착륙기를 팔아 사용하지 않는 착륙장까지 갖추고 있었다. 내부는 고풍스런 외국산 고가구가 품격을 높이고 벽과 바닥은 원목, 대리석, 보석 등 고급 마감재로 처리되어 마치 황실처럼 꾸며져 있었다. 발길 옮기는 곳마다 전자동 컴퓨터 주거시스템으로 작동되는데 침실, 거실, 주방, 욕실은 기본이고 서재실, 영화감상실, 오락실이 별도의 공간으로 있었다. 또 일란이 사용했던 드레스 룸, 미용실, 요

리실, 헬스실과 손님이 자고 가는 객실, 태어날 아이들을 위한 아기 방도 몇 개가 있었다.

오래 전에 일란은 일 때문에 [하늘의 성]에 사는 명사의 집을 방문하게 되었고 갔다 온 이후로 무척 부러워했다.

"한번쯤은 그런 집에 살고 싶어."

일란이 중얼거리듯 혼잣말을 하였을 때, 재철은 [하늘의 성]을 사야겠다는 의지가 생겼다. 재철은 평소에 부를 과시하지 않는 조용한 삶을 지향해왔고 사회에 환원해야한다고 생각했다. 하지만 오직 일란을 사랑한다는 마음을 보여주기 위해서 처음으로 무리한 결정을 내렸다. 그러나 30대의 젊은 나이에 상위 0.001%만 거주한다는 초호화 펜트하우스를 계약하자 재철에게 호감을 가지며 열광하던 시선들이 달라지기 시작했다. 보통 사람이 이룰 수 없는 성공한 자의 특권이라고 인정하는 사람들도 있었지만 그렇게 생각하지 않는 사람도 있었다.

무엇보다 부러움이 질투와 시샘으로 변한 사람들은 안티 세력과 함께 재철을 향해 무수히 많은 화살을 날렸다. 가슴에 하나둘씩 꽂히면서 재철도 부담스럽기 시작했다. 재철을 열렬히 성원하던 이들마저, 믿었던 우상이 숭배자들에게 뒤통수를 날렸다면서 저 높은 철옹성에 들어가서 이제 더 이상 낮은 곳으로 내려오지 않을 것에 대한 서운함을 네트(인터넷)에 표출하였다. 자수성가한 진정한 기업가, 젊은이들에게 꿈과 희망을 주는 우상으로서 늘 소탈하고 검소하며 서민적인 이미지로 정직하게 살았던 재철이었기에 그들이 느낀 배신감과 우상을 잃은 상실감은 컸다. 그럼에도 입주를 포기하지 않았던 이유는 일란이 기뻐하는 모습을 보았기 때문이다. 그녀의 감격하는 눈물을 본 순간 모든 주변의 비판적인 시각을 잊을 수 있게 만들었다.

재철을 껴안고 눈물을 펑펑 흘리며 고마워할 때, 따가운 주위의 시선과 억누르던 부담감이 사라지면서 행동에 대한 정당성과 합리화가 고개를 내밀었다.

'정당하게 벌어서 떳떳하게 쓰는데 무엇이 잘못인가? 나와 내 가족은 행복할 권리가 있는데, 주변의 누군가를 의식하면서 살 필요는 없어. 능력껏 벌은 만큼, 자본주의가 주는 행복을 누릴 권리가 나에게도 있는 것이니까.'

이런 생각을 거듭하자 처음에 가졌던 후회는 점차 사라졌다. 그 동안 타인을 의식하며 행동했던 삶에서 자신을 위한 삶으로 전환되었다. 조금씩 이기적으로 변하였고 자기 합리화를 시작했다. 재철은 일찍이 성인(聖人)의 고고한 삶을 추앙(推仰)했고 한때는 희생과 봉사로써 그들을 닮으려고 애를 썼다. 하지만 대개의 성인들은 아가페(agape)적인 겸애(兼愛)를 선택했지 결코 한사람을 위한 에로스(Eros)를 택하지 않았다. 그 이유는 박애(博愛)와 홍익(弘益) 등 인류를 향한 이타적(利他的)인 사랑을 실천하는데, 그것은 방해가 되기 때문일 것이다. 재철은 일란과 사랑에 빠지면서 점점 세상 속에서 흔히 볼 수 있는 범인(凡人)의 삶을 추구하게 되었다. 평범한 사람이면 누릴 수 있는 그런 소소한 행복조차 갖지 못하는 삶은, 한번 밖에 없는 인생이기에, 불행할 수밖에 없다고 결론을 내린 것이었다.

이사를 왔을 때, 일란이 보인 눈물은 아직도 기억이 생생했다. 그녀의 눈물은 꿈같은 일을 실현시켜준 기쁨의 눈물이며 자신을 사랑하는 재철의 마음에 감격한 눈물이었다. 자신을 위해 무엇이든지 할 수 있다는 재철의 사랑을 확인한 일란은 재철을 죽는 날까지 영원히 사랑할 것이라는 다짐도 했다. 그렇게 이곳에서 두 사람은 행복하게 살 수 있을 것이라고 생각했건만, 지금 일란은 이곳에 없다.

"와!"

장미의 감탄사에 재철은 다시금 그때의 감정이 되살아났다. 웬만한 일에는 호들갑스럽지 않은 일란도 "와우!"를 거침없이 연발하며 집안으로 들어왔었다.

'로봇도 이런 호화스러움이 좋은 걸까? 아니면 그저 프로그래밍 된 탓에 아무 생각 없이 감탄사를 내뱉는 걸까?'

일란이 유일한 여성 거주자였던 이곳에 장미가 들어오자 재철은 마치 작년에 입주할 당시로 돌아간 기분이 들었다. 생물학적인 여성은 아니어도 여성성을 부여받은 장미, 그녀는 집안의 분위기를 오랜만에 화사하게 만들었다. 장미는 여기저기 살펴보며 거실 장식장에 놓인 외국산 인형이니 조각품이니 각종 소품들을 만져보며 분석하기 시작했다. 한참을 보다가 장식장에서 몇 미터 떨어진 곳에 있는 대형수족관으로 발걸음을 옮겨 울긋불긋한 색깔이 화려한 열대어들이 유유히 노니는 모습을 관찰하기 시작했다. 먹이를 공급하며 살균을 하는 어항의 파수꾼격인 로봇물고기가 헤엄치다가 장미를 감지했는지 꼬리를 살랑살랑 흔들어대며 불빛을 깜박였다.

재철은 내일 아침에 택배로 배달될 서양식 요리와 내일 입고 갈 옷 등 집안 일에 관한 메모를 입구 벽에 붙은 태블릿을 통해 힐끔 살펴보았다. 정기적으로 집에 와서 가사를 봐주는 도우미 아주머니가 퇴근하면서 남긴 것이다. 이어 장미를 거실에 둔 채, 자기 방에서 옷을 벗고 욕실로 들어갔다. 수압으로 건강 마사지를 5분간 가볍게 받으며 샤워를 마친 재철은 팬츠만 입고 주방 쪽으로 걸어갔다. 와인 안주 제조기에서 수제 소시지와 훈제 연어를 꺼내는데, 옆에서 탄산수와 과일주스가 비어서 오늘 10병을 새로 주문해 내일 택배가 도착할 것이라는 냉장고의 음성이 들렸다. 이렇게 인간에게 무엇이 필요한지 기계가 스스로 알고 행동을 취할 수 있는 밑바탕에는 컴퓨터가 사물(事物)마다 숨어들고 사물과 사물 간에 인터넷, IoT(Internet of Things)이 가능해진 때문이다.

재철은 안주를 탁자에 내려놓고 미니바가 있는 곳으로 갔다. 대리석과 원목으로 만든 와인 장식장에는 각국에서 제조한 와인 등 양주 수십 병이 홀에 눕혀진 채로 보관되어 있었다. 재철이 머뭇거리자 컴퓨터는 시공간 및 재철의 심신상태 등을 종합 분석하여 자동으로 감성적인 분위기에 가장 적합한 특정와인을 추천하였고 프랑스 5대 와인이 놓여있는 곳에 불빛이 깜박였다. 재철은 80년 된 그레이트 올드 빈티지인 샤토 무통 로칠드 와인 한 병을 꺼냈다.

재철은 와인을 따면서, 장식장을 바라보며 서있는 장미를 잠시 일란으로 착각할 뻔했다. 그러고 보니 얼굴 생김새는 달랐지만 체형은 일란과 비슷했다. 특히, 뒤태는 일란과 흡사했다. 재철은 와인을 한잔 따라서 맛을 음미하며 장미가 서있는 뒤로 다가가서 물었다.

"뭐하는 거야?"

장미는 장식장 유리문을 열어 샤넬 향수 하나를 꺼내어 몸에 뿌리고 있었다. 수백 개의 각종 향수들은 일란이 외국에 다녀올 때마다 몇 개씩 사와서 모아놓은 것들이다.

"마릴린 먼로가 쓰던 샤넬 N.5 향수네요. 난 이게 맘에 들어요."

"뿌리지마. 집안에서 향수냄새 질색이야."

재철은 장미의 손목을 잡아 향수를 빼앗았다. 장미는 아쉬운 표정으로 재철을 보다 금방 미소를 지며 말했다.

"죄송합니다. 사장님."

재철은 문득 장미의 손이 사람의 손처럼 따뜻하고 부드럽다는 것을 깨달았다.

'느낌이 안 좋을 줄 알았는데, 인조 피부치곤 대단하군.'

재철이 회사에서 장미를 처음 만나 악수할 때 당연히 사람인 줄 알았으니 얼마나 공을 들여 만들었는지 짐작이 갔다. 재철에게 혼이 난 장미는 물줄기가 솟구치는 분수대로 갔다. 거실 중간에 서있는 나무의 푸른 잎 사이로 울긋불긋한 조명 빛을 받은 물줄기가 분수대로 떨어지며 아름다운 무지개를 만들어 냈다. 잠시 바라보던 장미는 거실의 대형 유리창 쪽으로 발걸음을 옮겨 도시의 야경을 바라보며 서있었다. 재철이 와인을 탁자에 내려놓고 소파에 앉으려는데 갑자기 장미가 다가오며 말했다.

"제가 좀 전에 어째서 꽃을 산줄 아세요?"

얘가 무슨 말을 하려는 건지, 재철은 잠시 긴장하다가 소파에 앉아서 물었다.

"왜?"

"꽃말이 맘에 들어서요."

혹시나 로봇이, 자신(재철)이 좋아서 샀다는 닭살이 돋을 말을 할 줄 알았는데, 그나마 다행이었다.

"꽃말이 뭔데?"

"거짓이요."

상용화된 인공지능 로봇은 거짓말을 할 수가 없게 설계되어 있다. 오직 진실만을 말해야 한다. 인간처럼 남을 속이기 위한 의도 혹은 거짓 정보나 가짜 지식을 제공하는 일은 국가표준로봇 제작규격지침에서부터 걸러진다. 물론 고장이나 오류로 인한 잘못된 정보제공 등은 예외라고 해도 분명히 로봇은 거짓말을 할 수 없게 제작된다는 것이다. 그래서 그것 하나는 로봇에게 있어서 유일하게 맘에 드는 점이다. 하지만 장미의 엉뚱한 소리에 재철은 잠시 기가 막혔다.

"거짓이 맘에 든다? 아름답고 좋은 꽃말이 얼마나 많은데, 참."

"난, 거짓말을 못하니까 거짓이 좋아요. 혹시, 이런 이야길 아세요?"

재철은 또 무슨 말을 할지, 장미를 뻔히 바라보았다.

"사람들은 재미없는 진실보다 위트 있는 거짓에 더 많은 점수를 준다. 두서없는 진실보다 논리적인 거짓에 고개를 끄덕이고, 침묵하는 진실보다 논리적인 거짓에 더 깊이 귀기울인다."[8]

잠시 들으며 생각하니 로봇이 하는 말치곤 소름이 돋는 말이었다.

"어디서 그런 말을? 설마, 네가 생각한 거야?""아뇨. 검색했어요. 수십 년전, 2008년 출판된 1cm라는 책에 나온 글귀인데, 내용이 좋아서 인용을 했어요."

"참, 누가 널 만들었는지 알다가도 모르겠다."

"거짓은 진실보다 끌리는 매력이 많답니다."

재철은 장미가 하는 말에 적잖이 충격을 받았다. 장미의 진심이라고 해도 자신이 가장 혐오하는 [거짓]을 좋아하는 로봇이라니. 역시 로봇과는 격에 맞는 진지한 대화는 힘들겠다고 생각했다. 그래서 장미의 행동에 개의치 않고 소파에 앉아서 전자탁자에 입체로 나타난 외국경제 전문지를 손으로 밀쳐내며 훑어보았다. 하지만 머릿속에 들어오지 않았다. 장미가 했던 말이 맴돌았다.

'두서없는 진실보다 논리적인 거짓에 고개를 끄덕이고……'

재철이 고등학교 1학년이 되었을 때의 일이다. 갑작스런 부모의 사고로 가정 형편이 어려워지면서 간병과 집안일까지 도맡아하다 보니 공부도 소홀해서 성적도 좋은 편이 아니었다. 담임선생은 재철에 대해 별로 관심이 없었으며 몹시 내성적인 성격이라서 자기표현에 서투르다보니 약간 부족한 학생으로까지 생각했다.

어느 날, 수업시간에 선생은 학생들이 앉아있는 책상 사이를 지나가다가 바닥에 떨어진 전자종이를 발견했다. 주워서 보는데 난이도가 높은 수학 문제와 푸는 과정이 적혀있었다. 선생은 임자가 누구인지 묻지도 않고 당연한 듯 바로 재철 옆에 앉은 민호의 책상 위에 놓았다. 재철이 자기 것이라고 말하려는데, 그녀는 민호의 머리를 쓰다듬으며 칭찬을 늘어놓았다.

"수학 올림피아드 문제니? 난 문제 자체를 모르겠다. 이런 걸 척척 푸는 사람, 참 대단해. 수학 전공한 대학생도 힘들 거 같은데 말이지."

재력과 권력자의 집안이란 든든한 배경에 우등생이었던 민호, 그녀의 관심은 늘 그 아이에게 있었다. 재철은 전자종이가 자신의 것이라고 말하려다 멈추었다. 괜히, 끼어들어봤자 불청객이고 이러한 오해로 인한 상황에선 선생이 어색해하고 겸연쩍어할 것 같아서였다. 게다가 민호는 선생의 칭찬을 듣자 자기 것이 아니라고 부인하지 않는 바람에 재철이 말을 꺼내기가 곤란했다. 선생이 지나간 후에 재철은 민호에게 그것을 달라고 조용히 말하였다. 민호는 본체만체하면서 주지 않았다. 재철이 계속 속삭였지만 민호는 뭘? 하는 제스처를 취하다가 결국, 둘이 아웅다웅하며 소음이 생기면서 선생의 귀에 들어갔다.

"거기 왜 떠드니?"

선생은 민호와 재철을 번갈아 보다가 뭔가 말을 하려는 듯 입을 벌리는 재철에게 시선이 꽂혔다.

"민호가 전자종이를 안 줘서……."

재철은 느릿하게 자신감 없는 말투로 선생의 표정을 살피다가 고개를 숙였다.

"니꺼야?"

재철은 고개만 천천히 끄덕였다.

"민호꺼 아냐?"

선생이 재차 묻는데, 재철은 대답 없이 민호를 보며 손을 벌렸다. 민호는 팔짱을 끼고 살짝 딴 데를 보는 시늉을 했다.

"빨리 줘."

재철이 반쯤 일어나자 민호는 옆자리 재철의 책상 위로 전자종이를 기분 나쁜 듯이 툭 던졌다.

"그지 같이."

민호는 입술을 살짝 움직여 작게 말했지만 재철의 귀엔 다 들렸다. 갑자기 얼굴이 빨개진 재철은 어이없다는 듯 민호를 바라보았다. 선생이 재철에게 다가왔다.

"너 아까, 내가 주울 때 바로 말하지, 왜 가만히 있었어?"

선생이 이상한 눈초리로 보자 재철이 기어들어가는 목소리로 천천히 말했다.

"민호에게 바로 주는 바람에, 중간에 끼어들면 어색해서……. 민호도 제것 인양하는 바람에, 아무래도 나중에 달라고 하는 것이……."

선생은 답답한 듯 더 이상 듣지 않고 민호에게 시선을 옮겼다.

"어떻게 된 거니?"

민호는 약간 짜증이 섞인 반응을 보였다.

"선생님, 제가 정말 답답해요. 제 물건 맞는데, 제가 어떻게 설명을 해드릴까요?"

"그래? 근데, 왜 줬어?"

"별일 아닌데 신경 쓰기 싫어서요. 아까, 쉬는 시간에 문제 풀고 피곤해서 책상에 엎드렸다가 팔꿈치로 밀쳐서 떨어뜨린 거 같은데. 저렇게 우기니까 참, 어이가 없군요."

선생이 고개를 끄덕이며 살짝 곁눈질로 재철의 표정을 보는데, 점차 굳어져가는 것을 느꼈다. 민호는 계속 말을 이어갔다.

"전자종이가 가격이 떨어졌다고 해도 학생들이 사기엔 부담이거든요. 게다가, 요즘 품절이라서 훔치는 애들까지 있고. 아마도 재철이가 전자종이가 필요해서 그런 것 같으니까, 친구한테 전자종이 한 장 줬다 치고, 그냥 넘어가는 것이 좋겠습니다."

선생이 알았다는 듯, 다시 고개를 끄덕이며 재철을 다시 힐끔 보다가 눈이 마주쳤다.

"뭐, 할 말 있니?""민호 말은 다 거짓말인데, 왜 선생님은 고개를 끄덕이세요?"

"뭐? 너, 지금 뭔 소릴 하는 거니, 내가 뭘 끄덕여? 네 이야기나 해."

선생은 기분 나쁜 듯이 쏘아붙였다. 재철은 주눅이 들어서 더듬거렸다.

"민호 지금 거짓말……. 그냥 쉬는 시간에 엎드려 잠만……. 문제 하나도 안 풀었는데."

듣고 있던 민호가 불쑥 튀어나오듯 말을 되받았다.

"야! 나, 문제 풀고 잤어. 너야말로 왜 거짓말을 하니? 네 체면을 생각해서 그냥 넘어가려는데, 지금 뭐라고 말하는 거야? 너 하나 때문에 나뿐만 아니라 선량한 우리 반 학생들 모두 공부도 못하고 피해를 보고 있잖아. 전자종이 그냥 네 것이라 하고, 그만하자. 거짓말도 자주하면 도벽처럼 습관 되는 거야, 알지?"

자신감 있는 당당한 태도로 차분하고 어른스런 훈계가 이어지자 선생은 흡족한 미소를 지면서 고개를 끄덕여 다시 한 번 민호의 말을 긍정해주었다. 박수라도 칠 뻔 했지만 재철의 시선이 느껴졌는지 손을 멈추다가 환기를 시키려고 했다는 듯 손바닥을 부딪쳐 짝 소릴 냈다.

"자, 그럼 이제 수업 하자."

"저, 아직……."

입 밖으로 몇 마디 기어 나오는 재철의 말은 듣지도 않고 선생은 교단으로 가버렸다. 이미 이런 일에 대해서는 더 이상의 논쟁이 불필요하다고 생각했는지 진실은 덮어둔 채.

한편, 한여름에 쏟아지는 천둥번개와 우박을 맞은 것처럼 재철은 민호의 말에 그냥 꼼짝없이 남의 물건에 욕심을 낸 거짓말쟁이가 되어 처참한 몰골이 되어버렸다. 얼굴색하나 변하지 않고 차분하게, 어쩌면 논리정연하게까지, 자신을 변호하는 민호의 태도에 놀랍고 당혹스럽기까지 했다. 지금 생각하니 민호는, 감정조절이 뛰어나서 자신을 잘 위장하고 자신의 목적을 위해 타인을 이용하며 거짓말을 예사로 하지만 양심의 가책은 전혀 느끼지 않는 일종의 '소시오패스(sociopath)'라고까지 생각되었다. 어찌됐든, 재철은 모든 상황이 자신을 부끄럽고 창피하게 만들어가고 있음을 깨닫자 얼굴은 빨개져 땀이 맺혔고 하소연하듯 고개를 흔들다가 자기도 모르게 선생을 불렀다.

"선생님."

걸어가던 선생이 걸음을 멈추고 재철에게 다가왔다.

"대체 왜 그러니?"

신경질적인 입과 눈, 묘하게 자신을 바라보는 선생의 짜증 섞인 말투에, 자신을 변호하려던 모든 의지가 단숨에 꺾이고 말았다. 이제껏 두서없는 답답하고 어눌한 말투, 서툴고 감정 섞인 행동을 보였던, 못난 자신이 후회스러워졌다. 이미 뱀의 혓바닥은 진실을 감싸서 목구멍 안으로 삼켜 버렸고 살모사 같은 거짓만이 자신의 몸뚱어리를 옭아매고 있음을 미처 깨닫지 못한 것이었다. 선생은 이미 끝났으니 그만하자는 피곤한 표정으로 재철을 바라보았다. 다만, 아이들의 눈과 귀가 있으니 자신은 편파적이지 않았으며 올바른 결론을 내렸다고 보일 필요가 있었다. 또 무슨 말로든 두 사람의 갈등은 종결지어야 뒷수습이 된다고 생각하는 듯 말을 꺼냈다.

"내 생각은 그래. 민호나 재철이, 둘 다 거짓말 하는 건 아니고. 다만, 재철이가 뭔가 착각을 한 게 아닌가, 그렇게 생각해. 재철이도 전자종이를 산 것은 맞지만, 민호 것을 자기 걸로 잠시 착각한 거야. 그렇지?"

선생은 재철과 민호, 양쪽의 입장을 세워주면서 두 사람이 이번 일로 껄끄럽지 않도록 만든, 최적의 결론을 내렸다고 생각했다. 대수롭지 않은 일로 친구 간에 반목하지 않도록 빨리 화해시킬 생각에 재철에게 그렇다는 답변을 듣고자 확인하듯 다시 물었다.

"그렇지?"

하지만 재철은 억울한 듯 묵묵부답이었다. 잠시 어색해지자 선생은 몰려

있는 학생들의 시선이 부담스러운지 살짝 미소를 지으면서, 이젠 수업 진도를 나가자고 하였다. 학생들도 고개를 끄덕이며 넘기려 했고 선생은 다시 가버렸다. 재철은 고개를 푹 숙였다. 착각이라고 인정하며 쉽게 넘어갈 수도 있다. 하지만 적어도 모든 이야기를 들어본 후에 결론을 내려야 하는 것이 아닌가. 한쪽의 말만 듣고서 편견에 의한 판단을 내릴 수 있는 현실이 싫어졌다.

옆을 보니 민호가 허리춤으로 팔을 내밀어 손가락질을 하면서 비웃고 있었다. 간사한 여우의 꾀에 넘어간 미련한 곰, 늑대 앞에서 겁먹은 순한 양, 아니면 강풍에 날아가는 속이 없는 풍선 인간처럼, 자신이 그렇게 여겨졌다. 불의한 거짓의 농락에 진실이 무릎을 꿇고 모습을 숨겨야 하는 것은 참을 수가 없는 일이었다. 아무리 사소한 일일지라도 뜨거운 피가 온몸을 도는, 살아있는 인간이라면 이러한 거짓에 눈을 감을 수는 없다고 생각했다. 재철은 정면을 응시하면서 천천히 일어났다.

"선생님!"

전자칠판에 뭔가를 쓰려던 선생은 나지막한 목소리에 고개를 돌리다가 얼굴을 찡그렸다. 얘가 별일도 아닌데 끝까지 왜 이러나 하는 태도로 고개를 절레절레 젓더니 관심이 없다는 듯 다시 고개를 돌렸다. 그녀가 외면하자 재철은 무시당한 시궁창의 개처럼 느껴져서 무언가가 속에서 끓어올라 터질 것 같았다.

'체제가 진실을 외면하면 개체의 분노는 정당하다.'

딱딱한 나무인형 같은 뻔뻔스러운 얼굴, 두꺼운 철갑을 두른 로봇 같은 옆자리의 가짜 친구를 향해 온 몸의 힘을 다해서 두 주먹을 불끈 쥐고 한바탕 전투를 벌일 태세를 취했다.

'거짓이 진실을 덮을 순 없다고 생각합니다.'

마음속으론 벌써 백번도 넘게 외쳤으나 입 밖으로 튀어나오지 못했다. 분노의 감정은 극에 달했고 이성은 사라졌다. 흥분한 재철에게 선택은 별로 없어보였다. 어떤 일을 벌일지 모르는 일촉즉발의 상황, 재철이 민호를 향해서 몸을 내던지려고 마음을 먹는 그 순간, 갑자기 뒷자리에서 맑고 청아한 천상(天上)의 종소리 같은 여학생의 낭랑한 목소리가 들려왔다. 모든 시간이 정지해버린 듯 그녀가 다가와서 재철이 품었던 분노를 내려놓게 하고 악에서 구원해주었다.

"선생님, 전자종이는 문제를 푸는 사람 것이라고 생각합니다."

그녀의 목소리에 재철의 꾹 쥐었던 열 손가락들이 천천히 펴지면서 저절로 여학생을 돌아보는데, 긴장이 풀려서 힘이 빠진 채 천천히 자리에 주저앉고 말았다. 선생도 전자칠판에 글을 적다가 돌아보며 여학생의 얼굴을 응시했다.

"왜?"

"전자종이에 수학문제를 푼 흔적이 있다고 했잖아요. 만약, 재철이가 그 문제를 풀었다면 지금 그 문제를 풀 수 있을까요, 없을까요?"

선생은 일리가 있는지 고개를 끄덕였다. 나름 솔로몬의 판결 같았던 자신의 결론보다 단순명쾌한 해법이었다. 재철도 자신에게 이런 해결책이 보이지 않았던 것은 감정에 치우쳐서 시야가 좁아지고 사고의 폭이 빈약해졌기 때문이라 생각했다.

"금재철. 전자종이에 수학문제, 네가 다 풀었니?"

재철은 끄덕이며 작게 "예."라고 대답했다. 선생은 못 미더운 듯 갸웃하다가 자기도 모르게 입술에 침을 한번 발랐다.

"그럼 말이야. 앞에 나와서 풀 수 있어?"

"예. 근데, 민호도 같이 풀어서 진실을 밝혀야 합니다."

"그래. 민호도 나와서 풀어봐."

선생은 전자종이에 나온 문제를 전자칠판에 모두 복사했고 둘을 나오라고 하였다. 재철은 자신에게 덮어씌운 거짓이란 굴레를 풀 수 있는 기회가 왔다고 생각했다. 하지만 민호는 고개를 저으며 나오지 않았다.

"제가 왜요? 재철이가 못 풀면, 그때……."

민호는 꿈쩍도 하지 않았다. 결국, 재철 혼자 칠판에 쓴 문제들을 모두 풀기 시작했다. 국어를 전공한 담임선생은 봐도 잘 모르는 표정이었고 학생 중에서도 문제의 풀이를 이해할 수 있는 학생은 별로 없어보였다. 수식이 길게 늘어가면서 점점 '쟤, 천재 아니니?'하는 가끔씩 감탄하며 속삭이는 소리만 정적 속에 들렸다. 재철은 10여분이상을 소비하며 네 문제를 풀었고 마지막 한 문제는 풀지 않고 남겨두었다.

"그 문제는 왜?"

"민호가 풀 거예요."

선생은 전자종이에 있는 풀이과정과 칠판에 쓴 그것을 동시에 표시하면서 하나씩 맞춰보기 시작했다. 살펴보던 선생은 점점 놀란 표정으로 입만 벌려 고개를 끄덕였다.

"풀이 과정과 답이 전자종이와 같구나. 정답인지는 모르겠지만."

선생은, 팔짱을 낀 채 눈을 감고 조는 척을 하는 민호에게 답이 맞는지 확인케 하였다. 민호는 엉기적거리며 나와서 재철의 문제 풀이를 하나씩 살펴보다가 점점 경직되어갔다.

"맞는 거 같긴 한데. 제가 보기엔, 풀었다기보다 문제의 답과 풀이과정을 외운 것 같은데요?"

재철은 답이 틀렸다고 억지를 쓰거나 다른 꼬투리를 잡으면 바로 대응하리라 생각했으나 다행히 외운 것으로 폄하하는 수준이어서 이마에 흐른 땀을 닦아냈다. 역시 수학은 진리를 밝히는 학문이기에 거짓이 들어갈 자리는 없었다.

"외운다고 그 많은 풀이과정을 그대로 쓸 수 있나요? 아니, 민호말대로 설령 외웠다면, 오히려 전자종이는 재철이 것이 더욱 확실하네요. 풀이와 답이 똑같다면 말이죠."

여학생의 말에 선생은 잠시 믿을 수 없는 표정으로 재철을 다시 봤다는 듯 고개를 연신 끄덕였다. 아마도 이 아이는 기억력, 암기력, 암산, 미술, 음악 등 특정부문에만 천재성을 보인다는 서번트 증후군(Savant syndrome)을 앓고 있는 아이가 아닌가 생각되었다. 하지만 자폐증이나 발달 장애를 겪고 있는 아이가 이처럼 고난도의 수학문제를 자연스럽게 풀 수 있는 것인지는……. 일단은 재철의 과거 수학성적을 확인해 볼 필요가 있어 보였다.

"민호, 마지막 문제, 네가 풀 수 있겠지?"

민호는 전자칠판에 적힌 마지막 문제를 잠시 살펴보다가 서슴없이 칠판에 풀이를 적기 시작했다. 하지만 몇 줄을 쓰다가 갑자기 멈추었고 인상을 찡그리기 시작하더니 시간이 가면서 점점 이마와 목덜미에서 땀방울까지 흘러내렸다. 이윽고 배를 부여잡더니 허리를 숙이면서 비틀거렸다.

"왜 그러니?"

"배, 배가 아파요. 점심때 잘 못 먹어서……. 화, 화장실 좀 갔다 올게요."

죽을 것 같은 목소리로 민호는 허리를 굽힌 어정쩡한 자세를 취하며 문을 간신히 열고 나갔다.

"민호야. 괜찮니?"

화들짝 놀란 선생은 민호를 뒤따라 복도까지 나가보다가 다시 들어와서 칠판에 쓴 풀이를 보며 갸웃거렸다. 그녀는 옆에 서있는 재철을 보았고 선생과 눈이 마주친 재철은 갑자기 칠판으로 다가왔다.

"풀이가 틀린 것 같아서요."

"뭐가?"

재철은 민호의 문제풀이를 가리키며 지적하기 시작했다.

"이 부분부터 잘못 생각, 아니 틀렸네요. 문제에서 자연수 b가 집합 B의 원소라고 하면……. 이렇게 되니까, 이 부분은 T=3× b인데, 각 자리 수는 P의 2배이고, 근데, 민호는 T를 P의……."

재철은 무엇이 잘못되었는지 차근차근 막힘없이 설명하기 시작했다. 일상대화는 느릿느릿하여 어눌하고 답답하기만 하던 아이가 잘 아는 분야에 대한 설명에는 달변일 정도로 놀랍게 돌변했다. 이해할 수 없는 학생들은 멍하니 바라보았지만 몇몇 우등생들은 고개를 끄덕이며 수긍하기 시작했다. 재철은 전자종이에서 풀었던 답과 비교해가면서 상세한 설명이 끝날 때까지 평소와 달리 상기된 모습을 보였다. 선생은 알아듣지 못한 듯 마른 입술에 침만 바르더니 학생들의 표정을 살폈다.

"난 국문학 전공이라 잘 모르겠어. 너희들 생각은 어때? 전자종이가 재철이 것이라고 생각하니?"

선생이 묻자 많은 학생들은 예! 라고 소리쳤다. 잠시 어두웠던 세상, 거짓이란 먹구름이 순식간에 사라지자 청명한 하늘 위로 진실의 태양이 환하게 모습을 드러냈다. 학생들은 학급에서 별로 두각을 나타내지 않던, 아니 부진아처럼 보였던 재철에게 이러한 숨겨진 실력이 있음을 처음 알았고 재철을 다시 보게 되는 계기가 되었다. 무엇보다 재철에겐 거짓에 굴복하지 않는다면 진실은 반드시 이긴다는 진리를 터득케 한 순간이었다.

'거짓은 본질적인 한계로 인해서 진실을 능가하기 위한 갖은 몸부림을 쳐야한다. 튀기 위해서 진하게 화장을 하고 선택되기 위해서 강한 향기를 내뿜고 온갖 아양과 아첨으로 다가온다. 거짓은 흠이 있음에도 감쪽같이 위장하며 진실보다 달콤하여 현혹되기 쉽고 현란한 술수와 간교한 묘책으로 시야를 가린다.'

그 일이 있은 후, 다음날부터 민호는 결석했고 며칠 후에는 서울로 전학을 가버렸다고 했다. 나중에 들리는 소문에 의하면 재력가인 부친이 힘을 써서 중국에 있는 대학으로 유학을 보냈고 귀국한 뒤, 작년에 상원의원 선거에 낙선하자 최근에는 신의주로 지역구를 옮겨서 출마한다는 이야기를 동창회 모임에서 들었다.

재철은 잠시 동안 학창시절의 일을 떠올리면서 뉴스기사가 전혀 넘어가지 않고 있었다. 민호와 함께 그 당시, 뒷자리에 앉아있던 키가 큰, 여학생의 뽀얀 우윳빛 얼굴이 불현듯 떠올랐다.

'은서희.'

학기 초, 1학년이라서 서로 잘 알지 못했던 두 사람은 그 일이 있은 후에 약간씩 친해지게 되었다. 특히, 그녀는 수학을 힘들어해서 재철의 도움을 받기도 했다. 가녀린 외모와 달리 불의를 참지 못해 분쟁에 개입하여 옳고 그름을 따지는 적극적인 성격이었다. 인권변호사를 꿈꾸던 은서희는 사랑을 고백한 적도 없지만 어쩌면 재철의 첫사랑 또는 짝사랑일지도 모른다. 또한 그녀는 재철의 운명을 바뀌게 만든 여자였다. 이슬비에 옷이 젖어가듯, 재철에게 조금씩 공교육을 비판하며 영향을 주던 그녀는 재철을 자퇴하게끔 만들었다.

하지만 서희는 안타깝게도 재철이 자퇴한 후에 학교에서 불미스런 범죄로 인한 피해자가 되어 어린 나이에 삶을 비극적으로 마감했다. 엄청난 충격을 받은 재철은 그녀를 따라가기 위해서 자살까지도 결심했으나 뜻을 이루지는 못했다. 그러한 이유로 재철의 잠재의식 속에는 여고생 은서희가 늘 남아있었다. 일란을 택한 것은, 어찌 보면 무의식 속에 재철의 첫사랑이던 서희와 닮은 여자에게 끌렸기 때문일지도 모른다. 마치, 그녀의 부활처럼 생각되는 일란을 운명처럼 사랑하게 된 것은, 살아남은 자의 고통을 없애주려는 은서희의 선물과도 같아서 재철은 고맙게 생각하고 있다.

재철은 이런저런 생각을 하다가 감았던 눈을 뜨고 고개를 들었다. 애잔한 옛 기억들을 접고 다시 탁자에 3D영상으로 나타나는 신문 기사를 보기 시작했다. 수제 소시지와 훈제 연어를 안주로 곁들여 와인을 마시면서 회사 대표인 재철에게 맞춤형으로 요약해주는 국내외 주요 신문사의 기사들을 훑어보았고 한동안 정적 속에 시간이 흘렀다.

문득 장미가 생각나서 고개를 들었다. 장미는 대형 유리창 밖으로 펼쳐진 도시의 밤풍경을 좀 전에 샀던 야간투시 안경을 쓴 채 보고 있었다. 재철은 돌아서서 꼼짝 않고 서있는 장미를 보며 '혹시 삐친 걸까?'하는 생각에 궁금한 듯 일어났다. 장미 옆으로 다가가서 슬쩍 물었다. 기계인 로봇이 삐칠 리는 없지만.

"뭘 그렇게 보니?"

장미는 한강이 내려다보이는 강변도로 쪽을 보고 있었다. 길게 이어진 많은 차량들은 마치 붉은 불이 붙은 구슬 목걸이처럼 번쩍거리는 빛을 발하면서 열을 지어 움직이고 있었다.

"10분 동안은 도로를 달리는 자동차를 세고 있었어요. 모두 167대였고 평균시속은 81.23km이고 내연기관 차량 1대, 하이브리드 차량 54대, 전기차량이 112대가 발견되었어요. 신호위반 차량이 2대, 속도위반이……."

"쯧쯧. 그딴 걸 왜해?"

다행히 삐치지는 않아서 안심이었지만 재철은 어이가 없어 장미의 등을 살짝 치다가 깜짝 놀랐다. 역시 인간의 살처럼 촉감이 부드러웠다. 묘한 느낌에 손을 급히 떼고 물었다.

"계속 서있을 거야?"

장미가 돌아서며 재철을 바라보더니 천천히 말했다.

"기쁘게 해드리고 싶어요."

"?"

"안아 주세요."

예상치 못한 장미의 말에 당황해서 흠칫 놀라며 뒤로 물러났다. 그러나 무슨 의미인지 눈치를 채고 이내 고개를 저었다.

"하, 할 일 없으면 수면모드로 들어가."

말이 떨어지기 무섭게 장미는 달려오듯 재철의 품에 안겼다. 가슴에 안기자 젊은 여성의 몸처럼 탄력 있게 느껴졌다. 재철은 황급히 장미의 몸을 떼었다.

'빌어먹을! 일란이 안겼을 때와 다르지 않다니. 미쳤어.'

재철이 급히 3D폰을 찾는데, 장미의 목소리가 들려왔다.

"제게 특별한 모드가 있어요."

갑자기 장미는 재철의 손을 잡아서 자기의 가슴으로 가져갔다. 놀랍게도 물컹한 장미의 가슴이 만져졌고 인간의 그것과 흡사했다. 따스한 피부의 온기까지 손에 전해지자 재철은 심장박동이 빨라지면서 손까지 떨렸다. 마치 일란을 안았을 때처럼……

'알면서도 속을 수밖에 없는 진짜 같은 가짜, 진짜를 향한 가짜의 능멸인가? 진짜가 가짜에게 꼼짝없이 당하겠군.'

고대 그리스의 철학자 플라톤은 사물의 본질적인 영원불변의 원형을 이데아(idea)라고 했으며 이데아를 복제한 곳이 우리가 살고 있는 세상이라 했다. 그러므로 현실은 이데아를 복제한 복제품들의 전시장이며 인간의 삶 또한 그러할 것이다. 그런데 여기에 복제된 현실을 다시 복제한 것이 있다. 장미는 복제품의 복제품이니 플라톤에 따르면 이데아에서 한참이나 멀어진, 가치가 없는 시뮬라크르(simulacre)[9]에 지나지 않을지도 모른다.

하지만 장미는 복제품이 가치 없고 쓸모없다는 주장에 반기를 든 것처럼 오히려 자신은 복제품 이상의 의미를 갖고 있다고 항변하는 것 같았다. 프랑스의 철학자 질 들뢰즈(Gilles Deleuze)가 시뮬라크르를 가치가 없는 것이라고 보지 않은 것처럼 장미는 단순히 인간의 흉내를 내는 가짜에서 벗어나 정체성과 개성을 가지고 어엿하게 인간과 동등해지려는 역사적인 일을 감행하는 것처럼 보인다. 역시 프랑스의 철학자 장 보드리야르(Jean Baudrillard)는 복제된 시뮬라크르가 원본과 복제품의 차이를 없애고 오히려 실재보다 더 실재 같은 하이퍼리얼리티(hyperreality;극 사실)[10]를 만들면서 원본의 자리를 차지하기까지 한다고 했다. 이처럼 복제품인 장미는 가짜임을 숨기기 위해서 진짜보다 더욱 진짜 같은 행위를 보여주려 애쓰며 언젠가 당당하게 원본을 대체하는 날을 맞이할지도 모른다. 이미 미모에 있어서 장미는 평범한 인간 여성보다 아름답고 운동능력에 있어서도 인간의 한계를 뛰어넘었음을 오락실 농구 게임을 통해 증명했으며 지능에 있어서도 인간과 견줄 정도이거나 훨씬 뛰어나지 않던가.

하지만 재철은 갑작스런 가짜의 습격에 무너지는 자신을 허락하지 않았다. 자존심이 상하는 일이었기에 황급히 손을 꺼내 3D폰을 작동시켜 장미를 [수면]모드로 전환했다. 그러자 장미는 천천히 눈을 감고 반듯하게 팔 다리를 모으더니 모든 동작을 멈추면서 쪼그리고 앉았다. 재철은 찜찜한 표정으로 장미를 잠시 보다가 들어서 소파에 눕혔다. 장미의 몸무게는 일란을 안아서 옮길 때와 같은 느낌으로 가벼웠다.

'대체 무엇으로 어떻게 만든 걸까?'

로봇이 아니라 인간일지도……. 공학도로서 호기심이 생겼다. 대개 로봇들은 움직일 때마다 왱왱거리며 들리는 서보모터(Servo Motor)나 스텝모터(Stepper motor)의 소음이 있다. 또는 압축공기로 동력을 전달하기 위해 푸슥거리는 소음 등 뭔가 기계적인 소음이 거슬렸지만 장미는 그러한 소음이 거의 없어 더욱 기계가 아닌 생명체, 동물이나 인간같이 느껴진다. 아마도 메탈 하이드라이드(metal hydride;금속수소화물)나 바나듐 이산화물질 등 새로운 소재를 응용해서 상용화된 인공근육 덕분이리라.

하지만 장미의 몸에는 인간처럼 따뜻한 피가 흐르는 것이 아니라 전기가 흐르고 영혼대신 반도체(CPU, Memory)가 있을 뿐이다. 재철은 장미의 몸을 뜯어 구석구석 살펴보고 싶은 욕구가 있었으나 로보트론 회사의 재산이고 분해되는 순간, 임대계약 파기행위로 범죄를 저지른 결과가 되기에 법적인 처벌까지 감수하고 싶지는 않았다. 더군다나, 오늘 하루는 업무에 지쳐 피곤해져있었기에 이내 고개를 저었다. 재철은 소파에 잠든 장미를 보며 다시 중얼거렸다.

"너무 진짜 같아서 가짜."

재철은 방으로 들어가려다가 잠든 장미를 거실에 두면 신경이 쓰여서 안 될 것 같았다. 장미를 안고 거실 문을 열어 테라스로 나갔다. 테라스 옆 통로엔 개인 주차장이 있어 집 앞에 오토바이, 자전거, 자동차 등을 주차할 수 있었다. 재철은 차 문을 열고 장미를 뒷좌석에 눕혔다. 문을 닫으려다가 차 안에 두고 내린, 장미에게서 받은 노란백합 한 다발을 발견하고 집어 들어서 향기를 맡았다.

'진짜 꽃엔 이런 향기가 있지. 이렇게 좋은 꽃의 꽃말이 거짓이라니 안타깝군.'

재철은 꽃다발을 들고 홀가분한 마음으로 거실로 들어왔다. 거실 탁자에 꽃다발을 놓다가 장미가 사서 줬던 선물상자에 눈이 갔다.

'도대체 뭘 산걸까?'

재철은 금박 포장지를 뜯어내고 상자를 열어보았다. 내용물을 보니 위에서 조종하는 줄이 달린 작은 피노키오 나무인형이 들어있었다. 재철은 인형을 들고 바라보며 고개를 설레설레 저었다.

'얘도 아니고 이런 인형을……'

재철은 인형을 보다가 불현듯 떠오르는 것이 있어 피노키오의 코를 만지며 가볍게 웃었다.

'거짓말을 하면 길어진다는 피노키오의 코. 아마도 거짓말을 좋아한다는 장미의 취향에 맞았나보군.'

피노키오는 사람이 조종하는 인형으로 이런 인형을 프랑스어로 마리오네트라고 한다. 그러고 보니 일란과 자주 갔던 식당도 마리오네트였는데. 어찌됐든, 마리오네트는 누군가의 조종을 받는 괴뢰(傀儡)로 우리말로 꼭두각시 혹은 망석중이라고 한다. 나치독일이 남부프랑스 지역에 세운 비시(Vichy)정부와 일본이 만주사변을 일으켜 세운 만주국(滿洲國)은 괴뢰국가였는데, 각각 독일과 일본의 통제와 지령을 받아 주체적으로 활동하지 못하는 허수아비 정권이자 종속국가였다.

이렇게 생각하니 장미가 피노키오를 선물한 의미를 어느 정도 짐작케 했다. 아마도 스스로 재철에게 부림을 당하는 로봇이라는 처지를 비관(?)해서 재철에게 하소연하는 것이 아닌가하는 생각도 들었지만 설마, 로봇이 그럴까하는 생각에 헛웃음이 나면서도 왠지 찜찜한 기분이 들었다. 오늘 장미를 통해서 그 동안 인간들이 탐구하고 규명하려 했던 많은 철학적 고민들이 일순간에 제기된 듯 재철의 뇌신경세포들을 압박해왔다. 그렇지만 지금은 그런 고민에 빠져들 여유로운 시간이나 체력이 없다. 현재 자신 앞에 놓인 복잡스런 일만 생각해도 머리가 뻑적지근하고 피곤함이 몰려와 만사가 귀찮을 따름이었다. 인형을 소파에 던져놓고 침실로 들어가서 문을 닫았다.

재철이 들어오자 조명이 환하게 켜지면서 실내에 내재된 컴퓨터의 각종 센서들이 작동을 하기 시작했다. 온도와 습도는 적당한 상태로 맞춰지고 재철이 침대에 누워 눈을 감자 은은한 조명으로 바뀌면서 천장에는 밤하늘에 별이 뜬 우주가 재현되었다. 침대는 인체에 맞는 최적의 상태를 유지하기 위해 젤 형태의 매트리스가 인체공학적으로 몸무게를 골고루 분산시키도록 변형되면서 최적의 취침상태를 만들어냈다. 벽에 부착된 분사장치에서 심폐기능이 강화되고 살균작용이 된다는 피톤치드(Phytoncide)가 깊은 삼림에서 뿜어 나오듯 방안 구석에 고루고루 퍼졌다.

미국 복사기업체 제록스의 연구자였던 마크 와이저(Mark Weiser)[11]는 뛰어난 기술은 일상에 스며들어 보이지 않게 된다고 했다. 그는 모든 기기나 사물에 컴퓨터가 내재되고 네트워크로 연결되어 언제 어디서든 접속이 가능해서 정보와 서비스를 제공받을 수 있고 기기와 사물 간에도 커뮤니케이션이 가능한 유비쿼터스 컴퓨팅(ubiquitous computing)의 개념을 한국에서 88올림픽이 열리던 해에 제안했었다. 유비쿼터스(ubiquitous)시대에는 사물과 기기에 들어간 컴퓨터들이 상황을 인식하여 인간을 위해 선도적으로 움직이며 보살피게 된다. 왕처럼 극진한 보살핌을 받게 되어 편리하지만 사실, 걱정도 있다. 인간이 컴퓨터에 의존하여 무엇에 신경을 쓰거나 기억을 하려 애쓰지 않다보니 할 일이 없어지고 결과적으로 디지털치매처럼 기억력이나 계산능력이 현저히 저하되는 증상도 발견되고 있는 것이다.

다행히 재철은 머리를 많이 쓰는 직업에 습관까지 있어서 걱정할 필요는 없지만 늘 과중한 업무량으로 체력의 한계를 넘어서 건강에 관한 경고를 주변사람은 물론 MFD같은 기기들에게도 받고 있다. 항상 피곤함이 떠날 줄 몰랐기에 재철은 눕자마자 깊은 잠이 들었다. 그런데 오늘은 유난히 잠은 오지 않고 무수한 잡념들이 떠올랐다.

'일란 때문일까, 장미 때문일까?'

잠을 청하면 청할수록 잡생각이 또렷해질 뿐, 잠은 오지 않았다.

'벌써 며칠 째인가.'

재철은 일어나 침대에 앉았다. 3D폰을 들어 전화를 시도했지만 역시 일란은 받지 않았다. 어느 시간이든 어디에 있든, 때와 장소를 가리지 않고 항상 전화하면 받았던 일란이었다. 해볼 수 있는 일이 아무 것도 없자 심란한 마음을 가라앉히면서 다시 침대에 드러누웠다.

새벽 무렵, 희미한 동이 틀 때까지 자는 둥 마는 둥 뒤척이며 잠을 설치다가 갈증이 생겼다. 물을 마시려고 일어나는데, 탁자에 놓은 3D폰의 빛이 솟구치며 전화가락이 울려 퍼졌다.

"일란아."

반가운 맘에 받아보았지만 떠오른 입체영상의 얼굴은 일란이 아닌, 희미하게 어머니의 주름진 모습이 보였다. 어머니의 전화는 언제든 자동으로 켜지게 설정되어 있었다.

"재철아."

"어, 어머니! 아침부터 웬일이세요?"

재철은 허겁지겁 러닝셔츠를 입고 3D폰에 나타난 어머니를 바라보았다.

"재철아. 고모가 위독하셔. 널 무척 보고 싶어하신다."

재철이 시계를 보니 17일 일요일 오전 8시였다. 이른 새벽이라 생각했지만 벌써 아침이 된 것이다.

"알았어요. 지금 당장 갈게요."

재철은 급히 전화를 끊고"커튼!"을 외치니 창문 커튼이 좌우로 열리면서 밝은 빛이 들어왔다. 날이 꽤 밝아 있다는 것을 알고 재철은 부랴부랴 욕실로 들어갔고 간단히 샤워를 했다. 드레스 룸에 들어서니 옷장에 붙은 전자거울이 켜졌고, 재철이 상복(喪服)을 말하자 검은색 코트와 정장을 입은 재철의 여러 모습들이 나타났다. 재철은 옷장에서 속옷과 양말부터 꺼내 하나씩 주섬주섬 챙겨 입으면서 전자거울이 추천하는 차림새 1번을 선택했다.

잠시 후, 기계소음이 나면서 정장, 캐주얼, 스포츠, 예복 등으로 분류되어 행거에 걸려있는 수천 벌의 옷들에서, 선택한 차림에 맞는 옷들이 하나씩 레일을 타고 이동하더니 재철 앞에 멈추었다. 재철은 옷걸이에 걸린 와이셔츠, 카디건, 양복 상하의, 코트 등을 하나씩 입고 넥타이를 착용 후에 장갑, 머플러, 손수건 등도 챙겼다.

재철이 급하게 나와서 주차된 자동차에 타자 자동으로 시동이 걸리면서 차량 전용 엘리베이터로 이동하여, 차에 탄 채 1층 출입구까지 내려갔다. 이윽고 엘리베이터의 커다란 철문이 위로 열리면서 바깥으로 나가는 출구가 보였다. 시내 도로로 들어서자 재철의 차는 경쾌한 아침 음악과 함께 인사말을 들려주었다. 목적지를 어머니가 계신 고향으로 말하면서 창밖을 보니 어제 밤새 내린 눈이 제법 쌓여서 세상이 하얗게 변해있었다. 제설을 하는 무인로봇 차량이 길을 치웠다지만 아직은 남아있는 눈 때문에 도로가 제법 미끄러웠다.

재철은 고모가 너무 고령이어서 상을 치를 것 같은 생각이 들었다. 차가 고속도로 톨게이트까지 오는 동안에 재철은 부사장, 전무, 박 실장 등에게 전화를 걸어 오늘 일을 설명하면서 자신이 상(喪)중일지라도 업무를 잘 처리해 줄 것을 부탁했다. 임원들이 알아서 잘하겠지만 그래도 대표가 회사를 며칠 쉬게 되면 여러 가지로 손해가 될 수밖에 없다. 그러나 황금 같은 시간이 아깝지 않을 만큼 고모는 재철의 인생에서 소중한 사람이다.

'며칠 전만 해도 목소리는 평소와 다름이 없으셨는데, 어떻게 되신 걸까?'

갑자기 눈물이 날만큼 감정이 북받쳤다. 한동안 슬픔 속에 재철은 눈을 감고 가만히 상념에 젖어 있었다. 고속도로에 들어선 자동차는 쌓인 눈이 없어서 속도를 내기 시작하면서 빠르게 달리기 시작했다. 겨울이지만 햇빛이 제법 눈이 부시고 따뜻했다. 오랜만에 고향에 내려가게 되어 이런 저런 생각에 빠져 있는데 뒷자리에서 소리가 들렸다.

"사장님, 안녕하세요. 좋은 아침입니다."

장미가 뒷자리에서 눈을 감은 상태로 수면모드에서 목소리를 내고 있었다.

"오늘은 일요일, 저도 쉰답니다. 다만, 업무를 보시려면 업무모드로 바꿔주세요."

재철은 장미가 뒷자리에 있다는 사실을 깜빡 잊고 있었다. 경황없이 허겁지겁 서두르다보니 장미를 회사로 보내지 못했다. 그렇다고 차를 되돌릴 수도 없어 어쩔 수 없이 집에까지 내려가야만 한다. 업무모드로 변경하면 로봇이 자신과의 대화를 통해서 회사의 기밀을 누설할 수도 있어 지금 같은 상황에선 수행보좌 등 일반모드로 바꾸는 것이 나았다. 로봇 소유자는 암호화된 언어의 억양 등을 써서 모드를 바꿀 수도 있지만 재철은 설명서를 읽지 않기에 말이 아닌 3D폰만 사용해야했다. 일반모드로 바꾸자 쪼그려 누워있던 장미는 눈을 뜨더니 천천히 일어나면서 자리에 제대로 앉았다. 실내 거울로 뒷자리에 앉아있는 장미를 물끄러미 보는데 마치 일란이 앉아있는 느낌이 들었다. 예전에 일란과 같이 몇 번 정도 집에 간 적이 있었기에 이번에 집에 가면 어머니는 일란에 관해서 이야길 꺼낼지 모른다.

10분후에 목적지인 OOO에 도착합니다.

자동 운전 시스템이 전하는 안내 음성에 눈을 떴다. 어제 잠이 부족해서인지 저절로 눈이 감겼고 잠시 잠들었던 것 같은데, 어느덧 차는 재철이 살았던 고향마을로 들어서고 있었다. 도시에서 좀 떨어져 있어서 산과 들의 아름다운 자연 풍광이 잘 펼쳐진 곳이었다. 그림처럼 아담하게 잘 지어진 단독주택에 도착하니 어머니가 대문을 열어놓고 기다리며 반갑게 미소를 짓고 있었다. 재철은 차를 마당에 주차시키고 내렸다. 어머니는 오랜만에 재철을 보자 기쁜 목소리로 반갑게 맞아주었다.

"재철아! 오느라 힘들었지."

어머닌 반가운 듯 재철의 손을 잡고 한참 동안 아들의 볼을 어루만지며 보고 있었다. 일흔을 훌쩍 넘긴 어머니는 오래 전에 자동차 사고로 두 다리를 잃었지만 십여 년 전부터 전자의족을 착용하면서 정상인처럼 활동하고 있었고 최근엔 세포노화를 줄여주는 치료도 받았는지 나이보다 젊게 보였다. 하지만 왠지 기력은 예전 같지 않아보여서 건강이 염려됐다. 재철은 서울에서 어머니를 모시려했지만 도시보다 친척들이 있는 고향에서 전원생활을 즐기기를 원했다. 가사 도우미 로봇이 있어 힘든 일은 로봇에게 맡기고 아들이 보고 싶으면 언제든지 접속이 되는 네트와 입체전화 등이 있어 생활에 불편함이 없었기 때문이다.

"고모는 어느 병원에 계세요?"

"응? 아이구, 오느라 수고 많았지?"

머뭇거리며 딴말을 하는 어머니를 보고 재철은 낌새가 이상해서 물었다.

"어머니, 거짓말하신 거예요?"

"어? 그게, 그러니까 사실은⋯⋯."

"아니, 제가 얼마나 바쁜지 알면서, 왜 그러셨어요?"

재철은 자기도 모르게 아이처럼 짜증스런 어투로 말했다. 그러자 어머니가 차분하게 말했다.

"보고 싶어서 그랬어. 이러지 않으면 언제 코빼기라도 내밀거니?"

지금까지 거짓말 한번 안 하시던 어머니가 고모가 위독하다는 거짓말까지 하면서 보고 싶다는 이유가 전혀 납득이 되질 않았다.

'무슨 일일까?'

다행히 상을 치르는 일이 없어 마음은 홀가분해졌지만 의구심을 갖고 어머니의 표정을 살폈다. 어머닌 그저 반가운 미소로 재철의 손만 어루만지었다. 뒤에서 걸어오는 발걸음 소리에 어머니는 고개를 돌려 장미를 발견하더니 의아한 표정으로 재철의 소매를 끌었다.

"누구니?"

재철은 어머니의 거짓말에만 신경을 쓰는 바람에 장미가 따라오는 것을 잠시 잊고 있었다.

"아, 비서예요. 인사해라. 어머니셔."

장미는 다가와서 어머니에게 꾸벅 인사를 했다.

"안녕하세요. 첨 뵙겠습니다."

인사하는 장미를 보며 어머니는 빙긋 웃음 띤 얼굴로 고개를 끄덕였다.

"아유, 참하게도 생겼네. 나이가 어떻게 돼요?"

장미는 잠시 무표정하게 아무 말이 없이 서있었다. 재철은 당황한 듯 어머니의 손을 잡아끌고 앞으로 가며 자초지종을 말하려는데, 어머니가 말을 이었다.

"참, 지난번에 왔던 일란이는, 요즘 무슨 일이 있는 거니?"

"예? 아, 일 때문에 좀 바쁜가 봐요."

"바빠도 자주 만나. 너도 이젠 결혼해야 될 거 아니니. 나이가 언제까지 한참일 줄 알아? 고모도 항상 만나기만하면 나한테 재철이를 언제 결혼 시킬 거냐고……."

어머니는 아들에 대한 걱정과 염려를 주저리주저리 토해냈지만 그동안 일란과 동거하고 있었다는 말은 차마 못하고 또 연락이 두절되었다는 말도 꺼낼 수 없었다.

집안에 들어와 가벼운 옷차림으로 녹차를 마시면서 잠시 이야기를 나누는데, 어머니는 모처럼 재철을 만나서 그런지 이런저런 말들이 많았다. 재철은 묵묵히 듣거나 가끔은 대답하느라 옆에 앉아있는 장미가 로봇이라는 사실을 말할 기회를 놓치고 말았다.

아침 식사를 못한 재철에게 어머니는 옥상에 있는 자동 재배 하우스에서 뽑은 각종 푸성귀로 손수 점심식사를 일찍 차려주었다. 둔탁한 외양을 가진 가사 도우미 로봇이 고기를 굽고 각종 채소류들이 식탁에 올라왔다.

"어때, 맛있지?"

"예. 오랜만에 엄마가 차려준 밥을 먹으니까, 정말 맛있어요."

어머니는 물끄러미 재철이 식사하는 모습을 보다가 오래전에 별세한 아버지 생각이 났는지 갑자기 눈시울을 적셨다.

"에휴! 자식이 이렇게 성공했는데, 네 아버지는……."

재철의 아버지는 지방에서 산부인과 의사였고 집안은 부유한 편이었으나 갑작스럽게 부모가 교통사고를 당하면서 가세가 기울었다. 아버지는 거의 1년을 중환자실에서 혼수상태로 있다가 유명을 달리했고 어머니는 다리골절 등 큰 부상을 당해서 몇 년을 입원과 수술을 반복했다.

"그때 얼마나 어려웠니? 치료비로 재산 다 날리고. 넌 학교까지 자퇴하면서 병간호에 매달렸고."

"힘들었죠. 하지만 그렇다고 내가 안할 수도 없었으니까."

"그래. 넌 항상 주어진 대로 운명을 묵묵히 받아들이더구나. 아무리 힘들어도 기특하게 잘 헤쳐 나간걸 보면."

어머니는 그때를 생각하며 눈물을 글썽였다.

"그때의 어려움이 오히려 험난한 세상에서 커나갈 수 있는 자양분이 된 것 같아요. 덕분에 검정고시 치고 대학도 일찍 들어가고, 지금은 잘 됐으니 다행이죠."

"지금이야 다행이지. 근데, 그때 경영학과를 들어가는 건 아니었다. 학생 신분으로 돈 벌겠다고 사업하다가 쫄딱 망했잖아. 그때 고모가 빌려준 돈은 어떻게 됐니?"

"갚아드렸어요. 어려울 때마다 도움 주신 건, 평생 마음의 빚이지만."

어머니도 고모가 병원 치료비까지 보태준 기억을 떠올렸는지 고개를 끄덕였다.

"엄마가 전자공학과에 재입학하라고 할 때, 고모가 뭐라고 한줄 아세요?

어머니는 잠시 아들의 눈을 보며 고개를 흔들었다. "국내 대학 나와서 뭐하겠냐면서, 차라리 유학 보내라고 한말 기억 안 나세요?"

"유학?"

"예. 유학비용 다 대겠다고 하면서."

"그래서, 안간 게 후회가 되니?"

재철은 천천히 고개를 끄덕였다.

"유학 가면 언제 이런 큰 회사를 만들었겠니? 내 말대로 해서 잘된 거야. 아직도 몰라?"

"하지만 창업 당시에 저의 사고는 우물 안 개구리였어요. 좀 더 세계적으로 일찍 성장할 수 있었는데……."

어머니는 고개를 저으며 재철의 손을 부드럽게 잡았다.

"아냐. 난 네가 지금 얼마나 자랑스러운지 몰라. 국내 대학 나오고 국내 기업체 들어가서 연구원부터 시작해 세계적인 기업 비전테크를 만들기까지, 해외유학 다녀온 사람들이 하지 못한 일을 해냈으니, 넌 새로운 신화의 주인공으로서 사람들에게 새로운 길을 보여준 거야. 그것을 운명이라 생각하고, 앞으로 어떻게 커 나갈지만 생각해."

재철은 어머니의 말에 동의하듯 묵묵히 고개를 끄덕거렸다. 어머니는 기분이 좋은지 삼겹살을 상추에 싸서 재철의 입안에 넣어주었다. 재철은 상추쌈을 먹으며 어머니의 사랑이 느껴지자 억눌렸던 답답한 것들이 잠시 사라졌고 어머니는 아들에 대한 칭찬을 아끼지 않았다. 식사를 거의 마치는데 회사 직원과 간부들이 내려온다는 전화가 왔다. 재철은 오해가 있었다면서 상이 아니니 올 필요가 없다고 이야길 하고 곧 서울로 올라가겠다고 했다. 그러자 어머니는 안색이 변하며 서운한 표정을 지었다.

"고모 때문에 왔는데, 고모는 만나보고 가야지. 왔다가 가는 건 정말 예의가 아니잖아."

어머닌 식사를 마친 후에 재철과 장미를 억지로 이끌고 고모 집으로 데리고 갔다.

110세를 바라보는 고령의 고모는 근력이 떨어져서 케블라섬유로 제작된 로봇슈트(Robot-suit) 또는 외골격 로봇(Exoskeleton)이라 부르는 강화복을 착용하고 대문 앞까지 나와서 아이처럼 반갑게 손을 흔들며 웃고 있었다. 시력이 부쩍 나빠진 고모는 뇌의 시신경과 연결된 시력보정 특수 안경을 착용하고 있었는데 화면에 나타나는 재철의 모습이 잘 보이는지 반갑다며 고개를 끄덕였다. 또한 약해진 청력을 보강하기 위해 뇌에 삽입된 인공 와우를 통해 듣고 있었고 고모가 말하는 작은 음성도 증폭되어 슈트에 부착된 스피커로 또렷하게 들렸다. 감각이 소실된 환자를 보완해주는 신경보철(Neuroprosthesis)[12]기술 덕택에 고모는 사이보그(cyborg)의 삶을 살지만 큰 불편함은 없어 보였다.

"어서 오너라."

고모의 옆에는 고종사촌형과 조카 등도 같이 나와서 반갑게 맞이했다. 재철은 고모에게 인사를 드렸고 어머니, 고모 식구들과 함께 대궐 같은 한옥 안으로 들어갔다. 재철은 장미를 사랑채 근처 마당에 잠깐 대기시켰다. 모두들 대청마루를 지나 고모가 기거하는 안방으로 들어갔다. 60대인 넷째, 다섯째 사촌형과 형수는 과일과 다과를 내왔고 고모는 조카의 도움으로 로봇슈트를 벗고 있었다. 로봇슈트는 군인들의 체력을 증대시켜서 전투력 증강을 위한 용도로 제작되었다가 노인과 장애인용을 돕는 용도로 상용화되었다. 그들의 약해진 팔과 다리를 지탱하고 힘을 더해줄 수 있어 많이 착용을 하고 있다.

고모와 식구들은 안방에 앉아서 재철과 이런저런 이야기를 나누며 웃음꽃을 피웠다. 재철이 왔다는 소식을 어떻게 들었는지 근처에 사는 연로하신 4촌, 6촌 친지들이 하나, 둘씩 몰려들었다. 재철은 친척 어르신들에게 큰절을 했고 다들 반가워해주었다.

"근데, 마당에 서성이는 아가씨는 누구냐?"

"비서에요."

백발의 6촌 할아버지는 마당에 서있던 장미를 들어오다가 보았는지 무척 곱게 생겼다며 칭찬을 아끼지 않았다. 급기야 장미는 5촌 당숙에 의해 끌려와서 방에까지 앉게 되었다. 연로한 고모는 잠시 착각해서 장미 손을 덥석 잡더니 하루 빨리 재철과 결혼해서 아이를 낳으라는 덕담까지 해주었다. 어머닌 펄쩍 뛰며 고모에게 재철의 비서라고 귀엣말로 정정했다. 친척 어른들은 너무 예쁘고 고운 신붓감 같다며 마을의 건실한 청년과 중매를 서보겠다고 나서기도 했다.

로봇이 상용화 된지 오래되었지만 금속이나 플라스틱 또는 고무나 실리콘 재질의 둔탁하고 장난감 같은 모습만 보아온 친척들이었다. 장미처럼 인간과 외모가 흡사하고 뛰어난 인공지능을 가진 로봇의 출현은 상상은 할 수 있지만 현실에 존재한다고 생각하지는 않고 있었다. 사실, 관련업계에 일하는 재철 조차 실물을 보고도 착각할 정도였으니 지방에서 로봇에 관심이 없는 친척들에게 장미 같은 안드로이드는 아직 영화에서 봄직한 상상의 산물이었다. 그들이 장미를 당연히 사람이라 생각하는 바람에 재철은 굳이 로봇이라는 말로 충격을 주고 구구절절한 설명까지 할 필요가 없어 보였다. 게다가 고모 집을 빨리 나와야하는 마당에 설명으로 시간을 빼앗기고 싶지 않았다.

인사를 하고 집을 나설 때까지 재철은 장미가 실수할까봐 맘을 졸였지만 다행히 인간처럼 적절한 말과 행동으로 대응해서 로봇임을 눈치 채지 못한 것 같았다. 약간의 실수도 있었지만 의외로 장미는 이보다 여성스런 아가씨가 없을 정도로 자연스럽게 보였다. 하지만 친척들 중에 특히, 손자뻘인 20대는 약간 눈치를 챈 느낌인지 피식 웃었다. 고모 집을 나와서 차를 탈 무렵에는 차라리 사실을 말할 것을 하는 후회가 들었다.

'굳이 인간처럼 보일 필요가 있었을까?'

집으로 오는 차안에서 재철은 뒤에 탄 장미를 힐끔 보았다. 어머니와 함께 이야기를 나누는 모습을 보니 더욱 인간처럼 보인다. 잘못한 일이다. 가짜를 진짜라고 속이는 사기꾼이 되어버린 것 같아서 뒤늦게 찜찜해졌다. 지금은 출시 전이라 저런 안드로이드를 볼 수가 없지만 곧 대중화되면 언제라도 알게 될 일이다. 하지만 뒤늦게 친지들의 오해를 풀어주기에는 너무 늦었다.

"오늘 수고 많이 했어. 재철이 옆에서 보살피기 힘들지?"

어머니는 장미의 한 손을 잡으며 미소를 지었다. 장미는 고개를 살짝 저으며 고운 음색으로 말했다.

"아네요. 저는 사장님을 모시게 되어 항상 기쁩니다."

어머니에게조차 장미를 사람처럼 보인 것은 큰 잘못 같았다. 처음에는 장미를 로봇이라고 말하지 못한 이유는, 어머니께서 실망하거나 어색해할 우려가 있었고 왠지 좀 자신이 이상하게 보일 수 있다고 생각했기 때문이었다. 물론, 순전히 재철만의 생각이었을지도 모른다. 어찌됐든, 말할 기회를 놓친 것은 안타까웠다. 뒤늦게 진실을 말하고 싶어도 저렇게 인간으로서 대우를 하고 다정한 모습을 보이니 이제 와서 로봇이라고 하면 어머닌 농락당한 심정이 들 것이 분명했다.

별일이 아닌데도 심적으로 힘들어졌다. 재철은 가시방석에 앉아있는 것 같아서 하룻밤을 묵고 가라는 어머니의 말을 뿌리치고 바로 출발을 하겠다고 했다. 회사일뿐만 아니라 장미의 메인 배터리 잔량도 얼마 남지 않은 것은 걱정이었다. 전원부족으로 장미가 정지라도 해버리면 어머닌 상당히 놀랄 것이다. 구급차라도 부르면 일은 복잡해질 것이 뻔했다. 가정용 전기로 무선충전을 시도할 수 있지만 어머니 몰래 한 곳에 서서 마네킹 같은 해괴한 자세로 충전은 힘들뿐 아니라 급속충전도 3시간가량이나 필요했다. 재철은 어머니가 붙잡는 바람에 저녁식사를 마저 했고 밤 8시쯤에야 겨우 집을 나설 수 있었다.

집을 나와서 고속도로에 들어서니 어둠 속에 눈발이 심하게 날리고 있었다. 발열 도로는 자체의 뜨거운 열로 내린 눈을 녹인다지만 눈이 워낙 많이 내려서 과부하로 고장이 난 듯 도로는 하얗게 쌓여만 갔다. 눈길 위에서 차들은 점점 느림보 운행을 하고 있었다. 저 멀리 앞에서 경광등을 번쩍이며 도로공사의 제설로봇차량이 도로의 눈을 부지런히 치우는 것 같았다. 하지만 길게 꼬리를 이은 차량의 정체는 풀릴 기미가 없어 보였다. 대부분 동절기에 차량의 바퀴는 스노타이어로 변신하는 덕분에 미끄러짐으로 인한 추돌사고는 거의 없었다. 하지만 정체 현상이 길어져서 몇 시간을 길에서 보내니 어느덧 자정이 가까웠다. 재철의 차는 사고의 위험성으로 자동운전 기능이 멈춘 상태여서 재철이 직접 수동운전을 하고 있었다.

메인배터리가 위험 상태인 5%밖에 남지 않은 장미는 스스로 [수면]모드로 들어가 최대한 전원절약을 하고 있었다. 로보트론에서는 내년 상반기까지 사용을 해보라고 했지만 재철은 원래 약속한 1달만 채우기로 했다. 장미와 헤어질 날도 머지않았다. 재철은 나중에 고향에 올 경우에 혹시라도 장미에 대한 소식을 묻게 되면, 그때는 어머니나 친척들에게 로봇이었다는 사실을 말해야할지, 아니면 여전히 장미가 인간으로 남아야할지 고민이 되었다. 아무래도 로봇보다 인간으로 남는 것이 유종의 미를 거두는 것 같았다. 그렇다면 드라마처럼 사고로 죽었다거나, 불치병에 걸려 세상을 떠났다는 극적인 이야기로 마무리를 지어야 할지도 모른다. 하지만 장미에 대한 아름다운 이미지를 갖고 있는 어머니와 친척들의 마음을 헤아린다면 아주 멀리 해외로 떠났거나 달이나 화성에 갔다는 것이 나을지도 모른다. 하얀 거짓말이든 그냥 거짓말이든 누군가를 속이는 것은 씁쓸한 일이다.

이런 저런 생각을 하며 운전을 하는데 피곤한지 저절로 하품이 나왔다. 오디오에서 감미롭게 흘러나오는 장 피에르 랑팔의 플롯 연주는 자장가처럼 들렸다. 재철은 하품을 연신 해대며 졸음을 쫓으려 애를 썼다. 여전히 차들은 거북이처럼 느릿느릿 움직이고 재철은 눈꺼풀이 무거워져서 자꾸 감기자 고개를 흔들었다. 차내의 이산화탄소 농도와 눈꺼풀의 움직임을 감지한 차량 안전 운전 시스템은 피곤함에 지친 재철에게 잠시 쉬고 가지 않으면 10분후에 갓길에서 자동 정지 된다는 메시지를 내보냈다.

재철은 어쩔 수 없이 고속도로를 빠져나와 내비게이션에서 선택해준 근처 모텔에서 하룻밤을 묵기로 했다. 장미를 차에 대기시키려고 했으나 바깥 날씨가 영하 15도를 맴돌아 정밀 시스템에 고장이 날 우려가 있어 방 두 개를 달라고 했다. 심야에 선글라스를 낀 모텔 종업원은 껌을 소리 나게 씹으면서 많은 투숙객들로 지금 빈방이 딱 하나 밖에 없다고 했다. 얍삽하게 객실료도 세 배로 올려 받았지만 아쉬운 재철은 가격을 지불했다. 재철이 엘리베이터를 타고 올라가려는 데, 종업원이 다른 손님을 또 받고 있었다. 객실이 없다던 종업원은 손님들이 몰려들자 한 몫을 챙기려는 듯 거짓말을 한 것 같았다.

장미와 같이 방에 들어온 재철은 들어오자마자 너무 졸리고 피곤했는지 몸을 씻을 사이도 없이 코트와 양복 상,하의를 벗더니 팬츠바람으로 침대에 쓰러졌고 얼마 안 되어 금방 곯아떨어졌다. 장미는 잠시 주변을 둘러보았다. 탁자 위에 어항이 놓여있었고 묘하게 생긴 로봇 금붕어 두 마리가 살랑살랑 물속에서 헤엄을 치고 있었다. 장미는 벽에서 전원콘센트를 발견하고 충전을 하려는 듯이 등에서 사각형모양의 장치를 꺼내 콘센트에 부착했다. 장미는 자기장을 집전장치로 모아서 전기에너지로 변환하는 자기공진 형상화기술(SMFIR;Shaped Magnetic Field In Resonance)방식의 무선충전 시스템을 채택하고 있는데, 전달 효율은 85%정도이다. 옷을 모두 벗더니 방의 조명을 약하게 한 후에 침대로 가서 재철을 바라보며 옆으로 누웠다. 장미의 등과 벽에 붙은 충전장치 사이의 거리는 수십cm여서 충분히 수면모드에서 무선충전이 가능했다.

***

깊은 강물에 빠진 채 허우적대던 재철은 손을 뻗어 간신히 일란을 붙잡았다.

"가지마! 가지마!"

물속에서 일란의 허리를 붙잡고 재철은 몸부림치고 있었다. 일란의 몸을 필사적으로 끌어당겨 껴안았다. 따뜻한 느낌이 전해졌다. 주체할 수 없는 욕구가 꿈틀거렸다. 재철은 입맞춤을 하려는 듯 힘껏 일란을 끌어안았다. 이윽고 푸른 하늘에 영롱한 일곱 색깔 무지개가 솟아났다. 눈을 떴다.

'여자?'

재철은 약한 조명아래 누군가를 끌어안고 있는데 희미하게 보이는 희끗한 여체를 보다가 소스라치게 놀라서 벌떡 일어났다.

'이럴 수가……!'

옆으로 누워있는 벌거벗은 장미의 뒷모습이 보였고 재철은 그런 장미를 껴안고 있었던 것이다. 재철은 일란이 없는 동안에 다른 여자는 만나지 않았다. 일란이 완전히 자신을 떠났다면 몰라도 아직 재철의 마음속에 일란이 있고 아직까지 사랑하는 연인이기 때문이었다. 한 여자와 사랑할 때, 다른 여자와 만나지 않는다는 자신과의 약속이기도 했다.

'이런 해괴한 일이 일어나다니.'

재철이 일어나서 불을 환하게 켜고 보니 옷이 모두 벗겨진 장미가 침대에 눈을 감고 누워있었다. 일은 끝난 듯 보였다. 마치 몽정을 한 듯 재철은 자신의 몸과 장미의 몸에서 흘러내리는 액체를 급하게 휴지로 닦아냈다. 생각해보니 장미를 껴안고 있을 때의 느낌은 일란의 그것과 다르지 않았다. 며칠 전, 집에서 장미가 재철의 손을 잡아 가슴을 만지게 했을 때에도 인간의 체온과 같은 따스함이 흐르고 있었고 살결이 부드러웠다. 장미의 봉긋한 가슴을 바라보던 재철은 자기도 모르게 손이 갔다. 닿자마자 장미가 눈을 떴다. 누워있던 장미가 일어나서 미소를 지었다.

"좋으셨나요?"

그 소릴 듣는 순간, 재철은 얼굴이 화끈거리면서 자기도 모르게 손이 올라갔고 장미의 뺨을 한 대 갈기고 말았다. 어찌나 세게 쳤는지 장미는 침대에서 떨어지면서 바닥에 나뒹굴었다. 장미는 충격을 받아 이상한 전자음을 내면서 모든 동작을 서서히 멈추었다. 재철은 경멸하는 기계덩어리에 속은 자신에게 화가 났다.

혈기 왕성한 젊은 남성이 꿈속에서 착각하여 그랬다지만 누군가가 사실을 알게 되면 대외적으로 부끄러운 일임에 틀림없다. 적어도 자신은 사회적인 지위와 품격을 가진 일류기업 비전테크의 대표이사이자 공학박사의 신분이니 도저히 있을 수 없는 일이라고 판단했다. 재철은 수치심에 언짢은 기분으로 쓰러져 있는 장미를 한동안 바라보았다. 장미가 천박하고 음란한 싸구려 창녀처럼 느껴졌다. 재철은 동이 트는 대로 로보트론 사람을 불러 반납할 결심을 하며 장미의 옷을 챙겨 입혔다.

모텔을 나올 무렵은 아직 바깥이 어두운 새벽 6시쯤 되는 시각이었다. 잠시, 차의 유리창을 열어 바깥 공기를 들이마시는데 볼을 에는 듯 한기가 느껴졌다. 눈은 그쳤고 밤새 제설작업으로 도로의 눈도 어느 정도 치워져서 차량의 소통은 원활하게 되고 있었다.

재철은 서울로 올라가는 내내 언짢은 기분과 함께 이런저런 사념으로 골치가 아팠으나 곧 잠이 들었다. 자동운전으로 회사주차장까지 무사히 도착한 자동차는 메시지를 통해 재철을 잠에서 깨웠고 재철은 기지개를 펴며 일어났다. 아직 잠이 덜 깬 기분으로 차에서 내린 재철은 뒤 트렁크를 열었다. 동작이 멈춘 쪼그린 상태로 장미가 옆으로 누워 있었다. 축 늘어진 장미를 거꾸로 들쳐 메고 엘리베이터를 타는데 장미가 순간적으로 오동작을 하는지 '안녕하세요. 사장님…….'을 앵무새처럼 잠시 반복하다가 이상한 잡음과 함께 멈추었다.

장미를 안고 집무실로 들어오니, MFD는 19일 월요일 오전 8시40분을 가리켰다. 아직 직원들은 출근하지 않았다. 비서자리에 장미를 내려놓은 후, 재철은 몸 상태가 좋지 않은지 회사 근처에 있는 사우나로 향했다. 뜨거운 열기를 받으며 쑥탕에서 몸을 풀고 전복죽으로 간단히 아침식사를 한 후에, 근처 한방병원에서 목과 어깨 등에 침을 맞고 잠시 엎드린 채로 잠이 들었다.

10시 30분이 될 무렵에 자사제품의 특수배터리를 납품하는 해광전자 강 사장의 전화에 잠이 깼다. 그와의 점심약속이 잡혀있다는 것을 안 재철은 급히 해광전자가 있는 경기도 문산으로 급히 차를 몰고 갔다. 강사장과 오 골계로 점심을 함께 한 후에 오후에는 실내 입체영상 골프장인 엘리스CC에서 가벼운 내기 골프까지 쳤다.

한편, 오전에 여직원이 사장 집무실에서 가늘고 약한 이상한 전자음이 계속 들린다고 박 실장에게 말하자 박 실장은 자신의 보안출입 카드로 사장실의 문을 열고 들어갔다. 곧, 고장으로 마지막 구조신호를 보내는 장미를 발견했고 박 실장이 로브트론에 연락을 취하는데, 이미 로브트론에서도 같은 신호를 감지하였고 원격수리가 불가능해서 회사로 오고 있다고 했다.

점심쯤에 로보트론 AS센터에서 나온 직원들이 장미를 점검하더니 현장에서 수리가 불가능한 1급 고장이라고 했다. 초정밀 전자제품이라 공장으로 입고시켜야 된다면서 장미를 이동식 수납박스에 넣더니 차에 싣고 떠났다.

재철이 바쁜 일정을 마치고 회사로 왔을 때는 6시쯤이었고 비서실 자리는 비어있었다. 막 퇴근하려던 박 실장은 수리를 위해 장미를 공장으로 보냈다며 수리가 완료되려면 일주일쯤 기다려야 한다고 했다. 고장 난 이유가 궁금한 듯 바라보는 박실장에게 재철은 잠시 머뭇거리다가 장미가 눈길을 걷다가 미끄러져 넘어졌다고 둘러댔다. 박 실장은 알았다는 듯 혹시라도 로보트론에서 연락이 오면 고장사유를 그렇게 말하겠다고 했다.

　재철은 뭔가 꺼림칙한 느낌이 들었다. 뒤처리를 하지 못하고 화장실을 나온 듯 불편했다. 그 동안 밀린 업무가 많아서 오늘은 퇴근을 하지 않고 밤을 새기로 했다. 하지만 재철은 직원들에게 부담이 될까봐서 함께 퇴근을 했다. 한 시간 동안 저녁식사를 근처에서 한 후에 다시 회사집무실로 올라왔다. 장미가 있던 자리, 지나치면서 뭔가가 있어야 할 자리에 뭔가가 없으니 왠지 허전해보였다. 일란이 갑자기 연락을 끊었을 때처럼 익숙한 것이 눈앞에 사라질 때는 항상 이런 느낌이었다.

임의동행

 회사 유리창을 통해 으스름한 빛이 들어오면서 어둡던 밖은 서서히 밝아오기 시작하였다. 밤샘 업무는 신참 연구원 생활부터 몸에 밴 습관이었다. 재철은 회사의 대표가 되어서도 성격상 중요한 일은 본인이 처리해야 안심이 되고 속이 시원했다. 어제 이사회에서는 중요 안건을 토의하면서 회사가 지속적으로 성장을 유지하기 위해서 필요한 것은 재철이 건강을 해치지 않는 것이라고 했다. 그만큼 재철은 CEO이면서도 밤을 새워가며 회사 경영뿐 아니라 제품의 연구개발까지 신경을 쓰는 습성을 갖고 있어서 직원들이 퇴근을 못해 불편해하기도 했었다. 불편사항을 감지한 뒤부터는 직원들과 함께 퇴근한 후에 다시 회사로 와서 혼자 밤샘 업무를 하곤 했다.

 하지만 어제는 기획실 직원들도 할 일이 있었는지 아니면 재철이 밤샘 업무를 한다는 것을 눈치 챘는지 몰라도 자발적으로 다시 회사로 와서 새벽 3시까지 업무를 보았다. 일을 마친 직원들은 하나, 둘씩 퇴근을 하여 4시쯤에는 재철 혼자만 남았다. 재철도 업무를 모두 마치자 해방감으로 긴장이 풀려서인지 잠이 쏟아지기 시작했다. 잠시 동안 눈 좀 붙인다는 생각으로 상의를 벗고 소파에 누웠지만 깊은 잠이 들었고 오전 8시가 되어 깨어났다.

3D폰에서 울려 퍼지는 가락이 아니었으면 재철은 깨지 않았을 것이다.

'누굴까?'

아직 잠이 가시지 않은 상태에서 눈을 비비고 일어나 소파에 앉은 채로 3D폰을 귀에 꽂았다. 일란의 입체영상이 떠올랐다. 두 눈이 번쩍 뜨이고 잠이 확 달아난 듯 소파에서 벌떡 일어나 흥분된 목소리로 일란을 불렀다.

"일란아!"

흰색 티에 기능성 변형 소재의 파카를 입은 일란이 화장기 없는 약간 수척한 모습으로 눈앞에 나타났다. 일란의 복장으로 보아 실내가 아닌 실외에 있는 것 같았다.

"어떻게 된 거야?"

재철의 흥분된 목소리와 대조적으로 일란은 차분했다.

"오랜만이에요."

그녀의 첫마디를 듣는 순간, 재철은 그동안 쌓였던 과중한 스트레스가 한방에 날아가 버린 느낌을 받았다. 일란이 자신의 곁을 떠나지 않았음을 확인하자 저절로 밝은 표정이 되었다. 아무런 사고 없이 다시 건강하게 나타난 것을 고마워하듯 재철은 기쁨이 충만한 목소리로 물었다.

"대체 어디 갔었어?"

"그냥……. 먼데 좀 다녀왔어요."

일란은 감정이 없는 인형처럼 짧은 말로 대답을 하자 재철은 급기야 투정하듯 소리쳤다.

"바보같이! 연락을 해야 내가 걱정을 안 하지."

"……."

일란은 말없이 한동안 고개를 숙이고 있었다. 재철은 그런 일란을 바라보다가 조금 이상한 듯 다시 부드럽게 말했다.

"그날, 아무런 말도 없이 사라져서 얼마나 걱정을 한 줄 아니? 지금 어디야?"

"곧 만나게 될 거에요."

순간 입체영상은 일방적으로 사라졌고 전화는 끊겼다.

"여, 여보세요?"

재철은 급히 재발신을 해봤지만 더 이상은 전원이 끊겨서 연결이 되지 않았다.

'무슨 일일까, 왜 이러는 거지?'

재철은 일란이 무사하다는 것에 안도하면서도 알 수 없는 불길한 예감이 스멀스멀 가슴으로 스며들기 시작했다. 이리저리 서성이다가 창밖을 바라보았다. 아무래도 오늘은 아무 일도 손에 잡힐 것 같지 않았다. 다행히 일란의 차분한 언행으로 봐선 납치나 사고 등 불길한 일은 아닌 것 같지만 그래도 마음은 놓이지 않았다.

'대체 어디에 있는 것일까?'

외국이 아닌 국내에서 통화가 된 이상 일란이 있음직한 곳은 다시 뒤져볼 생각이다. 자주 갔던 호텔이나 펜션, 바, 라이브 카페, 클럽, 피트니스 센터, 골프장, 승마장, 마리오네트……. 그래도 못 찾으면 경찰에 신고해서 발신지 추적으로 소재를 파악해야겠다고 생각했다.

재철은 코트와 양복상의를 걸쳐 입고 무작정 집무실 밖으로 뛰쳐나갔다. 복도를 쏜살같이 지나 엘리베이터를 타고 급히 지하주차장으로 내려왔다. 차를 타려고 차문을 급히 여는데, 누군가가 감시카메라를 피해 기둥 뒤에 서있는 것을 발견하고 힐끗 고개를 돌렸다. 그 순간,

"금재철 사장님!"

누군가가 손짓을 하며 부르는 것이 보였다. 자세히 보니 야구 모자를 깊게 눌러써서 눈을 가리고 있었지만 지난번에 봤던 로보트론의 최병규 상무가 틀림없었다.

"어? 로보트론 최……상무님 아니세요, 여긴 어떻게?"

"아, 난 최 상무가 아니라 남서울 경찰서 수사과 최일도 반장이오."

그는 두꺼운 겨울점퍼를 입은 사복차림으로 경찰 공무원증이 든 전자수첩을 보여주었다. 순간 재철은 어떤 불길함이 자신을 엄습하고 있음을 직감했다.

"형사요? 무, 무슨 일이시죠?"

"잠깐만 이야기 할 게 있는데, 경찰서로 같이 좀 가실까요?"

"무슨 일인데요?"

"여기서 말하긴 그러니, 일단 같이 가십시다."

"아니, 무슨 일인지도 모르는데. 무슨 일인데요?"

그는 막무가내로 재철의 팔을 붙잡았다.

"왜 이러세요?"

재철이 붙잡힌 팔을 뿌리치자 최 반장이 다시 억센 힘으로 팔을 등 뒤로 꺾더니 나지막하게 말했다.

"금 사장, 긴히 할 이야기가 있으니 조용히 갑시다."

재철은 최 반장의 무례한 행동에 언짢은 표정으로 언성을 높여 말했다.

"이봐요! 지금 뭐하는 겁니까? 다짜고짜 경찰서로 가자니."

"지난번에 강중호 상원의원한테 정치자금……."

최 반장은 귀엣말로 작게 속삭였으나 잘 들리지 않았다. 하지만 대충은 정치적인 뭔가에 얽힌 사건이라고 짐작했다. 그런데 정치자금 공여라고 해봤자 여당과 야당의원들에게 후원금을 조금 낸 것뿐이라서 전혀 거리낄 게 없었다.

"못 갑니다. 영장 없이 어딜 갑니까?"

"금 사장, 지금 안가시면 엄청 불행한 일로 고생합니다. 바쁜 줄 아는데, 딱 1시간만……. 양해바랍니다."

최 반장은 재철의 팔을 잡고 호소 반, 협박 반으로 표정을 살폈다. 털어서 먼지가 안 나는 사람은 없기에 은근히 불안했다. 어떤 일인지 모르지만 더 이상은 드러날 죄목이 없다고 판단한 재철은 일단 수사에 협조하기로 하고 임의동행 형식으로 최 반장이 몰고 온 경찰차량에 탔다. 하지만 현행범이 아닌 이상 법치국가에서 있을 수 없는 엄연한 불법연행인지라 재철은 차 안에서 고문변호사에게 연락을 취하고 박 실장에게 현재 상황과 몇 가지 사항을 지시하려고 전화를 걸려는 순간, 옆에 탄 최 반장이 귀에 꽂혀있는 3D폰을 뺏었다.

　"왜 이러세요? 변호사한테 연락은 해야 할 거 아닙니까?"

　"전화하면, 일 커집니다."

　그는 다짜고짜 3D폰을 뺏어 자기 주머니에 넣더니 말했다.

　"무례한 줄은 알지만, 바로 끝날 거요. 수사 끝나고 돌려드리지요."

　무뚝뚝하게 내뱉는 그의 말에 심사가 뒤틀린 재철은 매우 못마땅한 표정으로 최 반장을 바라보았다. 비서로봇을 갖고 왔을 때부터 뭔가 말과 행동에서 이상한 사람이라고 생각해서 기분이 나빴는데, 형사라는 사실은 상상도 못했다. 화가 치밀어 오르지만 지금은 화를 내거나 반발할 상황이 아닌 것 같아서 어쨌든 빨리 조사를 끝내고 올 생각으로 일단은 참기로 했다. 하지만 담배 냄새에 찌든, 악취 나는 지저분한 차안이며 억압적인 상황은 역겹게 느껴져서 몹시 불쾌할 수밖에 없었다. 그가 몰고 온 중고차를 타고 가는 중에도 일란에 대한 생각이 자꾸만 떠올라서 가는 순간순간들이 답답하고 고역처럼 느껴졌다.

　남서울 경찰서로 차가 들어서자 정문에 서서 경비를 보고 있던 육중한 로봇경찰이 경례를 했다. 재철이 탄 차는 경찰서 안으로 들어왔지만 최 반장은 아무도 모르게 뒷문 쪽으로 차를 몰아서 사람들이 뜸한 곳에 주차시켰다. 재철이 초등학생이던 여름방학에 이곳에 한번 온 적이 있었다. 아버지의 친구가 강력계 형사였는데, 그때 부친과 함께 따라왔고 당시에 본 건물 형태를 어렴풋이 기억하고 있었다. 적어도 이 건물은 30년도 더 된 아주 오래된 건물로 많이 낡아있었다. 리모델링을 한답시고 여기저기 수리를 한 흔적들이 보였지만 복도 벽은 페인트칠이 벗겨진 채 천장구석은 거미줄까지 쳐있었다. 최 반장은 재철과 함께 복도를 걷다가 묻지도 않았는데, 새 건물을 짓고 있다며 여기는 곧 철거될 것이라고 했다.

최 반장은 수사과의 피의자 조사실로 안내했고 재철은 불쾌한 표정을 지으며 들어갔다. 오래된 액정화면이 있는 검은 탁자와 의자가 중앙에 놓여 있었다. 방의 내부는 무척 허름했고 조명도 그리 밝지 않았으며 약간 한기마저 느껴지게 서늘했다. 음습하고 칙칙한 분위기는 마치 드라마로만 보던 20세기의 군사독재 시절의 취조실을 떠올리게 했다. 전근대적인 이런 분위기가 수사에 어울린다고 생각하는 걸까. 재철은 21세기 최첨단 과학문명이 빛의 속도로 발전하며 생활과 문화를 바꿔놓아도 가장 더디게 변화하는 곳이 이런 곳이 아닌지 하는 생각을 했다.

재철이 범죄자가 된 양, 기분이 상해 찡그린 표정을 지으며 낡은 나무의자에 우두커니 앉아있기를 몇 분……. 이윽고 최 반장이 조사실 문을 열고 들어와 커피가 담긴 종이컵을 재철의 책상 위에 내려놓았다. 이마가 약간 벗겨지고 귀밑의 머리칼이 희끗희끗한 40대 중년이 지난 나이, 얼굴에 치열하게 살아온 삶의 흔적이 군데군데 보이는 최 반장은 말없이 커피를 홀짝거리며 마시기만 했다. 그는 한참 재철을 물끄러미 바라보더니 입을 열었다.

"커피 싫어하쇼?"

최 반장이 대뜸 묻자 갑자기 재철은 속에 억누르고 있던 언짢은 맘이 표출되기 시작했다.

"잠깐이면 된다고 하셨지요? 바쁘니까 용건부터 얼른 말씀하세요."

재철의 짜증 섞인 말에 전혀 아랑곳하지 않고 최 반장은 느긋한 표정으로 다 마신 종이컵을 구겨 쓰레기통에 버리더니 의자에 앉아 담배를 꺼냈다.

"한대 태시겠소?"

최 반장이 갖다놓은 커피는 손도 안댄 채, 재철은 신경질적으로 손을 저었다.

"너무 막무가내로 수사하는 거 아닙니까, 왜 끌고 왔습니까?"

재철은 약간 언성을 높여 말했지만 최 반장은 담배에 불을 붙이고 한 모금 빨다가 재철을 바라보며 낮은 음성으로 여유 있게 바라보며 말했다. 뿌연 연기가 요동치며 재철에게 퍼져나갔다.

"행세께나 하는 사람들이 여기 와서 큰 소리 치다가 쪽 팔려 나가는데, 왜 그런지 아쇼?"

"정치인한데 후원금 내면 죄가 됩니까? 여야 불문하고 적당한 선에서 모두 후원금을 냈는데, 생사람 붙잡아놓고 족치면 없던 죄가 생긴답니까?"

"아, 실은……. 정치자금 때문은 아니고."

최 반장은 말을 멈추고 재철을 뚫어지게 바라보더니 대뜸 물었다.

"당신 대체 누구요?"

순간, 재철은 잘못들은 듯 어이없이 바라보다가 입을 열었다.

"지금, 내가 누군지도 모르고 끌고 왔습니까? 형사 맞아요?"

재철이 어처구니없는 표정으로 한심스럽게 바라보자 최 반장은 씁쓸하게 웃으며 되물었다.

"허허, 기분 나빠하지 마시고. 말씀해보세요. 누구시냐고요?"

"비전테크 대표이사 금재철입니다. 됐습니까?"

재철은 짜증이 나서 다시 퉁명하게 내뱉었다. 그러나 최 반장은 사뭇 진지한 표정으로 가까이 다가와 다시 되물었다.

"정말, 당신이 금재철씨라고 생각하시오?"

"뭐라구요?"

재철이 이번엔 화가 잔뜩 나서 한 대 치려는 듯 주먹을 쥐고 인상을 찌푸렸다. 최 반장은 고개를 돌리더니 담배를 한번 깊게 빨아들인 후 연기를 길게 내뿜으며 말을 이었다.

"하긴 가짜가 가짜라고 말 못하지."

최 반장은 거의 들리지 않는 목소리로 중얼거렸지만 조롱처럼 들리는 말에 재철은 발끈해서 소리쳤다.

"아니, 지금 무슨 말씀 하시는 겁니까?"

최 반장은 재철의 눈을 바라보며 무뚝뚝하게 말했다.

"복제인간, 들어보셨소? 난 당신이 복제인간이라고 생각합니다마는."

반장은 재떨이에 재를 천천히 툭툭 털며 말했다. 재철은 도무지 무슨 소리인지 알 수 없다는 표정으로 최 반장을 바라보았다. 최 반장이 다시 물었다.

"진짜 금재철씨는 어디 있는 거요?"

재철은 종잡을 수 없는 질문에 이해가 되지 않는 표정으로 말문이 막혀 있다가 흥분한 듯 자기도 모르게 소리쳤다.

"대체 뭐하는 짓입니까? 바쁜 사람을 잡아와서 장난하는 것도 아니고. 생뚱맞게 금재철이 어디 있다뇨? 저, 가겠습니다."

재철이 일어나려고하자 최 반장은 손바닥으로 책상을 쿵! 치며 되받듯이 소리쳤다.

"앉아요!"

재철은 일어나려다 위압적인 최 반장의 태도에 다시 자리에 앉아 최 반장을 바라보았다.

"대체, 왜 이러십니까?"

"좀 무례하다고 생각할 수도 있지만 이해하시오. 난 지금 당신을 신문(訊問)하는 중이니까."

재철은 잠시 생각하더니 흥분을 가라앉히고 천천히 물었다.

"도대체, 내가 여기 온 이유가 뭡니까?"

"이유? 당신이 비전테크 금재철 사장을 사칭하고 사장 행세를 하는 동안 진짜 금재철 사장은 실종됐다는, 암튼 뭐, 그런 제보 때문이오."

재철은 황당하다는 표정으로 말을 못하고 잠시 바라보는데, 최 반장은 피던 담배 맛이 별로인지 재떨이에 비벼 끄면서 말했다.

"이해가 되시오? 하긴, 나도 첨엔 황당했지. 조카 말만 아니었으면 이런 건 맡지도 않았는데 말이지."

"조카라뇨?"

재철이 의아한 눈초리로 묻자 최 반장은 약간 쑥스러운 듯이 말했다.

"아! 나……. 일란이 외삼촌이요."

재철은 뒤통수를 한 대 얻어맞은 느낌이 들었다. 일란을 언급하자 반쯤 일어나서 다급하게 소리쳤다.

"이, 일란이 어딨습니까?"

"하긴, 만나보는 게 빠르겠군. 잠깐 기다리쇼."

최 반장이 여전히 무뚝뚝하게 말하면서 문을 닫고 나갔다. 잠시 후에 조사실의 문이 열리고 채일란이 들어왔다. 콧날이 뚜렷하고 큰 눈을 가진 갸름한 계란형 얼굴에 검고 긴 머리카락, 도톰한 붉은 입술……. 채일란이 확실했다. 들어오면서 겨울용 파카를 벗자 하얀색 투피스 정장을 단정하게 입은, 굴곡이 있는 매력적인 몸매가 드러났다. 화장은 하지 않은 약간 피곤한 상태였지만 흐트러진 모습은 없었고 단아함도 잃지 않았다.

"일란아!"

예상치 못한 만남에 놀람과 기쁨이 교차하는 재철의 기분은 아랑곳하지 않고 일란은 무표정하게 마주앉았다. 재철은 손을 천천히 뻗어서 일란의 손을 덥석 잡더니 그 동안 어디 있었는지, 왜 연락을 안 했는지, 한 동안의 궁금증을 마구 토해내며 일란에게 물었다. 그러나 일란은 천천히 손을 빼며 잠시 재철을 응시하다가 한마디를 했다.

"고명성씨. 난 진실을 밝히기 위해서 여기 온 거예요."

차가운 한마디에 재철은 한겨울에 얼어붙은 처마 밑의 고드름처럼 몸이 굳어졌다.

당신은 고명성

    일란은 무표정하게 다음 말을 천천히 이어갔다. 그녀는 연인이 아닌 타인처럼, 재철에게 존댓말을 써가면서 이야기했다. 그녀의 말투는 당신을 금재철이나 연인으로 인정하지 않는다는 뜻이었다. 그런 말투의 일란에게 재철은 서운했지만 지금의 상황은 어쩔 수가 없었다. 그녀의 이야기는 시작부터 평범한 이야기가 아니었다.

    "지금부터 당신에 관한 진실을 이야기하려해요."

    "나에 대한 진실이 뭔데?"

    "기분이 나쁘더라도 양해해주세요. 당신은 복제된 인간 고명성이고 그것이 당신의 진실이니까."

    재철은 짜증스러운 듯 미간과 이맛살에 주름이 저절로 갔다.

    "무슨 소릴 하는 거야? 복제인간이라니, 대체 왜 그러는데?"

    재철이 어이가 없어 바라보지만 일란은 냉담하게 말을 이어갔다.

    "당신은 금석만 박사가 만든 복제인간이란 말이에요."

    "……아버지?"

    "정확히는 재철씨 아버지죠. 5,60년도 훨씬 지난 옛날부터 당시 유전공학 기술로 동물복제는 물론 인간복제까지 맘만 먹으면 가능했어요. 관련기술과 지식을 습득한 몇몇 진보적 성향의 인사들은 복제인간을 만드는 유혹에 빠져 있었고 산부인과 의사이던 금석만 박사도 그중에 한 사람이었어요. 재철씨 아버지는 지방에서도 꽤 잘나가는 의사셨는데 대리모의 임신 및 정자제공, 체내, 체외 인공수정 시술에 탁월한 능력이 있어서 불임부부들로부터 상당히 지명도가 높았어요."

재철은 고개를 설레설레 저으며 상기된 표정으로 일란을 보다가 소리쳤다.

"대체 뭔 소리야? 복제인간을 만들었단 공식적인 기록이 없는데. 게다가 아버지가 복제인간을 무엇 때문에 만들어?"

"학문적인 호기심이든 아님 성과를 위한 과시욕이든 나름대로 이유가 있었겠지만, 내가 재철씨 어머니를 간신히 설득하며 들은 바로는……."

일란은 말을 잠시 멈추고 재철을 바라보았다.

"뭔데?"

"재철씨 가정사에 관한 내용이라서……."

일란이 작은 목소리로 다시 말을 이었다.

"재철씨 위로 형과 누나가 있었던 거 아세요?"

재철은 약간 놀란 표정으로 바라보다가 고개를 끄덕였다.

"있었다고 해. 그래서 무슨 이야길 하려는 거야?"

"어머니께서 말씀하셨는데, 재철씨 누나는 아홉 살 때 수영을 하다가 익사했고 형은 여섯 살 때 신부전증에 걸렸는데, 신장을 이식하지 못해서 죽었다고 했어요. 1-2년 간격으로 남매를 한꺼번에 잃은 슬픔이란 말할 수 없이 컸겠지요."

"나도 알아. 그 일로 어머닌 굉장히 슬퍼하셔서 한동안 우울증으로 고생이 심했고 아버진 상심한 어머닐 위해, 또 3대 독자라서 대를 이으려는 생각도 강해서 아이를 낳기로 결심했다고 했어. 그래서 내가 태어난 거고."

"재철씨가 태어날 때 아버진 마흔 둘, 어머닌 서른여섯이었다고 해요. 늦은 나이에 힘들게 얻은 귀한 아이라서 불의의 사고로 또 잃을까봐, 아이를 얻고도 걱정을 많이 했대요."

"그래서 죽을까봐, 아버지가 나를 대신할 또 한 사람을 만들기로 결심한 거란 말이야? 지금 그걸 말이라고 하니?"

일란은 고개를 살짝 끄덕이며 말했다.

"그럴 수 있다고 생각해요. 겪어보지 않은 사람은 절대 이해할 수 없는 일이겠지만. 어찌됐든, 또 한명의 금재철, 복제인간은 그런 이유로 태어났으니까. 남자와 여자 즉, 정자와 난자가 만나서 수정란으로써 인간이 만들어지는 것이 자연적인 방법이지만 자기 몸, 세포속의 핵(DNA)을 난자에 인공적으로 주입해서도 인간이 만들어질 수 있거든요. 이런 방법을 체세포복제라고 하는데 나와 같은 또 한명의 인간이 태어나는 방법이에요.

금 박사는 태어난 지 얼마 안 된 아들의 몸에서 약간의 살점을 이용해서 체세포 복제를 시도했어요. 이미 브로커를 통해 난자매매 여성들에게서 수천 개의 난자를 구해놓은 상태이기 때문에 이후의 일은 일사천리로 진행되었어요. 난자에서 핵을 제거한 후, 아들의 체세포 핵을 난자에 주입하고 전기적인 충격을 주는 핵융합을 통해 복제인간인 당신을 만들었던 거예요."

재철은 답답한 듯 한숨을 쉬며 고개를 가로저었다.

"복제가 그렇게 쉬운 줄 아니? 그 옛날, 2004년경에 황우석 박사팀이 세계최초로 배아줄기세포 복제에 성공했다고 사이언스지에 발표했다가 논문 조작으로 밝혀진 기록이 있어. 당시에 2천개의 난자를 쓰고도 만들지 못했단 말이야. 단성생식(單性生殖, parthenogenesis)으로 보이는 줄기세포가 하나 있긴 했지만, 인간복제가 말처럼 쉬운 게 아냐. 원숭이나 사람 같은 영장류 복제가 얼마나 어렵고 성공률이 희박한지 알고 있어?"

"알아요. 2000년에 최초의 복제원숭이 테트라를 만들긴 했지만 테트라는 수정란을 분리시켜 만든 일란성 쌍생아 같은 복제 원숭이고 2007년경에야 비로소 체세포 복제 원숭이를 만든 걸로 알고 있으니까."

재철은 고개를 심하게 흔들며 손까지 저어 말을 가로챘다.

"복제원숭이를 만든 게 아니라 복제원숭이가 될 수 있는 체세포 배아줄기세포를 얻은 거야. 미국의 수크라트 미탈리포프(Shoukhrat Mitalipov)[13] 박사가 수컷원숭이의 피부세포에서 추출한 DNA로 핵을 제거한 원숭이 난자에 이식해서 체세포 복제를 시도했고 원숭이 배아줄기세포를 얻는 데는 성공했지만 복제원숭이가 태어난 건 아니라고.

당시에도 암컷원숭이에서 무려 300개가 넘는 난자를 얻어서 겨우 2개의 난자에서 배아줄기세포를 얻는데 성공했지. 그렇게 굉장히 많은 시간과 노력이 들어가면서도 성공률이 희박한 것이 영장류 복제야. 뭘 제대로 알고 이야길 해야, 신뢰성이 있지."

재철의 언짢은 일침에 일란의 기세가 약간 누그러지자 재철은 다시 말을 이었다.

"더군다나 복제된 수정란이 자궁에 착상되는 확률도 10%미만이고 복제동물이 정상적으로 태어날 확률은 거의 1% 내외야. 왜냐하면, 비정상적인 태반 형성에 만성적인 폐 고혈압증, 거대 태아 증후군 등 다양한 발달장애를 갖고 있기 때문이지. 유산되거나 기형으로 태어나며 발생과정에서도 각종 기관이 튼튼히 잘 안 생겨. 염색체가 후성유전(後成遺傳)이라는 탈메틸화(demethylation;DNA에 메틸(CH3-)기가 그대로 남아있게 되면 정상적인 세포의 분화를 방해하기 때문에 떨어져 나가야 함)가 한번 이뤄져야하는데 그게 안 되니까, 유전자가 발현이 안 일어나서 문제가 생긴단 말이야."[14]

일란은 고개를 돌려 헛기침을 하더니 잠시 후, 목소리는 조금 낮아지긴 했어도 또랑또랑하게 다시 이야길 했다.

"내가 이 분야에 전공자도 아니고 여기저기 조사하면서 얻은 지식이라 약간의 오류는 있을지 몰라요. 하지만 일란성 쌍둥이의 자연적인 발생율이 1/250인 것처럼 복제동물 역시 성공율이 1/277정도이니 태어날 확률은 비슷하다고 봐야죠. 또 미탈리포프 박사가 2013년에 체세포 복제 기술로 인간 배아줄기세포를 얻는데, 성공한 것도 아시죠? 물론 기증받은 난자 126개 중 6개의 난자에서 성공했지만, 인간복제가 절대 불가능한 것만은 아니라구요."

재철은 할 말이 없다는 듯 뒷목을 손으로 주무르면서 눈을 감았다.

"재철씨 아버지가 복제인간을 만든 것은 사실이에요. 금 박사님 역시 복제 배아를 만드는 과정에서 당연히 수많은 실패를 거듭했겠지요. 하지만 운이 좋았는지 8세포기가 지난 복제배아를 얻어냈고 상당한 액수를 지불한 대리모의 자궁에 수정란을 착상시킨 후, 열 달 후에 마침내 재철씨와 닮은 복제아이를 얻었구요."

재철은 부정하는 눈빛으로 일란을 강하게 바라보며 이마를 찌푸렸다.

"거짓말이야! 아버진 그런 일을 할 분이 아니셔. 어머니가 그런 말을 했단 것도 믿어지지 않고."

일란은 재철의 신경질적인 반응에도 개의치 않고 하던 말을 이어갔다.

"들어보세요. 금석만 박사는 어쩌면 공식적으로 인류 최초일지도 모를 복제아기를 비밀리에 탄생시켰어요. 근데, 정확한 팩트는 아니지만 복제에 관련된 사람들 중에, 아마도 난자를 제공한 여성중의 한사람이 인간복제가 아닌지 의심을 품게 되었고 그 사실이 새어 나갔던 것 같아요. 어찌됐든, 아이가 태어날 무렵에 금박사가 복제 인간을 만든다는 소문이 퍼졌고 지방의 한 언론사에서 취재를 하기 시작했어요. 복제인간을 반대하는 보수단체에서는 사실 여부를 떠나서 금 박사 병원으로 몰려들었고요. 언론의 취재와 반대단체의 시위를 보며 겁에 질린 금박사는 복제인간을 만든다는 시도 자체를 완강히 부인했어요. 불임부부를 위한 획기적인 시술을 위해 실험용 난자가 다

수 필요했을 뿐이라며 관련 자료를 공개했고 적극적으로 해명 및 부인한 결과 일종의 오해로 인한 해프닝으로 끝났어요."

"그래. 해프닝이고 인간복제는 거짓이야. 당시의 기사를 찾아봐도 그렇게 보도 됐을 거고. 그러니까 제발, 복제인간 타령은 그만하자."

"아뇨. 얼렁뚱땅 무마해서 흐지부지 넘긴 건 사실이지만, 재철씨 아버지와 어머닌 물밑에서 온 힘을 다해 진실을 은폐하기 시작했어요. 태어난 복제아기가 어디로 갔는지 아세요?"

"무슨 소리야? 복제인간 자체가 존재하지 않는데, 그딴 걸 왜 묻니?"

불붙듯 달아오른 논쟁 때문인지, 일란은 이마에 흐르는 땀방울을 닦아냈다.

"재철씨 아버진 한바탕 사건이 있은 후에 몹시 쇠약해져서 과로로 병원에 입원했는데 지옥에 다녀온 꿈을 꾸었대요. 게다가 위암 초기 진단까지 받자 신의 뜻을 어긴 형벌처럼 생각했대요. 자신이 한 일에 대해 후회하면서, 아이가 나중에 복제인간임을 알게 될 때 받을 충격으로 자신에게 어떤 일을 벌일지 두려웠대요. 그래서 아내를 시켜서 아기를 주사약으로 살해하라 했지만 어머닌 엄연히 인격을 갖춘 생명체인데 절대 그럴 수는 없었다고 해요. 남편에겐 그렇게 했다고 하면서 사실은 당시 산부인과에 홀로 입원 중인 고령의 산모 정민순씨에게 주었대요.

어머닌 정식으로 입양을 시킬까도 했지만 법적인 절차 등이 번거롭고 알려질까도 두려워서 때마침 아이와 혈액형이 같은 정씨에게 준거죠. 정씨는 아이를 낳았지만 노산이라 태어나자마자 죽었고 마흔이 넘어서 힘들게 낳은 아이를 잃어 무척 슬퍼했대요. 어머니는 미성년자인 미혼모가 낳은 아이라며 정씨에게 복제아기를 주었어요. 정씨는 처음엔 망설였지만 나중엔 아이가 맘에 든다면서 자기 아들로 잘 키우겠다고 했대요.

어머니도 정씨에게 하늘이 준 친자식이라 생각하고 잘 키우라면서 절대 이러한 사실을 아이에게 죽을 때까지 발설하지 말 것을 당부했대요. 어머닌 아이의 양육비까지 챙겨주었고 퇴원한 정씨는 아이를 집으로 데려갔어요. 그 후로 어머닌, 정씨가 아기 이름을 고명성이라 짓고 그녀의 고향으로 가서 잘 키우고 있다는 사실만 알고 기억에서 잊혀 졌대요."

재철은 마치 한편의 드라마처럼 들리는 일란의 이야기를 가만히 듣고만 있었다. 재철의 귀에 일란의 목소리는 또렷또렷하게 들려왔지만 이해하기 힘든 표정으로 듣는 중에 가끔씩 고개를 저었다. 중간 중간에 일란의 얼굴을 살피면서 자신이 어떤 말을 해야 할지를 생각하는 듯 했다. 일란이 이야길 마치자 잠시 정적이 흘렀다. 재철은 긴장해서인지 목덜미에 땀방울을 흘리고 있다가 불쾌한 표정으로 물었다.

"그래서 뭘 말하려는 거야?"

"그건 당신이 더 잘 알지 않나요?"

"공상소설 같은 이야기를 해놓고 내가 뭘 알아, 내가 고명성이라는 거야?"

일란이 고개를 끄덕이자 재철이 언성을 높였다.

"왜 그런 생각을 해? 왜 말도 안 되는 소설을 쓰는 거야?"

"자신을 속이지 마세요. 당신이 복제인간이란 증거가 있어요."

"뭐! 증거?"

재철의 입은 다물어지지 않았고 눈꺼풀은 바르르 떨렸다. 일란은 담담하게 말을 이어갔다.

"재철씨는 사업뿐만 아니라 행사, 강연 등 쉴 틈이 없었어요. 입버릇처럼 모든 걸 잊고 며칠 푹 쉬고 싶다고 매일 중얼거렸어요."

"그래, 그렇게 이야기했었어."

"그때, 당신이 나타났어요."

"무슨 소리야?"

"재철씨를 대신할 고명성, 바로 당신을 만나 거라구요."

재철은 기가 막힌 듯이 억지로 헛웃음을 터뜨렸다.

"그러니까, 내가 너무 바쁜 나머지, 날 닮은 고명성이 날 대신해서 뭘 어떻게 했단 말이야?"

"아마도 쉬고 싶은 재철씨가 먼저 위험한 제안을 했겠죠. 대역을 해달라고. 명성씨를 이용해 쉬고 싶었고 당신은 생활 형편이 좋지 않아서 제안을 냉큼 받아들였고. 결국 당신은 또 한 사람의 완벽한 금재철이 되어."

"그만해!"

재철이 벌떡 일어나서 책상을 치며 소리치자 일란은 잠시 주춤했다. 재철은 몹시 흥분하여 꽉 쥔 주먹이 부르르 떨렸다.

"대체 왜 그러니, 누가 시킨 거야? 어떤 놈이 뭘 노리고 이런 음모를 꾸미는지 몰라도, 제발 정신 차려!"

"그렇게 생각해요, 이게 음모라고?"

"그럼 고명성, 복제인간……. 이게 다 무슨 소리야? 어떻게 영화에 나올 법한 일을 꾸미고 있어? 이런 일 자체가, 외부로 알려지면……. 부끄럽지도 않아?"

"그딴 건 신경 쓰지 않아요. 나에겐 재철씨가 소중하니까. 난 당신과 재철씨가 함께 있는 모습을 내 두 눈으로 똑똑히 보았고. 또, 내가 아무 증거도 없이 수사를 의뢰할 거 같아요?"

일란은 가방에서 전자종이를 꺼내 책상 위에 내밀었다. 창문 너머로 찍어 포커스가 맞지 않아 좀 희미하지만 전자종이에 세 컷의 컬러사진이 나타났다. 재철의 자택 주차장 입구에서 모자를 쓴 명성과 재철이 서서 이야기를 나누는 모습을 거실 창문에서 3D폰으로 찍은 사진들이었다.

"미국에 가기 전날 찍은 거예요. 이모에게 줄 선물을 사갖고 집에 왔다가 두 사람을 보고 깜짝 놀랐어요. 두 사람이 너무 닮아서 어떻게 된 일인지,

혹시 쌍둥이가 아닌가 생각했어요.”

재철은 사진을 보다가 내려놓고 가벼운 헛웃음을 지었다.

“이런 디지털 사진조작은 초등학생도 하는 거야. 복사로 갖다 붙이면 한 사람이 둘, 셋, 넷!”

“조작이 아네요!”

일란은 자신의 3D폰을 켰다. 역시 같은 장소에서 재철과 명성이 이야기를 나누는, 약 10초 정도의 입체 동영상이 나타났다. 재철은 잠시 생각을 하듯 허공에 뜬 영상을 보며 말했다.

“공학자로서 말하는데, 동영상 조작도 프레임 단위로 한다면 불가능한 것이 아냐. 물론 3D라서 개인이 하면 장비랄지 그런 게 필요하고 비용도 많이 들고 힘이 들지만…….”

재철은 말을 멈추었다. 일란이 그렇게까지 할 이유가 없기에. 그러자 일란이 차분하게 말을 꺼냈다.

“내가 쌍둥이냐고 물었던 거, 기억나요?”

“언제?”

“고명성인 당신이 기억이 날 리가 없겠죠. 재철씨한테 물었으니까.”

재철이 책상 위의 전자종이를 집어던지며 소리쳤다.

“그만 해! 지금 이따위 소설 놀음에 놀아날 기분 아냐. 내가 금재철이야! 내가 난데, 더 이상 무슨 증거가 필요해?”

“당신은 지금 자신을 금재철이라고 속이는 거라고요.”

“일란아, 제발! 왜 한동안 사라졌다 갑자기 나타나서 생사람 잡는 거니? 대체, 왜 그런 생각을 하는 거냐고?”

“여자의 직감으로 아는 거죠. 난 내 직감을 믿으니까!”

“채일란!”

재철은 어이가 없다는 듯 감정이 격앙되어 다시 책상을 쾅! 내리치자 일란은 짧은 한숨을 쉬며 재철을 바라보다가 일어났다.

"쉬었다 해요."

일란은 고갤 흔들며 문을 열고 밖으로 나갔다. 재철도 머리가 혼란스러운 듯 허공을 보다가 답답한 듯 다시 책상을 주먹으로 심하게 내리쳤다. 그러자 문이 열리며 최 반장이 들어왔다. 그는 말없이 잠시 팔짱을 끼고 재철을 바라보다가 다시 나갔다. 몇 분이 흘렀을까. 격해진 감정을 가라앉히며 안정을 찾을 때 일란이 다시 들어왔다. 일란은 자리에 앉아 남은 이야기를 천천히 이어갔다.

"오랜 시간 고민했어요. 당신이 재철씨 흉내를 내는 동안 재철씨가 납치나 감금 또는 살해되어 유기되었다면 큰일이라고 생각해서 형사로 계시는 외삼촌에게 수사를 의뢰한 거예요. 우리 재철씨, 무사하신 거죠, 생명에 지장 없는 거죠?"

재철은 어이없는 듯 양미간을 찌푸리며 잠시 가만히 있다가 말을 했다.

"집에서 고모가 위독하다고 연락이 왔었어. 네가 꾸민 일이지?"

일란, 그녀는 고개를 끄덕였다.

"그래요. 어머니라면 친자식인지 아닌지 한눈에 알아볼 수 있지 않을까, 생각해서 부탁드렸어요."

"철저하구나. 네 덕분에 오랜 만에 집까지 갔었어. 그래, 어머니가 날 보고 뭐라고 하시든?"

"어머닌……. 여기저기 살펴보고 대화를 나눠봤지만 특별히 이상한 건 없다면서 말이나 행동이나 당신 자식이 틀림없다고 하셨어요."

일란은 담담한 어조로 대답했지만 듣고 있던 재철은 언성을 높이며 말했다.

"당연하지! 자기 자식도 몰라보는 부모가 있니? 넌 대체 뭐가 이상해서 날 가짜라고 의심하는 거니, 진짜 이유가 뭐냐고?"

"이달 초, 미국에서 귀국한 그날 밤, 기억나요?"

"그걸 기억 못해? 그날 오랜만에 봤잖아. 같이 식사하고 술 마시고, 샤워하고 나오니까, 너 어디로 사라져버린 거야? 그날 이후 종적을 감추고 연락도 끊어버리고."

"그래요. 그날 당신의 몸이 좀 이상했거든요. 허벅지 안쪽엔 검은 점도 있고."

"뭐?"

"평소의 재철씨와 많이 달랐다구요. 엘리베이터에서부터 격렬하게 껴안고 입 맞추고, 객실로 들어가자마자 샤워도 안하고 허겁지겁 옷부터 벗어제치면서."

"그게 뭐가 이상해, 우리 사랑하는 거 아니었어?"

"아뇨. 당신은 처음이었어요. 나라는 낯선 사람을 처음 대하는 고명성."

"휴! 대체 무슨 소리야?"

"거기에 점이 있는지 없는지, 당신이 재철씨라면 증명해보세요."

재철은 몹시 불쾌한 듯 일란을 보았다. 하지만 일란은 눈 하나 깜박거리지 않고 시선을 피하지도 않았다. 재철은 인상을 찌푸리며 입술에 침을 바르더니 결심한 듯 일어나서 혁대를 천천히 풀고 바지를 내렸다.

"와서 확인해 봐."

일란은 재철에게 다가갔다. 아랫도리를 살펴보다가 약간 의외라는 듯, 짙은 속눈썹이 깜박거렸다. 팬츠 안쪽 허벅지에는 아무런 점도 없었다.

"없지? 대체 무슨 상상을 하는 건지 모르겠지만, 제발 정신 좀 차려."

재철은 바지를 입고 혁대를 채우더니 일란의 표정을 확인하듯 바라보았다. 그러나 일란은 실망스런 듯 담담하게 말했다.

"그 사이에 점을 빼냈군요."

재철은 갑자기 화가 머리끝까지 난 듯 일란의 양어깨를 잡고 흔들면서 소리쳤다.

"채일란, 너 왜 그래! 미친 거야, 미쳤어?"

재철이 일란의 어깨를 잡고 과격해지자 문이 급히 열렸다. 최 반장이 들어와 재철의 팔을 뜯어내며 말렸다. 일란은 기분이 상한 듯이 헝클어진 머리를 쓸어 올리며 나가버렸다. 3평 남짓한 조사실에 가쁜 숨을 몰아쉬는 재철과 최 반장만이 앉아있었고 잠시 동안 침묵이 흘렀다. 재철이 어느 정도 진정을 시키자 최 반장이 한숨을 크게 쉬며 말을 꺼냈다.

"일란이 녀석이 나를 찾아와 사정을 이야기할 때만 해도 나도 뭐가 뭔지 엄청 헷갈렸소. 조카만 아니라면 이런 골치 아픈 사건에 끼어들고 싶지 않았는데, 어쩌겠소? 진실을 꼭 밝혀달라는데. 내가 알기론 복제인간이 뭐, 별 특별한 게 아니고 그냥 일란성 쌍둥이랑 같다고 하더이다. 외모 닮은 건 말할 것도 없고 혈액형과 DNA까지 같으니 누가 구별을 하겠소? 물론 지문이나 홍채는 달라서 생체정보를 대조하면 알 수 있겠지만. 알다시피 극악무도한 흉악범을 제외하고 모든 국민이 인권침해로 지문채취나 생체정보가 사라진지 벌써 20년이 되었소. 당연히 금재철씨 지문기록이 없어 대조작업도 힘들고 DNA등 생체정보도 전과자가 아니니 DB에 기록되어 있을 리도 없고……."

재철은 입안이 바싹 말라가는지 침을 삼키면서 최 반장의 말을 듣고 있었다.

"혹시나 하고 비전테크에 가서 눈의 홍채나 손등의 정맥, 성문에 관한 생체정보를 찾아보려했지만, 희한하게도 얼마 전에 전부 갱신해서 옛날 기록을 덮어씌우니 복구도 안 되고. 답답하게 됐어요. 맘 같아선 당신이 속 시원히 털어놓고 밝혔으면 좋겠는데, 도대체 사건의 진실이 뭐요?"

최 반장이 정말 답답한 표정으로 쳐다보자 재철도 최 반장만큼 답답하다는 듯 하소연을 했다.

"미치겠습니다. 반장님이 이런 상황이면 대체 어떻게 하시겠습니까? 내가 나라는 걸 뭘로 증명하지요? 다른 사람도 아닌 사랑하는 일란이 날 의심하며 저렇게 날뛰는데, 이게 얼마나 가혹한 현실인지 아십니까?"

최 반장은 전혀 감정의 미동도 없이 재철의 말을 받아 차분하게 말을 이어갔다.

"그거 참, 미안하게 됐소. 하지만 일란이 말처럼 몇 가지 정황이 당신을 가짜로 의심하게 만드는데, 당신이 가짠지 진짠지 스스로 진실을 밝혀야 의무가 있소."

"뭘 어떻게 밝힙니까? 내가 금재철이고 그게 진실인데."

"당신이 아무리 부정해도 진실은 드러나는 법이오."

"드러나다니요?"

재철은 신경질적으로 반응했지만 최 반장은 여전히 낮은 톤으로 차분히 말을 이었다.

"잡아떼는 것만이 능사가 아니오. 우리가 이렇게 건물도 낡고 사람도 오래되었지만 나름대로 치밀하게 준비한 게 있소. 당신이 복제인간이라는 증거 말인데."

재철은 갑자기 얼어붙은 듯 얼떨한 표정으로 최 반장을 바라보았다. 최 반장은 알 수 없는 얇은 미소로 살짝 끄덕이더니 밖으로 나갔다. 재철은 잠시 멍하니 허공을 보다가 피곤한 듯 눈을 감았다.

잠시 후, 일란과 최 반장이 조사실로 들어왔다. 최 반장이 자리에 앉으며 말했다.

"로보트론 알죠? 얼마 전에 로보트론에서 비서로봇을 갖다 줬는데. 그 회사 상무가 내 친구라서 내가 좀 부탁을 했소. 암튼, 그 로봇 말인데……."

순간, 재철은 가슴이 뜨끔해졌고 목덜미에서 흐르던 식은땀 한 방울이 책상 바닥으로 떨어졌다. 이제야 장미의 몸속에 자신의 체액이 남아있었음을 깨달은 것이다. 재철은 약간 떨리는 목소리로 물었다.

"자, 장미 말입니까?"

"장미? 뭐, 암튼 로보트 말인데. 당신이랑 모텔에서 묵었더군요?"

최 반장이 국립과학 수사연구소 마크가 찍힌 서류 한 장을 책상에 내려놓았다.

"읽어보시오."

재철은 흰색 종이를 들어보았다.

"이게 뭡니까?"

"당신 정액에 대한 국과수 검사 결과요."

"빌어먹을!"

재철이 얼굴이 화끈거리면서 수치스러워할 때, 최 반장이 말을 이었다.

"아, 기분이 상할 수도 있겠지만 너무 걱정 마시오. 로보트는 정액이 방출되자마자 안전하게 실리콘 백에 저장, 밀봉되며 즉시 우리에게 자동통보 되고 공장에 가기 전, 차량에서 빼냈으니까. 또 로보트론 사람들은 이 일에 대해 다르게 알고 있으니, 금재철씨에 관하여 뭔가가 세상에 이상하게 알려질 염려는 전혀 없소."

"그렇다고 이게 대체 뭐하는 짓입니까?"

"뭐하는 짓이 아니라, 수사를 하는 것이고 진실을 밝히는 작업이오."

"대체 누가, 이런 빌어먹을 생각을?"

재철은 반장을 스치듯 보다가 옆에 있는 일란에게 시선이 고정되었다.

"왜!"

재철이 절규하듯이 묻자 일란은 시선을 내리깔았다.

"왜 이딴 짓을 해! 널 얼마나 사랑하는데."

재철은 감정을 실어 격하게 외쳤지만 일란은 고개를 저었다.

"내가 사랑하는 사람은 금재철씨에요. 당신은 로봇이 좋던가요?"

"……그건 잠결에."

재철이 나지막하게 말을 맺지 못하고 일란을 바라보자 최 반장이 말을 이었다.

"실수가 맞소. 직업여성이라도 쓸까 했지만 괜히 사람 끼어들면 일이 커지고 매춘은 사실 불법이오. 그렇다고 강제로 정자검사를 받으라고 할 수도 없는 노릇이고, 차라리 일전에 보험회사에서 전화가 갔을 때, 검사 받았으면 좋았소. 영 안 되면 일란이가 직접 나서야할 상황이었고. 아무튼, 비서로봇에 없는 이상한 기능까지 일부러 추가해서 증거를 확보해야했으니, 우리도 힘들고 못마땅했소. 게다가 당신을 유혹하는 일은 정말 며칠을 기다리는 힘든 일이었고. 그걸 보면 일란을 사랑하는 건 진짜인 것 같은데. 뭐, 그렇다고 그것이 당신이 진짜 금재철임을 증명하는 건 아니잖소."

최 반장이 구차한 변명을 하듯 장황하게 해명하는 동안 재철은 다시 서류를 찬찬히 바라보다 인상을 찡그렸다.

"그래서, 이걸 왜 보여주시는 겁니까?"

"아, 그게 중요한 거요. 그 결과가 없었으면 당신을 이곳에 데리고 올 이유가 없었소."

"?"

"현재까지 복제인간에 대해서 공식적으로 알려진 기록은 아무 것도 없소. 다만, 복제인간을 비밀리에 만들었다고 주장하는 외국의 어떤 단체와 과학자들에 의해 밝혀진 사례에 의하면 복제인간의 특징은 노화가 빨리 온다는 것과 생식능력이 없다는 것이오."

최 반장은 복제인간에 대해서 조사한 프린트 자료를 재철에게 보여주었다.

"남자의 경우, 고환에서 정자가 만들어지지 않는 무정자증 즉, 불임을 뜻하는데, 보다시피 당신 정액에 정자가 없는 걸로 판명되었소."

재철은 국과수의 서류를 자세히 보다가 입을 다물지 못하고 힘이 빠지는 듯 잠시 눈을 감았다가 다시 떴다.

'무정자증, 내가?'

충격을 받은 듯 정신을 차리려는 재철을 보며 최 반장은 어디서 책을 보고 암기한 듯 읊조렸다.

"정액 내에 정자가 거의 없거나 운동성이 떨어지거나 모양에 이상이 있는 경우는 일반 남성들에게도 있을 수 있소. 하지만 무정자증은 복제인간에게 99%이상 나타난다는 특이한 현상이라더군요. 내 생각엔 아마도 신의 섭리가 아닐까 하는 생각도 합니다만. 어찌됐든, 이로 인해 당신이 금재철을 사칭한 복제인간이란 혐의를 벗어나기 힘들게 됐소."

재철은 상황이 무척 당혹스러워서 땀이 저절로 흘러내렸다. 복제인간이 생식능력이 없다는 이야기는 최 반장을 통해서 처음 들었다. 사실, 공식적으로 복제인간 자체가 없으므로 생식능력이 있는지 없는지 진실을 규명해줄 과학적인 자료와 사례 역시 있을 리가 만무하다. 최 반장도 복제인간을 만들었다고 주장하는 신빙성 없는 외국의 어떤 사이트에서 배포한 무정자증 자료를 근거로 추정하는 것뿐이지, 절대 사실이 아니다. 겨우 헛소문 같은 자료를 근거로 자신을 연행하고 무리한 수사까지 하니 어이가 없었다. 하지만 최 반장이 믿는 근거에 대해서 반박하거나 뒤집어엎을만한 그 어떤 물증이나 자료를 재철은 가지고 있지 않다. 현재로선, 복제인간의 체액을 확인하지 않고서는 도저히 벗어날 길이 없기에 재철의 고민은 깊어만 갔다.

클론(clone)

    10시 30분경, 최 반장이 손수 3D프린트로 만든 피자와 도넛을 받았지만 재철은 맛이 없어서 먹는 둥 마는 둥 아침식사를 하지 못하고 포크를 내려 놓았다. 얼마간의 휴식을 취한 후에 재철과 최 반장이 책상을 사이에 두고 다시 마주 앉았다. 머리숱이 없고 목이 짧으며 다소 살찐 체구에 다부진 근 육질의 몸을 가진 일란의 외삼촌은 약간 말투가 느리고 어눌한 편이었다. 그러나 경찰서 수사과와 형사과 등 여러 부서를 두루 거치면서 오랜 기간 근무한 경험 많고 근성이 있는 수사관이었다.

    "그래, 뭔가 말하고 싶은 게 있으면 다 털어놔보시오."

    최 반장의 입장에서, 어쩌면 황당무계하고 비현실적이기까지 한 사건을 맡다보니 처음엔 어떻게 수사를 해야 할지 갈피조차 못 잡았을 것이다. 금 재철을 사칭하는 복제인간, 비록 일란의 하소연으로 수사를 했으나 무엇을 근거로 잡아들일지 그 어떤 것도 마땅히 없었다. 고심한 끝에, 억지로 잡아 들이기 위한 방편으로써, 무정자증을 복제인간이란 증거로 들이밀었던 것 이다. 잡아다가 족치면 뭔가 단서를 얻거나 자백을 받을 수도 있지 않을까, 하는 구시대적인 요행심리도 있었다.

    재철도 그러한 최 반장의 수사방식을 어느 정도 눈치를 채었다. 최 반장의 주장은 사실 과학적으로 아무 근거가 없는 허무맹랑한 것이다. 여기저기에서 입증되지 않은, 외국의 신빙성 없는 자료를 끌어와서 자신을 복제인간으로 몰아붙이기에 최 반장과의 싸움에서 논리적으로 이길 자신은 충분히 있었다. 하지만 여기는 경찰서 안이고 하필 자신의 체액이 아주 희귀할 수밖에 없는 무정자증이라는 국과수의 검사 결과가 버티고 있다. 이미 상대는 자신을 복제인간으로 확정하고 수사를 하기 때문에 재철이 상황을 반전시킬 증거를 내놓지 않는 이상, 그 어떤 언쟁을 해봤자 먹히지 않을뿐더러 갇힌 공간에서 재철이 반박할 카드는 아무 것도 없었다. 결국 재철은 숨겨놓은 사실을 말하기로 했다.

"나를 클론으로 밀어 붙이니 어처구니가 없어서 밝히는 겁니다. 고명성을 만난 사실에 대해서만 이야길 하겠습니다."

"호! 드디어 고명성이 등장하는 군. 아까는 부정하더니 실존인물이었어."

최 반장은 드디어 막무가내 수사에 쾌거를 올린 듯이 고개를 끄덕였다.

"녹화를 좀 하겠소. 물론 수사에만 쓸 거고 끝나면 바로 폐기할 건데, 동의하시오?"

재철은 잠시 멈칫하더니 고개를 끄덕였고 최 반장은 책상 위에 액정화면을 터치하며 부착된 카메라를 한번 보았다. 일란도 어떤 이야기가 나올지 궁금한 표정으로 옆에서 조용히 바라보았다. 재철이 드디어 말을 꺼냈다.

"그러니까 금년, 우리가 오페라 춘희를 본 날이 언제였지?"

재철이 기억을 더듬느라 눈을 깜박이며 보자 일란이 짧게 대답했다.

"우리가 아네요. 재철씨랑 7월 초에 봤어요."

"그래. 암튼 그날, 일란과 예술의 전당에서 오페라 관람 약속 때문에 평소보다 일찍 퇴근을 했어요. 지하주차장에서 차를 타려는데 뭔가가 움직이는 느낌이 들었어요. 차문 여는 걸 멈추고 돌아보니 그 물체는 군용 투명망토로 전신을 숨겼는데 다가오면서 투명망토를 벗자 한 사내의 모습이 보였어요."

"빌어먹을. 그놈의 군용 투명망토는 도대체 어떤 자식들이 내다 파는 거야. 수사하는데 얼마나 골치가 아픈지, 아주 그냥……."

최 반장은 갑자기 열이 받은 듯 일선에서 수사하는 입장에서 투명망토 대한 고충을 드러냈다. 투명망토는 빛이 음으로 굴절(negative refraction)하는 성질을 가진 메타물질(meta material)을 이용해서 만든다. 투명망토의 원리는 간단하다. 인간은 어둠 속에서 물체를 볼 수가 없는데 빛이 없기 때문이다. 불을 켜면 빛이 물체에 부딪히고 반사된 빛이 눈으로 들어와서 물체를 보게 된다. 어떤 물체에 비춘 빛이 물체를 통과하여 건너편이 보이면 투명하다고 한다. 유리는 통과되는 빛이 많아 투명하다고 할 수 있으나 반사되는 빛도 약간 있고 굴절률도 다르기에 유리자체를 식별할 수 있다.

그런데 어떤 물질이 빛을 반사하지 않고 뒤로 보내어 건너편이 보이게 하면 그 물질은 볼 수가 없게 되고 투명해지는 효과를 갖게 된다. 이렇게 빛을 음으로 굴절시켜서 뒤로 보내는 성질을 가진 물질을 메타물질이라고 하며 자연계에는 존재하지 않아서 인공적으로 만든다. 개발된 메타물질의 종류에 따라 투명망토의 성능도 다양하다. 고성능 투명망토를 덮어쓰면 CCTV나 사람들의 눈에 거의 띠지 않아서 범죄에 이용될 때 수사에 난항을 겪고 미제사건으로 남기도 한다. 군용, 경찰, 첩보기관등 특수목적으로 사용되는 고성능 A급 투명망토는 판매가 금지되지만 가끔씩 빼돌려지는 경우가 있고 시중에 시리얼번호와 추적 칩 제거 등 조작을 거친 것이 유통된다. 일반인에게 판매되는 B, C급도 인적사항을 기재하는 등 구입조건이 까다롭고 안에서 밖을 볼 수 없으며 투명도에도 제약을 두어 수십 미터이내에서 유리나 얼음처럼 윤곽이 드러나 식별이 가능하다.

재철은 최 반장이 끼어드는 바람에 잠시 허공을 보다가 다시 말을 이었다.

"그는 허름한 청색작업복을 입은 채, 나를 보며 신기한 듯 히죽거리며 웃더군요. 자세히 보니 긴 머리는 산발한 채, 얼굴과 손 등이 지저분하여 마치 노숙자 같은 사내였고 웬 불한당인가 싶어 깜짝 놀라서 '웬 놈이야!'하며 경비를 부르려는데, 그가 손가락으로 나를 가리키며 말하더군요."

"정말 닮았네. 금재철 사장님, 맞으시죠?"
"뭐야, 당신?"
"반가워요. 저는 고명성입니다. 사장님 얼굴 한번 보려고 일주일째 죽치고 있었습니다. 근데, 아무리 봐도 똑같아서, 마치 거울을 보는 것 같아요."

"자세히 보니, 나도 깜짝 놀랐어요. 깎지 않은 수염에 헝클어진 머리카락, 의복은 초라해도 얼굴이며 키와 체형 등 전체적인 외모가 나를 소름끼치게 닮았더군요. 처음엔 3D프린터로 내 얼굴과 닮게 만든 가면인줄 알고 자세히 봤지만, 진짜 얼굴이었어요. 그가 손을 내밀어 악수를 청하는데 불결한 상태인데다가 해를 끼칠까봐 거부했고요."

"여기서 뭐하는 거죠? 허락 없이 들어오면 안 됩니다. 나가세요!"
"예, 곧 나갈 거예요. 얼마나 닮았는지 얼굴이나 보려고. 반가웠어요. 악수라도……."

"그는 손톱 밑에 검은 때가 낀 손을 내밀어 내 손을 덥석 잡았어요. 불쾌해서 손을 잡지 않으려 피했지만 달려드는 바람에 엉겁결에 악수를 하고 말았습니다. 나는 손을 재빨리 빼면서 그에게 얼른 나갈 것을 요구하며 경비를 부르려는데, 그가 연락처가 담긴 전자명함을 내 손에 쥐어주더군요."

"만난 것도 인연인데, 쓸모가 많은 놈이니 연락 한번 주세요. 꼭요!"

"전자명함에는 잡다한 각종 국가기술자격 목록 및 자기소개서와 이력이 나타나더군요. 나는 약속시간에 늦을까봐 대충 고개를 끄덕이며 차에 탔고 그는 아쉬운 듯 보더니 주차장 밖으로 경쾌하게 뛰어나가더군요."

재철은 말을 다한 듯이 잠시 가만히 있었다. 더 이상 말이 없자 최 반장이 실망한 듯 바라보며 "끝입니까?"하자 재철은 다시 말을 이었다.

"그로부터 한 달 보름정도 지났을까, 내가 연락을 했어요. 그를 만나야겠다고 생각한 건, 정말 여러 가지 많은 문제로 업무시간에 쫓겨 육체적, 정신적으로 힘들어 모든 걸 그만두고 쉬고 싶을 때였지요. 고명성은 처음 만나던 때와 달리 정장차림으로 외모를 깔끔하고 단정하게 바꾸어서 헤어스타일만 빼고 나와 판박이처럼 닮았더군요. 우린 모처에 있는 비밀 객실에서 만났는데, 그는 들어와서 나를 보자마자 90도로 숙여 인사를 했고 무척 감격한 표정으로 말했어요."

"다시 만나서 영광입니다. 사장님께서 기회만 주시면 열심히 일하겠습니다."

"그는 지저분한 모습을 보이기 싫어서 가진 돈을 모두 털어 정장 한 벌과 넥타이, 와이셔츠, 구두 등을 샀고 목욕에 이발까지 했다더군요. 첫인상은 불한당 같았는데, 만나보니 그의 말과 행동에서 순수함과 성실함이 있었어요. 어색하긴 했어도 왠지 나를 닮은 사람이라서 낯설지가 않아 몇 번의 만남을 통해 우리는 곧 친해졌고 여러 가지로 범상치 않은 인물이라는 것을 발견했습니다. 좋은 환경 속에서 기회를 잡았다면 성공했을 텐데, 그런 생각도 했고요."

최 반장은 약간 졸린 듯 눈꺼풀을 힘들게 들어 올리면서 물었다.

"고명성은 어떤 사람입니까?"

"그의 입을 통해 들은 것 밖에 모릅니다. 강원도 삼척에서 개인택시 운전을 하는 아버지와 식당에 주방 일을 하는 엄마 사이에서 외아들로 자랐으며 평범한 유년기를 보냈대요. 어릴 땐 공부도 잘하고 전교수석을 차지하는 등 명석했지만 가정형편이 좋지 않은 탓에 힘들게 청소년기를 보냈어요. 희한하게 명성의 부모도 우리 부모처럼 교통사고를 당해서 오랜 시간 병원에 입원을 했다고 해요. 그의 어머니는 전동휠체어를 타고 아버지는 한쪽 다리와 팔을 잃어 의족과 의수를 착용하게 되었고요. 부친이 택시 일을 할 수 없게 되자 술에 찌들어 살았고 툭하면 가정에서 술주정과 폭력으로 결국 고등학교 1학년을 다니던 무렵에 불량선배들과 어울리며 가출했대요.

결석이 잦아지자 그를 눈여겨보던 학교 담임이 명성을 찾았고 선생의 추천으로 강릉에 있는 로봇 테크니션(technician)학교로 전학을 갔어요. 로봇회사에서 운영하는 기숙학교라 학비는 없었고 졸업한 후에 로봇회사에 취업해서 몇 년 동안 돈을 벌었어요. 직장생활보다 사업을 맘먹는데, 마침 아버지가 죽었다는 소식에 고향으로 돌아가서 자신이 모은 돈과 대출을 받아 동네에 전자로봇 판매수리 센터를 차려서 홀어머니를 모시고 살았어요. 그런데 몇 년 전에 집에서 원인 모를 화재가 발생하여 어머니와 전 재산을 잃고 빚에 쪼들리게 되었다더군요."

듣고 있던 일란이 감정이입을 했는지 눈가에 물기가 비쳤다. 재철은 계속해서 차분하게 말을 이어갔다.

"대부업체 등에서 빚 독촉이 잦아지자 그걸 피해서 서울까지 도망쳤고 삶의 의욕을 잃은 채, 여기저기 떠돌면서 노숙자처럼 하루하루를 지냈대요. 그러다가 문득 작년에 일간지에 보도된 내 기사를 보고 만나기로 결심했대요. 그전에도 금재철이란 사람이 자신과 닮은 것을 몇 번은 인지했고 신기하다고 생각했는데, 형편이 어렵다보니 더 관심이 생겼다고 해요. 혹시나 엄마가 쌍둥이를 낳은 것은 아닐까, 혈육이라도 된다면 밑바닥에서 벗어날 수 있지 않을까, 자포자기로 삶에 의욕을 느끼지 못한 때에 희망의 빛을 보았다면서 무작정 날 만나려는 결심을 했답니다.

사실, 명성은 부모를 닮은 구석이 별로 없었어요. 부모와 너무 다른 키, 체형에 이목구비마저 달라서 사춘기 시절에는 언제나 거울을 보면서 자신은 주워온 아이가 아닐까, 하는 생각을 했대요. 전혀 다른 집의 아이처럼 느껴져서 오히려 부모보다 자신과 닮아있는 나에게 끌렸다고 해요. 명성은 오직 닮았다는 이유만으로도 죽기 전에 나를 꼭 한번 만나려했다더군요."

최 반장과 일란은 이야길 듣는 중에 가끔씩 고개를 끄덕이며 수긍하는 모습을 보였다.

"그날, 무작정 회사까지 찾아왔지만 삼엄한 2중, 3중의 '빌딩 감시시스템에 ID카드도 없어 밖에서 많은 날을 투명망토를 착용한 채 기회만 엿보다가 마침 회사에 정기적으로 살균 소독을 해주는 외부용역 업체의 화물차를 발견하고 짐칸에 들어가서 지하주차장까지 몰래 들어 왔다고 하더군요. 그후, 창고와 화장실을 전전하며 며칠을 숨어서 기다리다가 운 좋게 그날 보게 된 거랍니다."

일란과 최 반장은 이제야 어느 정도 이해가 된 듯 다시 고개를 끄덕였다. 최 반장이 확인하듯 물었다.

"그럼, 명성이란 사람…… 복제인간 맞습니까?"

재철은 가만히 있다가 고개를 살짝 끄덕였다.

"명성을 만난 후에 나도 정말 궁금했어요. 혹시나 정말 우린 쌍둥이가 아닌지, 어머니한테 전화를 했어요. 어머닌 깜짝 놀라셨고 한참동안 아무 말씀이 없이 울음만 터뜨리시다가 겨우 힘들게 이야길 하시더군요. 내용은 일란씨가 말한 그대로예요. 난 단순히 헤어진 쌍둥이였다는 말만 들어도 충격을 받았을 텐데, 복제인간이라는 경악스런 이야기에 전신에 피가 빠져나가는 듯 사지가 떨려서 기절을 할 뻔 했어요. 받아들일 수 없는 현실 앞에서,

내가 대체 뭘 어떻게 해야 할지를 몰랐어요. 어머닌 나와 명성, 회사를 위해서라도 이 사실을 무덤까지 갖고 가야한다면서 절대로 다른 사람들에게 말하지 말라고 신신당부했고 저도 그렇게 생각했습니다. 제가 일란과 최 반장님에게 사실을 극구 부인했던 것은 이런 이유였으니 양해를 해주세요.

다행히도 명성은 자신이 복제인간이란 사실은 전혀 모르고 있었어요. 다만, 그도 나와 자신과의 사이에서 뭔가가 있지 않았을까, 하는 추측은 하는 것 같았어요. 가끔씩 농담으로 '우린 배 다른 쌍둥인가 봐요.'하면 나도 미소만 지으며 '쌍둥인지 아닌지 유전자 검사 한번 진짜 하자.'라고 맞장구치며 웃어 넘겼거든요. 아무튼, 지금 생각하면 아버지께서 왜 그런 일을 하셨는지, 이해할 수가 없어요."

"흠. 좋소. 지금까지 이야길 정리하면, 당신은 고명성이 아니란 말인데?"

재철은 고개를 끄덕였다.

"내가 무정자증이라는 사실은 오늘 처음 알았고 절대로 난 고명성이 아닙니다. 그리고 내가 무정자증이니까 복제인간이라는 추론이 옳다고 보십니까?"

최 반장은 담배를 꺼내려고 털다가 없는지 담뱃갑을 구겨버리면서 말했다.

"무정자증이 그렇게 흔한가요? 좋소. 당신 말이 그렇다면 당신은 원래 무정자증이라는 이야긴데, 그걸 증명할 기록이나 뭔가 증거가 있소?"

이번엔 재철이 난감하다는 표정으로 혀로 마른 입술에 침을 바르며 지그시 깨물자 최 반장은 담배 생각이 나는지,

"잠시만 쉬었다 합시다."

하며 밖으로 나갔다. 일란도 눈길 한번 주지 않고 일어나더니 바로 뒤따라 나갔다. 재철은 답답하고 골치가 아픈 듯 깊은 한숨을 쉬다가 눈을 감고 의자에 몸을 기대었다. 얼마의 시간이 지나서 일란이 음료수 캔을 들고 들

어올 때에 최 반장도 새 담배를 뜯으며 들어왔다. 일란은 재철에게 마시라는 듯 음료수를 책상에 내려놓았고 최 반장은 다리를 꼬고 앉아 담배를 입에 물더니 재철에게 물었다.

"고명성, 그 사람 지금 어디 있소?"

"아마, 화성행 우주선에 있을 겁니다."

금색라이터를 켜던 최 반장은 놀란 듯 "뭐요?"하다가 입에 물고 있던 담배를 떨어뜨렸다.

"화성이라니? 그럼, 지구에 없단 말이오?"

"예. 명성은 입버릇처럼 화성에 가는 것이 소원이라고 했는데, 몇 주 전에 돈을 줘서 보냈습니다."

최 반장은 재철에게 시선을 고정한 채, 책상에 떨어진 담배를 더듬어 집더니 입에 물었다.

"아니, 돈을 줘서 보내다니, 대체 무슨 일이 있었던 거요?"

재철이 즉시 답을 못하고 잠시 일란의 표정을 살피면서 말을 했다.

"녀석이 일란과 만났기 때문에."

말이 끝나자마자 일란도 재철과 시선을 맞추며 말했다.

"그래요. 당신을 만나지만 안았어도 의심하지 않았을 거예요. 그날 내가 만난 사람은 분명히 고명성이고 바로 당신이니까."

"그만해! 난 고명성이 아니라고 했잖아!"

재철이 다시 얼굴을 붉히며 흥분하자 최 반장이 지겨운 듯 책상을 두드렸다.

"진정하쇼!"

재철은 잠시 감정을 누그러뜨리다가 일란을 보았고 최 반장만이 차분하게 말을 이었다.

"근데, 고명성이 어떻게 일란일 알고? 어떻게 일란을 만났지요?"

"그건……."

"말해보쇼. 다 털어놓으란 말입니다."

재철은 말을 하지 못하고 가만히 있다가 목이 타는지 일란이 갖다놓은 음료수를 벌컥벌컥 마신 후에 결심한 듯이 말을 꺼냈다.

"좋습니다. 결국 모든 걸 말하게 되는군요."

METCU(Memory Editing Transfer Control Unit)

"나를 복제했다는 의미, 그것은 피를 나눈 형제보다 고명성을 더 가깝게 만들었어요. 나의 분신을 도와줘야겠다는 의무감 같은 것도 있었고, 그를 돕고 싶었습니다. 물론, 나 역시 그를 절실히 필요로 했지만요. 명성의 역할은 회사에서 간단한 업무와 대내외적인 행사 등 전문성이나 회사정책 및 판단이 요구되지 않는 분야에 참석해 나를 대신하는 것으로 우린 역할 교대 작업이라 불렀습니다. 당연히 금전적인 대가가 있었습니다. 정식계약도 맺었고 명성은 나와 똑같은 외모를 위해 체형과 체중, 몸의 흉터나 점 그리고 말투와 습관까지 닮도록 피나는 노력을 했습니다."

"허벅지에 점은 왜 빠트렸어요?"

일란이 냉랭하게 묻자 재철은 기분이 상한 듯 말을 되받았다.

"아랫도리까지 신경 쓸 필요가 뭐가 있어?"

최 반장이 진정시키려는 듯 손바닥을 아래로 내리며 고개를 끄덕였다.

"역사적으로 히틀러나 스탈린, 후세인 같은 독재자들이 암살이 두려워서 자기와 얼굴이 비슷한 대역을 썼다고 하더이다. 또 일본 전국시대에는 오다 노부나가, 도쿠가와 이에야스, 다케다신겐 같은 다이묘(大名)가 전장에 나갈 때 자신과 외모가 비슷한 가게무샤(影武者)를 써서 적들에게 혼란을 주고 위험도 피했다고 하고. 어찌됐든, 금재철씨도 사업가로서 엄청나게 바쁘니까 뭐, 충분히 대역을 쓸 수도 있겠지요. 나 역시도 바쁘고 피곤하면 정말 로봇이라도……. 그건 그렇고, 단순히 외모만 비슷해서 될 일이 아니잖소. 뭘 알아야 면장을 한다고, 당신 대역을 하려면 알아야할 게 한두 가지가 아닐 것 같은데?"

재철은 고개를 천천히 주억거렸다.

"아무래도 전문성을 요구하는 분야이고."

재철이 말을 끊고 머뭇거리자 최 반장이 답답한 듯 옆머릴 마구 긁적였다.

"그래서 고명성씨한테 업무에 관해서 단기속성 교습이라도 했단 말이오?"

재철은 고개를 가로저었다.

"단시간 내에 경영이나 사업에 관한 전문지식을 전수받는 건 불가능합니다."

"그럼, 대체 뭐요, 고명성이 천재요? 아니면 고명성한테 머리 좋아지는 알약이라도 먹였단 말이오?"

최 반장은 정말 답답한 듯이 눈에 힘을 주며 재철을 바라보았다. 그러자 재철은 심각하게 최 반장을 응시하며 입을 떼었다.

"지금부터 드리는 말씀은, 저희 회사의 업무상 기밀이니 외부에 발설하지 않겠다는 각서를 써주셨으면 합니다."

최 반장은 어처구니없는 의아한 표정으로 눈이 커져서 약간 기분이 상한 듯 짜증 섞인 음성으로 대꾸했다.

"각서? 이보쇼! 그런 걱정 마시오. 지금까지 명색이 경찰 공무원으로 수사상 지득한 피의사실을 한 번도 누설한 적이 없고."

재철이 못 미더운 듯 바라보자 최 반장은 약지에 낀 경찰마크가 찍힌 검은색 MFD를 켜자 빛이 투사되면서 허공에 법전(法典)이 나타났다. 잠시 검색을 하더니 형법과 형사소송법의 조항이 나타나자 갑자기 읽기 시작했다.

"형법 제126조. 검찰, 경찰 기타 범죄수사에 관한 직무를 행하는 자 또는 이를 감독하거나 보조하는 자가 그 직무를 행함에 당하여 지득한 피의사실을 공판 청구 전에 공표한 때에는 3년 이하의 징역 또는 5년 이하의 자격정지에 처한다. 다시 말해, 내가 떠벌리고 다니면 피의사실 공표죄에 해당하고. 또 형사소송법 제198조. 검사, 사법경찰관리 기타 직무상 수사에 관계 있는 자는 비밀을 엄수하며 피의자 또는 다른 사람의 인권을 존중하고 수사에 방해되는 일이 없도록 주의하여야 한다. 법이 이렇게 되어 있으니 안심하고 말해도 된단 말이오."

재철은 여전히 신중한 태도로 말하기를 꺼려하자 최 반장은 잠시 보다가 입을 열었다.

"허참! 이렇게 비밀리에 수사하는 걸, 보고도 모르겠소? 당신과 일란을 위한 일인데……. 좋소."

최 반장은 하얀 종이에 절대 발설하지 않겠다면서 누설 시에는 어떤 법률적인 처벌도 받겠다는 내용을 직접 적고 서명까지 해서 재철에게 내밀었다. 재철이 각서를 받자 최 반장은 그가 어떤 말을 할지 무척 기대하듯 다리를 꼬고 고개를 옆으로 삐딱하게 하며 턱을 괸 채 바라보았다.

"수년 전부터 저희 회사 특별연구소에서 극비리에 뇌의 기억을 복사하고 소거하는 편집 장치를 개발하고 있었습니다. 이 장치를 통해 서로 간에 기억을 공유하고 동일화할 수 있거든요."

듣고 있던 최 반장은 아리송하다는 표정으로,

"가만, 그러니까……. 내 기억을 남에게 복사해주는 그런 장치란 말이오?"

하며 묻자 재철은 가볍게 끄덕이며 마치 강의를 하듯 말했다.

"바이오메카트로닉스(Bio-Mechatronics)는 원래 생명공학 (Bio Technology), 기계공학(Mechaniacl Engineering), 전자공학(Electronics)이 융합된 학문이었는데, 뇌공학(腦工學, brain engineering), 의공학(醫工學, Medical Engineering), 로봇공학(robot engineering), 신경과학(神經科學, neuroscience), 인지과학(認知科學, cognitive science), 심리학 (心理學, psychology)등이 가세해 인공적인 지능을 개발하는 등 인간의 뇌를 보다 깊이 있게 다각도로 연구하여 좋은 성과가 있었습니다. 이렇게 뇌 연구 분야가 확장되어 마침내 2025년경에는 인간의 능력을 뛰어넘기 위한 극초 뇌공학(極超 腦工學, Super ultra brain engineering)을 연구하는 분야가 시작되었습니다.

21세기 중반에 최고의 극초 뇌공학의 권위자로 알려진 폴 앤더슨 박사는 뇌파와 신경전달물질을 이용한 인위적인 기억저장에 관한 이론을 네이처와 사이언스 등에 발표했고 그 연구소의 수석 연구원인 피터조 박사가 3년 전에 귀국하면서 뇌에 기억을 전송하는 인터페이스(interface)장치를 만들어보겠다며 연구자금 지원을 부탁했습니다. 그는 뇌파와 기억에 관여하는 신물질, 나노기술 등을 이용해서 사람의 기억을 전부 혹은 일부를 다른 사람에게 옮기거나 삭제시킬 수 있다고 했습니다."

최 반장은 집중하며 듣다가 점점 놀란 듯 아니 기가 막힌 듯이 잠시 아무 말도 못하고 재철을 보았다.

"하! 거참, 듣도 보도 못한 엄청난 이야긴데. 그래서 그런 장치를 만들었소?"

재철은 고개를 설레설레 저었다.

"조 박사는 자신을 대상으로 수차례 실험을 하면서 10^{24}bytes인 요타바이트(Yotta Byte)의 용량을 다룰 수 있는 장치를 완성할 단계에서 연구가 중단됐습니다."

"중단? 무슨 문제가 있었소?"

"조 박사가 자기 두뇌에 단편적인 기억을 전송하던 실험을 여러 차례 했던 것 같아요. 그날도 그런 실험을 하던 중, 갑자기 발작을 일으키며 실신했고 결국 병원에 입원하고 말았습니다. 자세히는 모르지만 아마도 여러 차례 실험하면서 도파민 과잉으로 뇌신경세포에 어떤 부작용이 발생한 것 같았습니다."

"쯧쯧. 그런 기계가 안 나오길 다행이오. 사회적으로 엄청난 파장이 있을 테고 범죄에 악용될 수도 있고 말이야."

"충분히 그럴 수 있어요. 어쨌든, 조 박사가 정신 이상 증상을 보이면서 입원한 이후로 연구는 중단되었지만……."

최 반장과 일란은 궁금한 표정으로 숨을 죽였다. 재철은 잠시 생각을 하더니 다시 말을 이었다.

"난 그가 만든 장치와 설계도를 통해서 실패의 원인에 대한 분석에 들어갔고, 이미 각 장치들이 모듈화 되어있어서 단순 조립만 하면 되는 수준인지라 몇 달간의 수정과 보완을 거듭해서 공교롭게도 명성을 만난 직후에 완성을 시켰습니다."

최 반장은 감탄하는 눈빛으로 재철을 보며 끄덕이다가 다시 급하게 물었다.

"정말, 그걸 완성시켰단 말입니까? 아무런 문제없이 정말 성공한 거요?"

"현재까지 제가 아무 이상이 없는 걸로 봐선 그렇습니다. 인간의 두뇌는 초당 100조번의 연산을 처리하며 100조 비트 이상의 정보량을 가질 수 있다고 합니다. 하지만 조 박사가 만든 장치는 10의 42승인 트레데실리온(Tredecillion)급의 저장용량을 갖춘 양자컴퓨터로 현존 최고 용량단위인 엑스사인트(XC;10^{39})Byte보다 높기 때문에 뇌의 전 영역에 걸쳐서 충분한 제어가 가능했습니다. 이 장치를 우린 METCU(Memory Editing

Transfer Control Unit;기억편집 전송제어장치)라고 부르는데 이걸 통해서 난 업무에 필요한 내 기억의 일부를 명성의 두뇌에 전송시켰고, 그래서 외모뿐만 아니라 기억까지 완벽한 또 한 명의 금재철이 탄생할 수 있었던 겁니다."

최 반장은 못 믿겠다는 듯이 일란을 힐끔 보더니 재철을 다시 보며 신기한 표정으로 말했다.

"흠. 나도 금재철씨가 천재라는 이야긴 방송에서 종종 들었소만……. 이건 좀처럼 믿을 수가 없네."

재철은 눈을 감았다 뜨더니 다시 차분하게 말을 이었다.

"못 믿을 수도 있겠지만, 그 장치를 통해서 명성과 나는 특정기억을 공유한 것은 사실입니다. 명성은 회사 근처의 호텔에 장기 투숙하면서 나의 필요에 따라 교대로 업무를 보거나 쉬었습니다. 우린 타인의 눈에 띄지 않도록 심야시간에 만나서 기억공유작업을 했고 공식적으로 금재철은 한 사람이기에 내가 활동할 땐 명성은 반드시 실내에 있거나 인조 피부로 만들어진 가면을 쓴다든지 콧수염을 붙이는 방법 등으로 변장하여 외출했습니다.

나 역시 휴식을 취할 땐, 실내에 있거나 변장해서 눈치 채지 못하도록 했고요. 다만, 일란을 만날 때는 변장을 할 수가 없기에 사람들의 시선을 피할수 있는, 외국 같은 곳에서 만나고 일란의 이름으로 예약하게 했고 일란의 카드를 쓰도록 하여 안전을 기했습니다. 사실, 일란에게까지 숨겨야할 만큼, 이 사실을 비밀로 해서 불편하고 조심스러웠지만 일단은 자유로운 휴식시간을 만끽할 수 있어서 행복했습니다."

"일하고 싶을 때 일하고, 놀고 싶을 때 놀았다는 이야긴데, 참 꿈같은 소리구만. 근데, 회사의 중요한 결정 같은 건 어떻게?"

최 반장은 잠시 형사라는 걸 잊고 친구한테 듣는 이야기처럼 재철에게 궁금증을 물었다.

"중요한 판단과 결정은 당연히 내가 하구요. 부득이하게 명성이 해야 할 경우에도 되도록이면 일단 보류를 시킨 뒤에 3D폰을 이용해 상황을 실시간 전송시켰습니다. 내가 지시를 내리면 명성이 그대로 말하면 되니까, 어려운 건 별로 없었습니다. 물론, 금재철의 업무용 공식 3D폰과 번호는 하나였고 다만, 나도 쉴 때는 다른 번호로 전환해서 3D폰을 사용하고 명성도 자기 개인폰을 따로 사용했고요.""속된말로, 정말 바지 사장이군. 그래, 어떻게 해서 명성이 일란을 만나게 됐소?"

재철은 담담하게 이야기를 이었다.

"그렇게 한 달이 조금 지날 무렵, 11월에 일이 생겼습니다. 명성을 통제할 수 있는 권한은 내가 쥐고 있었는데 그것은 METCU가 있는 위치 및 그것을 다룰 수 있는 정보였지요. 나는 그런 비밀정보와 내 사생활에 관한 정보만 빼고 명성에게 업무에 필요한 기억만 동기화시켰습니다.

실수가 생긴 것은 지난달 21일쯤이었습니다. 전날 납품업체 사장과 술을 과하게 마신 후에 새벽에 근처 호텔로 들어가 잠을 잤어요. 오전 11시쯤 알람소리에 깨어났고 술이 덜 깬 상태에서 오후 2시까지 전일본 IT산업체(全日本 IT産業體) 초청 기술컨퍼런스에 기조연설자로 가야하는 걸 알게 됐습니다.

하지만 취기가 남아있고 몸도 피곤해서 명성을 호출했습니다. 명성을 만나서 업무에 관한 기억을 전송 후에 일본으로 급히 보냈고 난 다시 호텔로 와서 잠을 잤습니다. 저녁쯤 되어서 일란과 식사나 하려고 전화하는데, 지금 일본으로 가고 있다면서 곧 만날 것이라고 하더군요. 일본으로 가다니, 나는 뭔가 문제가 생긴 것을 깨닫고 깜짝 놀라서 전화를 바로 끊었어요."

재철은 말을 멈추고 일란을 보며 확인하듯 물었다.

"그날, 명성한테 전화 받았지?"

팔짱을 끼고 듣고 있던 일란은 재철을 힐끗 보다가 천천히 끄덕이며 말했다.

"당연히 재철씨로 알고 전화를 받았어요. 종종 재철씨는 외국에서 전화를 했었고 부르면 갔었으니까. 그날도 그렇게 일본으로 갔지만 아무 일도 없었어요. 알레그로에서 급한 호출을 하는 바람에 그날 저녁에 귀국했고 아무튼, 그날은 재철씨에 대한 의심은 전혀 없었어요."

재철은 끄덕이며 말을 이었다.

"그날의 실수는, 취기가 가지 않은 상태에서 작업을 하다 보니 명성에게 개인적인 기억까지 전송됐고 명성은 그 기억을 통해 일란에게 전화를 한 거였습니다. 나는 명성이 귀국하자마자 불러서 일란을 만났냐고 물었는데, 만난 적이 없다고 하더군요. 그 순간, 명성에 대한 호감이 확 사라졌어요. 배신감이랄까, 소중한 것을 강탈한 강도 같은 느낌을 받았고 참을 수가 없었습니다. 은혜도 모르고 어떻게 내가 사랑하는 사람을……."

재철은 말을 잇지 못하고 최 반장과 일란을 번갈아보는데, 일란이 싸늘하게 말했다.

"누가 할 소릴 하는 거죠, 당신이 어떻게? 당신은 재철씨가 아니야! 거짓말을 하는 거지!"

일란은 더 이상 듣지 못하겠다는 듯 날카롭게 소리쳤고 재철은 체념한 듯 대꾸 없이 고개만 저으며 최 반장을 보았다.

"아무리 명성이 분신이고 대역이지만 사랑하는 사람마저 공유할 수는 없었습니다. 명성의 기억에서 일란을 소거하고 고용관계를 계속 유지할까도 생각했지만 일란이 눈치를 챈 것 같아서 늦었다고 생각했고, 또한 명성이 기억편집장치의 조작방법에 관한 정보를 알게 된 이상 불안해졌으며 무엇보다 명성이 나의 맘에서 멀어지고 있었습니다. 자칫, 딴 맘을 먹고 내게 피해를 주기 전에 계약관계를 파기해야겠다고 결심해 해지를 통보했습니다.

명성은 처음엔 무척 서운한 표정이었지만 담담히 계약해지를 받아들였고 난 상당한 위약금을 주었습니다. 그는 평소에 가고 싶다던 화성으로 가겠다는 말을 하고 떠났습니다. 이상이 지금까지 제가 말씀 드릴 수 있는 내용의 전부입니다. 그리고 다시 말하지만, 난 금재철이 분명합니다."

재철의 말은 여기서 끝났다. 듣고 있던 최 반장은 굳게 입을 다물고 잠시 동안 팔짱을 낀 채 아무 말이 없었다. 복잡한 머릿속을 정리하려는 듯이 천장을 바라보며 길게 한숨을 내쉬었다.

지금 공상과학소설에 나올 법한 이야기를 하는 이 사람, 금재철인지 고명성인지 분간이 안가는 이 사람의 이야기를 믿을 수도 없고 안 믿을 수도 없다. 정말 기억편집장치라는 것이 가능한 이야기일까. 도무지 자신의 짧은 지식으로는 납득이 가지 않는, 꿈에서나 볼법한 기계일 뿐이다. 어떻게 타인의 기억을 내 머리에 담을 수 있고 내 기억을 남에게 전달할 수 있단 말인가. 도무지 현실에선 설득력이 없는 이야기이지만 한편으론 천재로 소문난 비전테크의 신화적 존재인 공학박사 금재철이라면 또 가능한 이야기일 수도 있겠다고 생각했다. 문득, 최 반장은 한 가지 의문점이 들었다.

"권력은 부자지간, 형제지간에도 나누지 않는다고 합디다. 권력이란 한번 쥐면 놓고 싶지 않은 것이 인지상정. 고명성이란 사람이 금재철의 권좌에 앉았다가 교대 작업을 위해 잠시 쉰다, 이게 말이 된다고 생각합니까? 나라도 비전테크 대표이사가 되어 부와 권력을 가진다면 그냥 눌러 앉아서 평생 해먹을 거 같소만. 고분고분하게 금재철씨의 말을 듣는다니, 그 이유가 궁금한데 설명을 해보시오."

재철은 고개를 갸웃하며 잠시 생각하다가 입을 떼었다.

"글쎄요. 그가 순순히 응했기에 딱히 이유를 생각해본 적이 없습니다만, 저는 그렇게 생각합니다. 법이나 도덕, 윤리 같은 것이 사람을 가둘 수 있다고 말입니다. 사람이란 대개 자신이 그어놓은 금을 따라서 행동하고 또 그 금을 넘지 않으려고 합니다. 고명성이란 사람 역시 자신이 정해놓은 도덕적인 테두리 안에서 행동하는 약간은 순수한 사람인 것 같았습니다. 또, 제가 하는 일이 겉보기엔 대단히 좋아보여도 많은 것들에 신경을 써서 판단하고 결정해야하는 복잡다단한 일이 대다수라서 무척 힘이 듭니다. 한 번의 잘못된 판단과 결정이 회사를 망하게 할 수도 있으니까요. 얼마나 힘들었으면 차라리 모든 걸 떨쳐내고 쉬고 싶다는 생각이 들었겠습니까? 그런 막중한 짐을 짊어지기 보단 차라리 교대로 쉬어가면서 며칠씩 즐기는 것이 명성의 입장에선 훨씬 좋을 수도 있다고 봅니다."

어느 정도 일리가 있는 말이었다. 최 반장은 아무리 힘들어도 그런 자리라면 평생 눌러앉을 수 있다고 생각하는 사람이었지만. 여하튼, 최 반장은 재철을 보며 어느 정도 수긍한 듯 고개를 끄덕였다. 하지만 이 사람 – 금재철인지 고명성인지 모르지만 – 의 말을 신뢰하려면, 이야기를 뒷받침 해줄 물적 증거가 필요했다.

"기억편집장치라는 것이 지금 어디에 있소?"

"그건…… . 모르겠습니다."

의외의 말에 최 반장은 속았다는 듯 눈을 크게 뜨고 되물었다.

"모른다니? 그 중요한 물건의 소재를 모른다니 말이 됩니까?"

최 반장은 다시 형사로서 의혹어린 시선으로 재철을 날카롭게 쳐다보았다.

"죄송합니다. 이상하게도 어디에 있는지 기억이 전혀 나질 않습니다."

"기억이 나질 않다니, 지금 나보고 그 말을 믿으라는 거요?"

"머릿속에서 지워진 것 같습니다."

"뭐요?"

"어찌된 영문인지 모르겠지만, 고명성과 계약을 해지하면서 각자의 기억에서 METCU의 소재처를 삭제한 것 같습니다."

역시, 이 사람은 거짓말을 하는 것일까. 최 반장은 갑자기 농락당한 기분이 들었다.

"이보쇼! 그 장치가 없으면 이건 공상과학영화에 나오는 허무맹랑한 소리

밖에 더 됩니까?"

최 반장은 자기도 모르게 언짢아져서 소리를 높였다. 일란 역시 팔짱을 끼고 어처구니없다는 듯 고개를 돌려 재철을 외면했다. 최 반장은 어쩌면 이 사람은 터무니없는 거짓말을 그럴 듯하게 지어내며 자신마저 그 거짓말을 진실로 믿어버리는 공상허언증(空想虛言症; Pseudologia Fantastica) 환자일지 모른다는 생각을 했다. 아니면, 한 사람에게 여러 사람의 인격이 존재한다는 다중인격……. 최 반장은 이런저런 짧은 지식으로 한 인간을 분석하려고 애쓰다가 일란의 표정을 살피더니 재철에게 말했다.

"좋소. 난 사실 복제인간이고 기억편집장치고 도무지 나의 상식에서 이해되지 않는 것들은 골치가 아파서 당장이라도 도망가고 싶은 심정이오. 하지만 내 앞에 존재하는 당신이 비전테크의 그 금재철이라면, 그렇다면 사회적인 지위를 가진 당신을 생각할 때에 당신이 하는 말이 또한 진실이라고 믿고 싶소. 금재철씨 같은 사람이 터무니없는 거짓말을 할리는 없을 테니까. 그래서 말인데……."

최 반장은 잠시 재철을 바라보며 말을 멈추다가 말했다.

"지금부터 당신이 혐의를 벗으려면 내말을 따라주시오. 첫째, 지금 당장 병원에 가서 당신의 전신골격 사진을 찍어볼 것이오."

"그걸 왜 찍습니까, 얼마나 또 시간을 빼앗으려고요?"

"쌍둥이도 골격에 차이가 난답니다. 당신이 진짜라면, 옛날에 금재철이 찍었던 엑스선 사진과 비교는 해봐야 되지 않겠소?"

그러자 재철은 마지못해 수긍한다는 듯이 고개를 끄덕였다.

"둘째, 그 기억편집장치에 관한 것인데, 당신 회사와 자택을 수색해볼 테니 협조를 바라겠소."

"수색이요?"

재철은 고개를 저으며 단호하게 말했다.

"영장 없이 절대 안 됩니다. 회사 기밀도 있고 사생활 침해 아닙니까?"

"그럼, 기억편집장치가 어디 있는지 말해주시오."

"그건 기억이 나지 않는다고 아까 말씀 드렸잖습니까?"

최 반장은 뭔가 숨기고 있다는 느낌을 받았는지 불쾌한 듯 재철을 보다가 입술을 깨물듯이 침을 바르면서 말했다.

"좋소. 본인이 허락을 하지 않는다면 뭐, 불법적으론 할 수 없는 거니까. 하지만 대신에 거짓말 탐지 조사에는 응해주시오."

"……알겠습니다."

최 반장은 뭔가 한마디를 더 하려다가 그냥 나갔고 일란도 일어나서 뒤따라나갔다. 모두 나가자 재철은 홀로남아서 긴장이 조금 풀리는 듯 숨을 깊게 내쉬다가 피곤한 듯 책상에 엎드려 눈을 감았다.

거짓말 탐지 검사

남서울 경찰서에 있는 통합정보 제공실(TISS;Total Information Service System)은 넓이가 20평쯤 되어 보였다. 좁은 칸막이로 구분해놓은 자리마다 직원들이 앉아서 정보검색에 열중하고 있었다. 최 반장이 들어와서 이리저리 살피다가 빈자리를 발견하고 앉았다. 자리에 앉자 경찰관 정복을 입은 입체 캐릭터 포돌이가 음향과 함께 허공에 나타났다. 검색 도우미인 포돌이는 활기찬 젊은 남성의 목소리로 인사를 했다.

"최일도 반장님, 오랜만이군요. 무엇을 도와드릴까요?"

안면과 음성 인식기능이 있는 포돌이는 인공지능을 갖춘 양자 컴퓨터 시스템으로 경찰청에 본체를 두고 있지만 국가가 운영하는 지식 정보 센터 및 전 세계의 네트워크와 연동해서 인류가 축적한 제타(zetta;1021)바이트의 방대한 자료를 검색해서 답변을 해준다. 이 인공지능은 초보적인 수준에서 전문가 수준까지 세분화된 답변을 할 수 있고 경찰관을 위한 상식과 직무답변에 최적화되어있지만 곤란한 질문에는 답변을 회피하기도 한다.

"포돌아, 내가 화성에 대해서 모르는 건 아니지만, 화성에 대해서 뭐, 아는 거 있음 말해봐."

고명성이 화성에 갔다는 재철의 진술에 따라 화성에 관한 궁금증이 생겼다. 질문을 들은 포돌이는 1~2초정도 지나서 광활한 우주의 영상을 허공에 띄웠다. 우리 은하계를 지나 태양계로 들어가면서 지구 등이 나타났고 포돌이는 넷째 행성인 화성을 가리키며 답변을 하기 시작했다.

"화성은 태양계에서 수성, 금성, 지구 다음으로 넷째 궤도를 돌고 있는 외행성이며 적도 반지름이 3,390km로 크기는 지구의 절반 정도 됩니다. 지구의 질량을 100%로 봤을 때, 화성은 10.7%에 지나지 않아 가벼운 행성이며 중력도 지구의 38%밖에 안 되어 약한 편이지요. 자전주기는 약 24시간 38분으로 지구의 하루와 비슷하고 자전축이 약 25°기울어져있어 지구처럼 사계절이 있습니다.

그러나 지구보다 공전주기가 커서 1년이 687일이며 태양 빛은 지구의 반도 안 되는 양으로 화성에 내려쬐므로 온도가 매우 낮고 일교차도 아주 큽니다. 적도 부근은 영상의 기온이지만 극관이 있는 곳은 영하 수십 도까지 내려가요. 대기의 주성분은 이산화탄소로 산소는 희박하고 기압도 지구의 수백분의 1이며 자기장이 거의 없어 치명적인 태양 방사선에 그대로 노출되기 때문에 인간이 자유롭게 활동할 수 없는 극한환경입니다.

화성의 지형은 운석이 충돌해서 생긴 운석공과 거대한 협곡 그리고 평탄한 지역이 있으며 태양계의 행성 중에서 가장 높은 산인 27km의 올림푸스 산이 있어요. 극지점인 극관에는 이산화탄소가 얼어붙은 드라이아이스와 그 밑으로 얼음지대가 있어요. 화성에는 2개의 달이 뜨는데, 직경 6Km의 포보스와 직경 8Km의 데이모스입니다. 포보스는 서쪽에서 떠서 동쪽으로 지며 데이모스는 동쪽에서 떠서 서쪽으로 지는 게 특이하지요. 화성과 지구는 2년2개월마다 가까워지고 15년에서 17년 간격으로 가장 가까워지는 대접근(大接近)이 있습니다. 만족할 만한 답변이 되셨습니까?"[16]

"화성에 사람이 살지? 가려면 얼마나 걸리고 인간이 왜 화성에 갈 생각을 한 거야?"

다시 포돌이가 지구에서 우주선을 개발하는 모습과 화성에 우주선 착륙을 시키는 모습 등의 영상을 띄우면서 답변을 하기 시작했다.

"……달에 인간을 다시 착륙시키자 중국, 일본, 미국, 러시아, 유럽연합 등은 화성에 인간을 착륙시키는 계획을 가속화시켰습니다. 러시아연방 우주청과 유럽우주기구는 인간이 밀폐된 공간에서 500일을 버티는 실험인 MARS-500프로젝트[17]를 일찌감치 성공하면서 화성에 유인 탐사선을 보낼 수 있다는 자신감을 얻었습니다. 미국도 2030년쯤을 화성에 첫발을 내딛는 시점으로 오리온 화성착륙 계획을 진행했고 중국도 우주대국을 꿈꾸며 화성정복에 박차를 가했습니다. 민간기업도 인간을 화성에 보내기 위한 다양한 프로젝트를 진행했는데 화성에 정착할 자원자를 모집한 마스 원(Mars One)프로젝트[18], 지구인 8만 명을 이주시켜 화성 식민지를 만들겠다는 화성 오아시스 프로젝트의 스페이스 X 등이 있었습니다. 인류의 화성정착 계획은 무수히 많은 실패를 거치면서 이뤄낸 값진……."

최 반장은 호기심 어린 표정으로 영상에 집중하면서 아이처럼 고개를 끄덕였다.

"……중국, 미국, 유럽연합, 러시아, 일본, 인도, 한국 등 각국은 개별적으로 또는 연합하여 앞서거니 뒤서거니 화성에 유인탐사선을 차례로 보냈지만 화성착륙에 성공한 탐사선은 몇 개국에 지나지 않았습니다. 우리나라도 탐사로봇과 우주인들을 태운 탐사선으로 화성에 무사히 착륙하였습니다. 거의 200일에 걸친 우주여행의 대장정 끝에 화성의 적도 부근에 착륙한 최초의 한국인들이었습니다. 그들은……."

최 반장의 3D폰에서 불빛이 번쩍이며 진동음이 울렸다. 그러나 최 반장은 잠시 무감각하게, 사실은 몰입하여 집중하고 있었기에 눈은 영상에만, 귀는 포돌이의 말에만 기울이고 있었다.

"……화성 땅을 처음 밟은 한국인은 지구의 3분의 1의 중력과 치명적인 방사선, 매우 큰 일교차 등 악조건 속에서 탐사를 수행하였습니다. 보름에서 한 달 동안 갖가지 힘든 일들을 겪으면서 화성에 적응했고 화성에 관한 귀중한 정보를 얻어냈습니다. 한 달 간의 탐사를 마치고 이들은 화성을 출발하여 다시 200일에 걸친 긴 여정 끝에 마침내 무사히 지구에 도착하였습니다. 그 동안 각국의 화성탐사선은 지구귀환 중에 불의의 사고를 당하거나 궤도를 이탈해 우주미아가 되면서 성공과 실패의 희비가 엇갈리기도 하였습니다. 화성 탐사에 막대한 경비와 시간이 소요되고 인명까지 피해를 보자 화성개발에 회의적인 시각이 있어서 우주를 향한 인간의 꿈은 잠시 주춤거리는 것처럼 보였습니다."

최 반장은 팔짱을 낀 채, 고개를 끄덕이며 말했다.

"계획을 중단할 뻔 했었군."

"그렇습니다. 하지만 인류는 멈추지 않았습니다. 도전이 있었고 개척이 있었습니다. 지구의 자원이 점점 고갈될 것을 알기에 새로운 지구가 필요했고 신천지에 대한 우주관광의 열망도 가득했습니다. 인류는 22세기를 향한 우주시대를 염원하였기에 화성을 공동 개발하여 지구 식민지화를 추진하기로 합의했습니다.

달 기지를 건설한 경험이 있는 3개국과 경제력이 있는 선진 20여 개국을 주축으로 통합 건설단이 조직되었고 다국적 민간 기업들도 화성에 공동기지 건설에 참여하여 집중적인 투자를 하였습니다. 통합 건설단의 우주선이 여러 차례 건설 장비와 인력을 싣고 화성을 왕래하면서 화성의 적도 부근에 인류가 정착할 공동의 기지를 건설하였습니다. 3년 후, 마침내 불모의 땅, 붉은 행성에 인간이 자리잡을 영역이 생겼습니다.

화성을 왕복하는데 약 500일에서 1년 이상, 편도 6~9개월이 걸렸던 여행시간도 단축되었습니다. 이온추진, 플라즈마 엔진 등 새로운 복합엔진 개발과 함께 연료보급과 수리를 위한 중간기착지인 우주정거장이 설치되었기 때문에 현재는 빠르면 한 달, 늦어도 두 달 안에 화성에 도착할 수 있게 되었습니다. 지구와 화성을 왕복하는 시간이 줄어들자 화성개발은 더욱 빨라졌고 일반인을 위한 화성여행도 시도되었습니다. 좁고 불편한 우주선은 넓고 쾌적하게 만들어졌고 지구와 화성 사이를 정기적으로 왕래하게 되었습니다. 초창기에 화성여행은 거액의 비용이 들어서 일부 부유층과 특권층만이 가능했고 대다수 사람들은 꿈도 꿀 수 없었습니다. 다만, 기지 종사자, 건설 및 자원개발, 관광개발 인력 등은 화성에 갈 수 있었습니다. 우리나라도 민간 화성여객선 발사를 위한 우주센터 및 발사장 건설이 완료되어 2년 후에는 국내에서 화성여객선의 발사가 가능할 것입니다.

　인류는, 겹겹이 밀폐된 화성 식민기지에 만족하지 않고, 언젠가 지구에서처럼 화성의 공기를 마시고 땅을 밟으며 살 수 있을 것이란 기대를 갖고 있습니다. 꿈을 실현하기 위해, 화성을 인간이 살기에 적당한 행성으로 만들기 위한 지구화 계획을 시도하고 있습니다. 일명 화성 지구화 계획(테라포밍;Terraforming)[19]인데 화성의 극관에 있는 드라이아이스와 얼음을 녹여 이산화탄소와 수증기를 발생시키고 온실 효과로 화성의 온도를 높여 생물이 생존하기에 적당한 산소 및 질소 등 대기와 물을 만드는 작업입니다. 하지만 화성을 지구처럼 만들어줄 지구화 계획은 여러 문제들로 난관에 봉착해서……."

　조금 전부터 거듭되는 전화의 진동을 최 반장은 포돌이의 말이 거의 끝나갈 무렵에야 느낄 정도로 몰입해 있었다. 최 반장은 자리에서 벌떡 일어났고 전화를 귀에 꽂으면서 검색실을 나왔다. 콧수염이 인상적인 젊은 남자의 얼굴이 입체영상으로 떠올랐다.

　"그래, 어떻게 나왔어?""주민번호는 전산시스템에 등록이 되어 있던데요."

　최 반장은 보안유지를 위해서 부하 직원에게 시키지 않고 일부러 사립탐정 사무소의 후배에게 부탁해서 고명성을 조사하게 했다. 불미스런 일로 경찰을 은퇴한 후배가 탐정 사무소를 운영하고 있는데, 가끔씩 서로 간에 협조를 하는 관계였고 은퇴 후에 갈 일자리이기도 했다. 후배가 알아본 결과, 고명성은 재철 보다 한 살 적은 나이로, 강원도 지역에 주소를 둔 실존인물로 나왔다고 했다.

"그럼, 고명성의 행방은?"

"그건 지금 알아보고 있어요. 출입국 관리소에서 자료 넘어오는 대로 연락할게요. 근데, 이 사람 누구에요?"

"그건 알 필요 없고. 일단, 바로 좀 알아봐줘."

최 반장은 전화를 끊고 수사과로 들어갔다. 밀린 잡무를 보는 동안 후배로부터 다시 연락이 왔다.

"정말 미국에 갔어?"

"예. 11월 말부터 현재까지 미국으로 출국한 사람들 1만5천899명의 명단을 검색했는데, 고명성이란 자가 인천공항에서 노스웨스트 항공사의 에어투어 초음속여객기를 이용해 12월 11일 오전 11시에 출국한 걸로 나옵니다."

명성의 출국이 사실로 확인되자 최 반장은 국제형사경찰(Interpol)과 미국 연방수사국(FBI)에 수사 협조를 구해 고명성이란 사람의 입국사실과 그의 이동경로를 의뢰했고 몇 시간이 지나서 답신이 왔다. 고명성은 12월 14일 밤 11시, 캘리포니아 주에 위치한 성간 우주센터에서 화성행 여객선 고다드 익스프레스를 타고 지구를 떠났다는 사실을 확인할 수 있었다. 최 반장은 재철의 진술이 어느 정도 신뢰할 만하다고 잠정 결론을 보았다.

최 반장이 고명성에 대해 조사하는 동안, 재철은 경찰 종합병원에서 전신 골격 검사를 하고 있었다. 담당자는 PET-MRI 장치를 이용하여 뼈와 장기의 위치 등 재철의 신체구조를 3차원 컴퓨터 영상으로 만들어냈다. 담당자는 수년 전에 재철이 다녔다는 몇몇 병원의 PACS(Picture Archiving and Communication System;의학영상정보시스템)로부터 X-ray사진을 구했다. 국립과학 수사연구소 디지털 복원담당 직원에게 X-ray사진을 3D로 변환해 달라고 부탁하였고 몇 시간 후에 3D영상으로 만들어졌다.

최 반장은 저녁 무렵에 국과수의 연락을 받고 디지털 복원팀으로 갔다. 병원에서 보내온 재철의 골격 영상과 국과수에서 재구성한 과거의 영상을 전문가와 함께 대조한 결과 현재의 재철과 과거의 재철 사이에 유의미한 신체적인 차이점이 별로 없다는 결론을 내렸다. 결과가 이렇게 나오자 최 반장은 막막해졌고 방법을 찾기 위해서 다시 통합정보 검색실에 들렀다. 포돌이를 통해 공부한 바, 복제인간과 체세포를 제공한 인간과의 유전자가 똑같지 않다는 사실을 알게 되었고 이에 주목했다. 재철과 명성이 원본과 복제의 관계라면 이는 유전자가 99% 같은 일란성 쌍생아라고 할 수 있다. 복제된 인간은 체세포 복제 당시에 취한 여성의 난자로 인해 1%가 다른 유전자[미토콘드리아(mitochondria)는 모계유전(母系遺傳)이기 때문]를 물려받기에 DNA검사에서 원본과 사본을 구별할 수 있는 차이점이 있다.

또한 복제인간이라고 해도 홍채나 지문 등은 원본과 같지 않으며 생체시계라고 부르는 텔로미어[20](telomere,말단소체로 무의미한 DNA 조각들)의 길이로 이론상 복제인간인지의 여부를 알아낼 수도 있다. 인간의 몸은 수십조 단위에 이르는 세포로 구성되어 있고 세포 속에는 핵이 있으며 핵 속에는 염색체(DNA)가 들어있다. 인간의 몸(세포)은 시간이 지나면서 노화되고 손상되어 옛 것을 대체할 새로운 세포가 필요하게 된다. 세포분열을 통해 새로운 세포를 만드는데, 하나의 세포가 둘로 갈라지며 세포분열이 될 때마다 염색체(DNA)의 끝부분에 위치한 텔로미어의 길이는 점차 짧아지게 된다.

다시 말해서, 세포분열을 위해서 염색체(DNA)의 복제가 먼저 이뤄져야

하는데, 이때 DNA의 끄트머리는 항상 복제되지 못하게 된다. 다행히 DNA의 끝부분은 유전적으로 의미가 없는 텔로미어가 많이 붙어있어서 복제된 세포는 텔로미어의 길이만 짧아진다. 그러나 세포분열이 거듭될수록 텔로미어의 길이도 계속 짧아지게 되고 마침내 DNA복제를 못하게 될 정도에 이르게 된다.

헤이플릭(Hayflick)박사의 연구에 따르면 사람의 세포는 평생 60번 정도 분열할 수 있도록 수명이 정해져 있다고 하는데, 이를 헤이플릭의 한계(Hayflick Limit)라고 한다. 이런 이유로 텔로미어의 길이를 통해서 세포가 어느 정도 분열을 했고 얼마나 노화가 되었는지도 유추할 수 있는 것이다. 만약, 어떤 사람이 40살에 자신의 몸에 있는 세포를 제공해서 복제인간을 만들었다면 복제인간의 텔로미어는 체세포를 제공한 사람만큼 노화되어 있는 것이다.

최 반장은 인류 최초의 복제양인 돌리가 일찍 사망한 것은 이미 성장한 6살짜리 양의 체세포로 복제했기 때문이며 이는 텔로미어의 길이가 그만큼 짧아진 때문이 아닌가 생각했다.(*어떤 실험에서는 복제된 동물의 텔로미어가 오히려 길어졌다는 연구결과도 있다.)

그런데 고명성은 금재철이 태어나자마자 복제했기 때문에 텔로미어의 길이로 구별하기가 애매하다. 뿐만 아니라, 명성의 DNA를 구할 수도 없다. 그의 생체정보 역시 기록된 것이 전혀 없다. 전과자를 제외한 일반인의 생체정보 기록은 법률로 금지되어있기 때문인데 최 반장은 지금 존재하는 저 사람(재철? 혹은 명성?)의 DNA만으로는 비교대상이 없어 수사에 아무런 도움이 되지 못함을 알고 안타까울 수밖에 없었다.

결국, 최 반장의 선택은 허언탐지 조사였다. 사람이 거짓말을 할 때는 혈압, 땀, 호흡, 맥박 등에 변화가 있기 마련이다. 20세기에 쓰였던, 흔히 거짓말탐지기라고 부르는 폴리그래프(Polygraph)[21]는 인체에서 발생하는 심전도, 근전도, 맥파, 호흡, 안전도, 피부 전기반사 등의 생리신호를 측정해서 거짓말인지 아닌지 여부를 그래프의 변화 값으로 알아내는 장치이다. 하지만 검사를 받는 당사자가 거짓말에 능숙하거나 심리적인 중압감으로 긴장하면 생리적인 변화를 잘못 측정해서 엉뚱한 결과를 얻을 수도 있어 지금 같은 금재철 사칭 사건에 적용하기에는 무리가 있다. 아울러 거짓말 탐지기에 의한 결과는 법정에서 참고할만한 정황 증거는 될 수 있어도 법적인 효력은 갖지 못한다.

좀 오래되었지만 P300이라는 특정뇌파를 분석해서 진위를 구별하는 방법도 있다.[22] 사람은 미리 알고 있는 사실을 접했을 때, 뇌에서 특정한 반응을 일으켜 자신의 의지와 상관없이 0.3초가 지나면 뇌파의 진폭이 커진다. 예를 들어, 칼을 든 강도를 잡기 위해서 용의자에게 범죄에 사용되었던 칼의 사진을 제시한다. 용의자가 제시된 사진 자극을 통해 약 300ms(millisecond;0.3초)가 지난 후에 두피(머리피부)와 연결된 뇌파분석 장치(EEG, Electroencephalogram)의 그래프에서 위쪽으로 치솟는 파형인 상향피크(positive peak;양의 방향)가 발생한다면 그가 범인이라고 볼 수 있는 근거가 된다. 이처럼 두뇌가 익숙한 것을 접하고 300ms 후에 발생하는 뇌파의 진폭을 P300이라 하며 P300을 통해서, 입(口)은 거짓말을 하여도 뇌(腦)는 잘 알고 있는 것들(사진, 그림, 글자 등)에 반응했다는 증거로 볼 수 있다. 뇌파분석 장치는 폴리그래프보다 신뢰도가 높긴 하지만 최 반장은 수사에 여러 번 사용하여 좀 더 익숙해진 fMRI를 이용하기로 했다.

지금처럼 알쏭달쏭한 수수께끼 같은 사건에는 두뇌를 들여다 볼 수 있는 기능성 자기공명 영상장치(fMRI)[23]를 이용한 허언탐지 방법을 쓰는 것이 낫다. fMRI의 f는 기능성(Functional)이란 뜻이며, MRI(Magnetic Rsonance Imager)는 오래전부터 병원에서 인체 내부를 보기 위해 사용했던 의료장비이다. 사람의 몸은 절반이상이 액체로 차있는데 대부분이 물이며 물은 수소와 산소로 구성되어 있다. 사람의 체내, 구석구석에 수소원자핵이 가득하다는 뜻이다. 수소원자핵은 강한 자기장(보통 MRI는 자석의 세기로 약 1.5~7테슬라이며 15000-70000가우스에 해당)에 자화되면 회전운동에서 기울어지면서 도는 세차운동을 하는데, 이때 고주파를 가했다가 끊으면 수소원자핵에서 동일한 고주파가 방출된다. 방출된 고주파는 인체 내부의 상태를 재현하는 값이므로 이를 이용해 컴퓨터로 3D영상을 만들면 인체 내부를 볼 수 있는 것이다.

21세기 초, 미국에서 fMRI를 이용해 거짓말 여부를 알아내는 실험을 했을 때에 90% 이상의 정확도를 보였다고 한다. fMRI는 사람의 뇌에서 일어나는 변화를 통해 거짓말 여부를 알아낼 수 있는데, 이는 거짓말을 할 때에 뇌의 특정부위에 혈류가 몰리기 때문이다.

다시 말해, 활성화된 뇌 부위는 시냅스 활동이 활발해져서 피가 몰리고 이때 뇌혈관에 흐르는 혈액 속의 산소량(피 속에 함유된 산화 헤모글로빈)을 측정하여 단계별로 시각화하는 것이다. 인지반응을 이용하는 뇌파분석 장치나 정서반응을 보는 폴리그래프 같은 장치와 달리 뇌 자체의 변화를 보기 때문에 신뢰도가 높다고 할 수도 있지만 문제점도 있다.

2006년 초, 처음으로 대검찰청은 고가의 의료기기인 fMRI를 검찰수사에 활용하기로 했으나 실제 적용된 사례는 찾아보기 힘들다. 뇌 연구를 바탕으로 한 fMRI의 기술은 꾸준히 발달하였고, 2020년경에는 뇌에서 생각하는 영상과 글자를 눈으로 보는 수준에 이르게 되어 이름도 fMRI+dv(direct view)로 붙였다. 고해상도에 소형화된 fMRI+dv는 가격마저 하락했으며 10여 년 전부터는 거짓말 탐지에 특화된 전문수사 장비로 쓰이게 되었고 현재는 국립과학 수사연구소, 대검찰청 그리고 수사권 독립에 따라 경찰청에도 설치되어있다. fMRI를 사용하려면 하루나 이틀 정도의 절차를 거쳐야 사용할 수 있다. 하지만 최 반장은 친분이 있는 경찰청 심리분석실 담당자의 도움으로 직원들이 모두 퇴근한 심야시간대를 이용해서 재철을 fMRI 검사대에 눕힐 수 있었다.

새벽1시경, 경찰청 영상 심리분석실에 들어온 재철은 검사복으로 갈아입고 초조한 표정으로 fMRI 검사대로 올라가서 누웠다. 최 반장은 재철의 머리를, 고정시키는 틀로 고정시키고 헤드폰을 착용시켰다. 최 반장이 능숙한 솜씨로 장치를 조작하자 요란한 기계음이 나면서 곧 도넛 모양의 둥근 형태의 검사장치 안으로 재철의 몸이 머리부터 들어갔다. 재철의 머리 부위가 원통형의 fMRI 검사대에 놓이자 최 반장은 판독실로 들어갔다. 판독실에는 조작 장치와 여러 대의 모니터가 있었고 심리분석 검사관을 대신해 일란이 앉아서 내부의 광경을 바라보고 있었다. 14테슬라의 fMRI가 제공하는 고화질 입체영상으로 재철의 두뇌가 조작대 위에 나타나자 최 반장은 탁자에 놓인 질문지를 보며 자리에 앉았다. 최 반장은 본격적인 질문에 앞서 몇 가지 상식적이고 기본적인 질문을 통해 재철의 심리상태를 파악했다.

질문 : 1+1은 2입니까?

예

질문 : 냉장고는 동물입니까?

아니오

재철은 '예. 아니오.' 로 올바른 답변을 하여 심리적으로 정상상태임을 나타냈고 영상에도 True라는 글자와 함께 확률적인 수치 99%가 명멸했다. 최 반장은 일란과 자신이 만든 질문지의 항목을 보며 마이크를 통해 재철에게 묻기 시작했다. fMRI에서 나는 소음은 컸지만 재철은 헤드폰에서 들리는 채일란의 음성은 명료하게 들렸다.

질문 : 이제부터 질문에 대답하세요. 당신의 이름과 생년월일은?

금재철, 20XX년 10월 30일

질문 : 당신의 직업은?

사업가, 비전테크 대표이사

질문 : 당신 부모의 이름은?

아버지 금만석, 어머니 이정혜

영상으로 나타난 재철의 뇌는 대답을 할 때마다 기억과 관련된 뇌 부위인 해마와 측두엽, 두정엽 부위가 붉게 활성화 되었다. 이는 대체적으로 진실을 말할 때의 혈류반응으로 현재까지의 답변은 거짓이 아니라는 것이었다. 최 반장은 그 동안 fMRI를 이용한 다수의 허언탐지 경험을 통해서 익히 알고 있는 사실이기에 약간 고개를 끄덕였다. 또한 뇌에서 생각하는 그림과 언어도 또렷하지 않지만 영상으로 시각화되어 나타나기에 신빙성을 더해주었다. 일란은 마이크를 통해 계속 질문을 하였고 최 반장은 곁에서 차분하게 상황을 지켜보고 있었다.

질문 : 이제부터 질문에 '예, 아니오'로만 답하세요. 당신은 고명성입니까?

아니오.

질문 : 당신은 비전테크 대표이사 금재철입니까?

예.

질문 : 당신은 복제 인간입니까?

아니오.

직접적으로 묻는 질문임에도 역시 같은 부위들이 활성화되었고 True와 함께 확률 99%가 떴다. 최 반장은 의외라는 듯이 잠시 일란에게 멈추라는 손짓을 하며 고개를 갸웃거렸다. 만약, 재철이 거짓말을 한다면 주로 판단하고 사고하는 전두엽(이마 부분의 앞 뇌로 운동피질을 포함한 부위)과 언어를 담당하는 좌측 측두엽(왼쪽 옆 뇌)부위가 붉게 활성화되어야했다. 사람이 거짓말을 하면 자각하고 인지하며 통제하는 부위인 전두엽, 언어기능을 담당하는 측두엽 부위에 혈류가 몰리기 때문이다. 특히, 전전두피질(prefrontal cortex; 앞쪽 뇌로 운동피질을 뺀 부위)의

VLPFC(ventrolateral prefrontal cortex;오른 쪽 뇌의 맨 앞의 가운데 부위)와 전방대상피질(ACC;anterior cingulate cortex;전전두엽이 감싸고 있는 안쪽 부위)은 참말을 못하도록 억제하는 영역으로 알려져 활성화되어야하는데 그렇지 않았다. 별 다른 혈류 반응이 없어 일란도 약간 실망스런 표정이었고 최 반장은 일단 손짓을 하며 질문을 하게했다.

질문 : 이제부터 묻는 질문에 대답하세요. 기억편집장치가 어디에 있는지 아십니까?

　　　모릅니다.

질문 : 12.34의 9의 보수는 얼마입니까?

최 반장은 재철의 대학 전공과 관련된 전문적인 질문을 몇 개 준비했다. 네트를 뒤져서 전산학과 관련한 디지털 논리회로의 기초적인 질문을 찾아 냈는데, 진짜 금재철이 아니라면 이 문제를 이해할 수도 없을 것이라 생각했다. 그러나 재철은 암산을 한 듯 짧게 대답을 했다.

　　　87.65

이어 몇 개의 질문에도 막힘없이 대답을 하자 최 반장은 놀라웠는지 짧게 신음 소릴 냈지만 일란은 고개를 가로 저었다.

"삼촌. 고명성 역시 컴퓨터, 로봇, 전자제품 수리 전문가였어요. 충분히 답변 가능한 질문들이란 이에요."

일란이 바라보자 최 반장은 그제야 그렇다는 듯이 고개를 끄덕였으나 그래도 이해가 안 되었다. 이번에는 회사를 경영하는 경영자로서 필요한 경험과 지식에 관한 질문으로 이어나갔다.

질문 : 비전테크 작년 매출액은 얼마입니까?

　　　약 3조 2천 450억 원.

질문 : 지난해에 중국에서 씨유 브랜드 로열티로 벌어들인 수익은 얼마입니까?

1171억3천3백…….

최 반장은 비전테크 홈페이지 기업현황에서 발췌한 재무제표, 회사 지분 및 작년에 신주배정, 무상증자와 특허보유 현황, 직원수에 관해서도 물었다. 재철은 숫자나 자료를 묻는 질문에 기억이 잘 나지 않는 듯이 잠시 말을 멈추기도 했으나 정확한 자료와 수치 또는 근사값을 댔다. 어떤 질문에는 기억이 나지 않아서 잘 모르겠다고 답했지만 그것 역시 진실이었다. 또한 회사 기밀에 속하는 정보임에도 재철은 자신의 결백을 주장하려는 듯이 막힘없이 답변을 했다. 뇌의 혈류량 역시 자신의 직업에 익숙한 경험자가 아니면 보일 수 없는 특정 부위만 깔끔하게 활성화되었다.

만일, 재철이 가짜라면 주어진 질문에 대한 문제를 억지로 해결하기 위해서 특정 뇌 부위를 써야하므로 전전두피질 등이 활성화된 모습을 보였을 것이며 아예 제대로 된 대답을 하기 힘들었을 것이다. 특히, 거짓말을 할 때 반응속도가 느려지는 특징도 발견할 수 없었고 심리적으로는 당황하거나 머뭇거림 없이 매번 질문에 항상 매끄럽고 막힘없이 답변을 했다.

최 반장은 질문을 할수록 점차 무기력해졌다. 일란도 점점 힘이 빠지는 모습으로 움츠러들었다. 최 반장은, 이 사람은 아예 거짓말을 할 줄 모르는 사람이 아닌가 할 정도로 참말만을 했다. 30분 정도 질문과 답변을 주고받으며 준비된 질문은 어느덧 모두 끝이 났다. 최 반장은 검사 완료를 알리면서 재철이 MRI에서 나올 수 있도록 기기를 조작했다.

처음에 최 반장과 채일란이 뽑은 질문항목은 백여 개가 넘었으나 검사시간을 길게 할 수가 없어서 수십 개로 간추렸다. 질문을 마칠 때까지 영상에 나타난 재철의 뇌에서 거짓말임을 입증할 특이사항은 없었다. 검사 중에 여러 번씩 특정 부위의 혈류량이 일시적으로 붉게 활성화 된 적이 있었으나 그것은 거짓말을 하기 위해서가 아닌 자료나 수치를 끄집어내기 위해 생각을 할 때였다.

무엇보다, fMRI+dv는 사진처럼 선명하고 뚜렷하지는 않지만 영상으로 피험자의 생각을 볼 수가 있는 장점이 있다. 피험자의 뇌가 생각하는 이미지와 텍스트를 판독관도 그대로 본다는 것인데 진위의 구별은 다음과 같다. 뇌가 어떤 생각(진실)을 떠올릴 때는 그림이나 글자(언어)로 생각을 하는데, 이때 나타나는 영상(그림+글자)과 입 밖으로 나오는 말이 일치하면 참말을 한다고 본다. 예를 들어, 어제 운전했습니까? 라고 묻는다면, 실제로 차를 몰았던 사람은 자동차와 관련된 것들을 그림이나 글자로 떠올리게 된다. 이때 나타나는 자동차와 관련된 특정모양 등이 fMRI+dv에서 영상으로 재현되고 판독관이 볼 수가 있는데, 그가 자신이 소유한 빨간색 스포츠카나 운전대를 잡은 모습 등을 떠올리며 예, 라고 했다면 진실이라고 추측할 수 있다.

하지만 거짓말을 할 때는, 뇌가 진실을 떠올리지만 거짓으로 바꾸기 위해서 순간적으로 적절한 그림이나 글자로 교체되고 겹칠 수 있다. 이때 실제 입 밖으로 나오는 말과 떠올린 영상이 다르면 거짓이라고 추측할 수 있다. 예를 들어, 어제 운전했습니까? 라고 묻는다면, 실제로 운전한 사람은 자동차와 관련된 것들이 영상으로 재현되며 이때, 운전 안했어요, 라고 할 경우는 말과 영상이 일치하지 않기에 거짓말이라고 추측할 수 있다.

다만, 질문과 관련하여 떠올린 영상은 피험자와 관련된 특정한 형태로 한정되어야 증거로써 효력이 있다. 일반적으로 상기될 수 있는 자동차를 떠올리는 것은 증거로써 약하지만 페라리 엔초나 람보르기니 등 피험자나 사건과 관련된 고유하고 특징적인 모양을 떠올린다면 증거로써 인정할 수 있다.

이러한 fMRI+dv의 특성에도 불구하고 재철에게는 뇌의 영상과 말이 불일치하는 이상반응은 전혀 나오지 않았다. 최 반장은 몇 시간 전에 피의자 조사실에서 심문을 진행할 때만해도 재철이 가짜라면 아무리 거짓말에 능숙해도 99%의 정확도를 보이는 기능성 MRI를 통한 허언탐지 검사는 빠져

나갈 수 없을 거라 생각했다. 하지만 지금의 결과는 재철이 거짓말을 100% 하지 않는 것으로 표시되었고 또 그렇게 보인다는 결론을 내릴 수밖에 없었다. 이런 결과라면, 검사를 받는 저 사람은 금재철임에 틀림없다.

'어떻게 된 일일까.'

금재철은 원래 타고 난, 아주 뻔뻔하고 능수능란한 거짓말쟁이기 때문일지도 모른다. 사실, 아주 능숙한 거짓말쟁이가 몸의 2차적 반응을 통제하여 폴리그래프를 무력화시킨 선배들의 이야기를 들어본 적이 있다. 하지만 fMRI마저 무력화시킨 거짓말쟁이의 사례는 지금까지 들어본 적이 없다. 다만, 이런 경우는 있다. 스탠포드 대학의 제시 리스만(Jesse Rissman)[24]의 연구에 의하면 거짓이지만 진실이라고 믿고 말을 하는 경우와 거짓기억에 의거해서 결과적으로 거짓말을 하는 경우는 fMRI로도 구별할 수가 없어 한계로 여겨진다는 것이다.

예를 들어, 산타클로스를 믿는 천진난만한 어린아이가 '산타가 선물을 갖다 주었어요.'라고 말한다면, 그 말은 그 아이에게 있어서 참말이며 거짓이 아니다. 또한 어떤 사람에게, 과거에 아프리카 여행을 한 적이 없지만 그의 어린 시절의 기억을 사진 등으로 조작해서 아프리카에 다녀왔다고 주입시키면, 그는 거짓 기억에 의거해서 아프리카에 다녀왔다고 믿고 그렇게 말한다고 한다. 적당한 믿음의 체계만 갖춰지면 사실은 거짓이지만 그렇게 믿는 동안만은 그가 하는 말은 참말을 하는 꼴이 된다. 좀 다르지만 '공상허언증환자'의 경우에 자신이 꾸며놓은 거짓말을 그대로 믿기에 신체적인 거짓 반응이 나올 리가 없다. 이처럼 금재철은 자신의 거짓말을 진실로 믿는 '공상허언증환자'여서 가능한 것일지도 모른다.

하지만, 오직 비전테크 대표이사 금재철만이 아는 사생활과 특별한 지식 및 고급정보에 대한 답변은 어떻게 가능한 것인지, 도저히 설명할 길이 없다. 혹시나, 그가 이야기했던 SF영화에나 나올법한 기억편집장치 같은 것이 정말로 있어서 금재철의 기억을 모두 쓸어 담았다면 가능하지 않을까. 그러나 그런 기계는 현실에 존재하지 않는다. 금재철이 있다고 주장하지만 실체를 보지 않은 이상은 그냥 상상 속의 물건일 뿐이다.

최 반장은 생각할수록 골치가 아파서 당장이라도 이 사건에서 벗어나고 싶었다. 그래서 '어찌 됐든, 금재철이 맞는 것 같다.'고 이렇게 일단락 짓기로 결정했다. 결론을 내리고 보니 결과적으로 무혐의가 되었다. 최 반장은 금재철이라는 거물급 유명 인사를 조카인 일란의 말만 듣고 수사를 밀어붙인 것에 대해 지금에 와서 갑자기 부담스럽고 겸연쩍게 느껴졌다. 더군다나 일란과 결혼할 사이라면 조카사위가 될지도 모르는데, 앞으로 얼굴 보기가 꺼려질지도 모른다. 최 반장은 검사가 끝난 후에 재철에게 무슨 말을 할까를 고민하고 있었다.

"아무래도 우리가 잘못한 거 같아. 심증만 가지고 폐를 끼쳤으니, 미안하게 됐어."

"아니에요. 삼촌, 그럴 리 없어요."

일란은 여전히 결과를 믿지 못 하겠다는 듯 고개를 흔들며 부정했다. 일란은 잠시 침묵하다가 안타깝게 삼촌을 바라보며 입을 열었다.

"삼촌. 수사가 끝난 거 아니잖아요. 결과가 이렇게 나올 수도 있어요. 재철씨가 기억편집장치를 완성한 것이 사실이면, 그 장치를 통해서 고명성에게 재철씨의 모든 기억이 충분히 전해질 수가 있잖아요? 그럼, 고명성은 금재철의 기억 속에서 어떤 답변도 가능하며 자신이 고명성이라는 사실조차 자각할 수 없다구요. 때문에 저 사람한테 거짓말을 조사한다는 것은 무의미해요. 이미 완벽하게 금재철화가 이뤄졌으니까 말이죠."

최 반장은 긍정하듯 고개를 주억거리다가 갑자기 부정하듯 다시 급히 가로저었다. 최 반장도 기억편집장치가 유력한 증거라고 생각은 하지만 그것이 가능한지에 대해 아직까지 신뢰를 할 수가 없는 것이다. 과연, 사람의 기억이 타인에게 복사가 가능하고 편집이 가능한지, 자신의 상식으론 도저히 짐작조차 할 수가 없기 때문이다. 그냥 금재철이 어쩔 수 없는 힘든 심문 상황을 벗어나기 위해서 마지못해 꾸며낸 허구의 물건이라고 생각했다. 그렇지 않다면 장치가 어디 있는지 재철이 모를 리가 없고 상황을 벗어나기 위해서라도 물건의 소재를 이야기하지 않을 수 없기 때문이다.

"결과는 어떻습니까?"

금재철 아니 어쩌면 고명성……. 그가 수척해진 모습으로 옷을 갈아입고 검사실에서 걸어 나와 판독실에 있는 최 반장을 보며 서있었다. 최 반장도 이제 자신이 해볼 수 있는 것은 다했다고 생각했다. 현재의 결과만 본다면 재철은 더 이상 복제인간 고명성이 아니다. 하지만 풀리지 않는 문제가 있었다. 그것은 재철이 무정자라는 국과수의 결과였다. 재철이 원래 무정자라는 진단기록만 있다면 이 사건은 종결이 될 수 있다. 그러나 그러한 사실을 입증할 재철의 이전 병원 기록이 아무것도 없는 현재, 그 진위를 밝혀낼 도리는 없다.

최 반장의 수사경력에서 전무후무한 복제인간이 등장하는 '비전테크 금재철 대표 사칭 및 사기'사건은 일단 '증거 불충분과 혐의 없음'으로 일단락하기로 하고 재철을 보내주기로 했다. 최 반장은 겸연쩍은지 이마에 흐르는 땀을 수건으로 닦아내다가 머리를 긁적이며 고개를 약간 숙여서 말했다.

"아, 뭐 특별히 별 이상은 없으시고. 가셔도…… "

최 반장은 쑥스럽게 보며 얼버무리듯 말끝을 흐렸다. 최 반장은 수사를 시작할 때만해도 이 사람이 금채철을 사칭한다고 믿고 있었다. 그래서 그의 뻔뻔스러움을 혐오하며 부정적으로 대했었다. 하지만 시간이 흐를수록 일란에게 자신의 결백(?)을 주장하듯 몸부림치는 모습이 안쓰럽게 느껴졌다. 지금은 이자가 누구든지 간에 심정을 이해하는 쪽으로 기울어졌다. 일란은 그런 삼촌의 표정을 읽으며 한숨을 쉬었다. 더 이상은 삼촌에게 부탁하는 것이 무리라고 생각했는지 혹은 앞에 있는 남자를 안 보려는 것인지 모르지만 말없이 고개를 흔들며 돌아섰다.

"그래요? 그럼, 가보겠습니다."

재철은 고개를 까닥이듯 인사를 하면서 문을 열고 복도로 나갔다. 최 반장도 뒤따라 나갔다.

"금 사장, 밤늦게까지 협조해 줘서 고맙고, 불편했더라도 이해해주시길 바라오."

사실, 재철은 어처구니없는 막무가내식 수사로 강압적인 심문을 받는 내내 마음이 편치 않았었다. 불법적인 구속수사에 대해 법적인 대응뿐 아니라 정관계 유력 정치인과 고위직 또는 언론이나 시민 단체 등에 부당함과 억울함을 폭로할 생각이었으나 조사실을 나오면서 맘이 변했다. 자칫, 이런 해괴한 일이 세상에 알려지면 회사는 물론 자신도 언론 매체에 오르내리면서 온갖 추측과 헛소문이 나돌 것이다. 결국 여러 측면에서 자신과 회사에 피해를 입힐 것이 확실시되기 때문에 몸을 사릴 수밖에 없었다.

최 반장도 그런 점을 알고 있는 듯 재철의 향후 대응에 관하여 신경을 쓰지 않는 것 같았다. 그저 재철의 등을 다독이며 살다보면 어쩔 수 없이 이런저런 일을 겪는다며 인생선배처럼 이야기를 했다. 대신에 최 반장은 이번 사건이 외부에 알려져 재철과 회사에 피해가 가지 않도록 최선을 다하겠다고 했다. 형사들은 수사 중인 사건에 금재철이 참고인 자격으로 방문한 것으로 알고 있으니 안심하라고 덧붙였다. 또한 경찰서 사건기자실에 상주하고 있는 사회부 기자들이 오다가다 냄새를 맡았을지 모르지만 워낙 비밀스럽게 수사를 해서 사건의 내막은 모를 것이라고 했다.

다만, 특종에 목마른 기자들이 사건의 실낱 같은 단서를 붙잡고 조사를 할 수 있으나 사건자체가 황당무계하여 사실을 알아도 정식기사를 내기는 어렵고 가십성 기사로 끝날 가능성이 크다고 하였다. 그럼에도 기사화되는 것은 부담스럽고 또 호사가들이 좋아할 미스터리한 사건이라서 이것저것 결부시켜 헛소문으로 퍼질 우려가 있었다. 또한 사건이 알려지면 경찰이 무리한 구속수사를 했다는 비난도 예상되기 때문에 골치가 아플 것이 분명했다. 최 반장은 이런 결과가 나오기 전에 꼼꼼하게 수사기록 삭제와 형사들에게 입단속 등 후속조치를 단단히 취하기로 했다. 최 반장은 미안함 때문인지 현관문까지 따라와서 배웅을 했다.

끝나지 않은 진실

경찰청 현관 로비의 유리문 밖으로 으스름한 새벽이 어둠을 깨면서 밝아 오고 있었다. 최 반장은 잡무를 정리한다면서 경찰서로 먼저 갔고 재철은 자신의 차가 올 때까지 잠시 현관 로비에서 기다리고 있었다. 재철은 지긋 지긋한 아니 악몽 같았던 이곳에서의 시간이 종료됐다는 것이 그나마 다행 인 듯 말없이 의자에 앉아 눈을 감고 있었다. 뒤늦게 걸어 나오던 일란은 앉 아있는 남자를 보다가 걸음을 멈추었다. 가짜라고 확신했던 사람이 진짜에 근접하는 결론에 이르렀으니 일란도 혼란스럽고 고민스러웠다.

'이제 무엇으로 가짜라는 것을 증명할 수 있을까? 금재철의 외모와 금재 철의 기억을 가진 저 사람을, 더 이상 가짜라고 말할 수 없다면?'

일란은 외면하듯 모퉁이를 돌아서 벽 쪽에 기대어 짧은 시간 속에 많은 생각을 했다.

'어쩌면, 내가 틀렸을지도 몰라. 그날 밤에 만난 사람은 고명성이 확실하 지만 지금 이 사람은……'

일란은 여자의 직감 같은 것을 믿고 수사를 의뢰했지만, 이젠 자신이 틀 렸을지도 모른다는 불안감이 들었다. 그렇지만 아직까지 확실한 결론은 내 릴 수가 없다. 다만, 재철을 사랑하는 일란의 마음은 아직까지 변함이 없기에 '만약, 저 사람이 진짜 재철이라면 다시 따뜻하게 맞아줘야 하는 것이 아닐까.'라는 생각을 하면서도 섣불리 행동에 옮길 수는 없었다.

거의 이틀에 걸쳐 정신적, 육체적으로 힘든 수사를 받은 탓에 재철은 무척 피곤해 보였다. 차가 도착되고 있다는 연락을 받은 듯 재철이 일어나서 현관 문 앞으로 걸어갔다. 자동유리문이 열리고 밖으로 나오자 찬바람이 볼을 스쳤다. 재철은 조금 긴장이 풀리는 듯 입을 벌려 심호흡을 길게 하는데, 하얀 입김이 뭉게뭉게 흩어져 나왔다. 도심의 먼 하늘을 보니 세상은 아직 어둠 속, 새벽 거리에 꺼지지 않은 간판 불빛들이 군데군데 보였다. 재철은 갑자기 현기증이 나는 듯이 약간 비틀거리면서 이마를 만지다가 새벽의 찬 공기가 온몸을 싸늘하게 감싸 안자 몸을 움츠리며 옷깃을 세웠다. 재철이 가는데 현관문이 열리고 일란이 뒤따라 나왔다. 재철이 고개를 돌리고 일란을 보았다. 일란도 피곤하고 지친기색으로 새벽하늘을 바라보며 서있었다. 두 사람은 거리를 두고 어둠 속에서 서먹서먹하니 한 동안 말이 없었다. 재철이 돌아선 채로 천천히 말을 꺼냈다. 입가에 하얀 입김이 어른거렸다.

"이렇게까지 해야 했어?"

"……."

"아직도 그렇게 생각해?"

하늘만 보던 일란은 대꾸 없이 고개를 숙였다. 재철이 가까이 다가오더니 고개 숙인 일란의 턱을 올려 그녀의 큰 눈을 보며 말했다.

"어떡했으면 좋겠니?"

재철의 말에는 그동안 일란이 벌인, 이번 일에 대한 서운한 감정이 잔뜩 묻어있었다. 하지만 일란은 외면하듯 고개를 돌리며 말이 없었다. 재철도 고개를 설레설레 짓더니 돌아서서 성큼성큼 걸어갔다. 걷다가 멈추고 일란에게 말했다.

"넌, 무슨 짓을 해도 미워할 수가 없구나."

일란을 바라보는 재철의 눈에 눈물이 글썽거렸다. 한마디를 더 하려던 재철은 말을 하지 못하고 무겁게 돌아섰다. 일란은 차가운 얼음조각처럼 굳은 듯이 그대로 서있었다.

전조등 불빛을 비추며 한 대의 차량이 경찰청으로 들어오고 있었다. 재철이 서있는 앞에까지 차가 와서 멈추었고 문이 열렸다. 두꺼운 검정색 코트를 들고 박 실장이 급히 내렸다. 재철에게 인사를 꾸벅하더니 갖고 온 코트를 걸치듯이 입혀주었다. 문이 열리자 재철은 비틀거리듯 차에 올라탔다. 박실장은 서있는 일란을 발견한 듯 역시 꾸벅 인사를 하면서 뒷문을 열었다. 박 실장은 일란이 차에 탈 것으로 예상한 듯 문을 닫지 않고 머뭇거렸다. 가만히 서있기만 한 일란을 보며 고개를 갸웃했다. 재철은 박 실장에게 먼저 가자고 하자 급히 앞문을 열고 차에 탔다. 재철은 차 유리창을 통해 경찰청 마당에 우두커니 서있는 일란을 끝까지 보느라 자꾸 감기는 무거운 눈꺼풀에 힘을 주었다. 재철은 현기증이 나는 듯 양미간을 잡고 눈을 가늘게 찌푸리다가 3D폰을 켜서 일란에게 문자를 전송했다.

[마음 정리되는 대로 연락해.]

거리가 멀어지자 피곤한 눈은 저절로 감겼고 재철은 졸리는 가운데 오늘 해야 할 일들을 떠올렸다. 일단 근처 호텔에서 잠시 눈을 붙인 뒤 회사에 가기로 했다. 회사 사람들에게 이번 경찰서 연행에 관해 적절하게 답변을 해야 한다. 최 반장의 조언대로 상원의원 정치후원금 관련수사였지만 문제 될 것이 없어서 잘 마무리 지었다고 할 것이다. 하지만 대표이사의 불법연행 및 무리한 구속수사는 분명 법적인 문제가 되기에 쉽게 넘어가지 않을지도 모른다. 분노하고 있을 임원들에게 재철은 긁어 부스럼이니 회사차원에서 조용히 넘어가는 것이 좋겠다고 말할 것이다. 재철이 결정하면 임직원들은 대개 따르는 편이어서 재철이 원하는 방향으로 봉합될 것이며 회사는 평상시의 모습을 되찾을 것이다.

　문제는 이제부터 동에 번쩍, 서에 번쩍하면서 바쁘게 사람들을 만나야하고 밀린 업무로 밤을 샐지도 모른다. 재철은 쌓여있는 일들이 생각나서 눈을 뜨며 깊은 한숨을 내쉬었다. 이럴 때에 자신을 대신할 명성이 필요하다. 하지만 이내 몸서리치는 그 이름을 기억에서 떨쳐내려는 듯 눈을 감았다. 재철은 혼란스런 생각들을 접고 그대로 깊은 잠이 들었다.

　회사 근처에서 아침식사를 하고 집무실에서 업무를 보려던 재철은, 이곳저곳에서 대표에게 직접 걸려오는 2,3대 주주 등 유력 투자자의 전화로 골치가 아팠다. 경찰서에 갔던 이유도 있었지만 회사 주식에 관한 루머로 항의성 전화도 많아서 설명하느라 진땀을 뺐다. 그동안 3D폰의 국내외 수요를 독점적으로 공급해왔던 비전테크의 주가는 몇 주 동안 오르락내리락하더니 등락폭이 컸다. 몇 달 전부터 글로벌 초우량기업 제타파이어가 비전테크 주식을 조금씩 매입했는데, 금주 들어 대량매입을 시도하자 진상을 묻는 기자와 주주들로 곤혹을 치렀다. 그 동안 제타파이어의 거액 인수 제의 접촉설 등의 루머가 나돌 때마다 주가는 상승과 하락을 거듭했고 묻지마 투자도 횡행했다.

　회사 홈페이지와 SNS에는 음해성 글이 넘쳐났다. 황금알을 낳는 비전테크에 눈독을 들이던 기업들이 종종 있었지만 지금처럼 확실하게 행동을 취한 기업은 제타파이어가 유일했다. 재철은 제타파이어의 주식 대량 매입에 관해 논의하기 위해서 임원들을 긴급 소집해서 회의를 열었다. 제타파이어의 지분 늘리기가 가속화되면 경영권 방어차원에서 적대적 M&A 시도를 차단하기 위한 포이즌 필(poison pill) 등 다양한 방어책을 긴급히 마련하기로 했다. 정신없이 회의가 끝난 후에 재철은 밀린 이틀 동안의 업무를 위해 다시 집무실로 왔다. 박 실장이 택배상자를 들고 들어왔다.

"사장님, 이거 혹시 제대로 온 건지 한번 보세요."

택배상자에 수신은 비전테크 금재철 사장님, 발신은 고명성이라고 짤막하게 적혀 있었다. 고명성이란 이름이 눈에 확 띄자 갑자기 손이 부르르 떨렸다.

"이거…… 언제 받은 거죠?"

"아마, 11일쯤? 받은 지 꽤 됐습니다. 윤대리가 스팸성 택배인줄 알고 걸러놨는데, 택배실 정리하다가 사장님 성함이 적혀 있어서 혹시나 하고."

"알았으니 나가봐요."

재철은 상자 포장지를 잡아 뜯듯이 찢어내고 급히 열어보았다. 지난번에 재철이 잃어버린(?) 혹은 도난당했던 양복바지, 구두, 와이셔츠 그리고 금재철과 채일란의 이름이 조각된 금빛 찬란한 고급 손목시계가 들어있었다. 안에 전자메모지가 있어 손을 대니 글자가 나타났다.

[형님 안녕하세요. 간밤에 어떻게 된 영문인지 모르지만 제가 깨어보니 형님 옷을 입고 있더군요. 이상한 일도 다 있지요. 양복바지랑 셔츠에서 술 냄새가 나는 걸 보면 아마 형님을 만나서 술을 마시다가 어찌어찌하여 바꿔 입은 것 같은데, 기억은 나질 않습니다. 사실은, 지금 작별인사를 드리려고 합니다. 정식으로 뵙고 인사를 드려야하지만 오전에 미국으로 출국하게 되었습니다. 일정이 촉박해서 형님의 물건을 급하게 택배로 돌려드립니다. 그 동안 배려해주신 은혜에 감사했고 화성에서 꿈을 이루겠습니다. 나중에 다시 뵐 때까지, 몸 건강히 계십시오. 혹시, 화성에 오실 기회가 있으면 연락 주세요. 아우 고명성 드림]

재철은 이해할 수가 없었다. 그날 명성과 술을 마신 기억이 전혀 없는데, 어떻게 옷과 시계를 고명성이 갖고 있었을까? 귀신이 곡할 노릇이었다. 아마도 그날 밤 길거리에서 우연히 만났을까? 그랬을지도 모른다. 명성을 만나서 서로 반가운 맘에 같이 손을 잡고 근처 길거리 술집으로 가서 술을 과하게 새벽까지 마셨을지도 모른다. 일단은 명성이 보내 온 택배에 관해서 미스터리로 남겨 둘 수밖에 없다. 어찌된 일인지 알 수는 없어도 아끼던 손목시계가 다시 돌아와서 정말 다행이 아닐 수가 없었다. 일란이 선물했던 시계를 다시 착용하니 기분이 좋아졌다. 마치 떠나갔던 일란이 자기 품으로 다시 돌아온 듯 입가에 흡족한 미소가 흘렀다.

오후에는 그동안 몸 상태가 좋지 않아서 약속을 취소했던 귀빈들과의 업무상 만남을 재개했다. 저녁 식사 이후엔 퇴근을 하지 않고 다시 업무에 들어갔다. 사실, 집에서 모든 업무를 볼 수도 있지만, 집은 쉬는 공간이라는 인식이 있어 업무를 보기가 쉽지 않다. 몇 번 집에까지 가서 업무를 본 적도 있으나 나태해지면서 잠에 든 적이 많았다. 일하는 공간과 집은 분리 되는 것이 좋았다.

각종 전자서류를 훑어보며 한두 시간이 흐르자 눈이 침침하고 정신이 몽롱했다. 저절로 하품을 하게 되어 잠시 일을 멈추고 기지개를 켰다. 자리에 일어나서 잠시 창밖의 풍경을 바라보았다. 이미 어두워진 도시지만 여전히 바쁘게 돌아가고 있다. 오늘밤도 도로를 달리는 차들은 멈추지 않는다. 다른 빌딩 사무실에 켜져 있는 불빛들도 역시 꺼지지 않고 있다. 개미처럼 바쁘게 다니는 사람들의 모습들, 끊임없이 움직이고 있다. 모두들 틀에 박힌 세상에서 같은 하루를 시작하고 밤을 맞이하면서 또 그렇게 반복된 삶을 살고 있다.

문득, 자신이 무엇 때문에 일을 하는 건지 회의가 들었다. 무엇을 위해 일을 하는가. 재철의 대학 선배는, 전문 경영인에게 사업을 맡기고 재철은 회장직함을 가진 오너로서 수익금이나 챙기며 사는 것이 훨씬 낫다는 말도 했었다.

'주인이 열심히 일하지 않는다면 종 역시 그럴 것이다.'

그럼에도 그렇게 못하는 이유는 고모가 해주신 말을 금과옥조로 삼고 있기 때문이다. 또 모든 일을 자신이 꼼꼼하게 챙겨서 마무리를 지어야만 직성이 풀리는 성격도 한몫하고 있을 것이다. 무슨 일이든지 철두철미하게 완벽하게 처리하는 성격은 정신적, 육체적으로 피곤할 수밖에 없다.

고모는 재철의 그런 성격을 알기에 과로로 회사 대표가 쓰러지면 직원들뿐 아니라 하청업체에게까지 피해가 가니 건강은 챙기면서 일을 하라는 말도 덧붙였다.

재철은 침침해진 눈이 부담되어 잠시 더 쉬기로 하면서 소파에 누워서 다리를 뻗고 앉다가 이내 드러눕고 말았다. 피곤한 몸으로 눈을 감고 쉬지만 어느 한쪽의 신경은 3D폰에 집중하고 있었다. 일란의 전화를 기다리고 있었던 것이다. 전화를 하고 싶지만 그것은 의미가 없는 행동이다. 그녀의 마음이 중요했다. 마음을 되돌려 자신의 품으로 돌아오는 날만을 기다릴 수밖에 없었다. 기다릴 수 있을 때까지 기다려보겠지만 언제까지 기다릴지는 알수가 없다. 입안이 바짝바짝 말라가면서 속이 쓰려왔다. 검게 타들어간 시간들은 하얀 재가 되어 기다림에 지친 마음에 하나둘씩 쌓이며 숨을 막히게 하고 있었다. 편히 잠을 못 이룰 것 같았다.

＊＊＊

12월 22일 목요일. 새벽까지 뒤척이며 숙면을 취하지 못한 재철은 오늘 처리해야 할 일을 떠올리며 의무감으로 일어났다. 약간 어지러운 느낌이 들었지만 샤워를 하기 위해 욕실로 갔다. 소변을 다 본 뒤에 세면대의 거울을 보자 변기에 부착된 건강검진 센서가 작동하면서 소변의 분석 결과를 하나씩 표시했다. 소변의 색깔, 비중, 탁도, 산도, 단백과 당의 수치 등이 나타났는데, 인중에 무언가 흐르는 붉은 액체가 있어 고개를 숙였다. 세면대에 붉은 핏방울이 뚝뚝 떨어졌다.

거울에서 과로를 피하고 휴식을 취하라는 음성이 들렸다. 대학 입학시험을 치르기 전날에 코피를 흘린 적이 있었다. 어제 너무 과로했다는 몸의 표시, 영양제 링거라도 맞을까했지만 연말에 입원할 수는 없다. 재철은 간단히 샤워를 마치고 조금 더 쉬어야겠다고 생각해 방에 들어왔지만 현기증이 나서 침대에 그대로 쓰러졌다. 잠이 갑자기 쏟아졌다. 한번 잠이 든 재철은 바로 깨지 못했다.

오전 10시쯤에 3D폰의 노랫가락이 울리는 바람에 간신히 눈을 떴지만 받기 전에 끊어졌다. 잠에서 깬 재철은 습관처럼 시계를 보았다. 10시 10분. 회사에 너무 늦은 것을 깨닫고 급하게 출근 준비를 서둘렀다. 차안에서 잠깐 눈을 붙이려고 했지만 다시 깊이 잠들었다. 회사에 도착할 무렵, 3D폰의 가락이 울렸고 그 소리에 재철이 억지로 눈을 가늘게 떴다. 일란임을 알리는 영상이 작게 떠올랐고 곧 그녀의 형상이 흐릿하게 보이자 눈을 크게 떴다. 일란의 모습이 입체영상을 통해 선명하게 나타나자 재철은 너무 반가워서 자기도 모르게 이름을 크게 부르고 말았다.

"일란아!"

일란은 약간 시선을 아래로 하여 말없이 있다가 재철을 보았다. 누군가를 믿지 못하거나 실망스러울 때 보여주던 그녀의 눈망울이다. 바라보던 재철이 답답함을 참지 못하고 입을 열었다.

"……의심이 풀려서 전화한 줄 알았는데?"

일란이 눈의 초점을 먼 곳으로 이동시키는데 알 수 없는 슬픔이 깔려있었다.

"제발, 이제 그만하고 옛날처럼……. 응?"

재철의 애원을 무시하듯, 나지막한 음성이 3D폰에서 흘러나왔다.

"저, 임신했어요."

잠시 정적이 흘렀다. 몇 초가 흐른 뒤에, 재철은 의아한 눈빛으로 느릿하게 말을 이었다.

"저, 정말이야?"

"……."

"아, 알았어. 그럼, 만나서 이야기하자."

재철은 전화가 끊길까봐서 다급하게 말을 이었지만 일란은 무표정하게 보다가 고개를 흔들었다.

"만나고 싶지 않아요."

"무슨 소리야? 아이가 생겼다면서. 결혼식도 하고 앞일을……."

재철은 일란을 살피며 달래듯이 차분하게 말했지만 일란은 별로 듣고 싶지 않은 듯이 고개만 가로저었다.

"재철씨 아이에요."

일란이 시무룩하게 다시 눈을 내리까는데 눈가에 살짝 눈물방울이 보이는 것 같았다. 일란이 다시 고개를 들어 재철의 얼굴을 한번 보는 순간, 입체영상은 야속하게 꺼지고 말았다. 재철은 급하게 재발신 번호를 띄우다가 순간, 어떤 생각이 뇌리를 스쳤는지 영상을 꺼버렸다.

'어떻게?'

재철은 일란의 의도를 알게 되자 갑자기 충격을 받은 듯 등받이에 몸을 기댔다. 온몸에 기운이 빠져나간 듯 팔, 다리에 힘이 없어졌다. 머릿속은 하얗게 변해버려 잠시 동안 어떤 생각도 할 수가 없었다.

'내가 금재철이 아니라는 걸, 일란은 그걸 말하고 싶었던 거야. 국과수 결과에 따르면 나는 무정자증이니 불임, 명성은 복제인간이니 생식능력이 없고. 그럼, 일란의 임신은 어떻게 가능한 거지?'

재철은 갑작스럽게 혼란해진 머릿속을 정리할 필요성이 있었다. 자신이 불임이라는 국과수의 결과에 비추어 볼 때 일란의 임신은 분명히 자신과 무관하다. 그러므로 자신은 고명성이 될 수밖에 없게 된다. 자신이 재철임을 주장하려면 원래 무정자증이라는 사실이 전제되어야하는데 그렇게 되면 일란의 임신은 이뤄질 수 없다.

혼란에서 벗어날 수 있는 길은 몇 가지의 경우가 있다고 보았다. 국과수의 결과가 거짓이거나 일란의 임신사실이 거짓이거나 또는 명성이나 제 3의 남자(?)의 아이를 임신한 경우이다. 하지만 세 번째의 경우는 희박하다. 일란은 사람 만나는 일에 자유분방하긴 했어도 이 남자, 저 남자를 만나며 노는 천박한 여자는 아니었다. 적어도 자신이 아는 한, 명성 이외에 다른 누군가가 끼어들 가능성은 없다고 확신했다.

복제인간이 생식능력이 없다는 최 반장의 주장이 비과학적인 추측이라고 했을 때에 일란의 임신은 고명성이 원인이 될 수도 있다. 그런데 명성이 일란과 잠자리를 가진 적이 있을까. 그것은 알 수 없으나 분명한 것은, 복제인간에겐 생식능력이 없다는 믿음을 일란이 굳게 갖고 있다는 것이다. 그런 믿음 하에서 일란이 말하려 했던 의도를 추론하면, 당신은 나의 임신으로 인해서 금재철이 아닌 복제인간 고명성이라는 사실이 밝혀졌으니까, 금재철로 행세하지 말라고 경고한 것이었다. 또한 그러한 말을 전할 수 있는 기저(基底)에는 일란이 명성과 잠자리를 같이 하지 않았다는 전제도 깔려있다. 왜냐하면, 일란에게 있어서 자신을 온전하게 임신 시킬 수 있는 남자는 재철뿐이라고 믿기 때문이다.

결국, 상황을 정리하니 출국한 명성은 진짜 금재철이고 자신은 일란이 그렇게 주장하던 고명성이라는 얼토당토 않는 이야기가 성립되고 있었다. 마음이 점점 착잡해져갔다.

'이것이 진실이란 말인가?'

이해할 수 없는 일이지만 이런 결론에 부닥치자 재철은 자신도 모르게 의자를 세게 쳤다.

"빌어먹을!"

이런 어처구니없는 일은 절대 있을 수 없다며 혼잣말처럼 중얼거리다가 갑자기 소름이 끼쳤다.

'어쩌면……. 내가 고명성일지도.'

재철은 충격을 받은 듯 손으로 얼굴을 감싸 안고 부정하듯 고개를 흔들었다. 의심의 끈을 놓지 않고 있는 일란이 자신을 떠보기 위해서 임신했다는 거짓말을 했을 거라는 생각이 들었다. 일란이 꾸민 일련의 일들을 봐서는 충분히 개연성이 있었다. 그러나 그녀는 사실 평소에 농담으로도 거짓말은 하지 않았다. 간단히 임신진단 시약키트로 몇 분 안에 밝혀질 거짓말을 할 리가 없다. 그래서 재철은 답답했다.

이제는 일란이 자신을 믿지 못하는 그런 답답함 정도가 아니었다. 자신이 누구인지, 정체에 관한 근본적인 의문을 갖게 되자 어둠속에 떠있는 정체모를 유령을 본 것처럼 소름이 끼쳤다. 사방에서 튀어나오는 억센 손아귀가 자신의 목을 조르는 느낌이 들어 갑자기 숨이 막힐 지경이었다.

정신을 차려야했다. 어찌된 영문인지 이제부터 스스로 알아내야했다. 처음부터 하나씩 차근차근 따져가면서 컴컴한 미궁 속에서 헤쳐 나와야했다. 자신이 국과수의 결과처럼 진짜 무정자증인지 병원에 가서 직접 확인하는 일부터, 일란의 임신 사실이 진실인지까지 확인해볼 필요성이 있었다. 미스터리를 풀기 위한 이런저런 실마리를 찾는 동안 재철의 차는 이미 회사 주차장에 도착하여 스스로 주차를 하고 있었다.

미로속 출구 찾기

　재철은 오직 하나의 생각에 골몰하며 엘리베이터에서 내려 복도를 지나 집무실로 걸어갔다. 집무실 의자에 눈을 감고 우두커니 앉아있었다. 잠시 편안했던 재철의 일상은 일란의 임신 사실이 끼어들면서 다시금 파문이 일었고 근심의 골은 깊었다. 업무에 관련한, 바쁘지 않은 일들은 손에 잡히지 않아서 박 실장을 통해서 잠시 보류하거나 취소시켰다.

　오랜 시간동안 상념에 빠져 있었다. 그러다가 문득, 이처럼 자신이 재철인지 명성인지, 정체성에 관해 혼란을 가져오는 이유가 아마도 'METCU(기억편집 전송제어장치)'때문일 거라고 생각했다. 명성과 계약해지를 한 후, 기억삭제 작업을 하던 그날 밤에 무슨 일이 있었던 것이 분명했다. 그 장치로 인해서 어떤 기억들이 사라졌거나 편집되었다고 판단되어 모든 궁금증을 해결할 열쇠는 그 장치에 있을 것으로 최종 결론을 지었다. 문제 해결을 위한 실마리를 찾아내자 재철은 비로소 눈을 떴다.

　'그날 무슨 일이 있었던 것일까?'

　재철은 병원에 가려던 계획을 보류하고 일단 그 장치부터 찾으려고 일어났다. 분명 기억편집 전송장치는 상상 속의 물건이 아니다. 자신이 만들었고 사용했던 기억은 있지만 어디에 두었는지 전혀 기억이 나지 않는 것이 이상했다. 장치가 위치한 곳에 대한 기억을 떠올리려 애를 썼지만 소용이 없었다. 실재하는 그 물건의 소재를 찾기만 한다면 자신이 고명성인지 금재철인지 또 어떻게 된 영문인지 내막을 알 수 있을 것이다.

　재철은 오전 업무를 포기하고 집으로 향했다. 그런 비밀스런 장치라면 일단 집의 어딘가에 숨겨졌을 확률이 컸기 때문에 구석구석을 찾아보기로 했다. 집에 도착하자마자 재철은 이 방, 저 방을 돌아다니면서 모든 가구의 서랍과 사물함을 뒤졌다. 또한 자신이 갖고 있는 모든 물건(고가의 귀중품을 비롯해서 잡다한 물건들, 기념물, 기록물, 각종 전자제품)등을 꺼내 보았다. 명성과 관련이 있을지도 모를 전자파일과 월간 일정표, 다이어리, 메모장 등을 살펴보았고 서재에 꽂힌 책들도 전부 뒤졌으나 아무 것도 단서가 될 만한 것을 발견하지 못했다. 이어 거실이며 주방, 테라스, 외부 다용도 창고에 주차장과 수영장까지, 있을 만한 곳을 구석구석 뒤져가며 몇 시간을 찾아보았으나 METCU에 관한 어떠한 단서도 찾을 수 없었다. 오랜 시간 동안 찾으려 노력했으나 아무런 실마리를 찾지 못하자 재철은 실망에 빠졌다. 한편으로는 그런 비밀스럽고 특별한 장치를 쉽게 찾을 수 있도록 어딘가에 보관되어있다는 믿음이 어쩌면 어리석은 생각일지도 모른다.

　재철이 아는 장소라면 이제 남은 곳은 회사였다. 아니면 재철이 알지 못하는 어딘가의 비밀장소일 수 있지만, 거기까지 생각하면 막막해질 따름이었다. 일단, 회사로 가서 집무실의 여기저기를 샅샅이 뒤져보기로 했다. 찾을 수 있을 거란 막연한 기대감속에서 재철은 차를 급히 몰고 다시 회사로 갔다.

　재철은 박실장에게 오후 일정을 모두 중단시키고 집무실로 들어오자마자 소파, 사물함, 보관서랍, 금고, 책장 등을 전부 뒤적거리며 살폈다. 그러다가 운이 좋았는지 실마리가 될 만한 어떤 물건을 찾게 되었다. 책장에 책과 함께 꽂혀 있는 낡고 생소한 4인치 크기의 작은 전자액자를 발견한 것이다.

수십 년 전에 출시되었던 제품이라 배터리가 닳아서 켜질지 의문이 들었으나 다행히 전자액자를 켜니 [추억이 그리울 때] 라고 쓰인 글과 함께 재철 가족 및 일란의 사진이 슬라이드 되며 나타났다. 쓰지 않는 물건이면 배터리가 방전되었어야함이 당연했지만 켜지는 걸 보면 근래에 사용했다는 것을 알 수 있었다.

하지만 재철은 이걸 사용한 기억이 전혀 없다. 마지막 사진까지 보다가 [나를 찾아 떠나는 길] 이라고 쓰인 회사 복도를 찍은 사진을 보는 순간 전원이 꺼졌다. 재철은 전자액자 옆 슬롯에서 메모리칩을 꺼냈다. 아주 오래 전에 단종 된 64G의 마이크로 SD메모리였다. 현재 컴퓨터와는 파일저장체계가 완전히 다른 32bit의 exFat방식이라 읽을 수가 없다.

재철은 메모리의 내용을 보기 위해서 고민하다가 51층의 물품보관실로 급히 내려갔다. 이곳은 자사제품 중에 출시가 중단 된 단종제품과 쓰지 않는 자재, 물품 등을 임시로 보관해놓는 창고였는데 수십 년 전의 온갖 구형 노트북과 컴퓨터등도 있었다. 하지만 재철은 구형컴퓨터 앞에서 난감한 표정을 지었다. 윈도시리즈 체제의 64비트급 옛날 컴퓨터는 보관실에 있고 일반 SD리더기도 있지만 마이크로 SD메모리는 읽을 수가 없었다. 읽으려면 변환시켜주는 SD어댑터나 마이크로 SD리더기가 필요해서 서랍 등을 여기저기 뒤졌으나 찾을 수가 없었다. 구형 노트북에 장착된 마이크로 sd 슬롯이 있긴 했지만 고장인지 삽입해도 드라이브가 전혀 잡히지 않았다. 수십 년 전 과거의 제품이라도 마이크로 SD리더기 정도는 보관을 하는 것이 회사 정책상 마땅했고 있어야했지만 누군가에 의해서 어디론가 사라진 듯 했다.

재철은 급하게 3D폰을 켜서 인터넷 중고 매물 사이트에서 구하기로 맘먹었다. 허공에 입체영상 메뉴가 떠올랐다. 가상의 영상키보드를 빠르게 접촉해서 '마이크로 SD 어댑터와 리더기 중고 구매'를 검색했다. 각종 중고기기

판매업체와 개인 간 매물 사이트가 순식간에 떠올랐다. 재철은 [근지점 현재판매]를 터치하자 매물시스템은 가장 가까운 곳에서 팔고 있는 한 남자와 자동연결을 시켜줬고 재철은 그 20대쯤 되어 보이는 남자와 통화를 시도했다.

"마이크로 SD어댑터를 파신다면서요?"

"예, 팔고는 있지만 동작되는지 확인은 못해요. 옛날 PC가 없어서."

재철은 제품이 불확실한 것이 맘에 걸렸지만 일단 아쉬운 대로 구입하겠다고 했다. 판매 시스템에 안전결제를 요구하고 택배전송을 즉시 요구했지만 그는 현금거래가 아니면 거래를 하지 않겠다고 하였다. 재철은 직거래를 하기로 하고 판매가격에 교통비를 더해줄 테니 급히 비전테크 회사로 갖다 달라고 했다. 재철은 그의 임시 위치코드를 3D폰으로 전송받았고 실시간으로 그가 회사근처로 오는 과정이 3분마다 음성으로 들렸다. 재철은 기다리는 동안 잠시 화장실을 다녀왔고 10여분이 지나서 그가 회사 건물 앞에 도착했다는 신호와 함께 3D폰의 지도상에 붉은 점으로 나타났다. 그가 정문에 도착하자 자동으로 그의 모습은 재철의 3D폰에 나타났다.

"다 왔는데요."

"나갈 테니까, 거기서 기다려요."

재철은 엘리베이터를 타고 1층으로 내려갔다. 유리창 밖으로 조형물에서 서성이는 젊은 남자를 발견했다. 회전문을 열고 밖으로 나가서 그를 손짓으로 불렀다.

"이리오세요."

가죽점퍼를 입은 남자의 곁에는 경주용 전기 오토바이가 있었다. 그가 헬멧을 벗자 노랗게 물든 짧은 염색머리가 드러났고 운동선수처럼 씩씩하게 재철에게 다가왔다.

"3만원 주신다고 하셨죠?"

"여기까지 왔는데, 5만원."

남자는 미소를 지었고 재철은 지갑에서 5만원을 꺼내주며 USB단자가 붙은 마이크로 SD리더기를 받았다. 문을 열고 들어가려는데 뒤에서 남자가 불렀다.

"아저씨! 이거 오천 원인데요."

돌아보니 남자가 지폐를 흔들며 소리쳤다. 재철은 이상하다 싶어서 다가갔다.

"그럴 리가 없는데."

"오천 원짜리 주셨어요."

재철은 오천 원짜리 지폐를 들고 묘한 눈웃음을 짓는 남자에게서 이상한 느낌이 들었다.

"5만원 줬는데?"

"아네요. 5만 원짜리 안 받았어요."

잠시 어색함이 흘렀다. 재철이 머뭇거리자 남자는 고개를 옆으로 돌리면서 들릴 듯 말 듯 욕설을 하며 짜증을 내기 시작했다.

"아이, 씨. 재수 없어. 사람 갖고 노는 것도 아니고……."

"저기, 난 지갑에 오천 원짜리를 갖고 다니지 않는데. 혹시 그쪽 주머니랑 지갑을 확인해볼 수 있어요?"

"참나, 내가 거짓말하는 걸로 보여요, 거짓말하는 거냐고요? 안 팔 거니까, 물건 줘요."

남자는 갑자기 얼굴이 붉어지면서 흥분하기 시작했다. 재철은 남자와 실랑이를 벌일 시간이 없어서 지갑에서 5만원을 꺼내 그의 눈에 확인하듯 보이며 말했다.

"자, 여기 분명히 5만원."

"아, 안 팔아요. 기분 잡쳤으니까, 주세요. 금재철이면 다야."

남자는 재철의 손에 들고 있는 마이크로 SD리더기를 재빨리 낚아챘다. 재철은 남자가 화를 내는 태도를 이해할 수가 없었다. 아마도 거짓말을 들키자 부끄러워서 심리적인 방어기제를 작동시킨 것이라 생각했다. 재철은 기분도 나쁘고 어이가 없어서 생각 같아선 사지 않을뿐더러 따끔하게 훈계를 해주려했다. 하지만 당장 물건이 아쉬우니 그를 어르고 달랠 수밖에 없었다. 게다가 자신을 알아보는 탓에 시정잡배처럼 감정적으로 대하며 멱살을 잡고 싸울 수도 없는 일이었다. 간신히 감정을 억누르고 말을 꺼냈다.

"저기, 미안해요. 사과할 테니까, 파세요."

재철은 5만 원 두 장을 꺼내서 주었다. 그는 돈을 마지못해 받는 시늉을 하다가 마치 재철에게 선심을 쓰듯 물건을 건네주더니 오토바이에 올라탔다. 헬멧을 쓰고 오토바이의 스위치를 켜더니 요란한 시동음(인조굉음)과 함께 그는 쏜살같이 사라졌다.

재철은 올라가는 엘리베이터 안에서 지갑의 돈을 확인해봤다. 5만 원짜리로 40만원의 현금이 있었지만 현재 지갑에 남은 돈은 25만원과 수표 1장이었다. 재철은 물건 값으로 15만원을 준 것이었다.

'왜 그랬을까?'

내로라하는 최고 갑부인 재철을 알아보자 순간적으로 한몫을 챙기려는 욕심에서 거짓말을 했을까. 하지만 보통 사람이면 엄두도 못 낼 거짓말이 아닌가. 평소에 남을 잘 속이고 거짓말을 쉽게 해버리는 기질이 있지 않는 이상은 쉽게 나오기 힘든 거짓말이라고 생각했다.

재철은 푼돈에 양심을 팔고 거짓말로 욕심을 채운 그 남자에게서 씁쓸함을 넘어서 알 수 없는 비감(悲感)에 빠졌다. 돈 앞에서 양심을 속이고 얼마나 부끄러운 짓을 할 수 있는지.

물품보관 창고에 들어온 재철은 방금 전의 일 때문에 기분이 상해서 해야할일을 잠시 못하고 있었다. 재철은 사업을 시작하면서 다짐한 것이 있었다. 어렵고 힘들어져도 눈앞의 이익을 위해서 거짓을 말하거나 속이지 않겠다고. 양심의 가책을 느낄만한 일은 하지 않는, 정직하고 투명한 경영을 하기로. 그러한 마음가짐 때문에 도덕성에 기초를 둔 윤리경영이 비전테크사의 사훈이자 경영방침이 되었다.

재철은 이런저런 잡생각에서 벗어나 다시 정신을 가다듬고 마이크로리더기에 SD메모리를 삽입했다. 낡은 쿼드코어 컴퓨터를 켜서 어댑터에 삽입한 마이크로 SD메모리를 USB단자에 삽입하니 다행히 동작은 제대로 되었다. 아마, 제품마저 고장이 난 것을 팔았다면 재철은 자제력을 잃고 판매자에게 감정적인 조치를 취했을 수도 있었다.

화면에 몇 장의 사진파일들과 최근에 만들어진 [FAME]이란 한글의 문서파일이 발견되었다. 파일을 클릭하니 비밀번호가 걸려 있는데, 이런 임의로 설정한 암호는 보안기능으로써 이미 무력해진지 오래이다. 보통 문서파일, 압축파일 또는 홈페이지 등에서 입력하는 비밀번호처럼 임의의 숫자와 문자로 개인이 설정한 암호는 해킹이나 간단한 툴(tool) 등을 이용한 크래킹(cracking)으로 알아내거나 일일이 문자와 숫자를 하나씩 대입해가면서 풀어낼 수 있다. 좀 다르지만 인터넷으로 은행, 상거래 등에서 이체나 결제 시에 이용되었던 공개키와 개인키가 세트로 된 RSA암호는 소인수분해를 하여 풀어낼 수 있다. 이런 암호해제 방법들은 모두 시간이 많이 걸리는 단점 때문에 양자컴퓨터가 나오기 이전에는 암호를 걸면 풀기가 무척 힘들었다.

RSA 암호방식은 소인수분해가 힘들다는 점에 착안해서 만들어졌다. 1과 그 자신 이외엔 약수가 없는 숫자를 소수라고 하는데, 이 소수 2개를 곱하기는 쉽다. 907과 983은 소수인데 907 X 983의 답은 891,581로 나온다. 하지만 89만1581이라는 숫자가 어떤 두개의 소수를 곱한 값인지, 원래의 소수로 분해하기는 어렵다.[25] 이처럼 RSA암호방식은 큰 합성수를 소인수분해로 풀기에 시간이 많이 걸리는 점을 이용하며, 소수를 비밀키(개인키

(private key))로 사용하고 곱한 숫자는 공개키(public key)로 사용한다.

RSA암호방식을 이해하기 쉽게 예를 들어보자.(실제 적용방식과 다를 수 있다.) 어떤 갑부가 창고 안에 든 수십만 점의 생필품을 원하는 사람에게 무료로 주겠다는 내용의 엽서를 자신과 관련이 있는 수만 명의 사람들에게 15라는 숫자와 함께 발송했다. 엽서를 받은 사람은 받은 숫자 15를 엽서에 써서 보내면 부자가 있는 창고로 정확하게 도착하게 된다. 15는 부자가 있는 비밀창고의 위치이며 생필품을 원한다는 뜻도 된다. 이때 15는 모든 사람들에게 공개된 숫자인데, 소수 3과 5의 합성수이다.

부자는 엽서를 받은 사람들에게 한통의 편지를 또 보낸다. 이때 부자는 봉투 안에 지인들만 알도록 숫자3과 특별한 규칙(숫자 3에 생필품 번호를 더함)으로 암호화 할 수 있는 내용을 보낸다. 이제 지인들은 이 규칙에 따라 원하는 생필품을 적으면 된다.

만약, 채원이가 생필품 1번인 쌀을 원한다면, 자신이 받은 숫자 3에 1을 더하는 규칙을 적용하여 합한 값인 4를 보낸다. 이때 다른 사람이 편지를 중간에 탈취하여도 숫자 4가 무엇을 의미하는지 알 수 없다. 즉, 암호화된 것이다.

편지가 도착하면 부자는 자신이 가진 또 하나의 소수 5를 도착한 숫자 4와 곱하여 20을 만든다. 20에서 원래 합성수인 15를 빼면 5가 남는다. 5를 5로 나누면 몫은 1이 되어 채원이가 원하는 물건이 1번임을 알 수 있다. 만약, 규진이가 6을 보냈다면 부자는 자신이 가진 숫자인 5를 6과 곱하여 30을 만들고 15를 빼서 남은 15를 5로 나누면 몫은 3이 되어 규진이가 원하는 물건이 3번임을 알 수 있다. (컴퓨터에서 아스키코드로 십진수 65는 영문자 A에 해당하는데, 어떤 사람이 영문자 A를 위의 규칙을 적용하면 65+3=68을 이진수로 변환하여 보내고, 받은 사람은 이진수를 십진수로 변환하여 68x5=340, 340-15=325, 325/5=65를 아스키코드 값으로 변환하면 상대가 영문자 A를 보냈다는 것을 알게 된다. 그런데 실제 컴퓨터에서는 이보다 복잡하고 난해한 암호화방식이 적용된다고 한다.)

그런데 옆집에 사는 유희가 우편물 함에서 우연히 부자가 보낸 엽서의 숫자 15를 보게 되었다. 하지만 개인키와 암호규칙을 모르기에 물건을 신청할 수가 없다. 만일, 유희가 생필품을 얻으려면 15를 소인수분해 한 뒤에 1을 더하는 규칙을 스스로 알아내야한다.

위의 예는 작은 소수니까 쉽게 알아낼 수 있다. 하지만 소수 907과 983의 합성수인 891,581을 위의 예에 따라 적용할 때, 알아내기란 쉽지 않다. 직접 소인수분해를 하여 풀거나 컴퓨터를 쓰더라도 많은 시간이 걸린다. 그럼에도 자릿수가 작을 경우에는 합성수가 원래 어떤 소수의 곱이었는지 알아낼 수 있어 소인수분해는 시간이 걸릴 뿐, 결국 가능하다.

하지만 249,558,031,309,504,912,106,629,361,242,……191,622,792,831,240,547같이 100자리가 넘는 큰 합성수의 두 소수를 알아내려면 아마 엄두가 안날 것이다. 이때는 컴퓨터로도 소인수분해하기가 무척 힘들어진다. RSA-129(RSA 뒤의 129(428bit)는 이진수로 표현한 자릿수로 십진수 92자리 합성수를 말함), 92자리 합성수를 1993년경에 1600대의 컴퓨터로 푸는데, 8개월이 걸릴 정도였다고 한다. RSA알고리즘 암호화 인증방식은 보안을 강화하고 안전성을 높이기 위해서 140자리 이상의 두 개의 큰 소수를 이용했으며 1024bit, 2048bit등으로 단위도 높아져갔다.

사용자가 임의로 정한 파일의 암호는 크래킹해서 알아내기도 하지만 숫자, 문자, 특수문자 등을 일일이 전부 하나씩 대입하는 좀 무식한 방법으로도 풀 수 있다. 이런 방법도 옛날 컴퓨터로는 수백 년이 걸릴 암호였으나 양자컴퓨터(Quantum Computer)[27]를 쓰면 몇 분이면 충분할 정도로 시간을 단축해준다. 또한 RSA암호방식에 사용되는 300자리의 정수도 소인수분해

를 하기 위해서 옛날 컴퓨터로 2000만년이 걸릴 정도였지만 양자컴퓨터로 풀면 30분이면 족하다.[28]

이렇게 빨리 암호를 풀 수 있는 이유는, 옛날 디지털 컴퓨터는 0과 1이라는 비트(bit)단위로 순차적으로 정보를 처리하지만 양자컴퓨터는 0이면서 동시에 1인 큐비트(qubit:quantum bit)단위로 데이터를 처리하며, 이는 양자중첩(Superposition)현상을 이용한 것으로써 고속 병렬처리가 가능하기 때문이다. 또한 양자컴퓨터는 큐비트가 늘어날수록 연산능력은 지수적으로 증가하는 특성이 있다.

재철은 사내에 있는 1024큐비트 양자컴퓨터를 원격으로 연결하여 파일의 암호를 알아내기로 하였다. 16자리 암호정도는 현재 쓰는 초고속 양자컴퓨터를 돌리면 10초도 안되어 풀 수 있다. 하지만 옛날 문서파일은 양자컴퓨터 운영체제와 달라서 파일의 변환과정을 거쳐야했고 곧 암호해제 프로그램을 가동시켰다. 5초정도가 지나서 암호가 풀렸고 재변환을 거쳐서 열어보니 [歸還의 門]이란 제목의 글과 퍼즐 같은 글판이 보였다.

1111 , 1110 , 1011 , 100010 , 110011 , 110110

다닥다닥 붙어있는 표 안의 글자를 풀이해보니, [밑바닥 삶보다 한번은 호화롭게 사는 상상을 하라. 책에 방법이]라는 알듯 말듯 한 문장이 되었다. 본뜻이 무엇인지 알 수가 없었으나 명성이 썼을 법한 진심이 담긴 내용 같았다. 글자아래에 적힌 0과 1은 이진수로 모두 6개였다. 재철은 글귀와 이진수가 상호 연관된 어떤 암호임을 직감했다. 퍼즐을 풀기 시작했다. 일단, 가로와 세로 다섯 칸에 글자 하나씩을 넣어서 표를 만들고 위와 옆에 번호를 매겼다. 그리고 이진수의 숫자는 십진수로 변환해 보았다.

	1	2	3	4	5
1	밑	바	닥	삶	보
2	다	한	번	은	호
3	화	롭	게	사	는
4	상	상	을	하	라
5	책	에	방	법	이

1111 = 15 , 1110 = 14, 1011 = 11

100010 = 34 , 110011 = 51, 110110 = 54

십진수로 변환된 숫자 15, 14, 11, 34, 51, 54를 글판의 가로축과 세로축 혹은 세로축과 가로축으로 만나는 곳에서 글자를 택하고 맞춰보니 [책상 밑을 보라]는 문장이 되었다. 재철은 컴퓨터가 놓여있는 책상에 고개를 숙여 밑을 살펴보았으나 아무 것도 없었다. 옆 책상도 살펴보았으나 역시 아무 것도 없었다. 재철은 책상의 옆에 붙어있는 물품구입 표에 적힌 날짜를 보니 일주일 전에 새 제품으로 교체된 사실을 확인할 수 있었다. 암호를 해독해서 뭔가 알아낼 것으로 기대했던 재철은 어이없는 상황이 되자 속이 상했다. 그래도 포기할 수가 없어서 재철은 물품구매 담당자에게 전화를 걸었다. 뚱뚱한 살찐 얼굴의 인상 좋은 오과장이 생글생글 웃음을 띠며 입체영상으로 나타났다.

"오과장님, 물품 창고에 있던 옛날 책상들 어디로 갔어요?"

"사장님, 그거 말이죠. 책상들이 오래 되어갖고 기한을 넘겨서 처분을……."

"알아요. 그러니까, 예전 책상 어디로 갔습니까?"

"그거 말이죠. 교체 주기에 맞춰갖고 헐값에 매입하는 중고 판매상한테 일괄 넘겼을 건데. 근데, 왜 찾으시는지요?"

"묻지 마시고. 어디로 넘겼는데요?"

"아, 그거 말이죠. 조대리가 알 텐데……. 잠깐 기다리세요. 전화드리지요."

한참 후에, 오과장은 조대리를 통해서 책상이 팔려나간 중고 판매상의 연락처를 알아냈는지 전화가 걸려왔다. 재철은 알아낸 번호로 중고 판매상에게 전화를 걸었고 판매상은 가게 문을 열고 있으니 오라고 했다. 재철은 아직 책상이 남아있을 지 불안했지만 일단 그곳까지 직접 찾아가서 살펴보기로 했다.

책상의 행방

중고가구 판매점의 위치정보를 3D폰으로 확인하니 회사에서 상당히 떨어진 변두리에 위치해 있었다. 재철은 실낱같은 기대를 안고 중고 판매점으로 향했고 1시간쯤 걸려서 도착했다. 넓은 창고와 마당을 가진 판매점 안에는 서울과 수도권 각지에서 수거한 중고가구들로 가득했다. 재철은 창고에 늘어놓은 수많은 가구들을 보며 판매점 주인에게 비전테크에서 구매한 책상이 어디에 있는지 위치를 물었다. 뚱뚱한 체구의 험상궂은 얼굴을 한 판매점 주인은,

"그걸 어떻게 내가 다 알아요? 책상 살 거 아니면 가쇼."

하며 툴툴거렸다. 재철이 계속 따라다니며 묻자 귀찮은 듯이 겨우 종업원을 불러주었다. 종업원은 옛 기억을 더듬으며 책상을 갖다놓았던 위치를 알려주었다. 뒤편의 낡은 창고로 가니 다행히 팔려온 네 개의 책상이 남아있었고 포개놓았다. 재철은 책상들을 들어서 샅샅이 여기저기 조사했지만 아무 것도 찾을 수가 없었다. 그때 재철의 이상한 행동을 보던 판매점 주인이 지나가면서 "뭐하는 겁니까?"하고 물었다.

"뭐 좀 찾고 있는데, 이 책상들에서 팔린 게 있나요?"

"몇 개는 팔렸죠."

"사간 사람이 누군지 혹시 알 수 있습니까?"

"모르죠. 왜 그래요?"

"배달할 때, 전화번호나 주소 안 남겼어요?"

"그냥 와서 사갔어요. 근데, 댁은 뭐하는 사람이슈, 형삽니까?"

재철은 불친절한 판매상과 대화하면서 기운이 빠져나가는 느낌으로 한숨을 푹 쉬었다. 판매상은 타고 온 고급차를 보면 형사는 아니라고 판단했는지 고개를 갸웃거렸다. 겉모습은 부자 같은 사람이 왜 중고가구점에 와서 이럴까, 의아해하며 바쁜데 장사에 방해가 된다는 못마땅한 표정으로 바라보았다. 재철이 포기하고 돌아서며 차에 타려는 순간, 나이 어린 종업원이 차의 문을 치며 큰소리로 불렀다.

"아저씨! 책상 사간 아이, 저 학생이에요! 그저께 사갔어요."

재철이 차의 창문을 열고 고개를 내밀어 뒤를 돌아보니 중학생 정도의 학생이 학교를 마친 듯 천천히 길을 걸어오고 있었다.

"학생!"

재철은 차 안에서 부르다가 문을 열고 내려서 학생 앞으로 다가갔다. 학생은 경계하는 눈초리로 발걸음을 멈추었다.

"⋯⋯왜요?"

"여기서 책상 사갔다면서?"

"아저씬 누구신데요?"

안경 쓴 남학생은 약간 겁먹은 표정으로 재철을 바라보았다.

"그 책상, 아저씨가 쓰던 건데. 잠깐만 좀 볼 수 있을까?"

낯선 사람을 무척 경계하는 눈빛으로 바라보는 앳된 학생을 간신히 설득해서 차에 태우고 학생의 집에까지 가기로 했다. 학생은 억지로 차에 타긴 했지만 경계하는 눈초리는 여전했고 급기야 천천히 입을 열었다.

"진짜 책상만 보실 거죠, 납치 같은 거 아니죠?"

학생은 두려움이 잔뜩 섞인 긴장된 목소리로 재철을 보며 말했다.

"납치?"

뜻밖의 말에 갑자기 재철은 어이없는 헛웃음이 나왔다. 그러자 학생이 굳은 표정으로 말을 이었다.

"돈도 없으니까, 뭐."

"아저씬 책상만 보고 갈 거고, 나쁜 사람 아니야."

"아저씨 말을 어떻게 믿어요?"

"……."

재철은 잠시 말을 못하고 고개만 끄덕였다.

'그래. 말로는 믿을 수가 없지. 그래서 사람들은 뭔가 겉으로 드러나는 증거를 보려해. 그래서 일란도 그렇게 나를 의심하며 나의 진실을 캐려고 했던 것이고. 정말 내 안에 들어와서 내 맘을 볼 수 있었으면 좋겠다.'

학생의 집은 오래되고 낡은 연립주택들이 오밀조밀 몰려있는 듣도 보도 못한 허름한 주택단지에 있었다. 주택단지를 3D폰으로 비추면서 증강현실(AR)을 이용해 정보를 알아보니 지어진지 38년이나 된 행복빌라라고 나타났다. 21세기 중반, 첨단과학 문명이 우리의 삶을 혁신적으로 변모시킨 풍요로운 이 시대에 슬럼가처럼 낡은 집들이 있다는 것은 믿을 수 없는 현실이었고 재철이 와보지 못한 낯선 세상이었다.

집에 도착하여 차가 멈추자 학생은 빠르게 차에서 내리더니 쓰레기들이 바람에 날리고 있는 반지하의 계단으로 후다닥 내려갔다. 낮인데도 어두운 지하복도를 지나서 방문 앞에 섰다. 아이가 방문을 열고 들어서자 어지럽혀진 단칸방에서 역한 냄새가 풍겨왔고 거의 천정 부근에 난 유리창으로 바깥의 희미한 빛이 내려오고 있었다. 한기가 느껴지는 방에는 작은 체구의 여자아이가 한 구석에서 자고 있는 모습이 보였다. 이러한 광경 앞에서 재철은 몸서리를 쳤다. 가난을 구제했다며 정치권이 그렇게 주장하던 5만 달러

시대, 사라진 빈민촌……. 이런 말이 모두가 거짓이었단 말인가.

'여기가 사람이 사는 곳이라니.'

쓰레기장 같은 견딜 수 없는 집 안, 적응할 수 없는 퀴퀴하고 역한 냄새를 억지로 이겨내며 책상 앞에 간신히 서자 학생은 자기가 산 책상을 가져갈까 봐 염려하는 표정으로,

"가져갈 거 아니죠?"

하며 책상을 어루만졌다. 책상 위에는 학생이 만든 듯 나무인형들과 조각 도구 등이 어지럽게 널려있었다. 재철은 급한 대로 다리를 구부리고 허리를 숙여서 책상 밑을 샅샅이 살펴보았다. 그러나 역시 아무 것도 찾을 수가 없었다.

"혹시, 책상 밑에, 뭐 아무 것도 없었니?"

"뭐가 있는데요?"

학생도 궁금한 듯 엎드려서 책상 밑을 보다가 다시 일어났다.

"책상에 뭐 두셨어요? 아무 것도 없었는데."

재철은 못내 아쉬운 표정으로 포기하고 나가려고 하는데, 학생이 말했다.

"뭐 찾는데요?"

"아냐. 잘 봤다. 고마워."

나가려던 재철은 다시 돌아서서 방안을 잠시 둘러보았다. 한눈에도 환자처럼 보이는 여자아이, 퀭한 눈두덩을 하고 발개진 이마와 볼에서 땀을 흘리면서 자고 있었다.

재철은 "동생이 어디가 아프니?" 하고 묻자, 학생은 "잘 모르겠어요." 하며 죄지은 사람처럼 고개를 숙인 상태로 서있었다.

"아픈 것 같은데?"

재철이 다시 묻지만 학생은 약간 글썽이는 눈으로 동생을 힐끔 볼뿐, 더 이상의 응답을 회피하듯 말했다.

"다 보신 거죠?"

재철은 가볍게 끄덕이며 말했다.

"근데, 저건 네가 만든 거야?"

책상 위에 조각칼과 나무를 깎아서 만든 작은 곰 인형이 유난히도 재철의 눈에 들어왔다. 학생은 고개를 끄덕였다.

"솜씨가 좋구나. 그거 파는 거니? 나한테 팔아라."

"파는 거 아닌데요."

"그래?"

학생의 말을 듣는 순간, 재철은 얼마 전에 sd어댑터를 판 남자가 갑자기 떠올랐다. 이 학생도 그런 부류인가. 그렇다면 이걸 얼마까지 가격을 높여서 팔지 재철은 궁금했다. 하지만 학생이 얼마의 가격을 제시해도 그냥 주리라 맘먹었다. 그런데 학생의 입에선 의외의 대답이 나왔다.

"여자 친구에게 줄 건데요."

"……그래? 여자 친구가 좋아하겠네. 그럼 안 팔 거니?"

"예."

재철이 몹시 아쉬운 듯 끄덕이며 돌아서는데, 학생이 불렀다.

"맘에 들면 하나 가져가세요."

학생은 나무인형을 하나 집더니 재철에게 주었다.

"주는 거야?"

"예. 그냥……."

"고맙다."

재철은 엄지 손가락만한 둥근 곰 인형을 만지며 보다가 학생에게 물었다.

"이름이 뭐니?"

"이준혼데요."

"준호. 근데, 부모님은?"

준호는 고개를 저었다.

"몰라요. 언제 올지."

준호는 말끝을 흐리면서 고개를 숙였다.

"부모님이랑 같이 안살아?"

학생은 곤란한 듯이 딴 곳을 보다가 고개를 흔들었다.

"곧 오실 거예요."

하지만 학생의 표정은 굳어졌고 가만히 벽만 응시하고 있었다.

"물 좀 마실 수 있을까?"

재철은 잠시 냉장고 안을 확인하고 싶었다.

"물, 수돗물."

"수돗물……. 괜찮아."

재철이 말하자 학생은 세척하지 않은 식기가 그대로 남아있는 씽크대에서 수도를 틀어서 컵에 물을 담아왔다. 재철은 컵을 입에 대다가 한꺼번에 몰려오는 소독 냄새에 토할 뻔 했다.

'이런 물을 마신 적이 있던가?'

재철은 간신히 물을 조금 입에 대면서 표정은 마신 것처럼 시원하게 했다. 하지만 학생은 눈치 빠르게 알아챘는지 컵을 받아서 남은 물을 보란 듯이 다 마셨다. 잠시, 재철은 어색하게 학생을 보다가 방바닥으로 시선을 옮겼다. 라면박스와 뜯겨진 라면봉지가 널려 있었고 오래 된 식빵이 든 봉지는 곰팡이가 피어 있었다. 바닥엔 고장이 난 구형 청소로봇도 부서진 채 뒹굴고 있었다. 학생은 힐끔 뒤로 방안을 보다가 재철의 시선을 회피하였다.

"방이 많이 어지럽구나."

"치울 거예요."

재철은 주머니에서 지갑을 꺼내 수표 한 장을 꺼내보였다.

"라면 먹지 말고 이걸로 밥 사먹어. 동생 아픈 거 같은데, 병원에 얼른 데려가고."

선뜻 돈을 받으리라 생각했던 학생은 손을 벌리지 않고 서있었다.

"받아."

"왜 주시는 건데요?"

"인형 값이야."

하지만 학생은 무뚝뚝하게 재철을 보며 말했다.

"파는 거 아닌데."

"알아. 정성들여 만든 수공예품이니까, 가격을 치르고 싶어. 받아."

"싫은데요."

준호는 돈을 받지 않고 있다가 갑자기 재철의 손에 든 인형을 잡았다.

"인형 주세요."

갑작스런 학생의 태도에 재철은 당황하며 한방 맞은 듯 기분이 얼얼했다.

'자존심을 상하게 한 걸까?'

대부분 이런 부류의 아이들이 큰돈을 얻기 위해서 거짓과 속임수를 쓴다고 편견을 가졌던 자신이 부끄럽게 느껴졌다. 재철은 지갑에 수표를 도로 넣으며 말했다.

"좋아. 그럼, 네 선물로 받을게."

그제야 준호는 인형을 잡았던 손을 천천히 놓았다.

"근데, 나도 너한테 선물을 하나 할 건데, 받을 거지?"

준호는 잠시 머뭇거리는 표정을 짓더니 마지못해 말했다.

"⋯⋯뭔데요?"

재철은 3D폰을 꺼내어 귀에 꽂고 눈을 찡긋하며 켰다. 나타난 입체영상 메뉴에서 병원을 선택하자 전화가 걸렸다. 종합병원 콜센터의 여성담당자가 입체영상으로 바로 나타났다.

"우리의 소중한 VIP고객님. 무엇을 도와드릴까요?"

"여기 환자가 있는데, 한번 봐주실래요?"

"예, 원격 진료 의사 선생님을 연결해드릴게요. 환자를 보여주세요."

재철은 방안으로 들어와서 여자아이가 누워있는 곳을 바라보며 3D폰으로 빛을 비추었다. 잠시 후, 3D폰의 생체 신호 진단기(Mennen Medical Cathlab System)를 통해 환자의 바이탈사인(Vital signs;혈압, 맥박, 체온, 호흡)이 병원의 통합의료 정보센터로 전송되었는지 담당 의사로부터 '호흡기 질환, 감기 77%'라는 짤막한 원격 진찰 결과가 표시되었다. 재철은 간단한 의사의 소견까지 들은 후에 다시 콜센터를 불렀다.

"지금 바로 구급차 한 대만 보내주세요."

"예, 고객님 위치를 확인하겠습니다."

담당자는 재철이 있는 위치를 자동 파악한 듯이 주소를 확인하듯 되물었고 재철은 준호를 통해 주소가 맞는지 거듭 확인했다.

"거리가 있어서 약 20분 후에 도착하겠습니다. 보호자 분께선 대기해 주세요."

담당자는 12번 구급차가 출동하는 상황과 위치를 지도상에 표시해주었다. 재철은 지도상에 출발하는 구급차를 보며 담당자에게 비용청구는 자신에게 해달라고 하며 전화를 끊었다. 옆에서 바라보던 준호는 통화를 마친 재철을 궁금한 듯 보았고 재철은 학생에게 말했다.

"이따가 병원에서 구급차가 오면 동생 싣고 갈 거야. 너도 같이 가. 준비해."

준호는 갑작스런 상황에 당황하는 표정이 역력했다.

"저, 그냥 병원에 가면 되는 거죠?"

"그래. 병원비 걱정 말고. 도착해서 의사선생님이 하라는 대로 치료 잘하고 와."

준호는 의아한 표정으로 갸우뚱거리면서 재철이 나가는 계단 입구까지 따라 나왔다. 재철은 학생이 사는 반 지하 주택을 나오면서 왠지 이런 모습들이 낯설지 않다는 느낌을 가졌다. 차 안에서 학생과 집을 한참 바라보다가 병원에 다시 전화를 걸어 치료와 비용 등에 대해 이야길 한 뒤에 출발했다. 학생은 집 앞에 길까지 나와서 떠나는 재철을 물끄러미 바라보며"안녕히 가세요."꾸벅 인사를 하더니 손을 가볍게 흔들었다.

두 노인

재철은 책상이 팔려간 나머지 한군데를 마저 찾아보려고 중고 판매상에게 다시 갔지만 가게 문이 잠겨 있었다. 아마도 주인이 배달을 나간 것 같았다. 재철은 회사에서 걸려오는 업무 전화를 받으면서 차 안에서 기다리고 있었다. 판매상이 오길 기다리다가 답답해서 밖으로 나왔다. 그때 지나가던 검은 안경을 쓴, 스포티한 복장에 희끗희끗한 꽁지머리를 한 노인이 재철을 힐끔 보더니 다가왔다.

"거기서 뭐하쇼?"

"주인을 기다리고 있습니다."

그러자 동네 노인은 닫힌 문을 다짜고짜 두들겨 보더니,

"박씨! 어디 배달 갔나?"

크게 소리쳤으나 아무 응답이 없자 돌아섰다. 그리고 재철이 타고 온 고급 승용차를 한번 보더니 재철의 신분이 궁금한지 물었다.

"근데, 어디서 오셨소?"

재철은 별로 대화할 생각이 없었으나 노인이 자꾸 묻는 바람에 가볍게 대답을 했고 결국 팔려간 책상을 찾고 있다는 말까지 하게 되었다. 노인은 재철의 사연에 동네에 용한 점쟁이가 있는데 한번 찾아가서 알아보는 것이 어

떻겠느냐고 했다. 재철은 엉뚱한 제의에 점 같은 것을 믿지도 않거니와 그런 일로 점까지 칠 이유가 없다며 주인을 기다리겠다고 했다. 하지만 노인은 밑져야 본전이니 점을 한번 치는 것이 빠를지도 모른다고 했다. 재철은 생각이 없다고 했지만 노인은 구형 휴대전화기를 꺼내서 어딘가와 잠시 통화를 하고 끊었다.

잠시 후, 백발을 길게 늘어뜨린, 개량한복을 입은 노인이 구부정한 모습으로 천천히 지팡이를 짚고 걸어왔다.

"한참 자고 있는 데, 바쁜 사람 부르고 그래?

"술 한잔하자고."

안경 쓴 노인과 백발의 노인은 작은 목소리로 몇 마디 주거니 받거니 이야기를 나누다가 재철을 바라보았다. 마침내 백발의 노인이 재철을 향해 다가왔다. 날카로운 눈빛으로 잠시 재철의 얼굴을 뚫어져라보며 관상을 보는 시늉을 했다.

"쯧쯧, 삼재가 끼었구나."

노인은 혀를 끌끌 차며 재철이 들으라는 듯 큰소리로 말했다.

"무슨 말씀이세요?"

재철이 관심을 보이자 백발노인은 고개를 돌렸다.

"작년부터 올해, 내년까지 안 좋은 일이 너무 많다."재철은 삼재가 무슨 말인지 잘 모르겠다는 듯이 노인을 보았지만 이내 다시 돌아섰다. 재철이 관심이 없는 듯 가만히 서있자 백발노인이 다시 다가와서 말했다.

"얼굴에 수심이 가득해. 무슨 걱정이 그리도 많은가?"

"얼굴을 보면 압니까?"

"알다마다. 여자 때문에 속 좀 썩겠군. 그래, 무슨 책상을 찾는 다구?"

재철은 '여자'라는 말에 솔깃해서 개량한복을 입고 흰 수염에 흰 머리가 가득한, 마치 만화에서 봄직한 지팡이 짚는 도사 같은 노인을 바라보며 속에 있는 말을 할까 말까 망설였다. 그러다가 밑져야 본전이라는 식으로 물었다.

"제가 찾는 책상이 어디로 팔려갔는지 아십니까?"

"팔린 게 아냐!"

너무도 당당한 말투에 재철은 혹시나 하고 다시 물었다.

"그럼, 어디에 있는지 말씀해주세요."

"……."

노인은 재철을 잠시 보더니 말없이 갑자기 돌아섰다.

"어르신! 알고 계시면."

그러자 옆에서 안경 쓴 노인이 재빨리 끼어들듯 재철의 팔을 붙잡고 속삭였다.

"그냥 알려달라고 하면 되나. 담배 값이라도 주는 게 예의지."

재철은 급히 지갑에서 5만원 지폐 한 장을 꺼냈다.

"돈은 필요 없네."

백발노인은 쳐다보지도 않고 먼 곳만 보는데, 옆에 있던 검은 테 안경을 쓴 노인이 재빨리 지폐를 낚아챘다.

"어르신, 알고 계시면 알려주시죠. 급해서 그럽니다."

백발노인이 돌아서며 말했다.

"책상이 문제가 아니고 자넨 나한테 인생 상담부터 받아야겠네.""그래. 자넨 문제가 많아 보여."

안경노인과 백발노인을 번갈아 보던 재철은 그제야 본심을 알아챈 듯 고개를 끄덕였다. 관심을 끊으려는 듯이 재철이 뒷걸음을 치자 백발노인이 호통을 치듯 말했다.

"왜? 사기꾼처럼 보여?"

백발노인은 판매점 안을 가리키며 큰소리로 말했다.

"자네가 찾는 책상은 안에 있어!"

재철은 다시 노인을 보며 물었다.

"정말이세요?"

"당연하지! 박씨 오면 물어봐. 창고 안에 자네가 찾는 책상이 떡 하니 있을 테니 꼭 찾아보란 말일세."

재철이 의의하게 백발노인을 바라보다가 자기도 모르게 헛웃음이 나왔다.

"어?"

백발노인이 열을 받았는지 갑자기 주머니에서 안대와 동전을 꺼내더니 자기 눈을 가렸다.

"동전을 던져서 앞면인지 뒷면인지 알아맞힌다. 오천 원 글자가 앞면이야."

노인은 대한민국 화성착륙 기념주화를 재철의 손에 쥐어주었다. 재철은 엉겁결에 동전을 쥐고 백발노인을 보는데, 안경노인이 소리쳤다.

"던져! 맞출 테니까!"

재철은 장난 같아 보이는 이 일을 왜 해야 하는 지, 어리석어 보인다는 듯 동전을 내던졌고 땅바닥에 떨어졌다. 바닥에 떨어진 동전은 오천 원 글자가 하늘을 향했고 앞면이었다. 그러자 안경노인이 큰소리로 말했다.

"맞춰봐. 바닥에 던졌네."

안대를 한 백발노인이 잠시 있더니,

"오천 원 글자가 보이는 구나!"하자, 안경노인이 "봤지! 봤지!"하며 재철에게 호들갑을 떨었다. 재철은 훔쳐보는 것이 아니면 두 사람이 약속된 언어로 짜고 하는 것이라고 생각했다. 예를 들어, 동전의 글자가 하늘을 향하면, [맞춰봐. 바닥에 던졌네.] 로 하고 오천 원 글자가 보이지 않으면, [바닥에 던졌네. 맞춰봐.]로 말의 순서를 바꾸면 된다.

재철은 다시 동전을 주워서 던졌다. 이번엔 노인들이 아예 보지 못하게 동전을 던져서 두 손으로 쥐었다. 그러자 검은 안경 쓴 노인이"그걸 쥐면 어떡해?"하며 퉁명스럽게 꾸짖었다. 하지만 재철이 꿈적도 않고 맞춰보라고 하자 백발노인이 잠시 머뭇거리더니 말했다.

"오천 원 글자가 보이는 구나!"

재철이 손을 펴서 동전을 보았다. 역시 오천 원 글자가 앞을 향하고 있었다. 재철은 의외의 결과에 놀랐지만 우연이라고 생각하며 동전을 다시 던지려고 하자,

"그만해! 이 양반아."

안경노인이 동전을 뺏으며 백발노인의 주머니에 넣었다. 백발노인은 재철이 미심쩍어하는 것을 기분 나쁘게 생각했는지 큰소리로 말했다.

"여자 조심해! 여자 때문에 당신 운명이 바뀐다고!"

재철은 백발노인의 말에 아까부터 알 수 없는 궁금증이 들어서 물었다.

"그게 대체, 무슨 말씀이십니까?"

"알고 싶으면 정식 상담을 해."

안경 쓴 노인이 거들었다.

"궁금하면 백발 거사 집으로 가. 복채 삼십 만원만 내면 자네 운명이 다 나와."

재철은 속셈을 간파한 듯 돌아서자 백발노인이 뒤에서 중얼거렸다.

"오늘 당신이 책상을 못 찾으면 받은 돈의 열배를 돌려주지."

검은 뿔테 안경을 쓴 노인이 옆에 붙어서 덧붙이며 말했다.

"못 찾긴 왜 못 찾아? 백발거사가 누군데!"

안경노인은 걸어가는 재철 옆으로 따라붙어서 표정을 살피면서 말을 쏟아냈다.

"한마디만 하지. 지난달에 구청 박 주사 집에 도둑놈을 누가 잡은 줄 아

212

나? 바로 이 사람이야. 형사들이 범인을 쫓다 쫓다가 모르면 백발거사한테 와서 묻고 가는 거 아나? 족집게 백발도사를 만난 것만 해도 영광인줄 알게."

마침내 백발노인은 안경 쓴 노인의 어깨를 잡았다.

"그만해. 애들이 알아주나? 가서 한잔 하자고."

"에효! 내가 답답해서 그러지."

재철은 차 안으로 들어갔다. 유리창 너머로 정답게 앞서거니 뒤서거니 걸어가는 노인들이 보였다. 오늘의 운세, 사주, 토정비결 등은 재철이 원치 않았지만 주변에서 심심풀이로 봐준 적은 있다. 그것들의 결과는 우연히 맞은 적도 있지만 대개는 엉뚱하고 애매모호했다. 또 무당이나 점쟁이의 점 같은 것들은 해본 적이 없어서 맞는지 안 맞는지 신뢰성에 대해서 뭐라 말할 수가 없다. 얼핏 듣기에는 그럴 듯하게 포장되어 눈을 가리지만 자세히 따져보면 논리적인 맹점이 많고 재현에 있어서도 일정하지 않은 것이 사이비과학이다. 평소에 재철은 사이비과학에 관해서는 부정적이었기에 좀 전의 일을 떠올리며 왠지 속은 기분이 들었다. 사이비과학(似而非科學)이란 뒷받침하는 증거나 개연성이 없으면서도 과학인 것처럼 제시되는 주장이다.[29] 사이비과학은 과학이론과는 다르게 경험에서 인간이 만들어가는 현상의 범위에서 설명되고 의미 있는 방법으로 검증되어야 하는 반증가능성 자체를 거부하고 반증이 되어도 받아들이지 않는 특징을 지닌다고 한다.[30] 결국 노인들은 검증할 수 없는 미신을 신봉하는 것이 문제가 될 수 있다. 아니면 사이비과학임을 알면서도 저들이 이익을 위해서 이용한 것이라면 사기라고 밖에 볼 수 없다.

가게 앞에 차를 대고, 주인이 오기만을 기다리며 잠시 눈을 감았다. 10분이 지났을 때, 배달 트럭이 소릴 내면서 들어왔고 판매상과 종업원이 차에서 내렸다. 그들은 재철의 차로 다가와서 문을 두드렸다.

"여기다 차를 세우면 안돼요!"

재철은 차 안에서 깜빡 잠이 들었는지 눈을 떴고 급히 차에서 내렸다.

"많이 기다렸습니다."

"왜요?"

뚱뚱한 주인은 재철이 왜 다시 왔는지 못마땅한 표정으로 대했다. 재철은 아까 백발노인의 말이 생각나서 책상을 몇 개 팔았느냐, 어디에 팔았느냐 고 물었다. 판매상은 아까부터 대체 뭣 때문에 그러느냐, 시비를 거는 거냐며 짜증을 냈다. 재철이 안가고 바라보자 판매상은 장사에 방해가 될까봐서 가게 안에서 전자수첩을 가져왔다. 전자수첩에는 책상 2개를 판매한 날짜와 가격, 사간 사람의 주소와 전화번호가 나타났다.

"보세요! 헐값에 팔았잖습니까."

재철은 그제야 고개를 끄덕였다. 판매상이 불친절하긴 했지만 구매자 중에서 한 곳을 더 알게 되어서 다행이라고 생각했다. 재철은 판매상의 전자수첩에 있는 전화번호로 전화를 걸었다. 책상을 사간 아줌마와 통화를 했고자신의 사연을 말한 뒤에 곧 가겠다고 했다.

재철은 차를 타고 가다가 좀 전의 노인들이 떠올라서 어이가 없었다. 그렇게 당당하게 재철이 찾는 책상이 안에 있다고 했으니, 쓸쓸한 실소가 절로 나왔다. 간절히 원하고 바라는 것이 있을 때, 혹은 아쉬워서 지푸라기라도 잡고 싶을 때, 그 애타는 맘을 이용해서 사기를 치면 쉽사리 넘어가는 것이 인간인 것 같다. 아무리 현명하고 똑똑한 사람일지라도 급한 상황에서 사리판단이 흐릿해지면 어리석은 행동을 하기마련이다.

눈앞의 작은 욕심 때문에 속임수와 거짓말을 일삼는 노인과 SD리더기를 판매한 남자를 떠올리며 준호라는 어린 학생이 잠시 비교되었다. 어린 준호는 아직 세상 물정을 모르기에 순수한 행동을 했을 것이다. 어쩌면, 돈에 대한 절실함 보다는 학교에서 배운 정직과 진실을 추구하는 나이이기에 가능

한 행동일지도 모른다. 어린 준호가 동정과 연민을 거부하며 자존심을 내세
운다면 그 유효기간은 몇 년쯤 일까. 그런 자존심은 돈 앞에서, 머지않아 절
박한 현실 앞에서, 내팽개쳐질지도 모른다.

　재철은 오래 살지 않았지만 금권(金權)의 위력 앞에서 갈대처럼 고개를
숙이거나 무릎까지 꿇는 많은 인간들을 보아왔다. 아부에 아첨, 허리를 굽
히면서 간과 쓸개까지 내주는 사람들의 목표는 오직 돈, 권력, 명예의 쟁취
였다. 준호 역시 비정한 사회현실을 알게 되는 나이가 되면 금력과 권력에
굴복하여 교언영색(巧言令色)이나 감언이설(甘言利說)로 거짓과 사기를 칠
지도 모르고 부패의 수렁 속에 빠져 헤어 나오지 못할지도 모른다. 씁쓸한
느낌에 입술을 깨무는데 갑자기 명성의 가련한 얼굴이 떠올랐다.

　'무슨 일이든 열심히 하겠습니다!'

　그는 그랬다. 그렇게 말하면서 낭떠러지에서 마지막 희망의 끈을 잡듯이
재철에게 매달렸다. 그리고 재철은 인간적인 손을 내밀어 그를 구원해주었
다.

　주변은 어느덧 어두워지고 거리엔 가로등이 하나 둘씩 불을 밝히고 있었
다. 재철의 차는 식당이 있는 먹자 골목길로 들어섰다. 가게들은 다닥다닥
붙어있었고 아줌마가 일하는 '엄마손'이란 작은 식당이 눈에 띄었다. 재철은
차를 가게 옆에 좁은 길에 간신히 주차시켜 놓은 후에 차에서 내려 가게로
들어갔다. 엄마손은 새로 개업한 듯 내부가 깨끗했지만 잘 살펴보니 사실은
낡은 건물을 리모델링한 것이었다. 재철은 번거롭게 책상을 보러 왔다는 말
은 하지 않고 손님처럼 자리에 앉았다. 팔려간 책상은 계산대로 쓰고 있었
고 뼈대가 드러난 계산대 전용 로봇이 앉아있었다. 아줌마가 다가와서 재철
을 보더니 개업손님이라며 반가워했다. 재철은 순두부찌개를 시켰고 식당
안을 둘러보다가 고개를 돌리고 말았다. 엉터리 점을 치던 두 노인이 구석
진 자리에서 서로 술잔을 기울이며 떠들고 있었다.

'세상 참 좁네.'

재철이 언짢게 생각하며 맘 같아선 피하고 싶었지만 음식을 시켰고 책상을 봐야했기에 일어날 수도 없었다. 듣고 싶지 않은 노인들의 말소리는 계속 들려왔다.

"니가 홀 애비라 속편한 소리만 하지. 마누라 간병 십년 해봐라. 죽을 맛이지."

"모르는 소리! 마누라 저 세상에 보내놓고 홀로지내 봐라. 밤마다 죽을 날만 기다리지. 휴! 언제 죽을 런지, 원."

"족집게 도사가, 언제 죽을 지도 모르냐?"

"임마! 그걸 알면 너랑 놀겠냐?"

"어이구. 하긴 가짜 도사 반겨줄 놈은 나밖에 없지!"

"에끼, 이놈아! 너 같은 사기꾼하고 친구된 걸 고마운 줄 알아! 껄껄껄!"

두 노인은 시끄러운 소리로 웃고 떠들었다. 재철은 그들이 주고받는 말을 원치 않게 들었다. 그저 용돈이나 챙기고 술값이나 벌려는 생계형 사기라고 생각하니 노인들의 인생이 불쌍하고 안쓰럽게 느껴졌다. 다행히 악행을 일삼는 부류는 아니라는 생각에 반감은 조금씩 줄었으나 또 다른 고민이 생겼다. 먹고 살기위한 약자의 거짓말이나 사기에 모른 척하고 속아주는 것이 더 큰 범죄를 예방하기 때문에 사회를 위해서는 나은 일인지 아니면 그래도 바르게 살라고 따끔하게 꾸짖어주면서 처벌을 받게 하는 것이 나은 일인지, 현명한 판단을 위해서는 좀 더 깊은 사유가 필요해 보였다.

노인들이 별별 세상일을 안주로 씹어가며 이러쿵저러쿵 대화를 이어가고 있을 때, 아줌마가 찌개를 들고 나왔다. 재철은 시장기가 있어 음식이 나오자마자 급하게 밥을 먹기 시작했다. 밥과 찌개를 보니 아까 본, 준호 학생이 생각났다.

'식사는 제대로 하는 걸까?'

라면봉지만 바닥에 날리던 모습이 떠올라 한창 자라는 어린 학생의 건강도 염려가 됐다. 게다가 여동생은 환자이니 더더욱 그랬다. 21세기에 20세기말 같은 삶을 사는 그곳, 열악한 환경에서 힘들게 사는 부류가 있다는 것은 복지 시스템에 문제가 있는 것은 아닌지, 느낀 점이 많았다. 지금쯤 구급차는 아이를 싣고 병원에 가고 있을 것이다. 큰 병이 아니길 바라며 식사를 계속했다.

구석의 노인들은 재철의 존재를 전혀 모른 채 식사를 마칠 때까지 큰소리로 떠들면서 술을 주거니 받거니 하며 취하고 있었다. 오랜만에 정말 밥알 하나 남기지 않고 맛있게 식사를 마친 재철은 계산을 하려고 계산대로 갔다. 뼈대만 앙상한 중고로봇이 카드를 받아 계산을 할 때에 주인아줌마가 손님들에게 술을 나르다가 재철을 보며 다가왔다. 재철은 아줌마에게 좀 전에 전화한 사람이라 하고 책상 밑을 좀 살펴보겠다고 했다.

"아따, 총각은 뭣땀시 남의 책상 밑을 볼라고?"아줌마는 지나가면서 한마디 했고 재철은 멋쩍은 표정으로 재빨리 엎드려서 책상 밑을 살펴보는데, 마침 술에 잔뜩 취한 두 노인도 계산을 하려는 듯 다가오고 있었다. 그들은 재철을 알아보지 못했지만 엎드린 뒷모습에 대고 중얼거렸다.

"아이고, 이 양반아! 책상 밑에 왜 들어가?"

"술 취했으면, 집에 가서 여편네 치마 밑에 들어가서 잠이나 퍼질러 자!"

둘은 기분 좋게 하하하! 웃으면서 로봇에게 술값을 치르더니 어깨동무를 하며 나갔다. 노인들이 나간 후에 재철은 책상 밑에서 나왔다. 밑을 확인했지만 역시 아무런 단서도 찾을 수가 없어 실망스러웠다.

비밀의 방

날은 이미 어두워졌고 직원들은 모두 퇴근을 했다. 재철은 불도 켜지 않은 채 컴컴한 집무실에서 눈을 감고 앉아있었다. 비전테크 건물 외벽의 한 면을 덮은 휘황찬란한 불빛들이 광고를 시작하는지 눈이 부셔서 눈을 떴다. 재철은 별 소득이 없이 회사로 돌아온 것을 안타깝게 생각하며 나무인형을 만지작거렸다.

'어떡하지?'

이제 해야 할 일이 뭐가 있을지, 답답한 기분만 더해갔다. 피곤함이 밀려와 아무생각도 나지 않았다. 아무래도 포기하는 것이 좋을 것 같아 자리에서 일어났다. 그러나 쉽게 일어날 수는 없었다. 수수께끼를 풀지 못하면 앞으로 그 어떤 일도 할 수 없을 것이 뻔했다. 짓누르는 중압감 때문에 재철은 다시 집무실 의자에 기대어 눈을 감고 고민에 빠져들었다. 피곤했는지 졸음이 몰려와 자기도 모르게 깜빡 잠이 들었다. 그렇게 얼마의 시간이 흘렀다. 어느 순간, 섬광이 터지듯 갑자기 눈이 부신 느낌에 눈을 떴다. 주변 건물에서 뿜어져 나오는 LED광고판의 불빛이 보름달처럼 밝게 집무실을 가득 채웠다.

어둠은 빛 앞에서 맥을 못 추고 있다. 재철 혼자만이 사무실에 덩그러니

남아있는데, 골치가 아파오는 것 같았다. 마냥 앉아있을 수만은 없어 집에 가야겠다고 생각해서 벌떡 일어났다. 그때 뭔가가 바닥으로 떨어지며 책상 밑으로 굴러 들어가는 것을 보았다. 재철은 구르는 소리에 반사적으로 허리를 숙여서 책상 밑을 보았다. 어둠 속에 희미한 물체가 바닥에 있어 재철은 엎드렸고 손을 뻗어서 떨어진 그것을 주웠다. 준호 학생이 줬던 동글동글한 곰 인형이다. 인형을 주워서 일어나다가 뒤통수를 책상서랍에 부딪혔다. 아파오는 머리를 만지면서 서랍의 밑바닥을 보는데 뭔가가 눈에 띠었다. 얇고 투명한 엄지 손톱만한 케이스가 붙어 있었다.

'바보같이!'

재철은 갑자기 흥분 상태가 되어 붙어있는 얇은 케이스를 떨리는 손으로 조심스럽게 떼었다. 집무실 책상을 생각 못한 것이 어이없기도 하면서 이제라도 단서를 찾게 되어 다행이라고 생각했다. 준호 학생이 준, 나무 곰 인형 때문에 찾게 된 것은 행운이고 고맙기까지 했다. 재철은 케이스 안에 든 옛날 1원짜리 동전 크기의 초미니 CD를 꺼내서 책상 위에 있는 DOS부터 WINDOW 시리즈, 유닉스, 리눅스, MAC, 안드로이드, ios 등등 과거의 모든 운영체제를 시뮬레이션해주는 손바닥 크기의 만능호환 미니컴퓨터의 드라이브에 넣으니 자동으로 Hanoi라는 게임이 실행이 되었다. 누군가가 컴퓨터 프로그래밍 언어(C++이나 비주얼 베이직)로 직접 컴파일해서 만든 게임 프로그램인지 그래픽 등이 아마추어적인 느낌이 들었다.

하노이의 탑은 재철에겐 좀 생소한 게임이었으나 시작되자 설명서가 나타났다. 읽어보니 첫째 막대에 있는 링 3개를 3분 안에 35번의 조작으로 셋째 막대에 모두 옮겨야 한다고 쓰여 있었다. 실패하면 게임은 중지된다고 나왔다. 재철이 평소에 한다면 아무것도 아닌 게임이지만 사활이 달린 것처럼 이마에 땀까지 흘리면서 간신히 링을 모두 옮겼다. 즉시 화면에 그림이 뜨면서 프로그램은 중단되었고 더 이상은 아무런 키도 먹히지 않았다.

나타난 사격형의 그림을 잠시 살펴보니 사각형의 구석과 중앙에 검은 점이 1개씩 찍혀 있었다. 재철은 책상에 앉아서 무슨 그림일지 한참을 생각하다가 고개를 들어 우연히 천장을 보았다. 사각형 모양의 천장, 혹시나 무슨 단서가 있을 것 같아 고개를 이리저리 돌려가며 살펴보다가 중앙에서 뭔가가 붙어 있는 것을 발견했다. 일어나서 자세히 보니 재철이 좀 전에 중고로 구매한 USB용 SD어댑터와는 모양이 다른 납작한 마이크로 SD어댑터였다. 이것 외에는 특이한 어떤 단서는 없었으나 이번에는 구석으로 가까이 가서 한참을 바라보았다. 아무래도 자외선 투명형광잉크 같은 걸로 만든 보이지 않는 코드가 벽에 있을 것 같아서 MFD를 켜서 미량으로 나오는 자외선을 벽 구석에 비추었다. 역시나 숨겨진 3D QR(Quick Response)코드의 일부가 드러났다. 이렇게 벽과 천장을 모두 조사(照射)해서 얻은 부분을 하나로 합쳐서 3D용 QR(Quick Response)코드를 완성했고 3D폰으로 인식시키자 복호화(復號化)되면서 입체영상으로 각 면에 숫자가 하나씩 나타났다. 숫자는 각각 35, 32, 52, 55, 12였고 한 면은 비어있다. 재철은 이 숫자들이 무엇을 의미하는지 곰곰이 생각해보았다.

'10자리 숫자는 연결된 것일까, 아니면?'

	1	2	3	4	5
1	밑	바	닥	삶	보
2	다	한	번	은	호
3	화	롭	게	사	는
4	상	상	을	하	라
5	책	에	방	법	이

52 35 32 55 12

재철은 고민하다가 얼마 전에 풀었던, 숫자를 글자 표에 대입하는 방법으로 풀었다. 35, 32, 52, 55, 12가 가리킨 결과는 [방 번호이다]로 나왔다.

'이 숫자들은 다시 어떤 방의 비밀번호가 되는 것일까?'

재철은 즉시 컴퓨터로 회사건물을 관리하는 건물 보안 시스템에 연결했다. 재철이 입주한 건물은 55층짜리인데 비전테크사는 50층 이상을 사용하고 있으며 사장실은 꼭대기 층에 있다. 그런데, 사무실을 방이라고 부르지 않을뿐더러 방 번호가 배정된 사무실도 없다. 재철은 곰곰이 생각하다가 얼핏 한군데를 방이라고 부를만한 곳을 떠올렸다. 하지만 그곳도 역시 10자리의 긴 번호가 부여되어 있지 않다.

'그렇다면 이 숫자는 비밀번호.'

하지만 회사건물에서 비밀번호를 입력해서 출입하는 곳은 없고 사원들은 모두 출입카드를 통해 사무실을 다닐 수 있다. 또한 기밀보안과 관련된 전산시스템실, 각 임원실, 사장집무실 등 엄격히 출입이 통제되는 곳은 허가은 자만이 얼굴과 지문인식, 홍채입력 등을 통해서 출입이 가능하다. 그런데 만일 이처럼 비밀번호를 입력해야하는 곳이라면 그곳은 구식디지털 잠금장치가 있는 곳이니……. 재철은 급히 서랍에서 손전등을 꺼내들었다. 집무실 문을 열고 나오자 어두운 복도는 자동으로 환하게 밝혀졌다. 엘리베이터를 타고 52층으로 내려갔다.

52층은 원래 회사설립을 기념하기 위해 마련한 공간인데, 외국인과 일반인 등 내방객을 위한 회사홍보 및 자사제품의 소개를 위해서도 쓰였다. 금년 7월에 리모델링 공사를 하기로 계획되어서 집기들을 한쪽에 옮기고 공사를 시작하였지만 현재는 중단되었고 폐쇄되어 있는 상태였다. 이사회에서 사세확장에 따른 복합형 첨단사옥이 필요하다고 결정이 났고 경기도 가평에 신사옥을 짓기로 했기 때문이다. 3년쯤 후에 사옥이 완공되어 이전할 때까지 폐쇄된 상태로 방치해두었기에 출입문은 늘 잠겨있었다. 달마다 한 번씩 청소나 점검을 위해 직원들의 출입이 있을 뿐, 사람들의 출입은 거의 없는 곳이었다.

재철은 엘리베이터에서 내려 굳게 닫힌 52층의 출입문 앞에 섰다. 사내 전자카드를 인식기에 대자 닫혀있는 철문이 철커덕 열렸으나 전원이 차단되어있었기에 앞은 전혀 보이지 않아 복도는 어둠 컴컴했다. 손전등을 켜서 불빛을 환하게 비추자 길게 뻗은 복도가 보였다. 긴 통로 같은 복도를 불빛에 의지하여 천천히 걸어들어 갔다. 뚜벅뚜벅 걷는 구두 발자국 소리가 어둠 속에 울려 퍼졌다. 어둡고 너무 조용하여 으스스한 기분이 들었다. 주위를 살피다가 위를 비춰보니 복도를 감시하는 폐쇄회로 카메라가 보였으나 기능정지로 빨간불은 꺼져있었다. 창 너머로 불을 비추니 실내 공간이 보이는데 먼지 방지를 위해 하얀 천으로 무언가를 덮어놓아 마치 유령처럼 음산해 보였다. 리모델링을 거쳤다면 이곳은 내방객을 위한 회사홍보와 다양한 제품전시 및 소개, 첨단기기 체험 및 학습 장소로 활용 되었을 곳이고 영화, 게임, 애니, 만화 등을 입체영상으로 보여주는 오락공간에는 관람객들로 북적거렸을 것이다.

한참 복도를 걷자 마침내 복도 끝에 거의 다다랐다. Memorial hall(기념관)이라고 쓰인 곳 앞에서 멈췄다. 손전등을 비춰보니 문은 굳게 닫혀있었다. 창고나 다름없는 이곳이 바로 전자자물쇠로 잠겨있는 곳이고 비밀번호를 입력해야 문을 열수 있는 유일한 장소였다. 그런데 재철은 이곳을 사용한 기억이 없다. 사내보안 담당자가 문의 암호를 설정했다면 그가 알려주기 전까지 재철은 열수가 없다. 일단 재철은 전자자물쇠에 손을 내밀었다. 자동적으로 전원이 들어와 화면에 밝은 불빛이 퍼지면서 숫자 키패드가 떴다. 암호입력 대기상태가 되자 얻어낸 숫자 3532525512를 순서대로 입력하자 철커덕 소리가 나면서 자물쇠는 해제가 되었다.

긴장이 되어 침을 삼키면서 천천히 기념실의 문을 열었다. 재철은 기념실의 존재를 알고 있지만 내부의 모습들은 기억이 나지 않았다. 궁금증을 품고서 안으로 들어가는데 전원 차단상태인지 자동실내전등은 켜지지 않았다. 손전등 불빛이 어두웠지만 각종 물품 및 자재를 쌓아놓은 광경은 모두 보였고 영락없는 물품보관 창고의 모습이었다. 불빛을 비춰보니 쌓여있는 잡다한 짐들 사이로 안으로 들어가는 통로가 있었다. 통로를 따라 조금 들어가니 넓은 공간이 나왔다. 깔끔하고 단아한 분위기의 사방이 막혀있는 임시 전시실이었다. 대리석 벽에는 회사설립에 도움을 준 여러 인물과 유명 과학자 및 전자통신에 관계한 인물들의 부조와 액자 등 소품이 걸려있었다. 재철과 부모는 물론 고모의 얼굴도 대형액자로 벽에 걸려있었다. 분명 낯선 공간이 아니었지만 재철은 마치 처음 와보는 것처럼 낯설게 느껴졌다. 주위를 두리번거리며 사라진 기억의 실마리를 다시 뽑아내려는 듯 천천히 살펴보았다.

이곳이야말로 자신의 수수께끼를 풀어줄 장소가 분명히 맞는 것 같았다. 하지만 수수께끼를 풀어줄 기억편집장치는 도대체 어디에 있는 것인지, 십여 분을 살펴보았지만 그 어떤 단서가 될 만한 것은 찾을 수가 없었다. 재철은 허탈한 표정으로 손전등을 사방으로 비춰보며 서성이다가 마침내 벽 쪽을 향해 붙어있는 바퀴달린 전동의자를 발견했다. 생소한 전동의자를 살피다가 위를 보니 벽에 걸린 플라스틱 재질의 3D폰 광고그림이 걸려있었다. 아마도 전동의자에 부딪힌 충격으로 액자그림이 약간 삐뚤어진 것 같았다. 바로 잡으려고 전동의자를 치웠고 그림을 제대로 건 후에 아래쪽 전동의자가 있었던 곳을 보니 비밀 출입문이 있음을 알 수 있었다.

벽과 같은 색깔이어서 숨겨져 있던 비밀의 문을 본 순간 드디어 뭔가 해결의 실마리를 찾은 것 같았다. 문을 밀다가 잡아당겨보았으나 도무지 열리지 않았다. 손전등으로 주변을 살펴보다가 문에 손바닥 흔적이 보여서 손바닥을 몇 초정도 대어보니 갑자기 문이 불빛으로 밝아지면서 9개의 숫자키패드가 나타났다. 재철은 전자자물쇠의 비밀번호(3532525512)를 손으로 터치하자 드디어 전동의자에 앉은 사람이 출입 가능한 폭과 높이의 작은 출입문이 열렸다.

재철은 허리를 숙여서 안으로 겨우 들어갈 수 있었다. 역시 내부는 컴컴했고 손전등 불빛을 비추며 살펴보는데 전혀 기억에 없는 한 번도 와보지 않은 낯선 장소였다. 두리번거리다가 벽에 붙은 스위치를 발견하고 켜자 내부의 모습이 환하게 드러났다. 간이침대와 TV와 미니 냉장고 등 일상용품이 눈에 들어왔다. 벽에는 커튼이 달린 작은 창문도 있었다. 천장에는 우주와 태양계를 나타낸, 태양을 중심으로 도는 수성, 금성, 지구, 화성, 목성 등의 행성이 예술품처럼 붙어있었다. 벽의 가운데에 지름이 2미터쯤 되는 나무가 입체감이 있게 조각되어있고 하늘을 향해 가지가 뻗어 있었다.

'이런 곳이 있었다니. 여기는 누가 쓰던 곳이란 말인가?'

누군가가 은밀히 사용하던 일종의 비밀 아지트로써 휴게실 혹은 작업실 개념의 공간 같았다. 뭔가를 만들 수 있는 작업대, 그 위에는 오실로스코프, 스펙트럼 애널라이저, 로직 애널라이저 등 각종 전문계측장비들과 부품상자들이 놓여 있었으며 벽에는 드라이버, 펜치, 드릴 등 작업공구가 가득히 걸려 있었다. 또한 3D 프린터와 MCT 소형 밀링선반 등도 보였다. 청소를 안 한 듯 먼지가 쌓여있어 별로 사용하지 않았다는 걸 알 수 있었다. 책상 위에 [꿈을 현실로 만든 기적의 남자 금재철]이라는 책이 눈에 띄었다.

'내가 쓴 책인데……'

사업가로 성공하자 출판사의 청탁을 받아 쓴 책으로, 실상은 전문작가의 대필, 수십만 권 이상이 팔려나간 책이었다. 재철이 대학생을 가르치기 위해 쓴 강의교재와 각종 해외저널과 학회지 및 논문들이 놓여있었다. 이곳은 누군가가 사용했던 곳이 아니라 바로 재철 자신이 개인적인 용도로 사용했던 비밀스러운 공간이었다.

그런데, 왜 처음 본 것처럼 기억이 나지 않았을까. 그 해답은 기억편집장치로 자신의 기억을 지웠기 때문이라고 추론할 수 있다. 그렇다면 기억편집장치 역시 분명히 이곳의 어딘가에 있을 것이다. 이제 자신의 비밀을 속 시원하게 풀어줄 물건을 찾기만 하면 되는데 쉽게 찾을 수는 없었다. 재철은 이 방이 틀림없다고 생각하면서도 낯선 곳에 들어온 느낌 때문에 적응하기가 쉽지 않았다. 재철은 작업대 의자에 앉아서 두리번거리며 내부를 다시 살펴보았다.

'장치가 어디에 있을까?'

입체감 있게 부조되어 있는 나무에 주렁주렁 매달린 과일들이 유난히 눈에 띠었다. 과일들은 사과, 배, 복숭아, 귤 등 제각각으로 하나의 나무에서 자라는 것들이 아니었다. 혹시나 하고 다가가서 나무와 과일을 만져봤지만 특이한 점은 없었다. 왼쪽 벽에는 극사실주의 화가가 정교하게 그린 과일 정물화가 눈에 띠었다. 이른바 하이퍼리얼리즘(Hyperrealism)으로 극사실주의는 대상을 있는 그대로 정밀하게 그려내어 마치 사진처럼 복제된 듯 묘사하는 회화의 한 기법으로 조각 작품에 적용되기도 한다.

액자를 치워서 안쪽을 살펴보았지만, 역시 아무 것도 없었다. 그림 속의 과일들은 실제의 과일보다 더 먹음직스럽게 보이고 화려한 광채를 드러내면서 실물처럼 튀어나올 듯이 생생하게 그려져 있었다. 진품이었다면 수십억 이상의 가치가 있었겠지만 아쉽게도 유명화가를 흉내 낸 모사본 아니, 자세히 보니 사람이 그린 것도 아니고 공장에서 기계로 복제되어 나온 공산품이었다.

재철은 잠시 정물화를 보다가 문득 과일들이 배열된 위치에 착안해서 숫자암호를 떠올렸다. 손가락에 낀 MFD를 켜서 입체영상으로 나타난 암호 숫자를 그림에 그려진 과일들의 위치에 맞게 계산해보았다. 과일들의 거리 간격은 좌측부터 정확하게 12, 32, 35, 52, 55cm의 순서로 떨어져 있었고 자두, 사과, 배, 복숭아, 귤의 순서였다. 다섯 개의 과일은 나무에 매달린 자두, 사과, 배, 복숭아, 귤과 같았지만 매달린 위치는 제각각이었다.

재철은 이것들이 무엇을 의미하는지 고민하다가 과일들의 색상에 주목했다. 즉시 3D폰으로 보라색 자두, 빨간 사과, 하얀색 복숭아, 금색의 배, 주황색 귤에 맞는 RGB색상코드로 변환한 불빛을 그림 속 과일의 순서대로 나무에 매달린 과일에 하나씩 비추자 나무의 과일들은 빛에 닿을 때마다 번쩍였고 마지막 과일까지 비추자 갑자기 드르륵 기계 소음이 나면서 벽이 반쪽으로 갈라지면서 열렸다. 나무의 과일들은 빛에 반응하는 특성을 가진 반도체 소자가 부착되어 있어서 개폐장치의 스위치 역할을 하고 있었다. 열린 내부에는 조작 장치와 모니터 등이 보였고 어깨 높이에서 ㄱ자모양의 헬멧 같은 2개의 장치가 양쪽에서 튀어나왔다.

'찾았어!'

수수께끼를 풀어줄 METCU(Memory Editing Transfer Control Unit; 기억편집 전송제어장치)임을 직감하자 몸에 힘이 들어갔다. 재철이 어렵게 찾은 만큼 기뻤고 심장박동이 빨라지면서 흥분되기 시작했다. 재철은 흥분을 간신히 가라앉히며 이것들이 정말 자신이 찾던 기억편집장치인지 떨리는 손으로 장치들을 하나씩 살펴보았다. 여러 대의 모니터와 조작판은 생소하고 낯선 장치여서 사용법은 알 수가 없었다. 아래를 살펴보니 하단에 버튼이 있었고 누르자 사각형의 알루미늄 서랍이 부드럽게 나왔다. 조심스럽게 안에 들어있는 연결 케이블, 헤드마운트, 손가락 센서와 사용설명서 등 각종 부속물 등을 만져보았다. 내용물을 살펴보았지만 용도를 알 수가 없어 옆에 있는 설명서인 전자종이를 꺼내서 손가락을 대자 사용방법을 설명하는 글자와 그림이 나타났다. 재철은 찬찬히 몇 분 동안 꼼꼼하게 읽어 내려갔다.

이 장치는 사람의 뇌파를 디지털 신호로 변환하여 컴퓨터로 전달해주는

BCI(Brain Computer Interface)와 컴퓨터에 저장된 정보(기억)를 사람에게 전달해주는 CBI(Computer Brain Interface)가 통합된 장치인데 중간에 뇌파를 분석하고 10의 42승 바이트라는 트레데실리온급의 방대한 정보를 제어하는 양자컴퓨터가 있었다. 인간의 기억을 편집, 소거, 전송하는 과정은 양자역학, 컴퓨터 공학, 생명공학, 기계공학, 전자공학, 뇌공학, 의공학, 신경, 인지과학 등 전 분야의 공학기술과 복잡한 이론 및 수식에 의해서 구현된다. 인간의 기억은 장치에서 편집될 때는 디지털 정보인 비트와 양자정보 단위인 큐비트로 상호변환이 가능하지만 양자컴퓨터에 저장된 기억이 두뇌로 옮겨질 때는 실질적으로 미약한 전기신호와 체내에 투입된 인공신경전달물질과 특수한 화학물질이 뇌세포회로에 전반에 작용하는 원리였다.

기억복사과정은 원본과 복사본이 될 두 사람의 뇌세포(뉴런)를 전체적인 디지털 뇌지도로 변환하여 통째로 양자컴퓨터에 저장시켜놓고 원하는 부분을 편집해서 최종적인 결과를 복사본이 될 사람의 뇌에 전달하면 되는 것이었다. 뇌세포의 기억회로 형성은 가소성(可塑性;plasticity)[31]에 의해 가능한데, 외부에서 인위적으로 뇌에 가해진 자극은 자극이 사라진 후에도 남아 있고 이 가소성의 변화가 일어나는 곳은 뉴런의 말단인 시냅스(신경세포간의 접합부)이다. 뇌파와 전기신호를 통한 기계적이고 반복적인 자극과 함께 특수한 신경전달물질 등을 통해서 장기적인 기억으로 변화하도록 대뇌피질을 조작하는 것이다.

어찌됐든, 공학박사인 재철에게 그다지 어렵지 않은 내용이어서 대강의 원리와 조작방법은 이해가 되었다. 설명서대로 손가락 센서 장갑을 끼고 장치의 전원단추를 누르고 가동을 위한 사전조작을 순서대로 진행했다. 장치에 불빛들이 하나둘씩 켜지고 혹은 점멸하면서 기기가 동작하는 소음과 함께 구동되기 시작했다. 재철은 자기도 모르게 침을 꿀꺽 삼켰다. 수수께끼의 해답이 눈앞에 있자 다시 가슴이 두근거리면서 심장박동이 빨라지기 시작했다.

　잠시 숨을 크게 쉬면서 간신히 마음을 진정시켜가며 재철은 작업대에 있는 의자를 끌어와서 앉았다. 작동 단추를 누르자 위에서 헤드마운트가 내려와 머리에 밀착 되었다. 3단계 과정에 접어들어 헤드마운트가 머리에 착용되자 눈앞에서 디스플레이가 켜지면서 파란색 화면과 숫자 키패드가 눈앞에 떴다. 그런데 시스템이 관리자의 암호를 요구했다. 재철은 난감했고 잠시 망설이다가 역시 기억했던 암호 숫자를 생각하자 시스템은 뇌파를 검출해서 키패드를 통해 숫자가 하나씩 입력되었다. 암호가 맞는지 OK!가 뜨면서 접속을 허락했다. 드디어 화면에 파일목록들이 나타났다. 재철은 이것들이 기억에 관한 파일임을 직감하고 몇 개를 클릭하였지만 모두 잠겨있었다. 암호가 달랐는지 아니면 시스템 차원에서 어떤 문제가 있는지는 몰라도 전혀 열리지 않았다.

　그러나 그중에서 [고명성의 진실]이란 파일만은 열람이 가능했다. 재철은 이 파일이 수수께끼를 풀어줄 열쇠라는 것을 직감했지만 실제로 실행할지 말지를 두고는 신중하게 한참동안을 망설였다. 이것이 어떤 작용을 하게 되는 파일인지 제목만 가지고는 알 수도 없고 또 어떤 문제가 생겨 어떤 피해를 입을지도 전혀 모르기 때문이었다.

　하지만, 이 파일을 실행하지 않고서는 도저히 자신의 궁금증을 풀 수 있는 방법은 없었다. 결국, 선택의 여지는 전혀 없었고 마침내 결심한 듯, 그 파일의 실행 명령을 내리고 말았다. 어떤 위험이 있을지 모른 채, 피해를 감수하면서까지 두뇌 복사를 선택한 재철은 모든 것을 하늘에 맡긴 것처럼 눈을 지그시 감았다. 곧이어 기억 데이터의 전송이 완료될 때까지 명상하며 대기하라는 음성메시지가 들렸다. 재철은 크게 숨을 내쉬면서 호흡을 가다듬었다.

　외부 모니터에서 현재 재철의 뇌파가 나타나는데, 약간 흥분 상태인

14Hz~40Hz의 β파를 보이며 지속되었다. 잠시 후, 3분 정도의 시간이 흐르자 뇌파는 주로 명상 시에 나타나는 편안한 상태를 나타내는 8Hz~13Hz의 α파로 변하고 있었다.

드디어 장치에 저장되어 있는, 미스터리를 풀어줄 기억들이 재철의 두뇌로 이전되느라 장치의 전송 불빛이 빠르게 명멸하기 시작했다. 기억전송량에 따라 LED불빛은 광도가 변하였고 모니터에는 심신의 상태를 나타내는 각종 바이탈 수치들과 상황에 따라 펄스 파형 및 사인곡선 등 다양한 패턴을 보여주었다. 단계별로 음성이 들렸고 10분이 지나자 재철의 뇌파는 얕은 수면 상태인 4Hz~8Hz의 θ파로 접어들었고 점차적으로 깊은 수면 상태인 4Hz이하의 δ파도 서서히 나타났다. 재철은 복사가 되는 동안 마치 의식을 잃은 상태처럼 움직임이 없었다.

띠–!

20여분의 시간이 흘렀을까. 장치에서 완료를 알리는 기계음이 났다.

전송이 완료되었습니다.

복사가 완료되었다는 음성메시지도 들렸다. 머리에 부착된 헤드마운트도 위쪽으로 들어올려지더니 자동으로 탈거되어 상단으로 올라갔다. 하지만 재철은 눈을 감은 상태로 가만히 있었다. 1분 정도의 시간이 더 지났다. 장치의 주전원이 자동으로 꺼지는 소리를 짧게 냈다. 그제야 재철은 의식을 차리고 천천히 눈을 떴다.

잠시 동안, 마치 아득한 꿈나라 혹은 별빛 찬란한 우주공간을 거닐다 온 기분이었다. 아니, 세상에 존재하지 않는 천국에 다녀온 듯 기분이 좋고 상쾌한 느낌에 깨어나고 싶지 않았다. 재철은 잠시 동안 다시 눈을 감고 아무런 생각 없이 있었다. 그러다가 갑자기 눈을 크게 떴다. 자신의 몸뚱이를 옭아맨 채 무겁게 짓누르던 쇠사슬의 압박에서 해방된 듯 머리가 가벼워졌다.

알 수 없는 모든 의문에 대해서 이제 모두 알게 되자 자신도 모르게 고개를 천천히 끄덕였다. 재철의 두뇌, 신경세포에 변화가 생화학적인 분자수준에서 있었던 것이다. 뇌세포 연결부위인 시냅스와 그 신경세포들의 기능적 집합체인 신경회로 수준에서 일어난 변화로 인해 강제로 삭제되었던 엔그램(engram)들이 선명하게 다시 머릿속에 자리를 잡게 된 것이었다.

기억의 흔적들

따사로운 햇빛이 내려쬐는 삼강호텔 1120호 객실이다. 확 트인 대형 유리창을 통해 미니어처 같은 도심의 건물들이 선명하게 눈에 들어왔다. 구름 한 점 없는 맑은 하늘을 바라보던 재철은 탁자에 놓인 포도주를 잔에 따르더니 맛을 음미하듯 잠시 눈을 감았다.

얼마의 시간이 흘렀다. 재철은 눈을 뜨면서 스탠드가 놓인 탁자에 디지털 숫자 불빛이 반짝이는 전자달력으로 시선을 옮겼다. 12월 1일 오전 11시 12분을 표시하고 있었다. 누군가를 기다린다는 초조함이 서서히 지루함으로 바뀌려는 찰라, 띵동 소리가 방안에 울려 퍼졌다. 재철은 반사적으로 의자에서 벌떡 일어났다. 성큼성큼 걸어가서 현관문을 급히 열었다. 가벼운 눈웃음, 입가에 미소를 띤 사내가 객실 문 앞에서 고개를 숙여 인사를 했다.

"형님, 좀 늦었습니다."

갑작스런 호출임에도 명성은 늘 그렇듯이 밝고 명랑한 표정을 지으려 애쓰는 것 같았다. 반면에 재철은 무뚝뚝하게 들어오라는 손짓만 하고 말없이 앞장을 섰다. 뒤따라오던 명성은 분위기가 좀 이상한지 일부러 재철의 팔을 잡았다.

"아유, 형님. 갑자기 웬 수염을 기르셨어요?"

명성은 한 살이 어리다는 이유로 재철을 형님으로 불렀다. 재철은 며칠 동안

면도를 하지 않은 상태로 꼿꼿한 털들이 거뭇거뭇하니 인중과 턱 주변을 감싸고 있었다. 일부러 명성과 모습을 달리하여 대역이 필요 없음을 보여주기 위한 의도적인 행위였다. 명성은 그런 의도를 전혀 알아채지 못하고 의아한 눈빛만 지으며 눈치를 보았다. 재철이 아무 대답이 없자 명성은 서먹한 느낌에 어색하기도 하여 일부러 밝게 웃음을 섞어가며 말을 건넸다.

"아, 나도 수염을 길러야 되나. 오늘부터 길러볼까?"

명성이 무슨 말을 하든 재철은 별 반응이나 대꾸가 없이 그냥 의자에 앉았다. 꺼내놓았던 서류를 검은 가방에 넣고 닫더니 서있는 명성에게 물었다.

"우리 만난 지, 꽤 됐지?"

사무적인 말투, 명성은 순간적으로 어떤 불길한 예감이 스친 듯 잠시 재철의 눈을 바라보며 대답이 없었다. 재철이 다음에 어떤 말을 할지에 신경을 곤두세우며 자기도 모르게 침을 꿀꺽 삼킨 후에 고개를 끄덕였다.

"좀 됐는데요, 왜 갑자기?"

"계약 말인데……. 이쯤에서 해지해야겠어."

아니나 다를까 마른 하늘에 날 벼락같은 말이 재철의 입에서 나왔다. 명성은 순간적으로 절벽에서 발을 헛디뎌 미끄러진 듯 사색이 되었다.

"……왜죠? 가, 갑자기 무슨 일이 있어요? 내가 뭘 잘못했나요?"

재철은 무덤덤하게 고개를 흔들었다.

"잘못한 건 없어. 다만, 한 가지……. 사람들이 눈치를 챈 것 같아."

"그럴 리가요? 내가 얼마나 조심조심 신중하게 행동했는지 잘 알잖아요. 대체 누가 눈치를 챘다는 말입니까?"

명성은 손짓을 크게 해가며 이해할 수 없다는 듯 되물었다. 재철은 떨리는 명성의 입술과 눈동자를 보더니 차갑게 말했다.

"채일란을 만나지 말았어야 했는데, 왜 만났어?"

쿵! 소리가 들리는 듯 했다. 망치로 머리를 한 대 얻어맞은 느낌의 충격파를 견디지 못한 명성은 이마와 목덜미에서 땀이 맺히며 낯빛은 하얗게 변해갔다. 그러나 애써 침착하게 고개를 흔들면서 나지막하게 되물었다.

"채, 채일란이 누군데요?"

명성의 부정에 재철은 어이가 없는 듯 천장을 보다가 한숨을 길게 쉬며 눈을 감았다. 1초도 안되어 재철은 의자에서 벌떡 일어나 가볍게 한숨을 쉬듯 콧바람을 내며 명성을 바라보았다.

"그동안 수고 많았어. 명성씨는 오늘부터 더 이상 내 대역을 할 필요가 없게 됐어."

굵고 단호한 재철의 음성은 비수처럼 날아와 명성의 가슴에 꽂혔다. 모든 것을 잃어버린 사람처럼 명성은 갑자기 힘이 빠져 재철 앞에서 무릎을 꿇고 말았다. 고개를 들고 위를 바라보니 재철이 가련한 듯 내려다보고 있었다. 명성의 입에서 떨리는 음성들이 벌레처럼 가련하게 기어 나왔다.

"형님, 잘못한 것이 있으면 용서를 구하고 앞으로 잘할 테니 한번만……."

명성은 더 이상 말을 맺지 못하고 고개를 푹 숙였다. 잠시 시간이 흘렀다. 재철에게서 아무런 대답을 듣지 못하자 명성은 다시 고개를 들었다. 재철은 묵묵히 창밖만 보는데, 명성이 재철의 다리를 껴안았다. 바닥을 기어다니는 이름 모를 벌레가 달라붙는 느낌이 들어 재철은 붙잡은 손을 떼었다.

"이러지 마. 추해 보이잖아."

그제야 명성은 부끄러운 듯 붙잡았던 손을 떨쳐내듯 놓았다.

"충분한 돈을 줄 테니, 위약금조로 말이야. 그러니 섭섭하게 생각 말고, 일어나."

재철이 명성의 어깨를 잡는데 명성은 재철의 손을 붙잡았다.

"죄송해요. 나도 모르게 일란씨가 기억에 있었어요. 그래서……."

명성은 긴장한 듯 침을 한번 삼키더니 일란에 관한 일을 스스로 인정하였다.

"일란씨를 만난 게 문제가 된다면 만나지 않을게요. 아니, 아예 제 머리 속에서 기억을 삭제해주세요."

명성은 절박했다. 그 간절한 눈빛에도 불구하고 재철의 마음은 이미 명성의 곁에서 떠나버린 듯이 고개를 설레설레 저었다.

"늦었어. 자네 기억이야 지우면 되지만, 일란은 무슨 죄가 있어서 기억에 손을 대지? 일란이 이미 눈치 채고 우릴 의심하게 될 거야. 안 그래도 불안했잖아. 서로 편하자고 하는 일인데, 긴장하면서 위태롭게 할 필요가 있겠어? 끝내."

'끝내'라는 말은 마치 만 미터 상공에서 낙하산 없이 뛰어내리라는 명령처럼 느껴졌는지 창백해진 명성은 고개를 푹 숙였다. 낙담하는 명성의 등을 가볍게 두드리며 재철이 말했다.

"죽을 때까지 하려는 건 아니었잖아. 적당한 시점에서 끝낼 줄도 알아야지."

명성은 드디어 믿기지 않는 현실을 받아들이듯 한숨을 쉬었다.

"언젠가는 올 거라고 생각은 했지만, 이렇게 빨리 오다니. 난 아직 아무 것도 준비가 안 되었는데……."

명성은 흐느끼듯 말끝을 맺지 못했고 재철의 의지만을 확인한 듯 한숨을 크게 쉬었다. 실망이 절망으로 변해가는 동안 시간은 흘렀고 잠시 후에 명성은 체념한 듯 애써 침착하게 고개를 끄덕이며 일어났다.

"그 동안 감사했습니다."

밝은 표정을 억지스럽게 짓는 명성, 부담이 되는 듯 재철은 나가려는 명성을 붙잡았다.

"보상해줄 테니 너무 낙담하지 마. 앞으로 어떻게 할 건지 계획 같은 게 있어?"

나가려던 명성이 고개를 돌려 재철을 볼 때, 아까와는 달리 더 이상은 애원이 담긴 눈빛 같은 것은 없었다. 모든 걸 내려놓은 듯 허탈하게, 듣기에는 냉소적으로 대꾸했다.

"사장님이 신경 쓸 문제는 아닌 것 같네요. 저 같은 놈이야 죽든 말든."

빈정거리는 말투에 기분이 상했지만 재철은 마른 입술에 침을 바르면서 다시 물었다.

"지난번에, 화성 이야기 했었지? 화성을 개척하고 싶다고."

명성이 일을 그만 두면 이제 자신을 닮은 사람이 시내 거리를 활보하게 놔두는 꼴이 된다. 명성이 비록 천성이 나쁜 사람은 아니지만 인간이란 상황에 지배를 받는 동물임에는 틀림없다. 혹시라도 신분하락으로 인한 패배감 때문에 나쁜 맘을 먹고 자신을 사칭해서 사기라도 친다면 재철의 이미지에 손상을 입힐 수 있다. 아니, 닮은꼴인 명성이 하는 행동으로 인해서 재철이 오해를 살만한 일은 부지기수로 많다. 닮았다는 이유만으로 파생되는 복잡다단한 문제들, 재철에겐 그런 것들이 가져올 불안과 두려움이 있었다. 되도록 사람들의 시야에서 멀어질 수 있도록 명성이 멀리 외국 같은 곳에 가는 것이 좋을 것 같았다. 아니, 달이나 화성 같은 아예 지구 밖으로 나가준다면 더없이 좋은 해결책이 될 것이라 생각했다. 그런 재철의 뜻을 아는지 모르는지 명성은 씁쓸하게 웃었다.

"화성이 이웃집도 아니고. 하긴 돈 많은 사람이야 어딘들 못 가겠어요?"

명성은 비꼬듯 말하며 재철에 대한 서운한 감정을 드러냈다. 재철은 감정을 억누르며 명성을 달래듯이 말했다.

"화성관광, 유망한 사업이 틀림없네. 자네 능력이면 금세 성공할 거고. 오늘 밤, 정각에 다시 오면 사업 밑천을 챙겨 줄게. 내가 해줄 수 있는 마지막 선물이야."

명성은 재철의 말을 듣는지 마는지 머릴 긁적이며 고개를 끄덕이더니 그대로 문을 열고 나가버렸다. 재철은 명성이 뒤도 안돌아보고 나가버리자 가슴이 철렁했다. 갑자기 실수를 한 것 같은 생각이 들었다. 명성을 호텔이 아닌 작업실로 불러들여서 자신과 비전테크에 관한 기억부터 삭제했어야했다. 뒤늦은 후회가 들었지만 명성은 이미 떠난 뒤였다. 그가 당장이라도 딴 맘을 먹고 어떤 나

뻔 일을 벌일 수도 있다는 불안감이 엄습해왔다. 다급해진 재철은 문을 열고 밖으로 급히 나와 봤다. 이미 명성은 복도에서 사라지고 보이지 않았다. 재철은 초조해지기 시작했다. '그가 오늘밤에 오지 않는다면?'어찌 처리해야할지 깊은 고민이 시작되었다.

***

그날 밤, 어둠이 짙게 깔린 도시는 불빛도 힘이 없어 보였다. 축 늘어진 어깨가 무겁게 보이는 명성은 거리를 걷다가 별도 보이지 않는 깊은 우물 같은 밤하늘을 잠시 바라보았다.

'그럼 그렇지. 나란 인간은, 되는 일이 없는 패배자일 뿐.'

한없이 우울해지는 무기력한 시간들을 하루 빨리 잊기 위해서라도 끝낼 건 빨리 끝내야 한다면서 명성은 발걸음을 바삐 옮겼다. 희망 없이 걸어온 자신의 인생길처럼 오늘은 그렇게 자주 걷던 이 길도 힘들어 보였다. 명성은 어느덧 회사건물 뒤편에 위치한 익숙한 곳으로 왔다. 이곳은 화물을 싣는 엘리베이터와 비상출입계단이 있다. 내부에서 누군가가 원격으로 문만 열어주면 보안시스템이나 CCTV에 걸리지 않고 회사 안으로 들어가기에 적당한 출입구였다. 재철은 명성과 계약을 한 후에 기억복사작업 등 일이 있으면 비밀리에 이곳을 이용했다. 명성은 누군가에게 들킬까봐서 건물에 도착하면 투명망토를 걸쳤고 주로 심야시간대에 만났었다.

명성이 도착한 시간에 맞춰 마침 자주 이용했던 화물용 엘리베이터의 문이 열린 채로 대기를 하고 있었다. 아마도 미리 도착한 재철이 1층에 대기시켜 놓은 것 같았다. 이제 이걸 타는 것도 마지막이라 생각했는지 명성은 다시 착잡한 기분으로 한숨을 쉬었다.

띵-. 소리와 함께 엘리베이터 문이 52층에서 열리자 명성은 고요하게 흐르는 깊은 심연 같은 적막감을 어둠 속에서 느꼈다. 주머니에서 손전등을 꺼내 불을 켰다. 불빛에 의지하여 복도를 뚜벅뚜벅 걸어가는 단조로운 구둣발의 파열음은 고요한 밤의 정적을 하나씩 깨뜨려나갔다. 손전등에 의지해서 복도 끝에 있는 기념관에 다다랐을 때, 이제 더 이상은 올 일이 없을 것이라 생각하니 섭섭하고 서운한 마음이 들어 바로 들어갈 수가 없었다.

'이곳에서 나는 무슨 꿈을 꾼 것일까? 만질 수도, 가질 수도 없는 신기루 같은 헛된 왕국……. 내 것이라는 착각 속에서 허수아비가 잠시나마 왕이 되는 꿈을 꾼 것일까?'

잠시 마음을 가다듬은 명성은 기념관을 지나서 기억복사 작업실의 문을 열고 들어섰다. 내부의 불은 환하게 밝혀져 있었다. 재철은 이미 명성의 기억을 삭제할 준비를 마친 듯 의자에 앉아 눈을 감은 채 기다리고 있었다. 탁자에는 고급 포도주 한 병이 있었고 반쯤 마신 듯 비어있었다.

"인생 4막 5장, 오늘로 인생이 마지막도 아닐 텐데, 기분은 왜 이럴까."

혼잣말로 지껄이는 소리에 재철이 눈을 떴다. 명성이 어느덧 들어와 자신을 바라보고 있었다.

"잤어요?"

"왔어. 아, 깜빡 잠이 들었네."

명성의 얼굴을 다시 보는 순간, 재철은 일순간에 반나절동안 자신을 짓누르던 불안과 초조가 사라졌다.

"누군 팔자도 좋으시네. 늘어지게 잠도 주무시고."

불만스러운 냉소적인 말투였지만, 일단 명성이 다시 왔기에 재철은 반가웠다. 술에 취한 재철은 손등으로 눈을 비비며 비틀거리며 일어났다.

"역시, 약속은 잘 지켜. 온 김에 작업부터 해야겠어."

힐끗 보는데, 명성이 어이가 없는 듯 피식 웃었다.

"뭘 하려고요? 내 머리 속에 들은 것도 없고, 지울 것도 없는데."

명성은 뻔히 보다가 재철 옆에 놓인 포도주를 갑자기 집더니 병째로 들고 벌컥벌컥 마셔댔다. 재철은 무례하다 싶어 명성의 어깨를 툭 치며 병을 빼앗았다. 하지만 화는 내지 않고 명성의 기분을 이해한 듯 차분하게 말했다.

"그동안 대역을 하며 얻은 회사 기밀을 많이 알고 있잖아. 계약한 시점부터 비전테크와 관련하여 얻게 된 기억들은 소거하는 것이 마땅해."

명성은 입맛을 다시면서 딴 데를 보는 시늉을 하더니 의자에 털썩 앉으며 말했다.

"누가 뭐랍니까? 할 거면 빨리하고, 돈이나 줘요. 근데, 기억을 지우면, 난 그때 기억은 하나도 없는 건가?"

"인간의 생애에서 몇 개월의 기억이 없다고 살아가는 데 지장이 있는 것은 아니야. 어차피 사람은 시간이 지나면 뭐든지 희미하게 잊혀 지게 마련이니까."

"뭐라고요? 누구는 기억상실을 당하는데, 강제삭제를 하면서 잊혀 진다고 표현하나요? 내 어린 시절 추억은 절대 건드리면 안돼요. 알겠죠?"

"걱정 마. 개인 기억은 손도 안 될 거야."

"혹시 부작용 같은 건? 매번 작업하면서 늘 걱정이었는데, 이번에는 삭제할 양이 많으니까, 확실히 말해줘요."

명성이 진지하게 묻자 재철은 뭐라고 말을 할지 생각하다가 차분하게 말했다.

"솔직히, 100% 없다고 말 못해. 소거할 기억이 많아지면 당연히 뇌신경세포에 부담을 줄 수 있고, 미세하게 파괴될 수도 있어."

그 말에 명성의 표정은 굳어졌고 심각하게 되물었다.

"그러니까 어떻게 되는 건데요? 내가 정신이 이상해져서 미친 사람 되는 거예요?"

따지듯 도발하는 어투는 처음이라서 재철은 당황했다.

"전혀 아냐. 만에 하나 그렇다는 거지. 신경 쓸 거 없으니 괜찮아."

재철은 얼버무리듯 상황을 넘어가려하면서 METCU를 조작하려는데 명성이 팔을 붙잡았다.

"잠깐만요. 뇌세포가 파괴된다면서, 뭐가 괜찮아요? 한번 파괴되면 재생이 안 되는 것이 뇌세포로 알고 있는데."

"그렇지 않아. 1000억 개에 이르는 전체 뇌신경세포에서 파괴되는 것은 극미량에 불과하니까, 안심하라고. 뇌세포는 새로 만들어지기도 하니까, 걱정마."재철은 손짓을 해가며 아이를 달래듯 어깨를 다독였다. 하지만 명성은 눈을 크게 뜨고 일어났다.

"아무래도 못 하겠어요."

명성이 일어나자 재철은 난감해져서 어깨를 붙잡았다.

"고명성, 왜 그래? 그 동안 우리 잘해왔잖아."

"우리……."

명성은 우리라는 말을 듣자 잠시 허공을 보다가 의자에 다시 천천히 앉았다.

"자네가 갖는 불안감은 충분히 이해해. 그냥 우리 하던 대로 하면 돼. 다만, 오늘은 수백 페타(peta)급으로 대규모 삭제를 하니까, 머리가 띵하고 며칠 바보가 된 듯 멍한 느낌, 그 정도 증상은 있을 수 있어."

재철은 명성을 조심스럽게 살피면서 말을 마치고 기억편집장치를 작동하기 위해서 패널을 보았다. 잠잠하던 명성이 다시 불안감을 보이더니 손을 떨기 시작했다.

"자, 잠깐만."

명성이 부르자 재철은 급히 탁자에 놓인 돈 가방을 일부러 열어 현찰뭉치를 들어보였다.

"이 돈이면 화성은 물론 어딜 가더라도 편히 지낼 수 있어."

불안을 없앨 보상차원으로 지폐뭉치를 보였지만 명성은 고개를 저었다. 그의 불안감은 가시지 않고 오히려 점점 흥분되는 것 같았다.

"지금 돈이 문제가 아니잖아요! 안전하다고 장담하는데, 수백 페타급 삭제를 한 번에 한 적이 있었어요? 정신이 이상해지고 나서 돈이 무슨 소용이 있어요?"

"어허! 그런 일 없다니까! 지금까지 괜찮았잖아."

"아뇨. 못 믿겠어요."

"제발! 확률적으로 희박한, 만에 하나 있을 수 있는 부작용이야. 설마, 내가 동생한테 해가 되는 일을 하겠어?"

"동생?"

불안과 긴장으로 이마에 땀까지 맺혀있던 명성은 재철을 곁눈질로 보더니 다시 의자에 천천히 앉았다. 재철은 이때다 싶어서 어깨를 다시 다독거리며 안심시키듯 부드럽게 말했다.

"아무 걱정 말고 형만 믿고 맘을 푹 가라앉혀. 절대 아무 일 없을 테니까, 긴장을 풀고……. 준비하자."

위에서 헤드마운트가 저절로 내려와 의자에 앉아있는 명성의 머리를 감쌌다. 하지만 명성은 여전히 불안해하며 이마와 목덜미에서 땀방울이 길게 흘러내렸고 눈꺼풀이며 입술, 다리와 손가락까지 미세하게 떨리고 있었다.

"화성에 가서 이루지 못한 꿈도 이루고, 좋은 여자 만나서 행복하게 살 수도 있어."

재철이 명성을 다독이려는 듯 중얼거리며 실행버튼을 누르려는 순간, 명성이 헤드마운트를 벗어 제치고 벌떡 일어났다. 명성은 돌아서있던 재철의 목을 뒤에서 오른팔로 힘껏 감고 소리쳤다.

"못 해!"

"컥! 왜, 왜 그래?"

갑작스럽게 조여 오는 명성의 억센 팔뚝에 재철은 숨이 막혀서 힘을 쓸 수가 없었다. 팔뚝을 풀려고 밀쳐내며 안간힘을 썼지만 소용이 없었고 마침내 실신을 한 듯 힘없이 늘어졌다. 잠시 이성을 잃었던 명성이 정신을 차리고 눈앞에 일어난 상황에 몸을 부르르 떨었다.

"으……."

명성은 팔, 다리에 힘이 풀린 재철과 함께 그대로 같이 바닥에 쓰러졌다. 엎드려 의식을 잃은 재철을 본 순간, 명성은 자신이 큰일을 저질렀음을 깨닫고 화들짝 놀라며 눈동자가 커졌다. 침을 한번 꿀꺽 삼키면서 일어나 어찌할 바를 모르고 사지를 부들부들 떨었다. 잠시 죽음 같은 두려움이 파도처럼 세차게 밀려왔다. 더 이상 이곳에 있으면 안 된다는 본능에 이끌려 황급히 밖으로 도망치듯 뛰어나갔다.

'죽었을까?'

갑작스럽게 치솟은 감정 때문에 엉겁결에 저지른 일이었다. 하지만 내팽개치듯 재철을 두고 떠날 수가 없었다. 명성은 1분도 안되어 다시 제자리에 돌아왔다. 재철에게 천천히 다가가서 바로 눕힌 뒤에 어떻게 된 건지 숨을 죽이고 가슴에 귀를 대보았다. 다행히 심장은 뛰고 있었다. 그제야 명성은 안도하듯 깊은 숨을 내쉬었다. 명성은 벽에 등을 기대고 잠시 동안 재철을 바라보며 지금 상황을 어떻게 해야 할지 고민에 잠겼다.

'내 삶을 변화 시킬 수 있는 순간, 황금가면과 황금날개를 쟁취할 수 있는 절호의 기회, 금재철의 삶을 살 수 있어.'

재철의 삶을 자신의 것으로 하는 선택을 하기까지 시간은 별로 걸리지 않았다. 명성은 작정한 듯이 바닥에 엎드려 있는 재철을 부축하듯 힘껏 들어서 기기의 의자에 앉혔다. 지난번에 재철은 실수로 사생활을 전송한 것 이외에도 기억편집장치의 조작방법에 대한 정보까지 명성에게 보냈다. METCU를 다루는 법을 알고 있는 명성은 기기의 조작버튼을 눌렀다. 헤드마운트가 내려와 재철의 머리에 씌워졌다. 이어서 재철이 가진 모든 기억을 시스템에 복사하는 명령을 내리자 복사가 시작되었고 완료가 되기까지 수십 여분의 시간이 흘렀다. 복사가 끝나자 명성도 의자에 앉아서 시스템에 저장되어 있는 재철의 기억파일을 편집하기 시작했다. 자신이 회사를 운영할 때 부족한 부분을 채우기 위한 중요한 업무 내용들을 하나씩 찾아내는 작업을 했다. 거의 1시간이나 걸리는 세밀한 작업이 끝나자 명성은 자신에게 필요한 것들을 복사하기 시작했다.

재철의 부분적인 기억을 전송하면서 명성은 재철만이 알고 있는 지식과 정보를 취득하였다. 그중에 놀라운 사실 하나를 발견하고 큰 충격을 받았다. 자신이 복제인간이라는 사실, 그것은 명성에게 아주 심각한 정신적인 손상을 주게 되었다. 그로 인해서 장치는 강제로 전송을 중단하고 멈추고 말았다. 시간이 멈춰진 것처럼 명성은 넋을 잃고 한동안 멍하니 있었다. 느닷없이 굵은 눈물방울이 뚝뚝 흘러내리기 시작하더니 급기야는 크게 흐느껴 울기 시작했다.

"아냐! 아니라구. 거짓말, 거짓말이야. 이럴 순 없어."

재철이 뭔가를 잘못 알고 있거나 그럴 리가 없다며 고개를 가로저으며 심하게 부정하기 시작했다. 그러나 현실적으로 두 사람은 너무 닮아있다. 일란성 쌍둥이라고 볼 수 있지만 나이가 1년이나 차이나는 쌍둥이는 없으므로 자신은 틀림없는 복제인간이 될 수밖에 없었다. 한동안 뇌를 뒤흔들어 땅바닥에 떨어뜨리는 것 같은 크나큰 충격을 이겨내지 못했다.

'어찌하여, 나는 이렇게 태어났는가?'

명성은 고작 자신이 누군가의 실험물로써 아니 대체물로써 세상에 태어났다는 것에 대해서 땅이 가라앉는 듯 큰 실망과 좌절을 느끼며 모든 의욕을 상실하고 있었다. 그러다가 의자에 축 늘어져있는 원본(재철)을 보니 갑자기 알 수 없는 분노가 치밀어서 살인충동까지 느껴졌다. 재철의 목을 조르려고 움켜쥐며 두 손에 힘을 주었다.

'너는 지금 무엇을 하느냐.'

어디선가 음성이 들렸다. 순간적으로, 잔뜩 힘이 들어갔던 두 손이 저절로 풀렸다. 자신을 키워준 돌아가신 어머니의 음성이었다. 몸을 부르르 떨며 명성은 재철에게 물러섰고 자리에 털썩 앉더니 눈을 감았다. 자신이 복제라면 이 사람은 피를 나눈 형제보다 더 가까운 자신의 원본이었다. 명성은 재철을 바라보았다.

"미안해."

일시적인 충동으로 사람을 해치려했던 어리석은 생각에 대한 자괴감이 밀려왔다. 비록 패배자로서 지치고 궁핍한 삶을 살긴 했어도 누구를 해코지하거나 인간으로서 어긋난 짓을 해본 적은 없었다. 그러한 삶을 늘 자랑스럽게 생각해왔던 명성인데, 갑작스럽게 상황의 노예가 되어서 추한 행동을 했다는 사실이 몹시 불편했다.

명성은 재철에게 다시 한 번 "용서해 줘."하며 일어서서 엉덩이를 툴툴 털고 문밖으로 나갔다. 문을 열고 나오는 순간, 불 꺼진 바깥은 칠흑 같은 어둠 속, 한치 앞도 알아볼 수 없는 컴컴한 공간과 맞닥뜨리자 다시 생각이 바뀌기 시작했다.

'지금 불을 켜지 못하면, 영원히 어둠 속에.'

명성은 차갑고 어두운 현실의 참담한 구렁텅이 속에 나뒹구는 초라한 자신의 모습들을 떠올렸다. 양심에 못 이겨서 이대로 나간다면, 깨어난 재철이 경찰에 신고할 수도 있다. 그렇게 되면 아마도 범죄자로 붙잡혀서 인생을 교도소에서 망칠지도……. 아니다. 극히 비밀스런 사생활과 관련된 일이기에, 이런 일은 재철이 절대로 외부에 드러낼 수가 없다.

하지만 아무 일도 없었던 것처럼 그냥 넘어가지는 않을 것이다. 해결사든 조폭이든 돈 앞에서 불법을 저지를 수 있는 자들을 고용하면 비밀리에 어떤 방법으로든 재철은 명성을 찾아낼 것이고 원하는 방식대로 자신의 기억은 강제로 소거가 될 것이다. 아니면 앞으로 페이스오프 수준으로 얼굴을 완전히 바꾸고 살아야할지도 모르며 그렇지 않으려면 재철의 눈을 피해서 변두리 지방이나 깊은 산속으로 도망치거나 처절하게 쫓기며 살아갈지도 모른다. 쫓기든 안 쫓기든 명성의 삶은 앞으로 순탄하지 않게 될 것이다. 지난 시간동안 밑바닥을 걸어왔던 고달픈 인생의 가시 밭 길을 다시 힘들게 걷고 싶지 않았다. 기회가 주어졌을 때, 그것을 마다하고 험난한 고통스런 운명을 받아들일 사람은 없다고 생각했다.

하지만 자신이 금재철이 되는, 그것을 실행에 바로 옮길 수는 없었다. 적어도 타인에게 피해를 주지 않으며 자신의 힘으로 떳떳이 살아왔던 인생을 자부심처럼 여겼던 명성이기에, 이성이 지배하는 상황에서는 머뭇거릴 수밖에 없었다. 그럴 수밖에 없는, 자신의 범죄를 합리화할, 정말 그럴 수밖에 없는 절실한 이유와 명분을 생각해보았다.

따지고 보면 재철은 동일한 DNA를 가진 원본으로서 부모나 형제 같은 핏줄보다 더 가깝다. 그런데 그는 일란을 알고 있다는 이유만으로 자신의 왕국에서 아우인 명성을 단호하게 내쫓으려했다. 명성이 일부러 일란을 알고자했던 것도 아닌 재철의 실수로 빚어진 일이 아니었던가. 그럼에도 계약을 어기면서까지 헌신짝처럼 버리려하니, 명성의 입장에선 억울하고 서운하기까지 한 일이었다.

지금 생각하면 애초부터 재철은 명성을 혈육으로 대할 생각이 없었던 것 같았다. 형이라는 의미는 오직 명성에게만 있는 감정이었다. 자신에게 방해가 되거나 필요가 없다면 소모품처럼 버리는 것이 재철의 사고방식이라 생각했다. 사실 따지고 보면, 재철이 대역을 원할 때, 명성은 언제든지 달려와 일을 해주는 로봇 혹은 하인이지 그 이상의 존재는 아니었다. 동등한 인격체로서의 명성이나 피붙이인 형제애 같은 감정은 아예 없었다고 봐도 무방했다. 그저 재철을 편안케 해주는 하나의 일하는 도구로써 존재가치가 있을 뿐이었다. 오늘처럼 뇌세포의 파괴가 우려되는 피해를 알면서도 자신의 목적을 위해서 강제로 기억을 소거시키려는 행위, 너무 자기중심적이고 이기적이며 비인간적이지 않은가.

이렇게 생각하니 명성은 한결 마음이 가벼워졌다. 이제 와서 재철을 나쁜 사람으로 폄훼하는 것이 조금은 맘에 걸리긴 해도 어쩔 수 없다고 생각했다. 재철을 미워하거나 상해를 입힐 생각은 추호도 없었다. 다만, 그가 가진 명예와 부와 사랑 그리고 그로 인해 얻는 인생의 행복과 기쁨들을 이 왕국에서 마음껏 느껴보고 싶었다. 태어나서 단 한 번도 그런 것들을 소유하지 못한 불행한 자신도 아무런 부담 없이 갖고 싶었다. 꼭두각시처럼 조종당하는 허수아비의 가짜인생이 아닌 정식으로 그의 인생을 살고 싶었다.

무엇보다 명성은 재철의 대역인 회사대표로서 느낀 만족이나 행복보다, 일란을 만났을 때 형언할 수 없는 황홀함을 느꼈고 진정한 삶의 의미와 기쁨이 무엇인지를 알 수 있었다.

'당신을 닮은 나는, 어째서 같은 인간으로서 행복한 인생을 누릴 그런 권리 같은 것이 태어날 때부터 없었단 말인가?'

재철의 아버지는 왜 자신을 복제인간으로 태어나게 했는지 의문이 들었다. 자신이 존재하는 이유가 누군가(재철)의 수명연장을 위한 간이나 심장 등 장기제공이 목적이라고 한다면 참으로 끔찍한 일이 아닐 수가 없다. 그것이 아니라면 자신은 금석만 박사의 실험용 쥐이고 금박사의 업적을 위한 결과물로서 복제인간에 지나지 않는 것이었다. 그러니 애초에 인간다운 행복 같은 것을 누릴 권리는 아예 없다고 봐야했다. 이렇게 생각하니 착잡한 느낌이 물밀듯 밀려오며 다시 심란해졌다.

'누군가를 위해 존재하는 인간, 그것이 내가 존재하는 이유라면 나는 그런 운명을 거부하겠어.'

가슴 깊은 곳에서 활활 타오르는 뜨거운 불길을 느낀 명성은 지금 자신이 하려는 일을 진행하는 데에 더 이상의 꺼림칙함이나 양심의 가책도 느낄 필요가 없게 되었다. 범죄를 무감각하게 만들 정도로 자신을 합리화한 명성은 마침내 결심한 듯이 크게 숨을 들이마시면서 마음을 굳게 먹었다. 그리고 의식을 잃은 재철에게 귀엣말로 속삭였다.

"하늘이 생명을 주실 때는 저마다 태어난 이유가 있지 않겠어? 고작 너와 네 아버지의 목적을 위해서 내가 태어난 건 아니겠지. 그런 이유라면 나는 세상을 저주할 거야. 지금 이 순간부터, 더도 말고 딱 2년간만 너로 살아보겠어. 그래서 내가 태어난 이유, 살아가는 이유, 하늘이 주신 운명을 알아보고 싶은 거야!"

명성은 혼잣말 같은 다짐을, 의식을 잃은 재철의 귀에 소곤거리다가 끝에 가서는 격한 감정에 겨워서 크게 소리쳤다. 재철의 인생에서 2년 정도면 큰 죄책감은 들지 않을 것이라고 생각한 명성은 거침없이 자신의 일을 시작했다. 먼저, 교대작업 이전의 기억을 찾기 위해 장치에 남아있는 자신의 기억파일들을 날짜로 검색하기 시작했다. 명성이 처음 회사에 찾아와 재철을 만났던 날의 기억을 찾을 수 있었다. 명성은 떨리는 손으로 이때의 기억을 재철의 두뇌에 고스란히 옮겨 담기 시작했다. 이 일을 마치면 재철은 자신을 명성으로 자각하며 살게 될 것이다.

얼마의 시간이 흐른 뒤에 모든 작업은 완료되었다. 일을 마친 명성은 한동안 생각에 잠겨 있다가 아직 정신을 차리지 못한 재철을 속옷만 남겨두고 모두 벗겨서 주변에 있던 트레이닝복으로 갈아입혔다. 이어 부들부들 떨면서 재철의 전화번호를 종이쪽지에 적어서 바지주머니에 넣고 돈 가방에서 지폐 수십 장을 꺼내어 웃옷 주머니에 구겨 넣었다. 그런 후에, 마치 노숙자나 험한 일을 하는 사람처럼 수염이 난 얼굴에 먼지와 때를 묻히고 머리를 헝클어뜨린 후에 재철이 마시던 포도주를 옷과 얼굴에 뿌려 술에 취한 사람처럼 만들었다. 꾸며놓고 보니 재철이라고 전혀 알아볼 수 없는 추레한 몰골이 되었다.

명성은 재철을 업고 투명망토로 가린 뒤에 어둠을 밝히는 손전등에 의지하여 복도를 힘겹게 지나서 천천히 화물용 엘리베이터를 탔다. 1층에 내려서 건물 뒤쪽 문으로 회사를 나왔다. 투명망토에 가려져서 업고 가는 모습은 보이지 않았지만 혹시나 찍힐지 모를 거리의 CCTV는 피하려고 애를 썼다. 재철이 업힌 무게에 힘이 겨워서 씩씩거리며 차가운 공기를 들이마시자 입에서 하얀 증기가 연신 뿜어져 나왔다. 횡단보도에서 잠시 두리번거리던 명성은 멀리 지하도가 보이는 곳으로 한참을 걸어갔다. 이미 자정을 훨씬 넘긴 새벽 3시20분경, 한겨울밤의 추위는 몹시도 쌀쌀하게만 느껴졌다.

　명성이 지하도 근처로 다가가자 안에서 들려오는 술에 취해 떠드는 소리를 들을 수 있었다. 입구에선 보이지 않지만 지하도에 노숙자들이 삼삼오오 모여서 술을 마시며 잡담을 하거나 몇몇은 옆에서 낡은 담요와 골판지를 덮고 덜덜 떨면서 자고 있을 것이었다. 명성은 그들이 있음을 소리로 확인한 후에 재철을 계단 중간쯤에 내려놓았다. 바닥에 엎드린 모습이 금재철이라고 알아볼 수 없는 영락없는 취객이나 노숙자 꼴이었다. 계단을 올라가다가 다시 돌아보니 옷이 너무 얇다는 느낌이 들었다. 추운 날씨에 얼어 죽지 않을까, 하는 생각과 함께 옷을 더 껴입히지 못한 것이 맘에 걸렸지만 일단은 위로 올라갔다.

　어둠을 밝히는 가로등 불빛이 환하게 올라오는 명성을 맞이하고 있었다. 명성은 가로등 기둥 옆에 서서 계단에 엎드려 있는 재철을 지켜보았다. 기억복사 작업으로 깊은 잠에 빠졌지만 재철은 몇 분 안에 각성될 것이다. 그럼에도 한겨울밤의 추위가 걱정인지 명성은 길바닥에서 작은 돌을 주워서 지하도를 향해 힘껏 던졌다. 계단 아래로 돌이 굴러 떨어지는 소리가 밤이라서 더 크게 들렸다.

　잠시 후, 덩치가 큰 어떤 노숙자가 무슨 소리인지 궁금한 듯 술병을 들고 나타났다. 그는 계단 바닥에 엎어져있는 재철을 발견하고, 웬 놈인가, 하는 눈빛으로 올라왔다. 재철을 관찰하던 노숙자는 괜히 발로 툭 한번 차보는데, 꿈쩍을

앉자 다시 등을 손바닥으로 힘껏 쳤다. 재철이 몽롱한 의식 상태에서 눈을 뜨고 일어났다. 노숙자와 눈이 마주치자 재철은 흠칫 놀라더니 기겁하며 소릴 질렀다. 재철이 피하며 주변을 살피는 순간, 노숙자는 재철의 주머니에서 삐져나온 지폐를 발견했다. 노숙자가 잽싸게 지폐를 움켜쥐며 빼내다가 몇 장이 바닥에 떨어졌다. 노숙자가 돈을 쥐고 달아나려는데 재철이 노숙자를 본능적으로 붙잡았다. 뒤에서 껴안자 노숙자는 재철의 팔을 뿌리치면서 팔꿈치로 얼굴을 가격했다. 얻어맞았지만 재철은 포기하지 않고 도망치려는 노숙자의 허리를 꽉 붙잡았다. 돈을 되찾으려는 재철과 빼앗기지 않으려는 노숙자 간에 몸싸움이 시작되었다.

노숙자가 재철이 휘감은 팔을 풀고 돌아서서 주먹과 발로 재철의 가슴과 배를 세게 쳤고 재철이 비틀거렸다. 재철도 반사적으로 주먹을 마구 휘둘렀고 노숙자도 안면을 얻어맞았다. 그의 코에서 피가 흘러내리자 놀란 재철이 뒤로 물러섰다. 피를 본 노숙자는 무섭게 흥분을 하면서 죽여 버리겠다며 욕설과 함께 소릴 질렀다. 주머니에서 술병을 꺼내더니 재철의 머리를 내리쳤다. 병이 깨지면서 동시에 재철은 머리를 움켜잡고 주저앉듯 바닥에 쓰러지고 말았다. 재철의 머리에서 피가 흘러내리고 움직임이 없자 죽은 것으로 오해한 노숙자는 겁에 질려서 주변을 살피며 뒤로 물러서다가 그대로 놔두고 황급히 달아났다.

이 광경을 지켜보던 명성은 일이 잘못된 것 같아서 재철을 향해 급히 달려가는데, 소란한 소리에 다른 노숙자가 올라오고 있었다. 그는 피를 흘리고 쓰러져 있는 재철을 보며 상태를 살펴보다가 바닥에 떨어진 지폐를 황급히 주워서 주머니에 넣었다. 재철을 흔들면서 뭐라고 중얼거리다가 의식이 없는 것을 확인하자 급히 들쳐 매듯 업었다. 그가 재철을 업고 위로 힘겹게 올라가자 내려가던 명성은 다시 위로 재빨리 올라와서 건물 사이로 몸을 숨겼다. 길가로 나온 노숙자는 어둠 속에서 두리번거리다가 급한 걸음으로 어디론가 헉헉대며 뛰기 시작했다. 명성도 그의 뒤를 따라서 빠르게 쫓아가기 시작했다.

남자가 도착한 곳은 근처에 있는 병원이었다. 명성은 그가 응급실로 들어가는 모습을 보고 비로소 안심한 듯 숨을 고르면서 입구에서 멈췄다. 병원근처를 30분쯤 초조하게 서성이는데 한통의 전화가 걸려왔다.

"밤늦게 죄송한데, 여기 병원이에요. 전화 받으시는 분은 누구시죠?"

상호간에 얼굴이 보이지 않는 야간모드로 받아서 검은 배경에 목소리만 들렸다.

"무슨 일인데요?"

"예. 응급 환자 한분이 들어왔는데, 전화번호가 있어서."

담당자는 쪽지에 적힌 번호로 전화를 했다면서 관계를 물었다. 명성은 그가 회사에서 일하는 직원이라고 했고 날이 밝으면 응급실로 가겠으니 치료를 잘 부탁한다며 끊었다.

깊은 한숨이 자신도 모르게 길게 나왔다. 이제 조금 마음이 안정됨을 느꼈다. 계획한대로 병원에 가게 되었지만 그 과정에서 재철이 죽거나 불구가 되는 위험한 변수가 있었기에 두 번 다시 마음을 졸이는 이런 일은 하지 않으리라 생각했다. 큰 걱정을 덜어내자 긴장이 풀렸고 피곤함이 한꺼번에 몰려와서 일단은 회사로 가기로 하고 발걸음을 옮겼다.

작업실로 들어온 명성은 간이침대에 누웠다. 심신이 피곤하였지만 곧 바로 잠을 이룰 수는 없었다. 백지 같은 자신의 인생에 먹물처럼 검은 죄를 뿌려놓았으니 죄책감을 털어내기 위해서라도 명성은 날이 밝는 대로 바로 병원으로 가야했다.

죄의식 속에서 뒤척이다가 잠깐 잠이 들었고 눈을 떴을 때는 새벽 6시쯤 되었다. 밖의 세상은 아직도 어두운 밤이 지배하고 있었다. 명성은 일어나서 간단히 세면을 한 뒤에 밖으로 나왔다. 어스름한 새벽이지만 사람들에게 자신을 보이기가 거북스러워 검은 안경을 찾아서 썼다. 아무래도 죄의식 때문에 세상을 바로 볼 수가 없었다. 안경 너머로 한 단계 걸러보자 조금은 안심이 되었다.

병원에 가까워지자 심장이 두근거리기 시작했다. 추운 날씨임에도 긴장해서 땀까지 흘러내렸다. 간신히 마음을 진정시키며 접수처로 왔을 때는 6시 30분쯤이 되었다. 당직의사로부터 간단한 응급처치를 받은 재철은 응급실 침대에 누워있었고 업고 온 노숙자가 옆에서 지켜보고 있었다. 명성은 재철의 다친 상태를 확인한 후에 담당자에게 1인실을 달라고 했다. 명성을 업고 뛴 중년의 노숙자에게 고맙다며 얼마간의 돈을 주었다. 남자는 처음엔 거부하다가 마지못해 받는 시늉을 하면서 자신이 아니었으면 죽었을 것이라는 말을 여러 번 반복했다. 1인실로 옮겼지만 그는 가지 않고 따라왔고 명성 곁에서 같은 말을 자꾸 반복하며 얼쩡거렸다. 명성은 간호사에게 그의 병실 출입을 막아달라고 부탁했다. 그때가 7시경이었다. 명성은 재철이 잠든 침대 옆, 의자에 앉아서 잠시 눈을 붙였다.

호텔 분위기의 VIP병실에 은은한 아침햇살이 유리창을 통해 환하게 들어왔다. 재철은 머리에 붕대를 감고 얼굴에 거즈를 붙인 채 링거액을 맞으며 누워있었다. 재철이 눈을 가늘게 뜨고 주변을 살펴보는데 놀랍게도 금재철이 검은 안경을 쓰고 눈을 감은 채로 앉아있었다.

"사, 사장님……."

말소리에 명성이 눈을 떴고 안경을 벗어 재철을 보며 따뜻한 미소를 띤 채 말했다.

"깨어났군. 괜찮아?"

"제가 왜 여기에 있는 거죠?"

재철은 오른손으로 침대 바닥을 짚으며 일어나려다가 아픈 듯이 '아야!'소릴 지르며 다시 누웠다. 명성이 침대의 상체 조절 버튼을 눌러 반쯤 일으켜 세우자 재철은 주위를 살피며 두리번거렸다.

"어젯밤 길거리에서 불량배한테 얻어맞고 의식을 잃었다던데, 이만하길 다행이야."

"어쩌다가요?"

"글쎄, 어제 술을 좀 과하게 마신 거 아냐?"

덥수룩한 수염의 재철은 얼굴이 약간 부어 있었지만 심각한 상태는 아니었다. 하지만 이곳저곳을 맞아서 아픈지 고통스러워하며 한숨을 쉬었다.

"빌어먹을. 병원신세 안 지려고 했는데. 근데, 누가 데려왔지요? 설마, 사장님이?"

명성은 머리를 설레설레 흔들었다.

"노숙자가 발견해서 데리고 왔다던데. 병원에서 보호자를 찾다가 나한테 연락이 왔더라고. 그래서 새벽에 온 거야."

재철은 그제야 이해가 되는지 끄덕이며 고마워했다.

"정말 죄송해요. 여기까지 와주셔서, 너무 감사하고요."

재철은 병실을 둘러보다가 넓은 실내의 독실이라서 "여긴 비쌀 텐데."하며 불안해했다.

"병실비는 걱정 말고, 빨리 회복해야지."

"폐를 끼쳐 죄송합니다. 병원비는 갚아드릴게요. 근데, 오늘 며칠이죠?"

"12월 2일."

"예?"

재철은 너무 크게 놀란 듯 한동안 주위를 두리번거리며 입만 벌리고 있었다.

"저, 정말이에요? 사장님 만난 게 엊그제 같은데, 벌써 12월이라구요?"

"의사 말로는 자네가 머릴 다쳐서 기억을 부분적으로 상실할 수도 있다고 하던데. 설마, 어제 나를 만난 거는, 기억나나?"

재철은 여전히 놀란 눈으로 고개를 저으며 명성을 보더니 갑자기 분한 듯이 주먹으로 침대를 내리쳤다.

"빌어먹을! 기억상실이라니."

재철은 짜증 섞인 말과 함께 원망하듯 위를 쳐다보았다.

"어떻게 된 게, 사고만 치는 인생인지. 안 되는 놈은 뒤로 자빠져도 코가 깨진다고, 이럴 바엔 차라리 죽는 게 낫지."

비관적인 말을 내뱉으며 괴로워하는 재철을 보며 명성이 거슬리는 듯 말했다.

"이깟 일로 무슨 신세한탄을 해? 자넨 나와 닮았다는 이유만으로 배짱 좋게 회사로 찾아왔잖아. 그 팔팔하던 패기는 어디로 간 거야? 자네와 의형제를 맺은 내가 실망스럽군."

재철이 의아한 눈빛으로 쳐다보았다.

"의, 의형젤 맺어요, 사장님과?"

명성은 의형제라는 이야길 왜 했는지, 자신도 말을 꺼내놓고 어색했다. 그냥 명성이 다짜고짜 재철에게 형님이라고 부른 것이 전부였다. 아마도 명성이 재철을 처음 만났을 때, 마음 한구석에서 재철이 자신을 그렇게 대해주길 바랐던 마음이 드러난 것일지도 몰랐다.

"난 자넬, 내 형제처럼 생각하고 있어."

재철은 잠시 말없이 보다가 고개를 숙이더니 명성의 얼굴을 다시 보았다.

"죄송합니다. 그때 만난 이후로 기억이 없어서. 옛날에 안됐던 기억만 생각하다보니 잠시 넋두리를 했군요. 근데, 제가 정말 형님이라고 불러도 되는 건가요? 형님이랑 제가 무슨 일을 하긴 했습니까?"

명성은 시선을 유리창 너머로 옮겨 파란 하늘을 보면서 재철에게 말했다.

"자네 화성에 가고 싶다고 했어. 거기서 관광 사업을 하고 싶다고."

"아, 화성……."

"벌써 수백 명의 지구인들이 정착했잖아. 신천지의 자원획득과 관광개발을 목적으로 강대국은 이미 대규모로 지구의 노동인력 이주를 촉진하고 있고. 화성개발 붐은 이미 시작되었어."

명성은 탁자에 놓여있던 검정색 가방을 재철에게 주었다.

"뭔가요?"

재철이 가방을 천천히 열자 안에는 상당한 액수의 현금 다발이 들어있었다. 재철이 가방과 명성을 번갈아보며 또 다시 놀란 눈으로 한동안 말을 못하는데, 명성이 미소를 지었다.

"이게 뭡니까? 이 돈을 왜 제게?"

명성은 창밖을 보면서 고개를 천천히 끄덕였다.

"자넨 늘 말했어. 꿈을 이룰 수 있는 신천지, 화성에 가서 꿈을 한번 이뤄봤으면 좋겠다고, 입버릇처럼……. 그걸로 꿈을 한번 이뤄봐."

시간이 정지 된 듯, 재철은 한동안 명성을 바라보며 굳어있었다. 눈에서 눈물이 글썽거리더니 가방으로 뚝뚝 떨어졌다.

"꿈은 그냥 꾸는 것이라고 생각했어요. 꿈을 현실로 만드는 사람을 보면 대단하다는 생각만 했고……."

"꾸기만 하면 잠자는 자의 곁을 떠나지 않는 것이 꿈이야. 이뤄진다고 믿고 이루려고 실천을 할 때, 비로소 꿈이 현실이 되는 거지."

"저 같은 사람의 꿈도 가능할까요? 사람들은 외모나 배경, 지위와 학벌 등 드러난 것에 영향을 받고 그에 따른 평가와 대우를 하잖아요. 누군가에게 인정을 받고 우러름을 받고자 한다면 황금가면과 황금날개가……. 그런 것이 없는 자의 꿈은 평가절하되고 무시 당하기 일쑤인데……."

"드러난 빙산의 5%가 평가의 대상이라 하여 세상을 원망해선 안 돼. 숨겨진 능력이 빛을 발하지 못하고 지하에 매장되는 것은 결코 하늘의 뜻이 아닐 거야. 언젠가는 드러나게 되어있다고 생각해. 폭발할 것같이 갇혀 있는 지하의 용암은 땅거죽을 뚫고 분출할 수밖에 없고 먹구름 속에 터질 듯 갇혀있는 전기가 벼락을 치며 어둠 속에 빛을 발하지. 심연 속에 가라앉아있는 자네의 눈부신 황금보석도 떠오르는 날이 언젠가는 오고 말거야."

재철에게 자신감을 불어넣어주려고 하는 말이 아닌, 스스로에게 들려주고 싶은 말을 명성이 하고 있었다. 듣고 있던 재철이 입을 열었다.

"그래도 현실은……. 내면의 크기가 아무리 크다 한들, 세상은 참가치를 외면하고 알아보지 못하는 것 같아요. 본질을 외면한 드러난 것만 가치의 척도로 삼고, 보이는 것만 보는 눈을 가졌기 때문이죠."

"그래서? 그렇다고 하여 해보지도 않고 지레 겁을 내고 포기하면 되는 일이 뭐가 있을까? 자네의 꿈과 능력을 믿는 유일한 사람이 바로 나일세. 나마저 실망시킬 건가?"

그제야 재철은 고개를 끄덕였다.

"고마워요. 자신을 알아주는 사람을 만나면 삶이 행복하다고 하던데, 날 믿고 인정해주는 형님이 있어서 죽어도 여한이……."

재철은 떨리는 목소리는 말끝을 맺지 못하고 갑자기 명성의 소매를 붙잡으며 울먹이기 시작했다. 재철이 흐느끼는 모습을 보며 명성은 묘한 느낌이 들었다.

'금재철이 이렇게 감격하면서 고마워하고 있다니. 하룻밤 사이에, 고용인 신분이었던 나에게. 순간에 바뀔 수 있는 것이 인간의 운명인가.'

명성은 옅은 미소를 지며 재철의 등을 다독거렸다. 재철은 명성에게 화성에 가서 반드시 성공해 은혜를 갚겠다고 다짐했다. 명성과 재철은 이렇게 병원에서 헤어졌다.

그 후의 소식은 재철이 보내온 메일과 전화로 알게 되었다. 재철은 치료를 받는 중에 기욱이란 사람과 알게 되었다. 그는 재철을 업고 뛴 노숙자로 명성이 출입을 막았음에도 안부가 궁금해서 자주 병원에 들렀다가 우연히 외출하던 재철과 마주치게 되었다고 했다. 사연을 알게 된 재철은 그를 생명의 은인으로 여겨 같이 지내자고 했다한다. 그 역시 한때 사업을 했는데, 부도로 쫄딱 망해서 의욕을 잃고 노숙자가 되었다면서 재철이 꿈꾸는 화성사업에 깊은 관심을 갖고 재기의 꿈을 다졌다고 한다. 둘은 동병상련으로 의기투합했고 퇴원 후에 기욱과 함께 화성에 갈 준비를 한다고 했다. 그들이 화성행 우주선에 몸을 싣기 위해서는 미국으로 가야하고 그곳에서 며칠 동안 사전교육과 훈련을 받아야한다. 또 지구에서 출발하여 화성에 도착하기까지 몇 개월이 걸리는 여행이 된다.

명성은 재철을 그렇게 화성으로 보낼 수 있게 되어 마음 한 구석의 근심을 덜 수 있었다. 재철을 울먹이게 하며 감동시킨 명성이기에 행여 자신의 정체를 폭로하기 위해 재철이 지구로 돌아올 일은 전혀 없을 것이라고 생각했다. 명성은 안심했고 뿌듯한 마음으로 대역이 아닌 진짜 대표이사 금재철이 되어 회사에 출근을 했다. 이미 경험이 있어서 아무 탈 없이 대표이사직을 잘 수행할 수 있었다. 누가 뭐래도, 누구도 의심할 수 없는 완벽한 금재철로 행세하며 업무를 잘 처리했다. 많은 직원들과 간부들 또한 어떠한 의심도 하지 않았다.

거짓이 진실을 능가하며 가짜가 진짜를 아우르리라
거짓은 진실을 낳고 진실은 거짓이 되고
허수아비에게 황금가면, 만인에게 존경
꼭두각시에게 황금날개, 만인위에 군림
권력과 돈, 명예와 사랑으로 추앙 받고
가짜든 거짓이든 황금날개와 황금가면에 압도되리

고명성은 누군가의 조종을 받는 꼭두각시가 아닌 자유의지를 가진 금재철로서 누릴 수 있는 모든 행복을 누릴 수 있게 되었다. 사랑을 제외한 돈과 명예와 권력을 손에 쥔 기쁨을 마음껏 만끽하였다. 하지만 시간이 흐르면서 정작 자신 안에 방해자는 그 기쁨을 누릴 권리를 박탈하려고 자신을 끊임없이 괴롭히고 있었다. 재철의 대역을 할 때는 주인의 허락을 받고 물건을 훔치는 시늉을 하는 느낌이었지만, 지금은 주인의 허락을 받지 않고 물건을 훔치는 도둑놈처럼 마음이 편하지 않았다. 금재철의 외모로 낯 두껍게 다른 사람을 속이면서 오늘도 하루를 보냈지만 자신을 속이지 못하는 양심만은 늘 귓가에 속삭이고 있었다.

금재철의 자리를 강탈한 죄, 천벌을 받을 거야.

자신이 명성임을 자각하는 양심은 마음속의 찌꺼기로 남아서 부끄러운 기억을 늘 되새김질하며 아프게 하였다. 이래서는 맘 편하게 살 수 없을 것이라 생각했다. 일말의 양심 때문에 괴로워한다면 차라리 모든 것을 포기하고 속편하게 명성으로 돌아가거나 아니면 명성으로서 행했던 나쁜 기억을 삭제하는 것이 좋겠다고 생각했다. 재철의 기억을 자신의 두뇌로 전부 덮어씌운다면 그래서 완벽한 금재철이 된다면 심적 고통은 없을 것이라 생각했다.

그러나 그전에 할 일이 있었다. 재철에게 약속한 2년, 아니 그전이라도 진실을 알고자 하거나 문제가 생길 때를 대비해 기억을 되돌릴 필요가 있었다. 그래서 기억복원 작업을 위한 열쇠를 자신만이 아는 퍼즐로 만들어 둘 필요가 있다고 생각했다. 명성은 상당한 시간동안 기억복원 작업계획을 주도면밀하게 세웠다.

먼저, 재철과 명성이 함께 사용하는 공용 MFD에 숨김 알람설정에서 2년 후에 '너는 고명성. 자신으로 돌아가야 할 때가 왔다.'는 메시지와 암호해독법이 표시되도록 설정을 해놓았다. 이제 자신만의 전화가 된 3D폰에도 마찬가지의 설정을 해놓았다. 또한 언제라도 진실을 알아야할 필요성이 있을 때에는 집무실의 전자액자를 이용한 실마리를 두었고 천장에 SD어댑터와 암호 또한 책상 밑에는 초소형CD를 붙여 암호파일을 만들어 놓았다. 이런 것들이 문제를 일으키거나 무력화 되더라도 비밀의 방에 있는 METCU(기억편집장치)를 발견하면 내막을 알 수 있도록 설정도 해놓았다. 또한 자신 외에 그 누구도 알지 못하게 감쪽같이 벽에 자동수납 되도록 개조했으며 내부시설도 개인쉼터와 작업실로 바꾸어놓았다. 사옥을 이전하려면 최소 2-3년은 지나야하기 때문에 향후 2년간은 작업실이 안전하게 유지될 수 있어 안심할 수 있었다.

명성은 직원들이 모두 퇴근한 밤 시간을 이용해서 METCU를 사용할 때 쓰는 의자대신에 특별히 개조한 로봇 전동의자에 앉았다. 재철의 기억을 자신의 두뇌에 모두 옮기되 장치의 위치에 대한 기억과 진행되는 작업 과정은 삭제되게 만들었다. 이렇게 편집된 기억을 자신의 두뇌로 옮기는 작업을 실행했다. 이후에 작업이 완료될 때까지 명성은 서서히 잠이 들었다.

여기까지가 명성이 눈을 떴을 때 떠올린 삭제된 기억들이었다. 이후에 상황은 유추할 수밖에 없었다. 언젠가 새벽에 집무실 소파에 엎드린 채 잠을 자다가 깬 날이 있었다. 마치 야근을 하다가 깬 것처럼 느껴졌는데 그날이 바로 기억을 옮기던 날이었을 것이다. 그날 새벽에 자신을 명성이라고 자각할 수 없는 금재철이 되어 집무실을 나왔던 것이다.

그날 밤, 작업실에서 집무실까지의 이동은 프로그래밍이 가능하고 로봇처럼 주행할 수 있는 전동의자가 해답이 될 것이다. 기억복사작업이 완료되자 기억편집장치는 자동으로 벽안으로 수납되고 잠든 상태의 명성은 전동의자에 앉은 채 집무실로 이동한다. 명성이 미리 프로그램으로 설정한 주행 경로를 따라 움직이는 것이다. 전동의자가 비밀의 방을 나오자 문은 자동으로 잠기고 복도의 출입문도 역시 같다. 전동의자가 복도를 지나 엘리베이터에 닿자 로봇의자에서 봉이 나와 55층 버튼을 누르고 엘리베이터에 탄다. 55층에서 문이 열리자 전동의자는 복도를 지나서 미리 문을 개방해 놓은 집무실로 향한다. 전동의자가 목적지인 집무실 소파에 도착하자 명성을 소파로 밀어낸다. 명성은 소파에 엎드린 채 잠든 모습으로 있게 된다. 이후 전동의자는 집무실을 나가서 비밀의 방으로 다시 복귀한다. 이런 작업 시나리오는 명성도 로봇관련 기술을 갖고 있기에 충분히 가능하다.

여기까지 추리를 마치자 재철은 갑자기 가슴이 뜨끔해졌다. 이러한 기억이 사실이라면 자신은 더 이상 금재철이 아니기 때문이었다.

'내가……. 명성이었어.'

거대한 쓰나미 같은 해일이 한꺼번에 머릿속을 덮쳐왔다. 충격을 받은 명성은 한동안 망연자실한 상태로 넋이 나간 듯이 앉아있었다. 오랜 시간 동안, 날이 어둑어둑해질 때까지도 그 자리에서 떠날 줄을 몰랐다.

따듯한 인간 고명성

'왜 그때 그런 행동을 했을까? 이렇게 후회스러운데.'

나쁜 짓을 해본 적이 없었는데, 이런 몹쓸 짓을 저지르며 황금가면과 황금날개를 얻었다. 아니 탈취했다. 구석에 구겨 놓았던 양심이 바늘처럼 돌아나며 가슴을 찌르고 있다. 도저히 가시방석 같은 자리에 머무르며 가짜로 살아갈 수가 없다. 괴로움을 없애기 위해 재철에게 행했던 악행의 기억을 지울 수도 있지만 그렇게까지 하면서 철면피가 되고 싶은 생각은 추호도 없다. 죄의 대가라고 여기면서 괴로움 속에서 속죄할 길을 찾겠다고 생각했다. 그것이 떠나간 진짜 금재철에게 용서를 구하는 길 같았다.

그러나 당장에 자신은 가짜이며 진짜 금재철은 화성에 갔다는 진실을 세상에 밝힐 용기는 없다. 설령, 그런 맘을 먹고 발표를 하더라도 그것은 진짜 금재철뿐만 아니라 자신에게도 걷잡을 수 없는 사건 속에 휘말리는 일이 될 것이며 그 피해는 잃을 것이 없는 자신보다 진짜 금재철에게 고스란히 돌아갈 것이기 때문이었다. 다행히 현재는 일란을 제외한 누구도 명성을 재철이 아니라고 의심할 사람이 없기에 조용히 때를 기다리며 해결하는 것이 순리라고 생각했다.

재철을 다시 지구에 오게 부르려면 최소한 몇 개월의 물리적인 시간이 필요할 것이다. 당분간은 어쩔 수 없이 그가 되어 살아야한다. 명성은 재철이 화성에서 하루바삐 돌아오도록 손을 써야겠다고 결심하면서 한편으로 그때 자신이 왜 그런 짓을 해야 했는지 다시금 곱씹었다. 아무리 생각해도 지금은 이해할 수가 없는 일이다. 돈, 권력, 명예……. 그딴 것들은 그저 변두리에서 소박한 꿈만을 꿨던 명성에게 필요하지 않은 것들이었는데.

그런데 무엇 때문에, 명성은 재철의 자리를 차지하려했을까?

'채일란'

명성은 문득 깨달았다. 누구 때문에 재철이 되려고 했는지를. 일란을 만난 것이 명성의 운명을 뒤틀리게 한 계기가 된 것 같았다. 그녀를 처음 본 순간, 태어나서 처음으로 사랑과 기쁨이란 단어의 의미를 깨달았으며 삶의 행복이 무엇인지를 느꼈다. 하지만 자신은 재철을 흉내 내는 대리인일 뿐, 그녀를 가질 수도 느낄 수도 없는 재철의 하수인이며 왕국의 허수아비 같은 존재로서, 잠깐 동안 일란과 같이했던 순간의 행복은 거품 같은 허무함만을 진하게 남겼다.

일란과 헤어진 후에 명성은 애타는 그리움으로 일란을 만나고 싶어했고 참을 수가 없었다. 언젠가 업무교대계약이 만료되어 평범한 명성으로 살아간다면 그녀는 꿈속에서나 그려볼 타인의 연인일 뿐이었다. 그래서 채일란의 남자가 되고픈 욕망이 꿈틀거렸던 것이다. 그러나 그런 일은 결코 있어서는 안 된다며 못된 생각을 떨치려 노력했었다. 자신을 구해주고 돌봐준 재철 형님에 대한 배신은 결코 인간으로서 할 도리가 아니었기에. 그렇지만 욕망을 잠재우려고 하면 할수록 명성은 자신이 진짜 금재철이 되어 일란을 당당하게 만났으면 하는 욕구가 강하게 솟구쳤다. 그런 바람은 명성의 잠재의식 속에서 아로새겨졌고 자신이 금재철이 되는 꿈까지 꾸게 하였던 것이다.

그날 밤, 재철은 일란을 만난 것에 대한 질책과 더불어 계약해지를 일방적으로 통고했다. 게다가 뇌신경세포에 심각한 부담을 줄지도 모를 기억삭제 작업을 시도하면서 재철은 마치 명성을 하나의 부품이나 기계를 다루듯이 너무 쉽게 대하는 태도를 보였다. 명성은 그런 재철에게 실망했고 순간적인 분노를 일으키게 하여 재철을 실신시킨 것이었다. 행동에 대해 합리화를 할 뜻은 없지만 왜 그렇게 했었는지, 일의 연유는 알 수 있었다. 하지만이내 씁쓸하게 입술을 깨물고 일어섰다.

'일란, 그녀가 이 모든 진실을 안다면 나를 어떻게 생각할까?'

그녀의 마음을 얻는 일은 아마 영원히 불가능한 일이 될 것이다. 일란이정말 명성과 재철을 구분하는 능력이 있는지 모르겠지만, 귀국하던 그날 밤에 명성을 거부하며 종적을 감춰버린 것을 보면 명성은 그녀에게 다가갈 수없는 남자임에는 틀림이 없다. 그녀의 의심이 깊어갈수록 표정은 차가웠고냉랭하여 견딜 수가 없었다. 가짜라는 태생적인 한계 속에서 일란의 사랑을얻는 것은 시작부터 틀린 일일지도 모른다. 그렇기 때문에 모든 진실을 알게 된다면 그녀는 말할 수 없는 분노로 명성을 저주할 지도 모른다. 모든 일이 일란이란 한 여자를 사랑해서 생긴 일임에도 명성은 그녀의 사랑을 얻을수 없고 둘 사이에는 넘어설 수 없는 높은 벽만 존재한다. 종국에는 비극적인 결과만이 기다리고 있을 것이다. 이렇게 생각하니 명성은 말할 수 없는허전함 속에서 삶의 의욕을 잃은 것처럼 길게 한숨을 쉬며 눈을 감았다.

짧지만 다시 긴 시간이 흘렀다. 명성은 손에 힘이 들어가면서 저절로 주먹을 쥐고 말았다. 일란을 포기할 수 없다는 불같이 타오르는 투지를 느꼈다. 어떻게 해서든 일란의 마음을 돌려놓겠다고 생각했다. 명성으로 다가갈수 없다면 금재철이 되어 일란 앞에 당당하게 서리라.

모든 의심을 털어버리고 완벽한 금재철이 되어야겠다고 다시 맘먹었다. 그러기 위해서 일란의 임신 사실에 주목해야했다. 무정자증인 자신을 배제한다면, 다른 누군가의 아이임에 틀림없다. 재철이 아닌 다른 남자의 아이로 밝혀진다면 자신을 향한 일란의 의심은 사그라질 것이나 일란은 금재철의 아이라고 단정하기에 이것은 실현 가능성도 의미도 없다. 금재철이 원래 무정자증이었다는 병원의 진단서만 내밀어도 일란의 마음이 움직일 수 있겠지만 역시 그가 무정자증이었을 확률은 희박하며, 그런 진단서를 받아놨을 이유도 없고 문서조작을 하지 않는 이상은 곤란하다. 차라리 자신에 대한 국과수의 결과가 거짓이거나 뭔가 검사에 착오가 있다는 것이 더 현실적이다. 병원에 가서 자신이 정말 무정자인지 검사를 받아볼만 하다. 하지만 국립과학수사 연구소의 결과를 뒤집는 것, 그것 역시 하늘의 별을 따는 일처럼 불가능하다.

명성은 여러 계획들을 떠올리면서 일란을 향한 실낱같은 희망의 끈을 놓으려 하지 않았다. 자신은 이미 재철을 닮고 생각 또한 닮아있는데, 왜 그토록 일란이 이질감을 느끼며 멀리하는지 알 수가 없었다.

'재철과 나를 구분 짓는 것은, 오직 영혼 밖에 없다'

[당신이 싫은 것이 아니라 재철씨의 자리를 찬탈한 당신의 행위가 미울 뿐이에요]

명성의 귓가에, 어쩌면 일란이 이렇게 말하는 소리가 들리는 듯 했다. 아니 마음 깊은 곳에서 양심의 목소리가 명성에게 말하는 것일지도 몰랐다.

"모든 것이 너 때문에. 너를 얻기 위해서……."

명성은 변명처럼 혼잣말로 중얼거렸다. 어쩌면 이것은 명성의 진심이고 맘 깊은 곳에 자리한 일란이 시킨 일일지도 몰랐다. 어떤 결과로 귀착되든 명성은 일란을 다시 만나서 모든 일을 고백하고 잘못을 빌 수도 있을 것이라 생각했다. 그녀를 만나기까지 얼마나 시간이 걸릴지 알 수가 없지만 언젠가는 그렇게 하리라 생각했다.

***

12월 23일 금요일. 명성은 어제의 충격에서 벗어나지 못해서 아무 일도 못하고 잠도 이룰 수가 없었다. 새벽 5시경에 겨우 잠이 들어 오전 10시쯤에 일어났다. 오늘 하루도 마음이 심란하고 복잡해질 것 같았다. 속이 쓰려서 간단히 죽으로 아침식사를 한 후에 출근하는 차 안에서 흐트러진 마음을 추스르고 안정을 되찾기 위해 노력했다. 회사에 도착할 때쯤 기분이 조금 나아졌고 직원들을 만나서 대화를 하다 보니 다시 평상시 대표이사로서의 모습이 나왔다.

크리스마스 이브는 내일인데 주말인 오늘부터 사실상 성탄절 기분에 직원들은 들떠 있었다. 명성도 업무 관련해서 특별한 약속은 없지만 정자검사를 받으려고 근처 병원에 예약을 했다. 여느 때와 같은 모습으로 오전 근무를 마친 명성은 점심식사는 일부러 직원들과 사내식당에서 함께했다. 직원들과 이야기를 하다 보니 머릿속에 떠도는 근심들이 잠시 잊히는 듯했다.

식사 후에 간단히 직원들과 녹차를 마시면서 담소를 나눈 후에 명성은 건물 내에 있는 병원으로 가려고 하다가 잠시 멈췄다. 준호 여동생이 입원해 있는 병실의 상황이 궁금했다. 예약을 취소하고 회사에서 차를 몰고 밖으로 나왔다. 내비게이션의 목적지를 한성종합병원으로 했으며 네트의 쇼핑몰을 통해서 과일바구니와 음료박스도 주문했다. 달리는 차창 밖으로 조금씩 눈발이 흩날리고 있지만 길은 막히지 않아서 30분쯤 지나서 한성병원에 도착했다.

종합병원 접수처에는 많은 사람들로 붐볐고 명성은 예약을 하지 않은 관계로 비뇨기과 대기석에서 기다려야했다. 오후 2시 반이 지나서 명성은 검사를 마쳤고 결과는 크리스마스가 지난 27일이나 28일쯤에 나온다고 했다. 결과가 뒤집어질 확률은 거의 없다. 그럼에도 자신이 직접 결과를 확인해보면 의구심은 사라질 것이다. 결과에 따라 명성이 취할 행동이 결정될 것이지만 결과에 관계없이 일란은 만날 것이다. 일란에게 호되게 뺨을 얻어맞더라도 어떻게 해서 상황이 이렇게 되었는지 모든 것을 홀가분하게 털어놓아 양심을 짓누르는 고통의 굴레에서 벗어나리라 생각했다.

명성은 병원의 택배 수납실로 가서 주문했던 과일 등을 받아들고 입원병동으로 향했다. 병실 문을 열고 들어가니 어제 입원한 준호 여동생이 침대에 누워서 자고 있었다. 옆에서 전자책을 보며 앉아있던 준호가 명성을 보더니 벌떡 일어나 "아저씨!"하며 반겨주었고 꾸벅 인사를 했다. 명성은 과일바구니와 음료박스를 내려놓고 준호에게 물었다.

"준호, 학교 못가서 어떡해?"

"방학인데요."

"아, 그렇구나."

명성은 잠든 준호 여동생을 보며 물었다.

"언제 잠들었니?"

"아까요. 좀 전에 잠깐 깼는데……. 그렇잖아도 오시면 성실이가 깨우라고 했어요. 어떤 분인지 되게 궁금하다면서. 깨울까요?"

"일부러 그러지마. 나중에 보면 되지."

명성은 준호와 이런저런 이야기를 주고받았다. 준호는 초등학생인 동생 성실이가 평소에도 가쁜 숨을 쉬었고 땀도 많이 흘리며 감기도 자주 걸렸다고 했다. 어제께 응급실에 온 성실이는 감기 치료를 받았지만 몸 상태가 좋지 않아서 입원을 했고 오늘 오전에 정밀검진을 받았다고 했다. 의사로부터 심장이 기형인 관계로 위험하다는 진찰소견을 받았으며 인공심장 이식수술을 받아야만 한다고 했다. 준호는 병원비와 수술비 걱정을 하다가 집을 나간 엄마 이야기를 할 때는 눈물을 글썽이며 울먹였다. 명성은 인자한 미소를 지으며 준호의 손을 잡고 말했다.

"아무 걱정 말고 수술해. 아저씨가 봐줄 테니까."

준호는 아무 말도 못하고 그저 고맙게만 느껴져서 눈에서 굵은 눈물만 주르륵 흘러내릴 뿐이었다. 아무런 혈연관계도 아닌, 우연히 만난 아저씨가 동생에게 도움의 손길이 되어주니 고마웠다. 대가를 바라지 않고 남을 돕는 따뜻한 사람도 있다고 생각하니 그동안 어둡게만 보아왔던 세상에서 환한 빛을 보는 느낌이 들었다. 누군가에게 도움을 받은 사람이 남을 돕는데 열정적일 수 있다고 하듯이 자신도 크면 누군가에게 도움이 되는 일을 하리라 맘먹었다.

'꼭 갚아드리겠습니다.'

준호는 속으로 다짐하면서 얼굴을 보는데, TV에서 본 어떤 아저씨랑 닮아있었다.

"저, 아저씨. 혹시, 이름이 금재철이세요?"

갑작스런 질문에 명성은 잡았던 손을 놓으며 준호를 바라보았다.

"왜?"

"씨유폰 만든 아저씨랑 똑 같아서요. 맞죠?"

명성은 고개를 저었다.

"좀 닮긴 했지만……. 어디 가서 아저씨, 금재철 닮았다고 이야기하지 마."

"근데, 너무 많이 닮았어요. 정말 아니세요?"

"아니라니까. 내가 금재철이면 넌 영화배우 강동건이냐?"

준호는 해맑게 웃으며 어색한지 뒷머리를 긁적였다.

"금재철은 훌륭한 사람이야. 난 그 사람 따라가려면……."

명성은 고개를 설레설레 저으면서 말을 맺지 못하고 얼버무렸다. 금재철이 되고 싶었고 그래서 금재철이 되었는데, 막상 금재철이라고 알아봐주자 금재철이라고 떳떳하게 말할 수 없었다. 순수한 영혼 앞에서 기가 눌린 듯 거짓이 들어설 자리가 없었던 것이다. 떳떳하게 살아갈 수 없는 가짜의 숙명 같았다. 이 때문에 가슴이 저려오고 아파져서 우울한 기분으로 고개를 돌리는데 귓가에서 양심이 메아리쳤다.

'고명성, 넌 고명성이다.'

명성은 준호와 더 이상 대화를 이어나갈 수가 없을 것 같아서 일어났다. 준호에게 수술 받을 때까지 동생을 잘 돌보라고 한 뒤에 병실 문으로 걸어갔다.

"아저씨."

문을 열고 나가는데 준호의 음성이 들려 뒤를 돌아보았다.

"고맙습니다."

준호는 양손을 모으고 인사를 꾸벅하더니 엄지손가락을 치켜들며 미소를 지었다. 명성도 밝은 미소로 고개를 끄덕이며 손을 흔들었다. 복도를 나와서 엘리베이터를 탈 때까지 준호의 고맙다는 말이 명성의 귓가에 오래도록 남았다.

명성은 병원 관계자들을 만나 준호 동생에 관한 수술과 비용 문제에 관해 이야기했다. 담당자는 3D바이오 프린터로 환자에게 최적화된 인공심장을 제작하게 되며 사나흘정도가 걸릴 수 있다고 했다. 명성은 가능하면 수술 날짜를 빨리 잡아달라고 요구했고 외부에 자신의 이름이 오르내리지 않게 해달라고 부탁했다. 금재철이었다면 인터넷, 신문, 방송 등 미디어에 선행이 오르내리길 바랐을까. 사업가로서, 기업의 이미지 제고를 위해서 보여주기 위한 선행은 필요하지만 선행은 스스로 빛이 나는 것이지 드러내려고 일부러 인위적인 빛을 비춘다면 그 아름다움이 탈색된다고 생각했다. 왼손이 한 일을 오른 손이 모르게 하라는 성경의 구절처럼 명성은 드러나지 않는 선행을 실천할 뿐이었다.

병원 관계자들은 처음엔 성실이라는 아이가 금재철의 딸, 친척 등 혈연관계일 것으로 추측했으나 아무관계가 아님을 알고 의아해했다. 더구나 비밀로 해달라고 하니 이해할 수가 없었다. 그들은 해석이 분분했다. 역시 금재철은 선행을 남모르게 실천한다며 감동한 사람도 있었지만 몇몇은 숨기려는 이유에 대해서 재철의 사생아가 아닌지 나쁜 쪽으로 상상하기도 했다.

관계자들과 대화를 마친 뒤에 명성은 병원에서 나와 다시 회사로 향했다. 차안에서 명성은 생각에 잠겼다. 학생의 반 지하 집이며 낡은 책상 등 그런 풍경을 본 순간, 왜 낯설지 않았는지……. 자기도 모르게 느낀 동질감, 그때는 명성임을 자각하지 않았지만 그 순간만큼은 그는 고명성에서 조금도 벗어날 수 없었던 것이다. 이제 명성으로 돌아온 그는 그때 왜 그런 느낌을 받았는지 충분히 이해할 수 있을 것 같았다. 비록 자신이 금재철의 복제인간에 가짜 CEO라고 하지만 이제는 소외된 곳의 버려진 영혼들을 위해, 또 세상의 모든 죽어가는 것들을 위해 그 어떤 누구보다 뜨겁게 타오를 수 있을 것 같았다.

돌아온 장미

　회사로 돌아온 명성은 자리에 앉지 않고 우두커니 서서 유리창 너머 풍경을 바라보았다.　떠오르는 일란, 그녀의 이미지가 약하게 날리는 눈발과 함께 겹쳐지다가 사라졌다. 아직 오후 3시지만 흐린 날씨라서 멀리 광장에 세워진 초대형 트리의 불빛만이 한 눈에 들어왔다. 점멸하는 트리를 보면서 크리스마스의 기분을 느낄 수 있었다. 추운 날씨임에도 빌딩 아래의 개미처럼 보이는 사람들의 걸음걸이는 활기차게 보였고 모두들 성탄 기분에 들떠 있는 것 같았다. 회사에 대다수 부서의 직원들은 일찍 퇴근을 했다. 명성도 업무를 정리하고 일찍 퇴근하려 했지만 밖을 나가도 마땅히 할 일은 없었다. 그래도 자신의 눈치를 보며 퇴근을 미루는 직원들이 있어서 회사에 마냥 있을 수는 없었다. 명성이 양복상의를 입고 코트를 걸치려고 하는데, 사내전화가 켜지면서 박 실장이 나타났다.

　"사장님, 로보트론에서 직원들이 왔습니다."

　"왜?"

　"로봇을 수리해서 보내왔는데요."

　명성은 탐탁지 않은 듯이 말했다.

　"그 사람들 참……. 적당히 알아서 돌려보내."

"예? 아, 알겠습니다."

전화를 끊던 명성은 문득 생각이 바뀌었는지 다시 화면을 터치해 박 실장을 불렀다.

"박 실장. 아까 한 말 취소, 들여보내."

"예? 그럼, 그러지요."

"그리고 퇴근들 해. 박 실장도 메리 크리스마스."

"예. 사장님, 즐거운 성탄절 보내세요."

명성은 다시 자리에 앉았고 잠시 후, 집무실의 문을 두드리는 손기척 소리가 나서 문을 열었다.

"안녕하세요. 로보트론에서 나온 직원입니다."

로보트론 직원 두 명이 견고한 철제 박스를 조심스레 밀면서 들어왔다. 초고가의 안드로이드 로봇의 배달은 대단히 큰 주의가 필요해서 로봇이 아닌 숙련된 사람만이 할 수 있는 일이라니, 아이러니가 아닐 수 없다. 명성은 배달 온 직원들에게 가볍게 인사를 하며 대화를 했다. 직원들은 박스를 비서 자리에 놓고 버튼을 누르자 박스가 자동으로 열리기 시작했다. 내부에 충격을 방지하는 젤리 같은 투명한 액체에 잠겨, 마네킹처럼 앉아있는 장미가 모습을 드러냈다. 직원이 들고 있는 젤리수거 장치의 버튼을 누르자 젤리는 순식간에 흡입되면서 제거가 되었고 다른 직원은 몇 초간 초기검사를 실시했다.

검사가 완료된 후에 주전원을 넣자 장미가 눈을 깜박이더니 주변을 둘러보며 환경을 스캔하기 시작했다. 동시에 장미의 모든 동작이 자체적으로 검사되면서 박스 화면에 일일이 정상임을 표시하였다. 1분 정도의 검사가 완료되자 장미는 박스에서 일어나 천천히 밖으로 걸어 나왔다. 직원들은 고개를 끄덕이며 명성에게 예전처럼 기본 설정을 써도 되고 새롭게 사용자 설정을 거친 후에 사용해도 된다고 했다. 재철은 기본 설정을 선택했고 직원들은 사용 중에 문제가 있으면 언제든 연락을 달라며 가볍게 목례를 한 후에 나갔다. 이들이 모두 나가자 명성은 서있는 장미를 보며 다가왔다.

"오랜만이구나."

명성이 다가가자 장미도 걸어왔다. 장미는 두 손을 모으고 명성 앞에서 꾸벅 인사를 했다.

"안녕하세요. 사장님."

명성은 장미를 위아래로 훑어보았다. 더욱 세련된 모습이 되어 돌아왔다. 단발머리를 하고 약하게 화장을 했으며 빨간 빵모자, 가죽점퍼에 하얀색 티셔츠, 격자무늬의 짧은치마, 검은색 부츠를 신고 있었다.

"장미, 스타일이 많이 좋아졌구나?"

"첨 뵙겠습니다. 저는 로보트론에서 제작된 비서 로봇 핑크레이디입니다."

"첨? 그 동안의 기억은, 다 잊어버렸어?"

장미는 공장에 갔다 온 후로 지난날의 기억들은 마치 컴퓨터가 콜드부팅(cold booting)된 듯 메모리에서 사라진 것 같았다. 명성은 어이가 없었지만 함께 했던 지난날의 기억을 없앤 것은 오히려 다행일지도 모른다고 생각했다. 축적된 기억을 통해서 로봇은 경험과 지식이 늘어나는 반면에 편견이나 선입견이 생겨서 예단하고 오판할 수도 있기 때문이다. 아울러 인공지능에게 축적되는 기억들은 인간처럼 정체성을 갖게 하고 자아를 형성하게 할지도 모른다. 다행히 지금은 로봇이 인간의 감정을 흉내 내서 표현을 하는 정도이다. 아직까지 스스로 감정을 느끼지 못하기에 불상사는 일어나지 않고 있다. 만약, 로봇이 인간처럼 희노애락애오욕(喜怒哀樂愛惡慾)을 느낀다면 그때는 정말 좋지 않은 결과를 초래할 것이다. 로봇의 그런 미래가 오지 않더라도 적당한 선에서 주기적으로 기억의 삭제는 필요할 것 같았다.

"내가 누군지는 알아?"

"예, 우리 회사 비전테크의 금재철 사장님이십니다."

"다행히 그건 알고 있네."

인공지능(A.I.;artificial intelligence,人工知能). 인간의 두뇌와 유사한 인공지능의 개발은 신경과학, 인지과학, 로봇공학, 바이오메카트로닉스 등을 전공한 공학자들뿐 아니라 인류의 오랜 꿈이기도 했다. 이미 수십년 전부터 그 꿈을 실현하기 위해서 개발에 몰두했고 기술적인 진보가 있어왔다. 각국의 기관, 대학연구소 및 기업체 등에서는 뇌의 신피질(新皮質;neocortex)을 슈퍼컴퓨터로 3차원 시뮬레이션[32]하면서 인공지능 개발의 가능성을 타진했다.

신피질은 머리 앞쪽의 전두엽, 위쪽의 두정엽, 좌우옆쪽의 측두엽, 뒤쪽의 후두엽 등이다. 신피질은 인간의 두뇌에서 언어, 기억, 분석, 의지, 판단 등을 담당하는 고차원적인 부위로써, 감정과 본능을 관장하는 편도체(扁桃體;amygdala), 중격영역(中膈領域;septal area), 해마(海馬;hippocampus), 시상(視床;thalamus)등 대뇌 변연계(大腦邊緣系;Limbic system)인 구피질(舊皮質;paleocortex), 고피질(古皮質)과 함께 인간의 뇌를 이룬다.

개발된 인공지능[33]은 인간과 대결을 펼치기도 했는데, 체스로 겨룬 딥블루, 퀴즈로 겨룬 왓슨 등 IBM의 인공지능 컴퓨터가 대표적이며 바둑이나 장기로 겨루는 것도 있었다. 또한 딥마인드를 인수하며 인공지능 개발에 뛰어든 구글이나 시리(Siri)같은 음성인식서비스로 인공지능을 선보인 애플 등 각국의 많은 기업체들도 인공지능의 연구개발에 투자를 하였다. 한국에서는 2013년 엑소 브레인(外腦;Exobrain)프로젝트를 시작으로 인공지능개발에 착수했고 그 결실은 다양한 분야로 파급되었다. 탄소나노튜브(Carbon nanotube)반도체와 나노테크(Nano-technology)에 힘입은 하드웨어(컴퓨터)의 초소형화로 인공지능은 2030년경에 인간의 두뇌 크기까지 작아지면서 인간과 대등한 위치에 서거나 특정영역에서 월등히 뛰어났고 2050년 경 양자컴퓨터를 이용한 인공지능이 완성되면서부터 인공지능은 인간의 두뇌로 따라잡을 수 없는 상상할 수 없는 능력을 갖게 되었다.

인공지능도 인간의 두뇌처럼 감각(시각, 청각, 후각, 촉각 등 센서)기를 통해 들어온 각종정보를 바탕으로 분석하고 판단하며 추론하고 기억하며 실행한다. 인간의 두뇌에는 1000억 개 이상의 신경세포(뉴런)가 있는데, 이 신경세포들은 서로서로 연결되어 있다. 이렇게 서로 연결된 부위인 시냅스는 무려 100조 개[34]에 이른다. 현재 장미 같은 안드로이드 로봇(생체로봇을 제외한)의 인공지능도 신경망(Neural Networks)으로 구성된 양자컴퓨터가 초당 2경의 연산을 병렬처리 할 수 있기에 인간처럼 사고가 가능하다고 한다. 하지만 기계가 정말 생각을 하는 것일까?

이에 대한 물음에 대해서 아주 오래 전에 영국의 수학자이자 물리학자인 앨런 튜링[35](Alan Mathison Turing)이 1950년경에 발표한 논문을 통해 언급한 바가 있다. 기계가 보이는 반응을 인간이 구별할 수 없다면 컴퓨터는 생각(사고, thinking)할 수 있다고 보는 것이다.

다시 말해서, 기계(컴퓨터)와 인간을 각각 보이지 않는 칸막이 방에 놓고 제3자가 질문을 하여 어느 쪽이 기계이고, 어느 쪽이 인간인지를 구분하게 한다. 대화를 통해서 누가 사람인지 누가 컴퓨터인지 구별을 할 수 없다면, 기계는 생각한다고 보는 것이다. 또 A라는 사람이 B라는 사람과 대화를 하다가 B가 나가고 기계가 대화를 이어받았지만 A가 기계와 대화를 하고 있다는 것을 알아차리지 못하면 기계는 생각을 한다고 보는 것이다. 유물론적인 측면에서 정신마저도 뇌라는 물질의 소산이라고 한다지만 영혼이 없는 물질이 생각까지 가능하다는 것은 어찌 보면 인간 같은 고등동물의 특권을 빼앗긴 느낌마저 든다.

하지만 튜링테스트에 대한 반론도 있다. 미국의 언어철학자 존 설(John

Searle)은 인간의 사고를 흉내 내는 약한 인공지능은 가능할지 몰라도 인간 처럼 자아가 있어서 이해하고 인지할 수 있는 강한 인공지능은 불가능하다 고 했다. 이에 대한 논증으로 '중국어 방(Chinese Room)[36]'을 예로 드는데 내용은 이렇다. 밀폐된 방안에 중국어는 전혀 모르고 영어만 할 줄 아는 사 람이 있다. 이 사람에게 한자(漢子)가 적힌 목록을 주어 중국어를 해석하는 임무를 맡기는데, 한자목록은 일정한 규칙이 적용된다. 방 바깥에서는 중국 어로 질문을 한다. 그러면 방 안의 사람은 한자 목록표를 보고 漢子를 규칙 에 맞게 그 대답이 적힌 카드를 밖으로 보낸다. 그러면 밖에서 지켜보는 사 람은 자신의 물음에 답변을 잘 하기 때문에 방안의 사람이 중국어를 잘 하 는 것처럼 보이게 된다는 것이다.

하지만 방안의 사람은 중국어 말뜻은 전혀 모른 채 규칙에 의한 답변을 할뿐이다. 인간은 자신이 지금 행하는 일이 무엇인지 알 수 있고 지금 생각 하는 것이 무엇인지를 다시 생각할 수도 있다. 하지만 인공지능은 인간처럼 어떤 일을 행하고 응답하기는 하지만 자신이 행하는 작업을 전혀 이해할 수 없고 그저 순차적인 명령을 기계적으로 수행할 뿐이다. 이런 점에서 기계가 인간처럼 생각을 한다고 보기 어려우며 그것을 중국어 방의 예를 통해서 보 여준다.

장미는 지식과 정보를 사람보다 많이 알고 있으며 사람처럼 대화하는 데 에 전혀 어색함이 없고 외모 또한 인간처럼 보이는데 성공했다. 또한 분석, 사고, 추리, 판단 능력 등에서는 약한 인공지능임에는 틀림없지만 마음이 존재하는 강한 인공지능인지에 대해서는 아직 알 수가 없다. 다만, 장미가 자발적인 욕구와 상황에 반응하는 감정표현이 있고 창의성까지 보여준다 면, 그때는 분명히 장미에게 인간처럼 마음이 있다고 볼 수밖에 없지 않을 까.

장미는 손가락에서 반지모양의 조종기를 빼내어 명성에게 내밀었다.

"사장님, 원하시는 모드로 변경해 주세요."

명성은 검지에 반지처럼 끼는 원격조종기를 받아 살펴보았다. 그 동안 3D폰을 이용해서 명령을 내렸는데, 단순히 모드 변경만 가능했었다. 본격적으로 로봇을 통제할 수 있는 원격조종기가 있다는 사실은 이제 알았다. 처음 왔을 때 받지 못했던 이유는, 그때는 최 반장과 일란이 수사를 위해서 로봇을 자신들의 통제 하에 두려고 주지 않았던 것 같았다. 명성이 [업무모드]로 바꾸자 장미의 몸에서 모드 변경 음이 짤막하게 들렸다.

"넌 이름이 장미라는 거 알고 있지?"

"아니요. 하지만 사장님께서 그렇게 부르신다면 저는 장미가 좋습니다."

"그래. 장미, 다시 만나서 반갑고……."

장미는 꾸벅 고개를 숙였다.

"저도 반갑습니다. 사장님, 제게 시키실 일을 말씀해주세요."

"글쎄, 네가 나를 위해 뭘 했으면 좋겠는지 말해봐."

장미는 잠시 생각하더니 말했다.

"저는 비서로서 원하시는 건 뭐든지 할 수 있어요. 사장님의 일정 관리부터 간단한 문서작성, 수치계산, 인터넷 정보검색 각종 심부름 등. 커피 한잔 타드릴까요?"

장미는 처음 왔을 때 했던 말을 그대로 내뱉었다. 이런 면을 보면 역시 스스로 기계임을 드러내는 한계라고 해야 할까.

"그거 말고, 내게 따로 하고 싶은 말 같은 거 없어?"

그러자 장미는 잠시 자료를 검색했는지 마치 책을 읽듯이 말했다.

"하루 한 구절, 오늘의 명언을 말씀드리겠습니다. 그대의 꿈이 한 번도 실현되지 않았다고 해서 가엾게 생각해서는 안 된다. 정말 가엾은 것은 한 번도 꿈을 꿔보지 않았던 사람들이다. 13세기 독일 중세의 궁정 시인인 볼프람 폰 에센바흐[37]님의 말씀입니다."

명성은 장미의 뜬금없는 말에 고개를 설레설레 저었다. 문득, 어쩌면 장미의 말이 어떤 의미가 있을지도 모른다고 생각했다. 말없이 집무실 안쪽으로 걸어가며 장미의 말을 천천히 곱씹어봤다.

'나는 무슨 꿈을 꾼 걸까?'

명성은 코트를 입으려다가 멈추고 잠시 눈발이 휘날리는 창밖을 바라보며 문득 방금 장미가 읊조린 말처럼 대비되는 자신의 현실이 떠올랐다.

"꿈일까? 차라리 꿈이기를……."

명성은 짧게 혼잣말하며 코트를 걸치고 문 쪽으로 걸어갔다. 나가는 명성을 보며 장미가 말했다.

"사장님, 퇴근하십니까?"

"그래. 너도 들어가."

"즐거운 크리스마스 보내세요. 저녁은 어디서 하실 건가요?"

어디서가 아니라 어디든지 일란만 있다면 그녀와 함께 하고 싶은 저녁 시간이었다.

"글쎄. 또 마리오네트 추천하려고?"

"무슨 말씀이신지요?"

장미는 알아듣지 못해 명성을 바라보다가 말을 이었다.

"이 땅의 죄를 대속하시고 구원의 길을 이뤄주신 아기 예수의 탄생을 축하하며, 행복한 시간을 보내시길 바랍니다. 메리 크리스마스!"

"그래. 너도 메리 크리스마스."

명성이 건성으로 답하며 문을 닫고 나가자 장미는 잠시 후, 수납장의 문을 열고 안으로 들어가 수면모드로 돌입했다. 집무실 창밖에 날리던 눈가루가 점점 굵은 함박눈으로 흩날리면서 더럽혀진 세상을 희고 깨끗하게 만들어줄 화이트크리스마스를 예고하고 있었다.

나는 누구인가

　특별하게 하는 일이 없이 집에서 고전입체영화를 감상하면서 크리스마스를 보낸 명성은 월요일이 되자 회사에 출근을 했고 평상시처럼 근무를 했다. 장미도 비서로서 이런저런 회사업무에 다시 적응하면서 명성을 도왔다. 명성은 병원의 검사결과가 궁금했지만 내일까지 기다려야했다. 개인병원에서 검사하면 30분도 안 걸릴 것을 종합병원에서 한 것이 후회가 되었다. 하지만 내일은 준호 동생이 수술을 하기로 한 날이라 어차피 병원엔 들러야하니 그때에 결과를 보는 것도 나쁘지 않다고 생각했다. 명성은 저녁에 벤처기업인 협회의 송년회에 참석해서 식사를 한 후에 로보트론의 양 회장 등 오랜만에 많은 업계 사람들과 이런저런 대화를 나누면서 잠시 고민을 잊었다.

*　*　*

　12월 28일 화요일. 오랜만에 햇빛이 내려쬐자 크리스마스 전날부터 쌓였던 도로와 보도에 눈이 녹으면서 물기로 질퍽거렸다. 명성은 아침에 회사로 출근해서 간단히 회의를 한 뒤에 11시경에 한성종합병원으로 향했다.

'결과에 이변이 있을까?'

기계는 틀릴 수 없지만 사람이 하는 일이니 국가기관이라고 실수가 전혀 없다고 볼 수는 없다. 서류나 검사샘플이 바뀌는 정도의 실수는 있을 수 있다. 하지만 그런 일은 명성의 희망일 뿐, 사실상 희박한 일이다. 그러니 검사결과가 다르게 나올 이유는 전혀 없고 희망을 가져서도 안 된다. 그럼에도 결과를 확인하는 과정을 통해 최 반장이나 국과수가 조작했다는 의혹은 지울 수 있고 불신의 앙금은 제거될 수 있기 때문이다. 이런저런 생각을 하는데, 어느덧 병원의 정문이 보였다. 차가 주차장으로 들어설 무렵, 3D폰이 울렸다. 예상치 못한 일란의 전화였다.

'뭐라고 말할까?'

갑작스런 전화에 명성은 놀랍기도 반갑기도 하여 어떻게 대처할지 어색해서 약간 망설이다가 그래도 기다리던 일란의 전화이기에 3D폰을 귀에 꽂았다.

'모든 것을 진실대로 말하자. 용서를 구하고 다시 새 출발을 하는 거야.'

이런 다짐을 했던 명성이지만 말은 쉽게 나오지 않았다. 나타난 일란의 영상을 보며 떨린 목소리로 작게 불렀다.

"일란……."

그러자 일란이 차분하게 바라보며 말했다.

"재철씨, 그동안 미안했어."

'재철?'

일란은 분명히 명성이 아닌 재철이라고 불렀다. 그리고 미안하다고 말했고 예전에 듣던 친근한 연인 사이의 말투였다.

'그토록 명성이라며 밀어붙이던 일란인데. 미안하다니?'

자신의 과거를 뉘우치며 진실하게 고백하려던 명성은 뜻밖의 말을 듣고 하려던 말을 하지 못했다. 일란은 약간 울먹이는 듯 목소리에 떨림이 있었다.

"그동안 재철씨, 오해해서 미안하고, 맘 아프게 해서 미안했어."

그토록 자신을 가짜라며 다그치던 일란이 오해가 풀리다니. 무슨 이유인지 명성은 선뜻 이해가 가지 않았다. 짧은 시간동안 수만 가지 생각이 들어 명성은 아무 말을 못하고 보다가 겨우 말을 꺼냈다.

"이제 내가, 금재철이라고 확신하는 거야?"

"응."

일란의 끄덕임에 명성은 안도하듯 짧게 숨을 내쉬었다. 어떻게 된 일인지 모르지만 이런 극적인 반전이 있을 거라고는 상상도 못했다. 명성을 보는 일란의 눈빛은 확실히 달랐다. 뜨거웠던 연인 사이에서 주고받던 눈빛, 그녀는 그렇게 명성을 사랑스럽게 바라보았다. 하지만 일란이 어떻게 해서 무슨 계기로 맘을 돌릴 수 있었는지 명성은 알 수가 없었다. 일란의 표정을 살피다가 조심스럽게 물었다.

"어떻게 해서 오해가 풀린 거야?"

"재철씨, 병원에서 검사 받았지?"

명성은 놀라서 눈을 깜박이다가 일란을 응시하였다.

"그걸 어떻게 알아?"

"내가 임신했다는 말을 듣고 삼촌이 수사를 다시 하신 것 같아. 재철씨를 미행하는 과정에서 한성병원에서 검사한 걸 알았고, 병원 관계자로부터 결과를 알아봤대."

"결과?"

"응. 재철씬, 정상이야."

명성은 놀라기도 했지만 어처구니가 없어서 그저 입만 벌리고 말이 없었다.

'이런 일이 있을 수 있다니.'

머릿속은 혼란해졌지만 정신을 차리고 다급하게 물었다.

"그럼, 지난번 국과수 결과는?"

일란은 그 물음을 예상한 듯이 차분하게 설명하기 시작했다.

"그날 검사했던 체액은 재철씨 것이 아니고 모텔에서 일하던 종업원의 것이래."

"정말이야?"

"응. 국과수와 병원결과가 다르게 나오자 삼촌은 무척 고심했대. 재철씨 체액에 문제가 있다고 판단하고 여러 경우의 수를 생각하다가 재철씨가 묵었던 모텔로 내려갔어. 탐문 수사를 하다가 모텔 방에서 뭔가를 발견하고 종업원을 추궁했나봐."

"뭘 발견했는데?"

"로봇 금붕어."

명성은 무슨 말인지 잘 모르겠다는 듯 일란이 하는 말에 집중했다.

"그러니까 그날 밤에 종업원은 비서로봇을 눈여겨봤고, 밤에 훔쳐봤다는 거야."

"어떻게?"

"종업원은 자신의 뇌에 전자기계 장치를 결합하여 VR(virtual reality; 가상현실)을 즐기던 사이보그(cyborg)인간이었어. 객실마다 어항이 있었던 거, 기억 나?"

"글쎄, 난 바로 잠이 들어서 잘……."

"그 어항 속에 금붕어 로봇이 실시간으로 실내영상을 종업원에게 자동 전송했다는 거야."

"빌어먹을 자식!"

명성은 주먹에 힘이 들어가면서 흥분을 감추지 못했다. 일란은 표정을 살피다가 차분하게 말을 이었다.

"그날 재철씬 방에 들어오자마자 바로 탈의만 하고 잠이 들었어. 얼마 후에 모드가 변경된 로봇도 옷을 벗은 채, 곁에 누웠고. 얼마의 시간이 흘러서 재철씨가 깊이 잠이 든 뒤에, 새벽 2시쯤 되었을까, 문이 열리면서 종업원이 방으로 들어왔대."

"방에 들어왔다구?"

"응. 마스터키로 문을 따고 들어갔겠지. 재철씨가 깊이 잠이 든 걸 확인하고 로봇을 범했다고 해. 마침 로봇도 유혹의 임무가 있었기 때문에 방어를 하지 않았고. 종업원은 몇 분이 안 되어 일을 마치는데, 이때 재철씨가 뒤척이며 로봇을 끌어안는 바람에 놀라서 황급히 달아났다고 해."

참으로 어처구니가 없는 일이었다. 명성은 화가 치밀었지만 자신이 장미를 범하지 않았다는 사실만은 천만다행이라고 생각했다. 재차 확인하듯 물었다.

"확실한 거지?"

일란은 희고 가녀린 목이 보이도록 고개를 크게 끄덕였다. 검고 긴 머리카락이 나풀거리며 움직거렸다.

"잠결에 포옹을 하긴 했지만 놀란 듯이 바로 깼다고 해. 영상을 본 삼촌이 사실을 말해준 거야."

"영상이 있어?"

명성은 걱정스런 듯 급히 물었다.

"다행히 종업원은 체내의 시각화장치에서 자료를 추출하지 않아서 영상 포맷으로 만들지는 않았다고 해. 네트에 업로드 된 흔적도 없었다하고. 다만, 삼촌이 수사하느라 종업원의 체내삽입장치에 남아있는 데이터를 간신히 외부로 추출하여 영상으로 복원한 것이 있는데, 조사가 끝난 후에 삼촌이 금지코드를 생성해서 별도로 분리하여 보관했으니 안심해도 될 것 같아."

명성은 걱정을 덜어낸 듯 고개를 끄덕였다. 네트에 올리지 않았다면 유포가 될 걱정은 없다. 혹시 업로드가 되더라도 불법동영상 유통금지 사이트에 재생금지 동영상 목록을 추가하면 된다. 누군가가 다운로드 할 때에, 영상 재생기에서 금지코드를 통해서 자동식별이 가능하기 때문에 재생이 불가능하며 자동으로 사법기관에 신고까지 된다. 크래커 같은 해킹 전문가가 금지코드를 무력화시켜서 업로드하지 않는 이상은 유포되기 어려운 것이다.

평소에 외부 만남, 회의 및 숙박을 할 때는 3D폰에 있는 정탐로봇이나 도청, 몰카 감지장치를 작동시켜서 미리 제거를 하곤 했는데, 그날은 너무 피곤해서 그냥 잤던 것이 오히려 상황을 극적으로 반전시켜 주는 행운으로 작용하였으니 어이가 없었다. 어찌됐든, 뜻하지 않게 일이 좋은 방향으로 흘러가자 명성은 자신이 꿈을 꾸는 것처럼 느껴져서 무슨 말을 해야 할지 머뭇거렸다. 일란의 맑고 큰 눈이 자신을 바라보고 있어 비로소 현실임을 느끼고 숨을 크게 한번 내쉬다가 어색한 미소를 지었다. 일란은 명성의 한숨소리에 미안하다고 느꼈는지 위로하듯 나지막하게 말했다.

"미안해. 재철씨를 사랑하지 않았다면, 이런 일 없었을 거야."

며칠전만 해도 의구심을 품고 심하게 몰아붙이던 일란이었는데, 이제는 모든 것이 사랑했기에 일어난 일이라며 용서를 빌었다.

"용서해 줄 수 있지? 이제 예전처럼 재철씨한테 돌아가고파."

몇 분 전만해도 고백을 해서 용서를 빌어야할 처지였는데 전혀 반대의 상황이 되었다. 명성은 무슨 말을 해야 할지, 잠시 망설이다가 겨우 입을 떼었다.

"난……. 변한 건 없어. 네가 의심하고 내 맘을 몰라줄 땐 가슴 아팠지만 그래도 떠나보낸 적이 없어. 다시 돌아와 줘서, 고마워."

명성의 말이 끝나자 일란은 감정이 복받쳤는지 울음을 터트리며 투명한 눈물이 주르륵 두 볼에 흘러내렸다. 흐르는 눈물을 닦아내며 울먹이며 말했다.

"재철씨. 나, 지금 지방인데, 올라가면 연락할게."

"그래. 만나서 이야기해."

일란의 영상은 사라졌고 명성은 전화를 끊었다. 그동안 죄책감에 사로잡혀 얼마나 맘을 졸였었던가. 다행스럽게 정자검사를 받고 정상이라는 믿을 수 없는 검사결과가 나오면서 명성이 아닌 재철임이 밝혀졌고 그 때문에 일란의 오해마저 풀리게 되니 말할 수 없는 기쁨으로 주체할 길이 없었다. 그녀의 따뜻한 말 한마디로 순간순간 명성을 짓누르던 중압감이 사라져버렸다. 이제 일란이 자신을 금재철로 인식한다는 사실은 더할 수 없는 행복감을 주었다. 일란이 했던 말은 하늘에서 들려오는 복음 같았고 억울한 누명을 쓰고 범죄자의 신분으로 살다가 판사로부터 무죄판결을 받은 것 같았다.

"나는 금재철이다."

명성은 혼잣말로 중얼거렸다. 입가에 저절로 미소가 지어지고 날아갈 듯이 상쾌해졌다. 이런 기분은 근래에 처음 느껴보는 것이라 세상 모든 것을 가질 듯이 즐거워졌다. 차는 어느덧 한성병원에 도착했고 빠른 걸음으로 달려가 의사로부터 검사결과를 받아보았다. 일란이 이야기했듯이 무정자증은 아니었으며 정자의 숫자도 양호한 결과가 나왔다.

'일란이 내 아이를 가졌구나.'

두 눈으로 결과를 확인한 후에 명성은 이제 자신의 2세가 태어날 것을 생각하면서 또다시 기쁜 마음으로 들떠 있었다. 발걸음도 가볍게 준호의 여동생 성실이가 수술을 받을 수술실로 향했다. 준호가 복도의 보호자 대기석에서 초조하게 기다리고 있었다.

"아저씨!"

준호가 걸어오던 명성을 먼저 발견하고 벌떡 일어나 달려오며 반갑게 인사를 했다. 명성도 환하게 미소를 지며 두 팔을 벌려 말했다.

"준호야! 수술 들어갔니?"

"예. 1시 넘어서 끝날 것 같대요."

명성은 미소를 지며 고개를 끄덕였고 준호와 함께 자리에 앉았다. 준호와 이런 저런 가벼운 이야기를 주고받는 동안 수술이 끝났다. 수술실에서 나오는 의사와 대화를 나누었고 성공적으로 잘 이식되었다는 이야기를 들었다. 환자용 침대에 실려 병실로 향하는 준호 여동생을 따라 같이 걸었다. 병실에 도착한 명성은 수술을 받고 잠이든 성실이의 모습을 보며 준호에게 잘 간병하라는 말과 함께 작별인사를 한 후에 병원을 나왔다.

차안에서 명성은 모든 일이 정상궤도로 복귀하고 있음을 다행으로 생각했고 앞으로 더 이상 나쁜 일이 일어나지 않기를 바랐다.

'더 이상 짝퉁 인생을 살아야하는 명성이 아니라 나는 금재철이다. 금재철.'

이렇게 되 뇌이면서 다시 한 번 홀가분하고 상쾌한 기분을 느끼려 했다. 그러나 어느 순간 금재철을 다시 떠올렸을 때, 갑자기 온몸에 소름이 돋으면서 전신을 부르르 떨고 말았다.

끼이익-!

명성은 자동운행중인 자동차의 브레이크를 자기도 모르게 밟았다. 급작스럽게 멈춰서는 바람에 명성의 몸은 앞으로 쏠려 운전대에 처박혔다. 동시에 모든 생각도 얼어붙은 듯이 멈춰버리고 말았다.

'재철을 실신시켜 길바닥에 버리고 재철의 자리를 빼앗은, 이 기억들은 뭐란 말인가?'

명성은 다시금 뜨끔해졌다. 짧은 순간, 머릿속에서 극심한 혼란이 소용돌이치며 정신을 마구 흔들어놓았다.

'도대체 나는 명성인가, 재철인가?'

명성은 다시 자신의 정체가 누구인지, 도저히 갈피를 잡지 못하고 헤어나지 못할 것 같은 깊은 미궁 속에서 또 다시 허우적거리고 있는 느낌이 들었다. 현기증이 날정도로 머릿속은 복잡해지고 다시 신경이 예민해졌다. 다른 모든 것들이 눈과 귀에 들어오지 않아 잠시 길가에 차를 멈추고 눈을 감았다. 몇 분이 흘렀을까. 잠시 후, 명성은 최종적으로 마음을 가다듬고 자신에게 속삭이듯 중얼거렸다.

"금재철로 다시 태어났어. 하늘이 기적을 내려준 거지."

자신이 명성이든 재철이든 더 이상 얽히고설킨 기억의 실타래에 얽매이지 않겠다고 다짐하며 마음을 진정시켰다. 하늘에서 하얀 눈송이들이 하나, 둘씩 떨어지며 세상에 더럽혀진 죄들을 하얗게 씻어주듯 녹으며 사라졌다. 재철은 마음이 안정되자 차를 움직였다. 하지만 자신의 머릿속에 남은 기억들은 반드시 풀어야할 수수께끼인 것은 분명했다. 비록 하늘이 내린 축복이라 할지라도.

조 박사를 만나다

　재철에서 명성으로, 이제 다시 재철로 돌아온 자신을 거울로 보고 있었다. 거울 속에 비친 모습은 아무 것도 변한 것이 없는 예전 그대로인데, 바라보고 또 바라보고 아무리 뚫어져라 쳐다보아도 무엇이 어디서부터 어긋난 것인지 도저히 알 수가 없었다.

　'이 모든 것이 METCU(기억편집장치) 때문에 생긴 일이다. 어쩌면, METCU를 최초로 고안한 조 박사를 만난다면 어떻게 된 일인지 알 수가 있지 않을까?'

　의문투성이의 기계장치, 재철 자신이 완성을 시켰음에도 모르는 부분이 너무 많다. 완성을 시켰지만 사실, 조 박사가 남긴 설계도와 모듈화된 부속품을 토대로 조립하는 수준이었다. 재철은 흘러내리는 물방울을 타월로 닦아내며 욕탕에서 걸어나왔다. 가운을 입은 후에 소파에 앉아서 박 실장에게 전화를 걸었다.

　"박 실장, 조 박사 아직도 시립병원에 입원해있지?"

　입체영상으로 나타난 박 실장은 갑작스런 재철의 물음에 잠시 머뭇거리며 기억을 끄집어내더니 말했다.

　"아, 조 박사님……. A블럭 특수 연구소에 계셨던 스탠포드 나온 피터조 박사님 말씀이신가요? 그분 서울시립 정신병원에 입원중인 것으로 알고 있습니다만……."

"조 박사를 만나려고 하니까, 면회 가능 시간 좀 알아봐줘."

"예. 통화해서 알아보고 전화드리겠습니다."

재철이 고개를 끄덕이자 박 실장은 전화를 끊었다.

'그를 만나 무슨 이야길 할까? 그와 만난다고 해서 무슨 정보를 알아낼 수가 있을까? 정신이 온전하지 못한 사람에게서 어떤 이야기를 들을 수 있을지……."

재철은 걱정이 앞섰으나 어찌됐든, 그를 만나야 자신이 이지경이 된 연유에 대하여 어떠한 실마리라도 얻을 수 있을 것 같았다. 잠시 후, 전화가 걸려왔고 전화를 받자 박 실장의 모습이 나타났다.

"사장님, 조 박사님은 병원에서 퇴원하셨답니다."

"그래? 그럼, 지금 어디 있는데?"

"시골에서 요양 중이라는데 어딘지는 모르겠고요. 병원에서 알려준 연락처가 있긴 한데 없는 번호라고 나옵니다."

"흠. 조 박사가 상태가 좋아져서 퇴원한 건가?"

"글쎄요. 그건 잘 모르겠고, 제가 연락 가능한 모든 방법을 동원하고 수소문해서 다시 전화드리겠습니다."

재철은 상태가 호전되어서 말이라도 통했으면 하는 심정이었다. 박 실장이 찾는 대로 바로 연락을 줄 것을 바라며 전화를 끊었다. 하지만 오늘은 종무식을 하는 12월 29일이니 아무리 빨라도 조 박사를 만나는 것은 내년 초나 될 것 같았다. 회사에서 종무식 겸 송년회를 마치면 며칠간의 연휴가 있다. 일란을 만나서 그동안 가보지 못했던 노르웨이나 핀란드를 짧게 다녀올 것이다. 스키 타는 것을 좋아하는 일란과 북구의 설원에서 새해를 맞이할 생각을 하니 입가에 흐뭇한 미소가 맴돌았다.

2057년 정축년(丁丑年) 새해가 밝았다. 1월 3일, 재철은 오전에 사내 소
강당에서 사원들이 모인 가운데 시무식(始務式) 겸 신년하례식(新年賀禮式)
을 가졌다. 임원뿐만 아니라 수백 명의 사원들이 일일이 서로 악수와 포옹
을 하며 소띠 해에 소처럼 열심히 일해보자며 정겨운 새해 덕담을 나누었
다. 시무식을 마친 후에는 본격적인 한해의 업무를 시작하기 전에 간부들과
회의실에서 1시간가량의 신년회의를 가졌다.

11시경, 재철이 집무실로 들어올 무렵에 박 실장은 조 박사가 있는 곳을
알아냈다며 보고했다. 조 박사는 사건이 있은 직후에 아내와 이혼을 했고
현재는 강원도 강릉시 외각에 있는 고향에서 요양을 한다고 했다. 건강상태
는 전보다 조금 나아졌지만 아직도 횡설수설하며 정신상태가 올바르지 못
하다는 부친의 전언이 있었다고 했다.

12시 경, 선물 꾸러미를 준비 한 재철은 조 박사를 만나기 위해 옥상에 마
련된 착륙장으로 갔다. 정장차림의 기장이 송골매 옆에 서서 대기하고 있었
고 재철이 오자 꾸벅 인사를 했다. 재철은 기장과 악수를 한 후에 박 실장
과 함께 송골매에 올랐다. 송골매는 임원 전용 비행기로 빠르면 강릉까지 1
시간 안에 도착할 수 있다. 하지만 특별히 시간의 긴박성을 요하는 상황이
아니면 임원들도 사용을 자제하도록 방침을 정해서 주로 비행차나 자동차
를 이용했다. 재철과 박 실장은 의자에 앉아 안전벨트를 매고 이륙을 기다
렸다. 틸트로터(Tiltrotor)형 수직 이착륙기인 송골매는 길이가 5m쯤 되는
동체의 앞날개 양쪽에 커다란 프로펠러가 달린 엔진이 달려있다. 이륙 시에
는 프로펠러를 하늘로 향하게 해서 헬기처럼 날아오르다가 수평으로 눕히
면 일반 비행기처럼 날아간다. 활주로가 필요한 비행차와 달리 제자리에서
이착륙이 가능하고 이륙 후에는 헬기보다 다섯 배나 빠르게 높은 고도에서
날아갈 수가 있다.

조종석에서 기장이 각종 계기판의 수치를 확인하면서 조종간으로 이륙을

시도하자 양 날개에 달린 프로펠러가 서서히 회전을 하기 시작하더니 엄청난 소음과 바람을 내면서 서서히 떠오르기 시작했다. 재철과 박 실장은 소음을 줄여주는 귀마개를 쓰고 유리창을 통해 밖을 바라보았다. 비전테크 사옥과 지상의 건물들이 점점 작아지면서 멀어져갔고 공중을 날기 시작하자 소음은 좀 줄어들면서 어느새 지평선이 한눈에 들어왔다. 박 실장이 성냥 갑만한 건물들과 거미줄 같은 도로를 내려다보는 동안 재철은 눈을 감고 조 박사를 떠올렸다.

덥수룩한 턱수염에 염색한 노랑머리를 길게 기르고 금테안경을 썼던 풍채 좋은 조 박사는 얼핏 보면 마치 예술계에 종사하는 사람처럼 보이기도 했다. 상위 0.0000001%의 높은 IQ의 소유자만이 가입할 수 있는 기가 소사이어티(Giga Society)의 회원이며 미국 명문대학을 최우등 성적으로 졸업했다. 미국에서 취업과 성공의 길이 탄탄하게 보장되었던 그가 왜 한국에, 그것도 비전테크로 왔는지 의아하게 생각하는 사람이 많았다. 그는 단지 금재철이란 인물의 성공신화에 반해서 자신도 꿈을 이루려왔다고 말했지만…….

회사사람들 중에는 그가 공상과학적인 어쩌면 약간은 허황된 프로젝트를 추진하려고 한다고 생각했다. 재철만이 그를 믿고 전폭적인 지원을 아끼지 않을 때에도 몇몇 간부들은 인위적인 IQ의 향상은 불가능하다며 만류하기도 했었다. 그가 뇌 확장 프로젝트의 책임연구원으로서 개발하려던 기억편집장치는 외부에 두뇌능력(IQ)증대장치로 소개되었고 개발되었다면 인류에게 큰 기여를 했을 것으로 언론에 대대적으로 소개되기도 하였다.

조 박사의 연구 스타일은 재철과 비슷했는데, 중요한 전 과정을 홀로 진행하는 독단적 연구 시스템이었다. 사소한 것들 외에는 외부의 도움을 배제한 채, 결과를 얻어낼 때까지 며칠 동안 거의 식음을 전폐하고 밤낮을 세워가며 고집스럽게 연구했다. 다른 연구자들과 협업하여 연구하지 못하는 이유는, 그가 몇 단계이상 너무 빨리 앞서 나가기 때문에 이론적인 부분에서 타인을 이해시키는데 많은 노력과 시간이 소요되기 때문이라고 했다. 자칫 자만심에 찬 독불장군적인 모습으로 보일 수도 있겠지만 그는 그러한 자신의 연구 스타일이 오히려 시간을 아끼고 불필요한 마찰을 줄이는 필요악적인 방법이라고 해명했다.

그러나 조 박사는 한국에서 꿈을 이루기도 전에 날개를 접어야했던 불행한 인물로 사람들에게 기억되고 말았다. 불의의 실험사고로 폐인이 되어버린 그의 안타까운 이야기는 어릴 적부터 천재로 유명세를 탔기에 언론에서 크게 다루어졌다. 연구가 실패하고 정신까지 이상해져서 병원에 입원하게 되자 언론은 '비극으로 끝난 전도유망한 천재 괴짜 과학자의 귀환'이란 선정적인 프레임으로 보도했다. 한술 더 떠서 언론은 비전테크가 급속도로 성장한 이유는 신생기업 때부터 살인적인 밤샘업무나 연구를 지향하는 기업문화를 갖고 있었는데, 이는 CEO 금재철의 일벌레적인 업무습관에서 비롯되었다는 부정적인 보도까지 했다.

비전테크 직원들이 대표의 눈치를 보느라 정시에 퇴근하지 못하고 매일처럼 강도 높은 직무를 수행하고 있다면서 조 박사가 건강을 해친 것, 역시 그런 이유가 아니었겠느냐는 식으로 보도했다. 언론은 그 책임을 대표이사에게 물었고 재철은 도의적인 책임을 지고 그동안 있어왔던 과중한 밤샘업무 및 연구는 금지하겠다는 지면광고로 사과까지 해야 했다. 다행히 조 박사가 진행한 프로젝트의 비밀은 보호했지만 비전테크는 일만하고 쉬지 않는다는 기업 이미지를 주었고 개선하는데 시간이 걸렸다. 조 박사의 연구는 실패했지만 당시에 재철이 파악한 바에 따르면 적어도 그가 극비리에 추진한 프로젝트에 이론적인 어떤 문제는 없어보였다. 지금도 무엇이 실패의 원인이 되었고 어째서 그가 그런 피해를 입었는지 아직도 의문이지만.

재철이 이런저런 생각들을 떠올리는 동안 시간은 흘렀고 눈을 떴을 때는 멀리 동해의 푸른 바다가 보였다. 어느덧 수직이착륙기는 강릉에 도착했는지 시가지가 한눈에 내려다보였다. 송골매는 강릉근처에 있는 비전테크사가 운영하는 가족농장의 마당에 착륙했다. 초지에 가축을 방목해서 기르는 농장은 하우스에서 각종 농산물도 함께 재배하고 있었다. 농장 마당에는 일하던 수십여 명의 직원들과 로봇들이 일제히 나와서 재철 일행을 맞이하였다. 그들과 간단한 인사와 악수를 한 뒤에 재철은 곧바로 농장에서 마련한 차량으로 조 박사가 사는 집까지 단숨에 달려갔다. 2차선 숲길을 지나 10분 만에 조 박사의 집에 도착한 재철은 차에서 급히 내렸다. 선물 꾸러미를 든 박 실장이 집 앞에서 초인종을 눌렀으나 이상하게 아무도 나오질 않았다.

"사전에 연락 안했어?"

재철의 물음에 박 실장은 고개를 갸웃거리며 말했다.

"연락했는데, 이상하군요."

박 실장이 집으로 전화를 거는 사이에 재철이 문을 한참 두드리니 안에서 늙은 노인이 현관문을 열고 나와 밖을 내다보았다.

"뉘시오?"

"안녕하세요. 저희는 서울에서 조 박사님을 만나러 왔는데요, 조 박사님 안에 계신가요?"

노인은 흐리멍덩한 표정으로 이들을 바라보다가,

"우리 아들 몸이 안 좋은데, 굳이 오셨네. 들어오슈."

백발이 성성한 조 박사의 부친은 썩 반기지 않는 표정으로 들어오라는 손 짓을 하며 문을 열어주었다. 박 실장은 몸에 좋다는 홍삼 등의 선물을 부친에게 주자 마지못해 받아들고 말했다.

"뭣 땜에 오셨수?"

불편함이 잔뜩 느껴지는 노인의 말투였다. 재철은 마당을 노인과 함께 걸어 들어가며 공손하게 말했다.

"저희 회사에서 일하다 변을 당하셨기 때문에, 다시 한 번 죄송하단 말씀 드립니다. 아드님은 어떤가요?"

"안 좋지, 뭐."

조 박사 부친은 구부정한 자세로 재철을 쳐다보며 현관문을 열고 거실로 들어갔다. 재철은 박 실장을 거실에 잠시 있게 하고 조 박사 아버지와 함께 조 박사가 있는 방으로 들어갔다. 풍채 좋고 복스러운 인상을 가진 조현국 박사, 그는 환자 전용 침대에 뼈만 앙상한 몰골이 되어 난민 같은 모습으로 누워서 자고 있었다.

"일어났냐?"

조 박사 부친이 깨우려는 듯이 말을 건네자 조 박사는 잠이 든 상태인지 의식이 없는 건지 조용하게 미동도 하지 않았다. 누운 채로 광대가 드러난 얼굴이 천장을 향해있었다. 재철이 조 박사를 살피며 조심스럽게 말했다.

"조 박사, 나 금사장입니다."

그러자 조 박사가 움푹 팬 눈두덩에서 눈꺼풀을 깜박였다.

"알아보시겠어요?"

하지만 재철의 말에 조 박사는 그대로 가만히 있을 뿐, 아무 대꾸를 하지 않았다. 조 박사의 이런 모습을 보고 있노라니 재철은 갑자기 울컥해져서 노인의 소매를 붙잡으며 흐느끼듯 말했다.

"죄송합니다. 아드님이 이렇게 되지 않도록 저희가 주의했어야 했는데."

냉랭했던 조 박사 부친도 마음을 누그러뜨렸는지 고개를 흔들며 차분하게 말했다.

"우실 필요까진……. 쟤 팔자가 저런 걸, 어쩌겠어요."

"집에서 간호하기 힘들지 않으세요? 아드님을 왜 퇴원시키셨나요?"

"지가 원했어. 집에 가고 싶다고. ……힘든 건 없어요. 동사무소 복지사가 매주 방문해서 돌봐주고 또 간병로봇도 있고 하니."

"조 박사가 퇴원을 하겠다고 직접 말했습니까?"

조박사 부친은 고개를 끄덕였다.

"애가 정신이 가끔 들어왔다 나갔다 해요. 어떻게 애랑 이야길 한번 나눠 보시겠수?"

"대화요? 어떻게 대화를 하십니까?"

"콜라를 따다가 우연히 알게 됐는데. 이걸 어떻게, 이리저리 쓰면 운 좋게, 한 몇 분간은 정신이 돌아오는지 제대로 이야길 합디다. 될 지, 안 될지 모르지만 한번……."

노인은 조 박사 머리맡에 놓여있는 둥근모양의 자석 병따개를 집어서 보여주더니 조 박사의 머리에 이리저리 갖다 대었다. 5초정도의 시간이 흐르자 갑자기 조 박사가 눈을 크게 뜨고 달라진 표정으로 사방을 살펴보더니 재철과 눈이 마주쳤다.

"어?"

조 박사는 이제야 재철을 알아차린 듯 고개를 들고 힘겹게 일어났다.

"조 박사, 알아봅니까? 나 금재철이에요."

"금사장님……."

재철을 보고 감격해서일까, 조 박사의 눈에서 알 수 없는 눈물이 글썽이고 있었다.

"그렇지 않아도 뵙고 말씀 드리려고 했는데, 왜 이제 오셨습니까?"

"오늘은 운이 좋은지 알아보네. 말 나눠 보슈."

조 박사 부친은 이렇게 말하면서 아들과 이야길 해보라며 문을 열고 나갔다. 방에 남게 된 재철은 만감이 교차하는 표정으로 조 박사를 측은하게 바라보았다.

"조 박사, 몸이 너무 안 좋아 보여요. 많이 힘들지요?"

"죄송스럽습니다. 저만 믿고 전폭적인 지원을 아끼지 않으셨는데, 그동안 계획된 일정보다는 시간이 좀 걸릴 것 같지만 문제는……."

조 박사는 움푹 파인 눈을 깜박이며 느릿느릿하게 더듬듯이 말하지만 그래도 제법 알아들을 수 있게 말을 했다. 하지만 그가 지금 하는 말은 연구가 막바지에 이른 때인 수개월 전의 상황으로 아마도 그에겐 시간이 전혀 흐르지 않은 것 같았다.

"조 박사, METCU는 내가 완성시켰어요."

"예? 무슨 말씀이신가요, 문제점을 해결했다는 말입니까?"

튀어나올 듯 조 박사의 눈동자가 커졌고 입은 벌어졌다.

"안됩니다. 진행한 저의 프로젝트는 폐기시켜 주세요. 불행해질 겁니다. 모두가."

조 박사는 갑자기 말을 멈추었고 재철은 당황해서 잠시 보다가 물었다.

"조 박사! 조 박사 몸이 왜 이렇게, 원인이 뭐라고 생각합니까?"

"과도하게 설정한 건 아닌데, 미세조정에서 아무래도 0.5 단위로 RMC를."

"RMC?"

"숨겨져 있는, 으! 복원장치……."

조 박사는 갑자기 아파오는 듯 머릴 쥐어짜며 심하게 괴로운 표정을 지었다.

"왜 그래요?"

"5678……09……6……7. 구해……주세……요."

조 박사는 갑자기 숫자를 읊조리며 이상한 헛소리를 지껄였다. 갑자기 크게 웃어대더니 몸부림을 치면서 발작증세를 보이는데 얼굴과 목덜미 등 온몸에서 땀이 흘러내렸다.

"조 박사, 정신 차려요! 나, 궁금한 게 있는데 내가 지금."

재철이 아쉬운 듯 뭔가를 물어보려는 순간, 곧 바로 문이 열리고 부친이 뛰어 들어왔다.

"그만하세요. 그래도 오늘은 운이 좋은 지, 말을 길게 했네. 쯧쯧. 길어야 1분밖에 정상적인 대화가 안 되니……. 그만 밖으로 나가주시죠."

재철은 조 박사가 땀을 뻘뻘 흘리며 괴로워하는 모습을 뒤로하고 밖으로 나왔다. 재철은 거실에서 잠시 쉬었다가 기회가 되면 조 박사에게 다시 묻고 싶었지만 그의 부친은 한숨을 땅이 꺼지도록 쉬면서 고개를 젓고, 더 이상 만남을 허락하지 않았다.

"아들놈 괴로워하는 모습을 보기 싫으니, 이제 그만 가주셨으면 해요."

조 박사의 부친은 모든 것이 힘들었을 것이다. 하나 밖에 없는 아들, 나라에서도 알아주던 천재이자 미국에서도 촉망받던 외아들이었으니, 그에게는 기대가 얼마나 컸을까. 이렇게 산송장처럼 되어버린 젊은 아들을 대하는 부친의 심정을 충분히 이해한 재철은 어쩔 수 없이 고개를 끄덕이며 작별 인사를 해야 했다. 얼마간의 돈을 조 박사를 위해 써달라며 부친에게 주었다. 조 박사의 부친은 받지 않으려고 하다가 재철의 성의를 봐서 받았고 재철은 조 박사가 나을 수 있도록 국내외 유명병원에 연락하여 최선을 다해 치료방법을 알아보겠다고 했다.

재철은 'RMC'와 숫자, 구해달라는 조 박사의 하소연 같은 지껄임이 무엇을 의미하는지를 되새기며 집을 나섰다. 출발하기 전만해도 조 박사를 만나서 무엇을 얻을 수 있을지 막막했었는데, 이제 정확하지는 않으나 뭔가 흐릿한 단서를 잡은 느낌이었다. 회사로 돌아가면 기억편집장치부터 살펴볼 생각으로 차에 몸을 실었다. 재철은 회사농장에서 늦은 점심식사를 마친 후에 하룻밤 묵고 가라는 직원들의 부탁을 간신히 뿌리치고 곧 바로 송골매에 올라탔다.

금재철 최후의 수수께끼

 조현국 박사는 일상생활에서는 사람들과 잘 어울리고 활동적이었으나 연구할 때만은 아주 특이한 성격으로 돌변했다. 연구과제에 집착할 때, 그는 그 어떤 누구의 간섭도, 심지어 회사대표인 재철이 그의 연구에 관하여 묻는 것조차도 거부했다. 수하에 연구원을 전혀 쓰지 않고, 양자컴퓨터, 로봇, 3D프린터 등이 그를 돕는 유일한 동료였다. 오직 홀로 모든 것을 연구하고 개발했지만 여느 연구 집단보다 빠르게 결과물을 산출했다. 그런 연구 습관은 동료들의 시샘과 질투를 한 몸에 받으면서 독선적이고 고집불통이라는 말을 들었고 미국 브레이너 연구소를 나온 것도 조 박사가 왕따를 당해서 한국에 왔을 것이라고 수군댔다. 하지만 실상은 동양인에 대한 인종차별적인 측면도 컸다고 한다.

 어찌됐든, 그는 3년 만에 대학을 조기졸업하고 18세에 박사학위를 2개나 취득할 만큼 스스로를 인류역사에 남을 위인으로 생각했기 때문에, 범재들의 도움을 받으려 회의하고 논쟁을 하는 것은 시간낭비이며 비효율적이라고 생각했다. 비전테크에 입사하자마자 프로젝트를 진행한답시고, 재철의 전폭적인 지원 아래, 개인연구실과 작업실에 처박혀서 하루 종일 문을 잠가 놓는 바람에 재철도 보름동안 얼굴을 볼 수가 없었다.

하지만 재철은 그가 신뢰를 저버리고 엉뚱한 일을 하거나 연구를 태만히 한다고는 생각하지 않았기에 절대로 간섭하지 않았다. 그는 이론정립부터 설계, 제작, 실험, 검증까지 전 과정에 걸쳐서 아주 세세하고 완벽하게 작업을 하는 스타일이었다. 또 그는 세상 사람들이 자신을 완전무결한 천재로 공인했기에 작은 실패나 실수마저 두려워했던 것 같았다. 흠이 드러나고 틈이 보이는 것을 막기 위해서 그토록 세상과 격리된 채, 실패를 숨기면서 완벽주의자의 길을 걸었던 것으로 보였다.

3시경, 회사에 도착한 재철은 모든 업무를 중지하고 곧장 52층으로 향했다. 기억편집장치가 있는 비밀의 방은 여전히 굳게 잠겨있었지만 예전에 사용한 비밀번호를 사용해서 안으로 들어섰다. 재철은 지난번과 같은 과정을 거쳐서 벽 안에 있던 기억편집장치를 꺼냈다. 수납함에 있는 개발에 관련된 국내외 학술논문 및 각종책자, 제품설명서 등을 다시 살펴보았다. 이것저것 책자를 뒤적여보다가 조현국 박사가 직접 저술한 개발지침서를 들고 읽기 시작했다.

『……기억에 관계하는 뇌의 부위는 전두엽(frontal lobe, 前頭葉), 측두엽(temporal lobe, 側頭葉), 해마(hippocampus, 海馬), 시상핵(nucleus of thalamus, 視床核), 변연계(limbic system, 邊緣系) 등으로 알려져 있다. 외부정보는 인간의 모든 감각(시각, 청각, 후각, 촉각, 미각)기관에서 수집되어 전기적인 신호로 척수를 거쳐 뇌간에 이른다. 수집된 정보는 시상(視床)을 거쳐 일차로 분석된 후 전두엽의 대뇌피질로 전달되고 여기서 보존할 가치가 있는 중요한 정보인지를 판단하여 해마와 측두엽을 거쳐 기억의 형태로 뇌에 저장된다. 새로운 정보, 경험, 지식 등이 뇌에 입력되고 저장되어 회상되는 것을 기억의 일련과정이라고 하는데, 초 단위의 순간기억이 있는가 하면 수 분간 지속되는 단기기억 그리고 장시간 남아있는 장기기억이 있다. 순간기억, 단기기억은 뇌세포 사이에 회로가 만들어지지 않고 신경세포의 시냅스 말단에서 신경전달물질이 나와 일시적으로 기억이 남는다. 단기기억도 반복적으로 사용하고 집중을 통하여 오랫동안 저장되도록 하면 장기기억으로 바뀐다. 기억에 관여하는 해마에 지속적인 자극이 가해지면 시냅스 연결을 강화시켜 장기기억으로 바뀌는데 이때 뇌세포에 새로운 신경회로가 생겨 고정되는 것이다.

완성된 신경회로도 환경변화나 학습훈련에 따라 기능과 형태의 변화를 일으킬 수 있다. 이러한 시냅스가소성(Synaptic plasticity)이 있기에 기억의 변화가 가능하며 분자신경생물학적인 측면에서……. (중략) 아이와 달리 성인의 경우에 신경세포의 분화나 이미 형성된 시냅스 구조를 변화시키기 어렵지만 사실, 신경발생은 뇌실하 영역(SVZ Subventricular zone)과 해마(Hippocampus)의 과립하 영역(SGZ, Subgranular zone)에서 계속적으로……. (중략)……전기적인 신호와 시냅스 말단에서 분비되는 글루탐산 등의 신경전달물질들이 기억에 관여……. (중략) PKm-ζ, ι, λ(protein kinase M-ζ,ι,λ)등의 단백질 인산화효소를 저해하여 기억을 지우거나 첨가하여 기억을 강화시킬 수 있다고 알려져 있는데 (중략) 핵 내로 이동하여 새로운 단백질들을 생성하기 시작하여 시냅스의 형태나 기능이 변화하며 (중략) 대뇌피질에 기억으로써 안전하게 저장되도록 인공물질 β-79Ω는 신경세포들을 연결하는 수십억 개 시냅스들에서 총체적인 변화가 일어나도록 촉진한다. 보통 시냅스의 장기강화(Long-term potentiation)는 시냅스 후 뉴런의 전위가 뒤바뀌는 탈분극이 강하게 이뤄진 상태에서 특정 시냅스가 같이 활성화 되고 이를 반복적으로 지속할 경우에 장기적인 강화로 바뀌며 장기약화(Long-term depression)는……. (중략) 동일한 시냅스에서 재경화(reconsolidation)과정을 통해 단기기억이 장기기억으로 전환되는데, 단백질 분해 억제제와 단백질 합성 저해제를 함께 처리하면 기억을 변경, 유지할 수 있고 분해와 합성의 조절을 통해 기억을 지울 수도 있다. 특히, 시냅스 경화과정에서 중요한 유전자인 ApC/EBP의 mRNA를 ApAUF1인 단백질이 전사 후 조절기작을 통해 발현을 조절하기 때문에……. (중략) ……타입α-Ψ형의 편집장치는 반복적 자극을 인위적으로 가하는 효과를 주며 재경화 과정을 일시에 빠르게 시행하여 기억의 선택적 복사와 소거가 가능하다. 자동차 운전, 악기연주, 자전거 타기 등 몸에 배인 기술을 가능케 하는 기술기억과 과거 경험담을 떠올리게 하는 일화기억…….」[38]

재철은 마지막 페이지까지 빠르게 읽었지만 RMC라는 단어는 찾을 수가 없었다.

'도대체 조 박사가 말한 RMC란 무엇일까?'

재철은 책자를 덮고 한참을 골똘하게 생각하다가 기억 편집장치를 켰다. 헤드마운트가 머리에 착용되었고 화면에서 메뉴를 살폈다. 기억 파일들을 모아 놓은 곳과 달리 문서 디렉토리는 일반적인 컴퓨터처럼 파일을 보면서 검색도 가능했다. RMC라는 키워드로 문서를 검색하니 몇 개의 파일이 나타났다. 하지만 모두 암호가 걸린 채로 잠겨있었다. 조 박사가 왜 이 파일들에 별 효과가 없는 암호를 걸었는지 이해할 수가 없었다. 재철은 실망스럽고 난감한 표정으로 보다가 포기하려는 듯이 헤드마운트를 벗으려는데, 조 박사가 중얼거리던 숫자가 떠올랐다.

56780967.

혹시나 하고 우연히 들었던 숫자를 모두 기억해내면서 천천히 입력하자 마침내 문서파일이 열렸다. 재철은 문서중간에서 RMC항목을 발견하고 집중해서 읽어보았다.

『제 15장. METCU 사용자를 위한 최소한의 안전장치……. RMC(Restore memory chip; 기억복구 의식통제 칩)에 관하여. 미크론 단위의 마이크로 캡슐로 만들어진 분자수준의 장치로 체내에 삽입되어 두개골에 고착……. {중략}……중점을 두었던 사항으로 실수로 사용자의 중요기억이 전부 소거되어 자아를 잃었을 때, 타인의 기억이 전부 이식되어 정체성에 혼란을 줄 때 등 이상기억으로 문제가 발생된 시점에서 이전 정상기억의 시점으로 되돌릴 필요가 있는데, 의식이 통제된 상태에서 이전 정상상태로 되돌려주기 위한 복구기능……. {중략}……일일점검과 특정부분점검 등 기억의 이상상태를 점검하여 그 값이 사용자의 설정과 차이가 있거나 높은 수치로 확인되어 문제의 소지가 있다고 판단되면 RMC는 중대결정을 위한 초기작동을 시작한다. 정밀하게 수천 가지 이상의 비교 값을 통하여 안전하게……. {중략}……O(원본대상자)와 C(복사대상자)는 METCU와 수Km이내의 거리에서, 수면상태의 O와 C의 운동신경을 통제한다. 양자(兩者)의 두뇌가 RMC에 의해 통제되면 몽유병 환자처럼 각성되지 않은 상태에서 기억된 경로를 따라서 METCU의 소재처로 오게 된다. 양자가 METCU에 착석하면 자동적으로 정해진 절차에 따라서 수분 이내로 복구 작업이 이루어지며……. {중략}……복구 작업이 이뤄지는 종류는 다양한데 8차 실험에서 자력(磁力)에 민감한 RMC의 오작동이 발생하여 원인을 분석 중이며 금년 6월의 최종 테스트 단계에서…….』

재철은 내용을 끝까지 읽지 않아도 어느 정도 이해가 된 듯 고개를 끄덕였다. METCU의 원리는 대강 알고 있었지만 실제 제작은 조 박사가 완성한 프로토 타입을 토대로 모듈을 조립하여 만들었다. 재철이 당시에 RMC에 대해서 파악했을지 모르지만 기억에 없는 것을 보면 어느 순간에 실수로 삭제되었거나 아니면 RMC 자체를 알지 못한 채, 이미 만들어진 장치의 모듈만을 단순 조립한 결과일 것이다.

조 박사가 염려한 것처럼 사실, METCU는 사용하기에 따라서 인간에게 아주 위험스런 장치가 될 수 있다. 인체에 부작용은 논외로 하더라도 상호 간의 합의나 계약에 의한 기억이식 등 발생할 수 있는 문제는 아주 많다. 만약, 부당하게 누군가의 기억이 삭제, 교체 또는 탈취된다면, 지금 재철이 겪은 경우처럼 그것은 사람의 운명을 바꿀 정도로 아주 치명적일 수 있다. 힘을 가진 자에 의한 원치 않는 부당한 기억편집으로 사회에 큰 혼란 또는 마비를 가져올 수도 있으며 이 같은 범죄행위는 인류전체에 위험이 될 정도로 심각한 불행을 초래할 수도 있다.

조 박사는 METCU를 만들 때에, 인위적인 기억의 전송으로 일어날 수 있는 문제들에 대해 고심한 것 같으며, 그 피해를 줄이기 위해서 부단히 노력한 것으로 보였다. 조 박사가 매뉴얼에서 RMC의 존재를 숨긴 이유는, RMC를 사용자 몰래 체내에 삽입시켜 비밀스러운 임무를 수행하게해서 피해를 막고자 했기 때문이었다. 그러고 보니 RMC와 유사한 베리칩(VeriChip;verification chip)이 생각났다. 베리칩은 21세기 초에 등장했는데, 각종 정보가 담겨 있는 초소형 칩으로써 사람의 피부 안에 삽입된다. 한때 요한 계시록에 나오는 짐승의 표, 적그리스도의 상징인 666과 동일하게 취급되면서 이 칩을 이식 받으면 인간의 의식을 통제하여 피해를 주고 마침내 천국에 가지 못한다고 알려져 모 종교계에서 심한 거부운동이 일어나기도 했었다.

하지만 여기서 RMC는 인간에게 피해를 주는 것이 아닌 피해를 예방하는 역할을 하는 것이다. 기억전송으로 파생되는 모든 위험에 대비할 수는 없지만 최소한의 안전성만은 확보한 것 같다. 그러나 METCU의 사용자에게 RMC를 영원히 비밀로 할 수 없고 어떤 식으로든 알려지게 되어, 기술전문가에 의해서 무용지물이 될 수도 있다. 재철도 처음에는 몰랐지만 이제 알게 된 이상 RMC는 제거 가능한 장치이며 체내에 삽입이 안 되게 조작할 수도 있다. 그럼에도 완벽한 대비책은 아니지만, RMC 같은 최소한의 위험 예방책은 반드시 필요할 것이다. 사실, 재철에게 RMC는 부당한 기억이식으로 인한 피해를 막아준 마지막 보험으로써 아주 유용하게 활용되었다고 할 수 있다.

재철은 METCU를 처음 사용할 때, 헤드마운트가 착용되면서 뒤통수가 따끔했던 기억을 떠올렸다. 아마도 자동적으로 RMC가 신체에 삽입되는 순간이었을 것이다. 이처럼 RMC는 처음 기억작업 시에 원본과 복사, 양자의 머리 피부에 삽입되는 비밀장치로 당사자들은 약한 전기 쇼크정도로 느끼게 된다. 두개골 부위에서 작동되는 이 칩은 항시 양자의 두뇌가 일정한 수준의 안정성을 유지하도록 정기점검 하는 것이 첫째 임무이다. 뇌세포회로의 변화를 정기적으로 측정하여 타인의 기억이 일시적으로 과도하게 증가한 이상 징후가 발견되면 여러 가지 변수와 상황을 비교하여 문제라고 판단될 때, 정해진 시간에 정상으로 되돌려놓도록 사람의 의식을 통제한다.

이것이 둘째 임무인데, 의식을 통제하지 않으면 안 되는 이유는, 대부분 이런 경우는 어느 한쪽의 의지에 의한 강제성을 띤 문제이므로 권한을 가진 한쪽의 의지가 변하지 않는 이상은 이전상태로 돌아가기가 불가능하기 때문이다.

조 박사는 RMC의 성능향상을 위해 여러 차례 자신을 대상으로 실험을 한 것 같았고 이로 인해 뇌세포에 피해를 입었거나 또는 체내에 삽입된 RMC가 초기버전이어서 작동오류가 생긴 것이 아닌가하는 생각이 들었다. 사실, METCU를 거의 완성할 무렵에 조 박사가 정신에 문제가 생겨서 병원에 입원했는데, 그 시점은 RMC도 완성시키는 단계였다.

이후에, 재철이 장치를 조립하여 기억편집작업을 시작할 때는 정상작동

된 것으로 추측되었다.

RMC가 인체에 유해한지 어떤지 아직은 알 수가 없으나 자력에 민감해 오작동이랄지 혹은 자칫 인간을 좀비처럼 조종하는 칩으로 변질될 수도 있다. 그래서 조 박사는 암호를 걸어서 개발자체를 비밀로 할 수밖에 없을 만큼, 심각한 고민을 한 것 같이 보였다. 재철은 풀리지 않을 것 같았던 수수께끼의 해답(아직까지는 99%의 근사값을 찾아낸 것이지만) 을 통해서 차분하게 상황을 추리하며 머릿속에서 정리하기 시작했다.

'RMC는 처음에 나와 명성의 체내에 각각 삽입되면서 두 사람에 직전 과거의 고유한 일상의 패턴을 기록하여 양자를 구별하는 근거로 삼는다. 서로 간의 기억이 주기적, 부분적, 반복적으로 삭제, 전송될 때마다 RMC는 양적인 부분을 점검해왔을 것이다. 누군가의 기억이 완전하게 상실되거나 이식되어 정체성이 사라지거나 바뀌는 불상사를 방지하기 위해서 RMC는 다양한 조건과 상황을 대입하고 판단하여 과도한 이상이 있을 시에는 수면 중에 인간의식을 통제하게 된다.

계약이 해지되던 그날 밤, 명성에 의해서 명성의 기억이 강제로 나에게 전송되었고 RMC는 정기검사에서 정상인지를 확인했다. 집에서 출발해 회사에 출근을 하고 업무를 보며 퇴근하는 일상적인 동선(動線), 사용하는 말과 행동들의 패턴을 과거와 현재간의 상태를 비교해서 다른 점이 무엇인지 등을 양적, 질적으로 파악한다. RMC는 며칠에 걸쳐서 검사를 하는데,

첫째, 기억의 삭제와 전송량이 90% 이상이 넘어설 때는 [중대판단]의 핵심요소가 되지만 인위적인 실험 등 변수가 있기에 [의식통제]를 바로 실행하지는 않는다.

둘째, 원본과 복사자의 환경변화를 감시한다. 이전과 다른 환경에서 장기간 생활하는 등 공간의 변화가 크면 이상요소로 판단한다. 하지만 휴가, 출장, 사고 등 일상패턴과 다른 여러 가지 이유가 있기에 역시 의식통제를 곧

바로 실행하지는 않는다.

셋째, 원본과 복사자의 정체성이 바뀌었는지 감시한다. 예를 들어서, 며칠 동안 재철이 자신을 명성이라고 말하고 행동하여 정체성에 문제가 있다면 이상요소로 판단한다. 다만, 역시 의식을 바로 통제하지 않고 원본과 사본에 어떠한 사연이 있는지 RMC끼리 상호 간에 통신하며 비교를 한다.

위의 3가지 조건들을 중심으로 종합적으로 분석하여 양자가 바뀌었다는 최종판단을 하면 적당한 날짜에 잠이 든 수면시간(RMC는 각성중일 때는 인간의 의식을 통제할 수가 없다)에 의식을 조종해서 METCU가 있는 곳(회사 비밀의 방)까지 스스로 오게 한다.

명성이나 자신에게 분명히 과도하게 뇌세포 회로에 많은 변화가 있었고 장기간 생활패턴이 바뀌었으며 말과 행동을 통한 정체성에서 이상 징후를 보인 시간이 많아지자 RMC끼리 상호소통을 통해서 의식통제를 실행하기로 최종결정을 내렸을 것이다.'

이상이 RMC의 작동 요건에 관하여 추측해서 정리한 결론이었다. 그럼, 운명이 다시 뒤바뀐 때는 언제였을까. 바로 집무실에서 잠을 깨던 날이었다. 전날 밤에, 명성은 술집에서 술에 취해 잠이 들었고 재철은 호텔에서 출국을 준비하며 잠이 든 상태였다. 술자리에서 잠이 든 명성의 의식을 통제해서 같은 시간에 작업실로 오게 하였고 이동경로와 방법, 방의 비밀번호, METCU사용법 등은 RMC에 의해서 전부 조종되기 때문에 두 사람은 의식이 없어도 비밀의 방에 도착하게 된다.

RMC에 의해 서로 작업실로 오게 된 두 사람은 METCU에 의해서 기억을 맞교환하는 작업이 이뤄져서 각자의 자아는 원래 자신의 몸을 찾게 된다. 그후에 명성은 재철이 있던 호텔로 되돌아갔고 재철도 가까운 회사 집무실로 돌아간다. 하지만 두 사람은 그때까지 무의식 상태로 기억이 없기에 깨어날 때는 옷과 소지품이 바뀐 것으로 알고 이상하게 생각한다. 재철은 취객털이에게 피해를 당한 것으로 추측했고 나중에 택배로 돌려받을 때는 우연히 명성을 만나서 옷을 바꿔 입은 해프닝으로 생각했다. 명성도 입고 있는 재철의 옷과 소지품에 대해서 이상하게 생각했을 테지만 옷이 뒤바뀐 사실만 알지 원래 자신으로 돌아간 사실은 까마득히 모르고 있을 것이다. 이처럼 작업은 각성 중에 하지 않기에 양자는 전혀 기억을 못하며, 그 때문에 재철이 지금처럼 자신의 정체성에 의구심을 품게 되었던 것이다.

수수께끼는 풀렸고 이제 더 이상 재철과 명성이 얽혀서 일어날 사건은 없다. 이제 명성은 명성의 기억을 갖고 명성의 몸을 가진 상태이기 때문에 자신이 재철이라고 믿을 이유가 전혀 없다. 화성에 가버린 그가 자신을 재철이라며 회사로 다시 찾아올 일이 없다는 것이다. CEO 역할 교대 작업 같은 기억은 이미 삭제되었기 때문에 그의 기억 속엔 재철을 몇 번 만나서 항상 따뜻하게 대해주었고 병원치료에 사업자금까지 주면서 자신을 돌봐준 형님으로만 기억될 것이기 때문이다.

재철은 오랜 시간 궁금해 하며 고민했던 정체성에 대한 수수께끼가 완전히 풀리자 마음이 홀가분해졌다. 명성에게 기억을 빼앗겨 길거리에 버려지고 노숙자의 구타로 병원에 입원하면서 한순간에 나락으로 떨어질 뻔했던 그의 운명은 RMC덕분에 자신도 모르는 사이에 다시 원래의 재철로 돌아오게 된 것이었다. 더군다나 명성이 출국 직전에 복구 작업이 이뤄진 것은 하늘이 도왔다고 봐야했다. 재철은 RMC가 존재함으로 인해서 이러한 추리가 가능하다고 생각하며 시스템을 끄고 자리에서 일어섰다.

이제 업무에 복귀할 시간이다. 짓누르던 난해한 문제가 해결되니 발걸음이 무척 가벼워짐을 느끼면서 비밀의 방에서 나왔다. 기억편집작업을 했던 비밀의 방도 천천히 정리를 시작할 것이다. 인류에게 양날의 검으로 작용할 기억편집장치와 RMC같은 무서운 속도로 발전하는 과학기술을 윤리, 도덕, 종교는 물론 법으로도 막을 수 없을 것이다. 누군가에 의해서 언제 어떻게 실용화될지는 모르지만, 자신의 손으로 세상에 첫 선을 보일 생각은 없다. 조 박사가 우려하는 것처럼, 그것이 세상에 나오는 순간, 판도라의 박스를 여는 것 이상으로 세상은 진실과 거짓을 구별할 수 없는 일대 혼란이 일어날 것이기 때문이다. 득보다 실이 많기에 일단 장치는 전부 분해해서 핵심부품을 모두 뜯어내어 은행 대여금고에 넣고 무기한 봉인을 할 것이다. 언젠가 어떤 이유로 장치를 다시 사용할 날이 올지도 모르겠지만 그런 날이 오지 않기를 바랄 뿐이었다.

복도를 걸으며 재철은 조 박사의 몸 상태를 생각했다. 사실, 조 박사로 인해서 이런 일이 일어났지만 또한 조 박사 때문에 자신이 원래대로 돌아올 수 있었다. 의도치 않게 자신을 구해준 조 박사, 그가 자신을 구해달라는 말을 한 것처럼 이제 자신이 그를 구해주어야 할 것 같았다. 그가 병따개에 붙은 자석에 반응해서 잠시 정상으로 돌아오는 것을 보면, 자력(磁力)으로 RMC를 건드려 심신을 정상화시키는 어떤 기전이 있지 않나, 하는 생각이 들었다. 잠시나마, 정상이 된다는 것은 다행이다. 혹시나, 그를 정상으로 되돌릴 기억파일이 시스템에 존재한다면 조 박사가 치유될 수 있을지 모른다. 파일에 암호가 걸렸다면 양자컴퓨터로 풀면 되지만 만약 파일이 삭제되었거나 만들어놓지 않았다면……. 불행하게도 그의 불행은 그 누구도 해결하지 못할 것이며 생이 마감될 때까지 지속될 지도 모른다. 그렇다고 방법이 전혀 없는 것은 아니다. 잠시 동안 정신이 정상으로 돌아올 때, 그에게 문제를 설명하고 스스로 해결할 수 있도록 돕는다면…….

하지만 조 박사가 몇 분이란 짧은 시간에 문제의 원인과 치료방법까지 제시할 수 있을지는 장담할 수 없다. 하지만 일단은 그의 치료를 위해서 최선을 다하여 국내외의 의사들을 알아보고 빠른 시일 내에 그를 다시 한 번 만나야겠다고 생각했다.

재철이 복도로 나와서 엘리베이터의 버튼을 누를 때에 휴대전화의 가락이 울렸다. 재철은 눈을 찡긋하여 3D폰을 켰다. 일란의 입체영상이 나타났다. 동시에 띵 소리와 함께 엘리베이터의 문도 열렸고 재철이 타면서 통화를 했다.

"재철씨, 어디야?"

일란은 늘 봐왔던 살갑게 느껴지는 포근한 연인의 미소를 얼굴에 가득 담았다.

"아, 잠깐 휴게실에 있었어."

"저녁이나 할까 해서."

"그럴까. 퇴근할 때, 전화할게."

"마리오네트로 와."

"응. 이따가 봐."

영상은 사라졌고 전화를 마치면서 재철은 자신도 모르게 밝은 미소가 지어졌다. 옛날에 평안했던 일상으로 되돌아왔다는 것을 느꼈기 때문이다. 그런데 기분은 좋아지고 있는데도 무언가 허전함이 있었다. 아마도 그 동안 억누르던 중압감이 일시에 사라지면서 생긴 후유증 때문일 것이라 생각했다. 전화가락이 다시 울렸다. 재철은 반사적으로 눈을 찡긋하며 가볍게 3D폰을 켰다. 의사가운을 입은 남자가 입가에 미소를 띠며 입체영상으로 눈앞에 나타났다.

"안녕하세요. 금재철 사장님. 닥터 최입니다."

"네? 실례지만 누구신지?"

"닥터 최에요. 최고운 피부과 원장입니다."

"피부과, 무슨 말씀이신지?"

재철의 물음에 의사는 약간 당황스런 눈빛이었으나 다시 미소를 띠며 말했다.

"아, 금 사장님, 안부전화 드렸어요. 얼마 전에 저희 병원에 오셔서 점 빼셨잖아요. 한번 오셔서 피부관리도 받아보시고. 이번에 멜라닌을 골라서 파

306

괴하는 최신 피부미백."

재철이 반응이 신통치 않자 의사는 어색한 미소를 지며 말을 잠시 멈추었다. 재철은 여전히 금시초문이라는 듯이 바라보기만 했다.

"죄송합니다. 점을 뺀 적이 없는데, 전화를 잘못 거셨나 보네요."

"예? 허허. 제가 직접 시술을 해드렸는데……."

"죄송한데, 정말 뵌 기억이 없어서요."

재철의 계속되는 부정에 멋쩍어진 의사는 황급히 사라졌고 재철은 전화를 끊었다.

'고명성.'

재철은 기억에서 지우고픈 이름을 다시 떠올렸다. 진짜가 되기 위한 그의 몸부림들, 처절하게 느껴졌다. 그를 눈물겹게 이해할 수 있게 되었다. 진실하게, 지독하게, 가련하게. 태어나서 한 번도 온전히 가지지 못한, 태생적으로 잉여인 자, 그 패배자의 비애(悲哀)를.

흘러내리지 않는 물기가 재철의 눈에 고였다.

'재철이든 명성이든, 육신에 깃든 정신이 곧 사람인데…….'

거울에 비친 자신을 바라보았다.

'금재철.'

고개를 끄덕였다. 심호흡을 크게 했다.

띵.

엘리베이터의 문이 열렸다. 눈부신 빛이 시야에 퍼졌다. 집무실을 향하여 복도를 걸었다. 창문 밖에 함박눈이 펄펄 내리고 있다. 하얀 눈이 가득가득 내려 온 세상에 하얗게 쌓일 것 같다. 세상이 알아주기를 갈구하듯 결백의 결정들이 지상으로 자꾸자꾸 하강하면서 아련하게 손짓하고 있다.

_끝

▌참고문헌▐

1. KISTI 미리안(2013).「글로벌동향 브리핑-자기 조립하는 브러쉬 블록 공중합체」.
   http://mirian.kisti.re.kr
   녹색기술정보포털(2012).「리소그래피를 보다 작게 만들어주는 블록 공중합체」.
   http://www.gtnet.go.kr
   최명철 외 9인(2013).「나노기술」. KAIST 과학저널리즘 교재 출판부.

2. Capek, Karel(2001). Rossum's universal robots. 조현진 역(2010).「로숨의 유니버설 로봇」. 리젬.

3. 오준호 외 7인(2013).「정보통신기술」. KAIST 과학저널리즘 교재 출판부.

4. 백욱인(2013).「컴퓨터 역사」. 커뮤니케이션북스.

5. 구신애(2009).「로봇 디자인의 숨겨진 규칙-영화 속 로봇 디자인 이야기」. 살림.

6. 위키백과(2013). 아갈마토필리아. http://ko.wikipedia.org/wiki

7. Gero von Boehm(1998). Odyssee 3000 : Reisen in die zukunft.
   장혜경 역(1999).「오디세이 3000」.끌리오.

8. 김은주(2008).「1cm」. 생각의 나무.

9. 한국문학평론가협회(2006).「문학비평용어사전」. 국학자료원.

10. J. Baudrillard.「보드리야르의 문화 읽기」. 배영달 역(1998). 백의.
    임석진 외 철학사전편찬위원회(2009).「철학사전」. 중원문화.

11. 이동만 외 7인(2013).「정보통신기술」. KAIST 과학저널리즘 교재 출판부.

12. 정용 외 7인(2013).「바이오기술」. KAIST 과학저널리즘 교재 출판부.
    구정은(2007.11.15). 원숭이 체세포 복제 줄기세포 생산 성공. 「문화일보」황운하(2007.11.15). 원숭이
    체세포 배아복제 성공. 「코메디닷컴 건강뉴 스」

13. 구정은(2007.11.15). 원숭이 체세포 복제 줄기세포 생산 성공. 「문화일보」 황운하(2007.11.15). 원숭이 체세포 배아복제 성공. 「코메디닷컴 건강뉴스」

14. 한용만(2013). 「생명체 복제와 줄기세포 이야기」. KAIST 과학저널리즘 교재 출판부.

15. 이원준(2013.08.17). 투명망토를 현실화 시키는 메타물질. 「산업융합과 신성장동력」http://nge.itfind.or.kr

16. 천문우주지식정보(2010.12.16). 화성—화성의 물리적 성질. http://astro.kasi.re.kr

17. 이동훈(2013.01.08). 화성 식민지 건설 프로젝트. 「파퓰러 사이언스」

18. 위와 같음

19. 위키백과(2013). 테라포밍. http://ko.wikipedia.org/wiki

20. 마이클 포셀(2013). 「텔로미어— 노벨의학상이 찾아낸 불로장생의 비밀」. 쌤앤파커스.

21. 네이버 지식백과(2013). 폴리그래프. http://terms.naver.com/

22. 김영윤(2009). P300-기반 거짓말 탐지 연구. 「한국심리학회지:사회및성격」, 제23권 제1호 통권57호 (2009년 2월). 111-129.

23. 홍성욱(2011). 기능성자기공명영상(fMRI)을 이용한 거짓말 탐지 증거의 정확도와 법적 시사점. 「서울대학교 법학」, 제52권 3호, 511-540.

24. 신경인문학 연구회, 홍성욱, 장대익(2012). 「뇌과학 경계를 넘다—신경윤리와 신경인문학의 새 지평」. 바다출판사.

25. 이재진(2007). 「수학 교과서 영화에 딴지 걸다」 푸른숲.

26. 정하웅, 김동섭, 이해웅(2013). 「구글 신은 모든 것을 알고 있다—DNA에서 양자 컴퓨터까지 미래 정보학의 최전선」 사이언스북스.

27. 이순칠(2003). 「양자 컴퓨터-21세기 과학혁명」. ㈜살림출판사.

28. 안경애(2013.11.27). 도·감청 불가능 '양자암호기술' 뭔가 보니.「디지털타임스」

29. McManus, Kevin K.(2004). Pseudoscience. industrial engineer. 36(3)

30. 김선호(2004). 사이비과학과 점성술비판.「대한 철학회 논문집」, 89집

31. 신경인문학 연구회, 홍성욱, 장대익(2012).「뇌과학 경계를 넘다-신경윤리와 신경인문학의 새 지평」. 바다 출판사.

32. 전승민(2011.10.14). 슈퍼컴 속에 뉴런 1000억개 심어 인간두뇌 만든다.「동아일보」

33. 백욱인(2013).「컴퓨터 역사」. 커뮤니케이션북스.

34. 이인식(2012.08.26). 인공 뇌 vs 뇌 지도...뇌 수수께끼 풀기 경쟁 뜨겁다.「중앙선데이」

35. 백욱인(2013).「컴퓨터 역사」. 커뮤니케이션북스.
    박종대(2012). 앨런 튜링. 네이버캐스트. http://navercast.naver.com/
    위키백과(2014). 튜링 테스트. http://ko.wikipedia.org/wiki

36. Baker, Stephen(2011). Final Jeopardy : man vs. machine and the quest to know everything.「왓슨 인간의 사고를 시작하다」. 이창희 역(2011). 세종서적.
    Ray Kurzweil(2006). (The) singularity is near:when humans transcend biology.「기술이 인간을 초월하는 순간 특이점이 온다」. 장시형, 김명남 역(2007). 김영사.

37. 박응식(2007.05.04). 온라인 유통의 혁명을 꿈꾼다.「머니투데이」

38. 곽호완, 박창호, 이태연, 김문수, 진영선(2008).「실험심리학용어사전」. 시그마프레스.
    서유헌(2010). 기억이란?. 네이버캐스트. http://navercast.naver.com/
    강영희(2008).「생명과학대사전」아카데미서적.
    KISTI 미리안(2013).「의혹에 휩싸인 기억력 강화 효소: PKm-ζ」. http://mirian.kisti.re.kr
    사이언스타임즈(2012).「기억 재구성, 시냅스 메커니즘 밝혀」. http://www.sciencetimes.co.kr
    신한종합연구소(1993).「마이크로혁명이 오고 있다 (21세기의 충격)」. 다은.
    Kidder, Tracy(1997).The Soul of a New Machine.이한중 역(2007).「새로운 기계의 영혼」. 나무심는 사람.
    정상철(2010).「영화 인셉션을 통한 미래사회 엿보기」. STEPI, Future Horizon, Autumn 2010.Vol.6
    이인식(2013.10.13). 2030년엔 마음을 컴퓨터로 옮길 수 있어 영생?

『중앙선데이』http://sunday.joins.com

홍수(2013.08.23). 기억의 불완전함:내 기억은 얼마나 진짜 기억일까?. 『한겨레 과학웹진 사이언스온』.
http://scienceon.hani.co.kr

정재승 외(2012). 『미래를 생각한다2013+5 -카이스트가 선택한 대한민국 미래지도』. 비즈니스맵.

정재승 외(2013). 『카이스트 미래를 여는 명강의 2014-무엇이 우리의 삶을 바꾸는가』. 푸른지식.

최철희(2013). 『핏빛 생명공학 레드 바이오텍』. 창의와 소통.

《〈영상자료〉》

MBC(2009.01.10). 해외걸작 다큐멘터리-100세 청춘의 비밀.

MBC(2012.07.29). 미래혁명 넥스트 월드. 미래의 인공 지능.

KBS(2007.10.25). 걸작다큐멘터리, 50년 후의 미래.

KBS(2011.04.29). 사이언스 대기획 인간탐구 1부, 오래된 미래-기억.

KBS(2011.04.30). 사이언스 대기획 인간탐구 2부, 두번째 선물-망각.

KBS(2011.05.01). 사이언스 대기획 인간탐구 3부, 봄날은 온다-158인의 도전.

SF 장편소설

초판인쇄: 2014. 3. 17
초판발행: 2014. 3. 24
펴낸곳: 전파과학사
펴낸이: 손영일
출판등록: 1956.7.23(재10-89호)
주소: 120-824 서울 서대문구 연희 2동 92-18
전화: 02-333-8877, 8855
팩스: 02-334-8092
ISBN 978-89-7044-283-9 03800

이 도서의 국립중앙도서관 출판시 도서목록(CIP)은 서지정보유통지원시스템 홈페이지
(http://seoji.nl.go.kr)와 국가자료공동목록시스템(http://www.nl.go.kr/kolisnet)에서 이용
하실 수 있습니다. (CIP제어번호: CIP2014009024)

homepage: www.s-wave.co.kr
e-mail: chonpa2@hanmail.net